—— 中央高校基本科研业务费专项资金资助 ——

拉美生态文学研究

Estudio de la Eco-literatura Hispanoamericana

以荷马·阿里德希斯与路易斯·塞普尔维达生态小说为例

孟夏韵◎著

世界知识出版社

图书在版编目（CIP）数据

拉美生态文学研究：以荷马·阿里德希斯与路易斯·塞普尔维达生态小说为例 / 孟夏韵著．—北京：世界知识出版社，2018.12

ISBN 978-7-5012-5920-5

Ⅰ．①拉…　Ⅱ．①孟…　Ⅲ．①荷马·阿里德希斯—小说研究②路易斯·塞普尔维达—小说研究　Ⅳ．① I731.074 ② I784.074

中国版本图书馆 CIP 数据核字（2018）第 293702 号

书　　名	**拉美生态文学研究：以荷马·阿里德希斯与路易斯·塞普尔维达生态小说为例**
作　　者	孟夏韵　著
责任编辑	王瑞晴　蔡金娣
责任出版	王勇刚
出版发行	世界知识出版社
地址邮编	北京市东城区干面胡同 51 号（100010）
电　　话	010-85112689（编辑部） 010-65265923（发行部）　010-85119023（邮购电话）
网　　址	www.ishizhi.cn
印　　刷	北京虎彩文化传播有限公司
经　　销	新华书店
开本印张	710×1000 毫米　1/16　　印张 17¼
字　　数	228 千字
版次印次	2019 年 1 月第一版　2019 年 1 月第一次印刷
标准书号	ISBN 978-7-5012-5920-5
定　　价	48.00 元

序 言

随着工业革命带来的自然环境恶化，生态危机愈演愈烈。生态文学作为一种世界性的文学思潮，兴起于20世纪60年代。它是通过文学创作对现实生态危机的一种回应，旨在考察、表现自然生态环境、人类社会和精神环境，注重探究生态危机的根源，具有强烈的现实批判性。生态文学作品的不断涌现推动了“生态批评”的发展。20世纪90年代，生态批评的著述逐渐丰富，生态批评的研究规模扩大。生态批评通过对不同理论的借鉴和交叉整合，逐渐成为一种跨学科、跨文化、跨文明的新的国际化文艺理论研究领域，从不同视角探讨文学、文化、社会、自然之间的内在联系，解决文学与自然环境之间的深层关系问题。21世纪，对生态批评的理论研究更是如火如荼，学界相继出版了许多论著。在世界文化语境下，拉美文学生态作家以文学书写来树立人类的生态保护意识，批判破坏自然和社会生态的各种恶行，倡导建立人与自然、人与社会、人与世界和谐平等相处的新世界，并以各种文学手段表达各自的生态思想。

本专著以生态批评的跨学科、多视角、多文化为理论基础，从更广的文化、宗教、哲学、神话视角，结合生态女性主义和后殖民生态主义理论，运用文化批评、文本实证分析、归纳和推理、比较等方法，以拉丁美洲“文学爆炸”后小说发展进程中生态文学代表作家——墨西哥的荷马·阿里德希斯（Homero Aridjis）和智利的路易斯·塞普尔维达（Luis Sepúlveda）的作品为对象，对拉美生态文学进行研究。并且试图梳理和总结拉丁美洲生态文学和生态批评的产生、发展和现状，研究拉美生态文学的总体主题和特点。具体而言，本专著将分别对荷马·阿里德希斯的小说《太阳的传说》和《做爱时你在想着谁？》，以及路易斯·塞普尔维达的小说《读爱情小说的老人》和《世界尽头的世界》的生态主题和生态思想进行深入研究。

在创作中，荷马·阿里德希斯戏仿墨西哥的古老神话传说，运用“时代错乱”和“时空交错”以及奇幻意象的艺术手法，塑造了生态女权环保卫士和大自然的护卫女神等形象，创造出一部具有奇幻现实主义色彩的环境启示录文本：末日图景中的自然环境、社会环境和人类的精神异化，并以末日后重生寄托希望。在作品中作者表达了自己的生态思想：展示、揭露和抨击墨西哥现实社会的弊端——极端恶化的自然生态、黑暗腐败的社会生态、因道德伦理沦丧而陷入危机的人类精神生态，并倡导人与自然和谐相处，警示人类，让人类思考自身生存与自然环境恶化的因果关系。

路易斯·塞普尔维达以文学想象中的乌托邦、隐喻和象征的艺术手法，塑造了生态抗争的斗士——自然守护者“老人”和生态保护者的形象。以“文明与野蛮”倒置、自然的报复、种族主义和物种主义以及殖民生态扩张文本的展示，描绘了后殖民语境下拉丁美洲的生态状况：智利和厄瓜多尔原始自然和独特的印第安文化与西方殖民统治的冲突以及造成的恶果。同时表达了作者的生态思想：密切关注当下地球生态环境、反对肆意破坏自然生态和虐杀动物的行为，唤醒人们保护自然生态的意识，倡导人与自然、人与社会、人与世界平等和谐相处。

通过对以上两位代表作家生态创作的共性与个性的分析，本专著还对拉美生态文学作家的两种创作趋势做如下归纳：一种植根于本国生态，忠实再现本国的生态危机；另一种放眼于世界，透过虚构、假想之地的反乌托邦，反映整个人类社会的生态问题。同时，两位作家都以各自独特的文学想象表达对未来美好世界的希冀。

本专著力图置身于世界文学生态批评发展前沿，对丰富和深化拉丁美洲“文学爆炸”后小说研究有推进意义；对世界生态文学研究和拉丁美洲生态文学研究作必要的补白；对中国文论家、译者以及拉丁美洲文学研究者多角度、多思维地理解和解读拉美文学作品有借鉴和启发意义；对当下中国提出发展生态文明、生态和谐理念具有启示意义；对破坏自然环境、残害动植物而导致社会精神双重异化和人类毁灭自身的行为，起到重大的警示作用。

目　录

绪　论

纵观人类历史，以各种不同形式反映与生态相关的思想早已存在于人们的生活当中，而以文学形式呈现生态思想也古已有之。西方的《圣经》和中国古代思想典籍中都有例证。

在西方文化中，基督教文化的《圣经》成为后世欧美生态文学最基本的生态思想源泉。其中摩西五经[①]、诗篇[②]、先知书[③]、四福音书[④]、保罗书信[⑤]等基

① 摩西五经：最初由希伯来《圣经》（旧约）的第一部分“律法书”的《创世记》《出埃及记》《利未记》《民数记》和《申命记》构成。其中，《创世记》描述了上帝创造世界万物和人类的过程，世界先有自然环境，后有人类。人类按上帝的旨意管理世间万物。由《出埃及记》和《申命记》衍生而出的“摩西十诫”成为《圣经》中的基本行为准则，成为西方文明核心的道德观。摩西五经的主要思想：神的创造、人的尊严与堕落、神的救赎、神的拣选、神的立约、神的律法。参阅《圣经》，中国基督教三自爱国运动委员会·基督教协会出版，2002 年。

② 诗篇：是《圣经》（旧约）中第三部分“智慧书·诗篇”，主要歌颂和崇敬上帝、赞颂大自然、歌咏历史和民族等，表现希伯来人对大自然的热爱，由此赞颂创造万物的造物主。参阅《圣经》，中国基督教三自爱国运动委员会·基督教协会出版，2002 年。

③ 先知书：是《圣经》（旧约）的第四部分。记载了历史中一些先知传达神的旨意，包含生态和谐理念。其中描写了生态危机，肯定人与自然的和谐关系，传递万物有其存在价值的理念，以惩罚和救赎的话语模式表达生态思想。参阅《圣经》，中国基督教三自爱国运动委员会·基督教协会出版，2002 年。

④ 四福音书：由《圣经》（新约）的《马太福音》《马可福音》《路加福音》和《约翰福音》四部构成。分别由耶稣基督的门徒马太、约翰，彼得的门徒马可和保罗的门徒路加所著，主要介绍耶稣生平事迹，彰显耶稣基督的博爱、仁慈、宽容、大度、怜悯等思想精神。参阅《圣经》，中国基督教三自爱国运动委员会·基督教协会出版，2002 年。

⑤ 保罗书信：是使徒保罗写给各地主教及来信询问教义的人的回信，解释了有关基督教教义的疑难问题，阐明了教理原则，更加突出基督教救赎、慈爱、平等、正义等精神。

督教文化思想资源都成了生态文学和生态批评的思想沃土。它既包含了征服、统治自然的观念，也包含很多基本的生态思想。

《圣经》可以被看作西方最早的生态文学文本。其中提出的安息日[①]、安息年[②]和千禧年[③]概念是对人与自然和谐相处的保证，倡导爱护自然生命、追求公平正义、感怀自然恩惠，并要对自然资源取之有度、警戒人类罪孽。它的上帝造物论体现了建造宇宙秩序的意愿，希望人与造物者、人与人、人与万物之间和谐、良性、美好、共生共荣。但上帝又赋予人类义务，要求人治理大地、管理万物，在遵守万物基本规律的基础上当好地球的管家，这也成为之后“人类中心主义”繁衍的托词。学者林恩·怀特在《我们生态危机的历史根源》一文中曾直接挑战基督教的“人类中心主义”观念，指责基督教是当代生态危机的祸根。[④]且不论人类日后是否违背上帝的指令，僭越自身的本分，破坏上帝制定的秩序，人们应当承认基督教文化中最原始的精神造就了西方生态文学：博爱、宽恕、自由、平等、和谐、怜悯、感恩、敬畏、赞美、忍耐和救赎。历来西方生态主义者秉承赞美上帝、崇尚自然、追求真理的理念，直接影响到后世生态文学的创作思想。刘青汉教授在《生态文学》中指出：

> 吉尔伯特·怀特（Gilbert White）的《塞尔彭自然史》、阿尔贝特·施韦泽的《对生命的敬畏》、梭罗的《瓦尔登湖》、列昂诺夫的《俄

---

① 安息日要求在人休息的同时也任由地上所有生命安然休息，让生命进入有静有动，有劳有息的良性生态系统。

② 安息年是上帝要求人类六年一个循环劳作后不耕不种地，要守圣安息，保证所有生命和谐健康繁衍。

③ 千禧年是七个安息年后的第五十年实行不耕不种，让大地休息，整个社会重组、重新建立公义。

④ 详见 White, Lynn. 1974. “The historical roots of our ecologic crisis [with discussion of St Francis; reprint, 1967]”, in *Ecology and religion in history*,（New York :Harper and Row, 1974）. Located at web site：http://www.siena.edu/ellard/historical_roots_of_ou r_ecologic.htm。

罗斯森林》、约翰·巴勒斯的《醒来的森林》《清新的原野》《冬日阳光》、约翰·缪尔的《夏日漫步山间》《在上帝的荒野中》等经典生态文学文本实际上都普遍展示着两幅画面，一是合乎上帝之道的美丽自然，运行在生态规律中的人间天堂，而作家是走进森林、沼泽、草原、大地等人间天堂的歌者和守护者；二是人为破坏制造的污染和毁灭，而作家是清醒的呼吁者。美好和谐的大自然变成千疮百孔的世界，正是由在乐园到失乐园的图景。乐园之为乐园的前提是上帝的秩序，失乐园的原因是人类的悖逆和破坏。[①]

在20世纪70年代前，大部分哲学家和现代环境主义者的观点属于人类中心主义范畴。虽然达尔文的进化论和生态整体观以及自然保护主义者缪尔提出的“自然拥有权力”的思想，抨击和颠覆了“以人为中心”的傲慢态度，然而两千多年来，“人类中心主义”一直主导着社会运行。20世纪70年代之后，全球性生态危机日益严峻，越来越多的人开始怀疑“人类中心主义”，并认为它是导致生态危机的罪魁祸首。生态哲学界出现了从人类中心主义到生态中心主义理念的转向。人类生态思想也随着历史的发展和演进从人类中心主义经过动物中心主义、生物中心主义过渡到生态中心主义，再到现今的环境公正。

与西方相比，以中国为代表的东方古代生态思想源远流长。远古时期，东方先民以图腾形式表达对自然现象的崇拜和畏惧，把动植物、自然当作神灵顶礼膜拜；把自身看作是顺自然神旨而生，受天地之命而降的生命。中国先哲们历来秉持“天地人和”“阴阳协调”和“天人合一”的理念。儒家经典对这一思想理念的发展做出了重要贡献。如孔子在《易传》中提出：“昔者圣人之作易也，将以顺性命之理。是以，立天之道，曰阴阳；立地之道，曰柔

① 刘青汉：《生态文学》，北京：人民出版社，2012年，第95—96页。

刚；立人之道，曰仁义。”以天地人“三才”之理作为自然法则，建立有条理的世界体系。孟子以“诚”这一概念阐述天人关系：“诚身有道，不明乎善，不诚其身矣。是故诚者，天之道也；思诚者，人之道也。”提出以“诚”作为“天人合一”理论的指导。《中庸》把“诚”视为天的本性，是天地万物存在的根本。汉代董仲舒认为，“天地人”三者虽处于不同的位置，起着不同的作用，但他们是“合而为一”的。中国古代其他一些思想家如老子、庄子、墨子等人的哲学也体现了这一生态哲学理念，如人对动物的义务和责任、人与动物和谐关系的思想。中国古代思想把自然界、人与世界万物看作统一的整体，这也是中国古代生态思想的萌芽。

生态文学是文学书写和历史现实相结合的产物，其成就主要体现在神话、诗歌、小说和散文等体裁的作品中。无论是西方的《圣经》，还是以中国为代表的东方古代生态思想精髓，其中敬天惜物、天人合一、人与自然共生共荣的生态思想，在生态文学形成之前就已蕴含在人类各种文化形态中。人类最早的口头文学如神话、传说、民歌等，突出表现自然与人类的密切关系，是生态文学最早的源泉。然而，一直以来，人们没有给这种文学思想的文本形式以特殊的名称。直到 18 世纪产业革命到来，人类社会开始工业化，经济飞速发展，逐渐出现环境污染等一系列生态问题。20 世纪 60 年代以来，世界范围的生态危机愈加严重，引起世人的关注，催发了生态文学的产生和发展，催生了人文社科领域生态思想的出现，也促进了生态批评的发展。不过，生态文学直到 20 世纪末才获得正式的名称。

生态文学是文学通过创作对现实生态危机的一种回应，而生态危机恰恰成为生态文学创作的动力源泉。刘青汉教授在其著作《生态文学》中分析生态文学由外部、内部两种原因产生。其中外部动因是主要原因，地球自然环境恶化、气候变化、能源资源危机对整个生态系统和人类生存造成极大的威胁。人们开始意识到生态危机的威胁，而人类必须拯救这个星球，同时也要自我救赎。“要勇于积极应对危机，尽到文学家应尽的生态责任，西方从20世纪60年代开始、中国从20世纪80年代开始，生态文学以其初生牛犊之气势，顶逆着重重压力和偏见，傲然登上文坛，并迅速地发展壮大。”[①]一系列环境问题迫使作家思考、探寻和揭示造成生态灾难的社会根源，进行生态哲学角度的文明批判和文化批评。其次，文学自身发展规律和作用的内部动因是生态文学产生的次要原因，“生态文学的出现，是文学表现日趋全面、平衡这一文学健康发展之内在动力作用的结果”。[②]随着人类文明发展、工业化革命出现，人类将关注自然转移到经济科技发展上，科技发展又协助人类摆脱过去对自然的完全依赖，人类自身增强的力量又助长了“人类中心主义”思想，文学创作也由原来崇尚和赞美自然转向挖掘和探讨人与社会以及自然的关系等。但“20世纪后半叶以来，愈演愈烈的生态危机再一次激发了文学自身调节的内部冲动，文学在与自然渐行渐远甚至阔别自然千余年乃至更久之后，终于又回归自然了”。[③]

从生态文学的定义来看，生态思想的基础是生态整体主义，其奠基者是美国生态文学家奥尔多·利奥波德。1935年，他与著名的自然科学家罗伯特·马歇尔一起创建了“荒野学会”，旨在保护被侵害和被污染的荒野大地，以延续荒野上的自然生命。1949年奥尔多·利奥波德在论文集《沙乡年鉴》[④]中，以自然随笔和哲学思考的方式，提出了一系列关于土地环保问题和“土地道德”的观点，阐述了土地的生态功能，激发人们对土地的热爱，呼吁人们谦恭并善待土地资源，强化人们维护整个生态的道德责任感，同时希望通过这种方式影响政府爱护土地和野生动物，加强生态管理措施。这部著作被

① 刘青汉：《生态文学》，北京：人民出版社，2012年，第9页。

② 同上，第10页。

③ 同上，第11页。

④ 从1941年起，《沙乡年鉴》的作者就开始寻求出版这本书的机会，直到1949年作者去世之后，这本书才得以问世，在世界各国再版多次，第一部中文版由吉林人民出版社于1997年12月出版。

后世誉为“绿色圣经”。然而，当时正值战后经济复苏时期，人们正踌躇满志地征服和利用自然，无暇顾及生态环境，生态学的意识和概念比较淡薄。

《沙乡年鉴》出版后，相当长一段时间并未引起很大反响。直到 20 世纪 60 年代，人们逐渐发现征服自然带来环境破坏的恶果，才重新发现这本书的价值。1962 年，美国生态文学家蕾切尔 · 卡森（Rachel Carson）的小说《寂静的春天》（*Silent Spring*）出版，标志着生态思潮的开始。此书一问世，立即引起轰动，在全球范围掀起了一场生态变革。[①] 此书唤醒了人们保护和重视生态环境的良知，以实证科学的笔触揭露了人类滥用杀虫剂导致各种灾难的出现，描述了人类可能面临一个没有鸟、蜜蜂和蝴蝶飞行以及各种动植物被毒害、濒临灭绝危机的世界。这本书引起世界人民对野生动物的关注，对人类生存的生态环境的重视，并督促世界各国政府讨论环境保护问题。由此各种环保组织纷纷成立。1972 年 6 月 12 日联合国在斯德哥尔摩召开第一次“人类环境大会”，签署《人类环境宣言》，标志着人类环保事业正式开始。

继蕾切尔 · 卡森的小说《寂静的春天》后，20 世纪 60 年代世界文坛掀起一股生态创作浪潮，涌现出许多生态作家和生态文学作品，生态文学作为一股思潮正式形成。加拿大女作家玛格丽特 · 阿特伍德（Margaret Atwood）的小说《浮现》（*Surfacing*, 1972）和《羚羊与秧鸡》（*Oryx and Crake*, 2003），揭示人类生存面临毁灭性的危机；美国作家唐 · 德里罗（Don DeLillo）的小说《白噪音》（*White Noise*, 1985），叙述过度消费导致自然资源枯竭，出现了生态危机；美国作家爱德华 · 艾比（Edward Abbey）的政论文《生态防卫》（“Beyond the Wall”, 1984）提出“生态防卫”概念，他的小说《有意破坏帮》（*The Monkey Wrench Gang*, 1975）和《海都克还活着》（*Hayduke Lives!* 1989）

---

① 《寂静的春天》一问世，在美国掀起一场上自总统下至百姓的关乎国运民生、地球人类前途的大讨论，使得生态观念深入人心，对政府决策和国会立法产生了重大影响。当时的美国总统肯尼迪成立了专门的科学咨询委员会，对卡森提出的问题进行调查，将“人们忽视了杀虫剂的毒副作用”写入调查报告。

艺术性地呈现他的环保思想：以保护自然为目的，不导致任何人身伤害为限度；以捣毁导致生态灾难的机械和设施为主要任务，并深刻地批判造成生态危机的当代消费文化和工业文化。苏联作家维克多·阿斯塔菲耶夫（Viktor Astafev）的小说《鱼王》（*The King-fish*, 1976），揭露了人类摧毁大自然的同时，也从生存和道德上摧毁了自己。钦吉斯·艾特玛托夫（Chingiz Aitmatov）的小说《断头台》（*Scaffold*, 1986）和《白轮船》（*The white ship*, 1970），表现了人与自然的不和谐关系，谴责肆意残杀动物的野蛮行径，呼吁人与动物和谐相处。法国作家塞尔日·莫斯科维奇（Serge Moscovici）的《还自然之魅》（*Réenchanter la nature*, 2002），重新审视人与自然的关系，剖析生态运动产生的前因后果。德国作家莫尼克·马罗（Monika Maron）的小说《飞灰》（*Flugasche*, 1981），描写了人们在空气和水污染、土壤被毒化的环境中生活和生产的状况，并警示人们，自然环境已经受到严重威胁。

中国作家陈桂棣的报告文学《淮河的警告》（2005 年），以鲜为人知的淮河污染为实例，披露了让人触目惊心的污染数据，引起全国对生态环境问题的重视。姜戎的小说《狼图腾》（2004 年），展示中华民族逐渐丧失的图腾文明，破坏草原生态和谐，呼吁人与自然和谐共存。叶广芩关于人与野生动物的故事《猴子村长》（2004 年）、《熊猫碎货》（2004 年）、《黑鱼千岁》（2004 年）等，试图从动物的视角反思人类的所作所为，揭示现代人类对动物的野蛮行为，以及中国人饮食文化的残忍。徐刚的报告文学《伐木者，醒来！》（2005 年）、《中国，另一种危机》（1995 年）和《沉沦的国土》（2005 年），哲夫的《天猎》（2008 年）、《长江生态报告》（2004 年）、《黄河生态报告》（2004 年）等文学作品，都试图从生态保护的角度描述和批评中国生态环境遭受严重污染和破坏的状况。

生态文学是反映人与自然之间关系的文学，旨在通过艺术手法考察、表现自然生态环境和人类社会、精神环境；生态文学注重探究生态危机的根源，具有强烈的现实批判性。近几十年来，世界范围内生态作品不断涌现，通过各种主题形式的展现，研究者逐渐明确了生态文学的内涵以及生态文学的特征。中国学者王诺在吸取西方学者对生态文学定义和特点的基础上，总结出生态文学的四个特征：

> 第一，生态文学是以生态系统的整体利益为最高价值的文学，而不是以人类中心主义为理论基础，以人类的利益为价值判断之终极尺度的文学。第二，生态文学是考察和表现自然与人的关系的文学。生态责任是生态文学的突出特点。第三，生态文学是探寻生态危机的社会根源的文学。文明批判是许多生态文学作品的突出特点。第四，生态文学在很大程度上可以被看成是表达人类与自然万物和谐相处的理念、预测人类未来的文学。生态理想和生态预警是许多生态文学作品的突出特点。[①]

在此基础上，王诺对生态文学的定义为："生态文学是以生态整体主义为思想基础、以生态系统整体利益为最高价值的考察和表现自然与人之关系和探寻生态危机之社会根源的文学。生态责任、文明批判、生态理想和生态预警是其突出特点。"[②]根据生态文学的特点和定义，他又总结出生态文学所表现的主要思想：对征服、统治自然论的批判，对工业与科技的批判，对欲望的批判，倡导生态责任、生态整体观，重返与自然的和谐。[③]之后，有学者不断

① 王诺：《欧美生态文学》，北京：北京大学出版社，2003年，第7—10页。

② 同上，第11页。

③ 参阅王诺《欧美生态文学》第三章内容。需要指出，王诺在为刘青汉主编，2012年出版的《生态文学》撰写第一章时将生态文学主要思想作以调整，加入"消费文化批判"，重新将几点思想内容概括为：人类中心主义批判，征服与控制自然观批判，欲望动力论批判，唯发展主义批判，科技至上观批判，消费文化批判，生态整体观和简单生活观。参见刘青汉：《生态文学》，北京：人民出版社，2012年，第33—66页。

对王诺的生态思想进行补充和完善，出现了诸如人类中心主义批判、对唯发展主义批判、对消费文化批评、主张简单生活观等。可见，生态文学思想的表现与人类社会层出不穷的新问题、新困境密切相关，它是对人类社会发展和思想演变的追踪，是生态主义者对人类生存环境美好希望、构想的体现和反映。

生态文学从发展之初就致力于揭示和批判种种生态问题。生态文学作家的意图并不仅仅局限于简单地描述和展现矛盾，而是希望凭借语言文字和文学的表述，指引人类走出困境，加强生态保护意识，促进环保事业，试图为地球和人类找到摆脱生态危机的出路。生态文学作家“要像梭罗那样超越了简单的自然文学范畴，而成为社会的、国家的以及我们现代工业文化评论者的作家，成为盲目的进步和发展的批判者”。[①] 生态文学倡导以生态环境保护、生态伦理思想传播、批判现实为主题，强调文学艺术创新，具有跨学科的特点。生态文学所倡导的人与自然和谐发展、构建生态乌托邦、树立和谐生态文明的观念，符合当今时代的需求，顺应历史发展的趋势。随着人与自然矛盾关系的演变，人类社会发展在经历了原始文明、农业文明、工业文明之后，自然受到过度破坏，到了人类进入以资源环境承载力为基础、以自然规律为准则、可持续发展的生态文明时代的时候了。因此，在当下生态危机全球化之时，研究生态文学具有重要的现实意义。对生态文学的研究将成为学术界响应时代呼唤，弘扬生态文明的有力体现，为世界人文学科的交流提供良好的学术对话平台，也将为生态文学创作的进一步发展提供理论支持。

该著作选择荷马·阿里德希斯及路易斯·塞普尔维达这两位作家及其作品作为研究对象，是因为他们属于不同国家，在拉丁美洲“文学爆炸”后小说发展进程中，是具有代表性和典型性的生态文学作家；而且作为环保组织的领军人物，他们在拉美文学界具有很高的声望和广泛的影响力，他们作品中

① 王诺：《欧美生态文学》，北京：北京大学出版社，2003 年，第 9 页。

所展示的生态保护内容以及阐述的不同主题，更能凸显拉美生态文学的本土化特征。

荷马·阿里德希斯是墨西哥著名诗人、小说家、戏剧家、外交家和环保主义者，也是墨西哥作家中最多产的一位作家。他曾任墨西哥驻荷兰使馆文化参赞和驻瑞士大使，创立名为“百人团队”（Grupo de los Cien）的环保组织，率领加西亚·马尔克斯（García Márquez）、奥克塔维奥·帕斯（Octavio Paz）、胡安·鲁尔福（Juan Rulfo）、阿尔瓦罗·穆蒂斯（Alvaro Mutis）、里奥诺拉·卡林顿（Leonora Carrington）等著名文学艺术家，倡导保护环境的理念，主张维护拉丁美洲生态的多样性。他的诗歌和小说创作大多聚焦于自然生态，最具代表性的诗集有《重被逐出天堂》（*Nueva expulsión del paraíso*, 1990）、小说《太阳的传说》（*La leyenda de los soles*, 1993）、《做爱时你在想着谁？》（*¿En quién piensas cuando haces el amor?* 1995）、小说《曾经爱着太阳的人类》（*El hombre que amaba el sol*, 2005）、《世界末日的狗》（*Los perros del fin del mundo*, 2012）以及回忆录《蝴蝶山》（*La montaña de las mariposas*, 2000）等。

荷马·阿里德希斯的创作受到世界文学批评界的关注，在拉美文学界占有重要的地位。他的作品在拉丁美洲国家广受欢迎，并被翻译到一些欧洲国家。韩国学者金正华（Jung Hwa Kim）出版的专著《荷马·阿里德希斯的生态世界观，自然之魂：生态批评与生态心理学》（*Cosmovisión ecológica en Homero Aridjis, "Alma en la naturaleza": Ecocrítica y Ecopsicología*, 2012）从生态灭绝和生态心理学的角度分析荷马·阿里德希斯作品中的生态观，探索文学与生态的关系。著作引入后现代主义及生态批评的核心主题，讨论了生态学的概念、历史沿革及其与后现代文学的联系。表现出对科学技术的担忧、对发展引起自然变化以及人类异化的关切。作者在分析作品中提出神圣、灵魂、自然、启示、乌托邦、生物中心主义和人类中心主义等概念，同时阐明了阿里德希斯作品中光与太阳的意义，展示了其生态乌托邦的含义。该专著成为第一部对荷马·阿里德希斯作品生态观深入探讨的著作。德国学者托马斯·施陶德尔（Thomas Stauder）等人合著的《空气中的光：关于荷马·阿里德希斯的国际研究》（*La luz queda en el aire:estudios internacionales en torno a Homero Aridjis*, 2005）中，研究了荷马·阿里德希斯作品的创作主题。其中汇集了18篇对荷马·阿里德希斯的诗歌、小说和戏剧作品的评论，2篇访谈，还有6个对其生平、作品介绍的附件，例如，评论文章《阿里德希斯诗歌：为创作而观察》（"La poesía de Aridjis: Ver para crear"）、《荷马·阿里德希斯两部反乌托邦小说中的环境启示录对墨西哥民族的思考》（"Pensar la nación mexicana a tráves del Apocalipsis ecológico en dos novelas distópicas de Homero Aridjis"）、《千年阿里德希斯：叙事作品主题审美的统一》（"Aridjis milenario: Unidad temática y estética de su obra narrativa"）、《荷马·阿里德希斯〈世界末日的大戏〉解读》（"Reflexiones acerca de *Gran teatro del fin del mundo* de Homero Aridjis"）等。这些论文既分析了他诗歌中展现的自然意象、墨西哥城意象、互文性、诗歌形式和内容、人性和真理，又论述了小说中展现的不同主题，如启示录、记忆叙述、历史与遗忘，还涉及他小说中的美学表现形式等。米盖尔·洛佩斯（Miguel López）的文章《荷马·阿里德希斯两部反乌托邦小说中的环境启示录对墨西哥民族的思考》，分析了荷马·阿里德希斯的两部小说《太阳的传说》和《做爱时你在想着谁？》中的环境启示录以及生态灾难背后墨西哥政府的现状，并突出了女性在拯救和保护自然环境中的作用。

除此以外，劳伦斯·帕贾克斯（Laurence Pagacz）的评论《墨西哥城，荷马·阿里德希斯〈做爱时你在想着谁？〉中的迷宫城市》（"México DF, ciudad-laberinto en *¿En quién piensas cuando haces el amor?* de Homero Aridjis", 2013），揭露现代化进程给墨西哥城带来的环境污染和杂乱无序的政治问题。托马斯·施陶德尔的评论《墨西哥作家荷马·阿里德希斯作品中的奇幻：对小说〈太阳的传说〉的分析》（“Lo fantástico en la obra del autor mexicano Homero Aridjis : análisis de la novela *La leyenda de los soles*”, 2006），试图界定《太阳的传说》的类型，肯定其反乌托邦和偏向奇幻小说的特征。塞尔希奥·罗哈斯（Sergio Rojas）的文章《荷马·阿里德希斯〈太阳的传说〉中启示录的诗学》（“Poética del apocalipsis *La leyenda de los soles*, de Homero Aridjis”, 2010）分析了《太阳的传说》中的启示录、性、时间主题等。另有一些评论文章分析其他作品或同一类作品的主题时，也提到荷马·阿里德希斯的两部作品，如劳拉·巴尔巴斯·罗登（Laura Barbas Rhoden）的著作《拉丁美洲小说中的生态想象》（*Ecological Imaginations in Latin American Fiction*, 2011）第三部分，介绍了《做爱时你在想着谁？》的故事背景和所反映的环境问题。哈维尔·欧尔迪斯（Javier Ordiz）的文章《荷马·阿里德希斯叙述文学中的历史、启示录和反乌托邦》（“Historia, apocalipsis y distopía en la narrativa de Homero Aridjis”, 2010）和《未来的梦魇：墨西哥当代叙事中的城市反乌托邦》（“Pesadillas del futuro. Distopías urbanas en la narrativa mexicana contemporánea”, 2014），深入探讨了《太阳的传说》和《做爱时你在想着谁？》的反乌托邦和启示录主题。比利时鲁文天主教大学西班牙语文学博士劳伦斯·帕贾克斯的文章《失乐园：我对墨西哥作家荷马·阿里德希斯的研究状态》（“El edén subvertido: estado de mi investigación sobre la obra de Homero Aridjis”, México, 2013），同样对荷马·阿里德希斯的作品做深入挖掘。

此外，还有两篇博士论文把荷马·阿里德希斯的作品作为研究对象。詹姆斯·J. 洛佩斯（James J.López）的《第五太阳纪中的伊甸园：荷马·阿里德希斯的叙事文学》（“Eden in the age of the fifth sun: the narrative work of Homero Aridjis”, 2000），将荷马·阿里德希斯的小说分为未来小说和历史小说两种类型，在未来小说中第二部分探讨和分析了《太阳的传说》中世界末日论、历史编纂学和侦探科幻虚构的主题和元素；海伦·德·菲伊斯（Hèlén de Fays）

的《从未来中学习：西班牙语美洲科幻小说中的自然与科技》（“Learning from the Futrue: Nature and Technology in Spanish American Science Fiction”, 2004），对《做爱时你在想着谁？》中科技导致自然环境恶化的主题进行阐释，并探讨了小说中的反科技流派。

意大利米兰大学学者朱塞佩·贝里尼（Giuseppe Bellini）的学术专著《启示录时代：荷马·阿里德希斯的戏剧》（*I tempi dell'apocalisse: L'opera di Homero Aridjis*, 2013），分析了荷马·阿里德希斯的戏剧创作。

在中国的拉美文学研究领域，郑书九教授主持撰写的专著《拉丁美洲“文学爆炸”后小说研究》（商务印书馆，2013）第八章，裴迪在文中专门分析了荷马·阿里德希斯两部作品《太阳的传说》和《做爱时你在想着谁？》的主题。到目前为止，中国国内学术界鲜有人涉及阿里德希斯作品，甚至没有中译本。

鉴于此，本专著在前人研究成果的基础上，运用文本分析和生态批评的方法，对荷马·阿里德希斯的两部作品进行综合性的生态分析。从环境启示录和反乌托邦主题出发，对比分析《太阳的传说》和《做爱时你在想着谁？》中的神话生态、生态女性主义，探讨其中对女性生态卫士的形象塑造以及以神话方式喻示世界未来的选择和出路；探析作家笔下墨西哥当今自然环境被破坏、社会政府腐败、人类精神异化等诸多问题；分析小说运用的诸如时代错乱、时空交错以及奇幻意象呈现的艺术手法，阐释作家通过这些艺术手段与其审美思想的结合所呈现的生态理念。

该著作的另一位研究对象智利作家路易斯·塞普尔维达，是一位活跃的环保主义运动者，在文学创作中充分体现了其独特的生态思想和政治主张。他的作品在拉丁美洲家喻户晓，文学批评界对其作品的评论和研究成果颇丰。他的作品大多聚焦于人与自然的关系，关注人类社会生态的各种问题，题材多样（如旅行见闻、冒险经历、儿童故事、侦探小说、生态小说和黑色小说等），并以神奇魔幻色彩的现实主义创作手法吸引了国内外众多读者和评论者。他的小说《读爱情小说的老人》（*Un viejo que leía novelas de amor*, 1989）[①]，控诉了人类野蛮破坏热带雨林生态、猎杀动物、践踏生命的恶劣行为，无情地揭露了人性的虚伪。1989 年该小说获"蒂格雷·胡安奖"（Premio Tigre Juan）。小说《读爱情小说的老人》和《教海鸥飞翔的猫》（*Historia de una gaviota y del gato que le enseñó a volar*, 1996）中译本均于 2011 年由人民文学出版社出版。

路易斯·塞普尔维达的作品引起世界很多评论家和读者的关注。瓦特尔·罗哈斯·佩雷斯（Walter Rojas Pérez）在《今日生态批评》（*La Ecocrítica Hoy*, 2004）一书中，运用奈斯托尔·加西亚·坎克利尼（Néstor García Canclini）的"文化混杂"（cultura híbrida）理论学说、何塞·卡洛斯·马里亚特吉（José Carlos Mariátegui）的马克思主义思想以及生态理论等，分析了路易斯·塞普尔维达的作品，并阐释《读爱情小说的老人》所涉及的印第安民族问题。美国学者们在对拉美生态批评的研究中总会提及他的作品。劳拉·巴尔巴斯·罗登的著作《拉丁美洲小说中的生态想象》以路易斯·塞普尔维达《读爱情小说的老人》的历史、社会背景、人与动物和自然之间的关系为研究对象，分析拉丁美洲小说揭示的亚马孙热带雨林环境生态问题。

还有许多研究者从不同的角度对路易斯·塞普尔维达作品中的生态、流亡、旅行、伦理、世界观、语言和艺术技巧等诸多方面挖掘探究。玛莉艾拉·希门内斯（Mariela Jiménez）的《路易斯·塞普尔维达〈读爱情小说的老人〉中的智慧》（*La sabiduría según Luis Sepúlveda en "El viejo que leía novelas de amor"*）分析了作品中人物所代表的智慧和爱的主题。弗朗西斯·德·巴耶·布拉沃（Francis del Valle Bravo）的研究专著《路易斯·塞普尔维达：生态批评叙事》（*Luis Sepúlveda: una narrativa ecocrítica*）运用生态批评的方法，阐述

① 该小说人民文学出版社 2011 版中译本书名又译做：《读爱情故事的老人》。

作家的六部小说中的生态观，其中第二章分析了《世界尽头的世界》(*Mundo del fin del mundo*, 1994）中反映的巴塔戈尼亚地区的生态问题，第三章分析了《读爱情小说的老人》里体现的亚马孙热带雨林的生态问题。当然，该研究著作涉及众多作家的作品，未能运用生态批评理论深入全面地分析这些作品，只局限于对每部作品的生态观做一般性介绍。胡安·加夫列尔·阿拉亚·格兰东（Juan Gabriel Araya Grandón）的《路易斯·塞普尔维达：世纪末作家》(*Luis Sepúlveda: un escritor de fin de siglo*）对塞普尔维达作品中人与自然、文明与野蛮的主题进行了探讨。斯科特·德·弗里斯（Scott De Vries）的《西班牙语美洲“丛林小说”中的政治生态和环境保护论》(*Political Ecology and Environmentalism in the Spanish American "Novela de la Selva"*)，对《读爱情小说的老人》以及何塞·欧斯塔西奥·里维拉的《旋涡》等拉丁美洲“丛林小说”中的环境保护论和政治生态进行了对比分析。玛丽娜·加尔维斯·阿赛洛（Marina Gálvez Acero）的《后现代背景下路易斯·塞普尔维达叙事中的规范作用》(*Funciones paradigmáticas de la última narrativa de Luis Sepúlveda en el contexto de la postmodernidad*)，对塞普尔维达几部作品里反映当下价值观的范式，以及各部作品之间的联系和批判主题进行了分析。西尔维娅·E. 卡西尼（Silvia E. Casini）《巴塔戈尼亚虚构：阿根廷和智利叙事中的南部地区构建》(*Ficciones de Patagonia: la construcción del sur en la narrativa argentina y chilena*）的第一章，分析了路易斯·塞普尔维达的小说《巴塔戈尼亚快运》(*Patagonia Express*, 1995）中巴塔戈尼亚中心地区的空间布局。达纽斯卡·冈萨雷斯（Daniuska González）的《路易斯·塞普尔维达叙事之旅——生态书写：旅行作家的新视角》(*Viaje a la narrativa de Luis Sepúlveda. Escribir la ecología: la nueva mirada del escritor viajero*）对塞普尔维达几部作品中人类行为造成的生态问题以及生态主题所蕴含的乌托邦性质做了探讨。

除此，胡安·加夫列尔·阿拉亚·格兰东的文章《新世界的另一种伦理：路易斯 · 塞普尔维达〈世界尽头的世界〉（1994）中汉斯 · 乔纳斯的责任原则，生态批评研究摘记》（“Otra ética para un nuevo mundo: el principio de responsabilidad de Hans Jonas en *Mundo del fin del mundo*（1994）de Luis Sepúlveda. Notas para una investigación ecocrítica”），以及罗德里格 · 马拉维尔 · 罗德里格斯（Rodrigo Malaver Rodríguez）的文章《拉丁美洲小说中森林的生态文学〈读爱情小说的老人〉》（“La ecoliteratura de la selva en la novela latinoamericana: *un viejo que leía novelas de amor*”, 2001），同样对作品做了生态批评研究。

以上列举的学术作品从不同视角或对路易斯 · 塞普尔维达小说中历史、社会背景，人与动物、自然关系，或对伦理、生态观、世界观、环境保护论，或对小说的主题、语言和艺术技巧等方面进行了探讨和分析。但是，鲜有从后殖民生态批评角度对作品进行剖析，尤其是缺少对《读爱情小说的老人》和《世界尽头的世界》两部作品的对比分析和研究。

在中国，虽然已出版了路易斯 · 塞普尔维达作品的中译本，但对其作品的学术研究成果屈指可数，除了《拉丁美洲“文学爆炸”后小说研究》中做了评论，仅有陈凯先教授的论文《争夺金币的背后——评智利作家路易斯 · 塞普尔维达及其小说〈斗牛士的名字〉》（《外国文学》1997 年第 2 期）、赵德明教授的论文《智利文坛双星——安东尼奥 · 斯卡尔梅达和路易斯 · 塞普尔维达》（《外国文学动态》2002 年第 5 期）对其做了专题研究，以及知网上几篇关于《教海鸥飞翔的猫》的故事短评。显然仅这些研究还远远不够，为了让中国读者更深刻地了解其作品中所蕴含的独特的拉美生态思想，有必要对路易斯 · 塞普尔维达的作品进行更加深入全面的探究。

本专著在前人研究成果的基础上，试图从后殖民生态批评的角度分析路易斯 · 塞普尔维达的两部小说所呈现的后殖民者对拉美自然的破坏，以及后殖民生态扩张主义、种族主义与物种主义对土著居民和动物的践踏行径。小说中殖民者、土著人与动物的不同表现，颠覆了原有的“文明与野蛮”的观念，印证了是非的颠倒以及由殖民者野蛮行径所招致的自然报复。本文还试图通过分析两部小说中塑造的环保卫士形象以及文学想象中的乌托邦，明确作者生态抗争的理念。

本专著目的是通过对生态文学代表作家荷马·阿里德希斯和路易斯·塞普尔维达作品中呈现的启示录和理想主义等内容的分析，阐述其中人与自然、人与动物、人与社会之间关系的主题，凸显在主题演变、分野的过程中作家所运用的独特的艺术手法，旨在以点带面，力图整体把握拉美生态文学的主题，探讨拉丁美洲生态文学的本土化特征。

鉴于中国对拉丁美洲生态文学研究比较薄弱的状况，我们希望本研究成果能接近并最终跻身世界文学批评发展的前沿，丰富和深化拉丁美洲“文学爆炸”后小说的研究，并推进拉美生态文学研究。希望我们的研究对中国文论家以及拉丁美洲文学研究者多角度、多维度地观察和解读拉美文学作品有借鉴和启发的意义，对当下中国提出发展生态文明、生态和谐理念具有社会启示意义，对破坏自然环境、残害动植物而导致社会与精神双重异化和人类毁灭自己的行为起到警示作用。

该专著以生态批评理论、生态女性主义、后殖民生态主义批评为研究的理论依据，从更广的文化研究视角，运用文化批评法、文本实证分析、归纳和推理以及比较等研究方法，对墨西哥和智利两位代表性作家不同类型的生态文本进行分析和研究，阐释其生态主题和生态思想，力图总结并归纳拉丁美洲生态文学的整体特征。

本专著将在世界生态文学背景中，呈现拉丁美洲生态文学产生和发展的文化和文学背景，通过分析具有代表性的拉丁美洲生态文学作家的文本，阐述其生态小说的主题及分野，并归纳其本土化特征。本专著除绪论、结语、参考文献等外，由以下四章组成：第一章，拉丁美洲生态文学的历史文化语境，描述生态文学和生态批评在拉丁美洲的发展及拉美生态文学的研究现状；第二章和第三章，分别以荷马·阿里德希斯和路易斯·塞普尔维达两位作家的作品为研究对象，从文化、宗教、后殖民的角度阐述他们各自的生态思想。总体而言，荷马·阿里德希斯以环境启示录和人的异化，路易斯·塞普尔维达以人与动物、人与自然之间的抗争揭露出各国具有世界末日启示录性质的生态危机，让人们意识到目前日趋恶化的环境问题的严重性。两位作家通过描绘不同形式的乌托邦，旨在呼吁人类保护生态环境、拯救生态危机。二者分别以“故事套故事”、戏仿和反讽、隐喻和象征、奇幻和神话间杂等文学手法，体现各自不同的生态思想和相近的艺术形态。他们的创作体现出拉丁美洲生态文学整体的特征。第四章，梳理拉丁美洲生态文学及生态批评的主题与特点。在各章节对生态作品主题的探讨与分析的基础上，本专著总结出拉美生态文学的八个核心主题，归纳出其主题背后在内容表述和艺术手法运用方面所表现的六个特征；并总结针对拉美生态文学研究的生态批评的几个特点与研究维度。最后总结本专著的生态批评实践方法，所研究的两个作家作品的特点，他们在创作主题上的相似和差异以及造成这种差异的内外部原因。

第一章　拉丁美洲生态文学的历史文化语境

第一节　世界生态批评概述

一　生态批评术语的界定

随着生态文学作品的涌现和繁荣，文学评论界对其研究与日俱增。与生态文学对应，把生态文学研究和评论总称为“生态批评”。生态批评的内容庞杂、体系开放，呈现出文学研究的“绿色化”，即将环境问题放到与人类生存、人类生活和需求同等重要的研究位置上，是当代“非人类中心主义生态思潮”与文学研究的结合，因此它兼有文学批评和文化批评的性质。学界在初步界定生态批评的含义上存在两种意见，一种是劳伦斯·布伊尔（Lawrence Buell）的界定：“生态批评是一个伞状术语，通常指环境取向的文学、偶尔也指环境取向的一般人文科学研究，以及指导这种批评活动的相关理论。”[①]另一种是彻丽尔·格罗特费尔蒂（Cheryll Glotfelty）的界定：“生态批评是探讨文学与自然环境之关系的研究。”[②]前者对生态批评的定义涵盖范围广泛而具体，将环境取向的艺术研究纳入生态批评的范围。相比之下，后者的定义则更宽泛。但二者的定义都涵盖了文学与环境的关系。学界首先突出生态批评是对文学的研究，是采取“以地球为中心”的观点研究文学。因此，一般意义上

---

① 胡志红：《西方生态批评史》，北京：人民出版社，2015 年，第 75 页。

② 同上，第 75 页。

提及的生态批评多指文学的生态批评。正是由于格罗特费尔蒂定义的宽泛性，给生态批评提供了广阔的研究空间，体现了它的复杂性和多样性，因此得到大多数学者的认同。

世界范围生态文学的发展是人类历史生态危机演化的必然结果。各国兴起的控诉人类破坏自然行为的生态文学作品带动了文学批判，“生态批评”应运而生。生态批评起源于20世纪70年代。1972年，美国学者约瑟夫·密克尔（Joseph Meeker）出版的专著《生存的喜剧：文学的生态学研究》（*The Comedy of Survival: Studies in Literary Ecology*）被认为是生态批评的开山之作。他第一次提出“文学的生态学”（literary ecology）术语，主张探讨文学对人类与其他物种之间的关系，审视和发掘文学对人类行为和自然环境的影响。同年，另一位美国学者卡尔·克洛伯尔（Karl Kroeber）在西方批评界影响很大的学术刊物《现代语言学会会刊》（PMLA）上发表文章，将“生态学”（ecology）和“生态的”（ecological）概念引入文学研究。1978年，威廉·鲁克尔特（William Rueckert）在《衣阿华评论》（*Iowa Review*）上发表文章《文学与生态学：一次生态批评实验》（“Literature and Ecology: An Experiment in Ecocriticism”），文中首次使用“生态批评”（ecocriticism）一词，提倡将文学与生态学结合，强调批评家必须具有生态学的视野，文艺理论家应当构建一个生态诗学体系。之后，一批青年研究者、生态环保主义者都倡导将对文学与对自然的兴趣结合起来，将文学关注自然的视野与科学、生态学联系起来。更多学者陆续提出相关的生态批评术语，如：生态诗学（ecopoetics）、生态文学（ecological literature）、环境文学（environmental literature）、环境文学批评（environmental literary criticism）、绿色研究（green studies）、绿色文学（green literature）等。

二　生态批评研究成果及其主要观点

20世纪90年代，有关生态批评的著述逐渐丰富，生态批评的研讨规模迅速扩大。1990年，罗伯特·芬奇（Robert Finch）和约翰·埃尔德（John Elder）主编的《诺顿自然书写文选》（*The Norton Book of Nature Writing*），介绍了18世纪以来欧美自然书写的重要作品，其中大部分是生态文学名篇。1991年乔纳森·贝特（Jonathan Bate）出版专著《浪漫主义生态学：华兹华斯与环境传统》（*Romantic Ecology: Wordsworth and the Environmental Tradition*），提出了“文学生态批评”这一术语。同年，现代语言学会举办议题为“生态批评：文学研究的绿色化”（Ecocriticism: The Greening of Literary Studies）的研讨会。1992年，美国“西部文学学会”在内华达大学召开年会，创立了生态文学第一个重要国际学术组织“文学与环境研究会”（ASLE），其宗旨是：“促进有关人类和自然世界关系的文学思想和文学信息的交流；鼓励新的自然文学创作；推动传统的和创新的研究环境文学的学术方法以及跨学科的生态环境研究。”[①] 文学与环境研究会共有来自30个国家的1300多名成员，并在英国、新西兰、加拿大、印度、韩国、日本和澳大利亚等国设立分会。1995年，文学与环境研究会首次学术研讨会在科罗拉多大学召开，共同创办生态批评领域的核心性学术期刊《文学与环境跨学科研究》（ISLE）。这次大会被看作是生态文学研究倾向或潮流形成的标志。1995年，劳伦斯·布伊尔教授出版的专著《环境的想象：梭罗，自然书写和美国文化的构成》（*The Environmental Imagination: Thoreau, Nature Writing, and the Formation of American Culture*）被称为“生态批评的里程碑”，被生态批评家在各自的研究中多次引用。1996年，由彻丽尔·格罗特费尔蒂和哈罗德·弗罗姆（Harold Fromm）主编的第一本生态批评研究资料汇编《生态批评读本》（*The*

① 刘蓓：生态批评研究考评，《文艺理论研究》2004年第2期，第90页。

Ecocriticism Reader）问世，被公认为生态批评入门的首选文献，标志着生态批评已经正式成为研究性批评理论。同年，卡尔·G. 亨德尔（Carl G. Herndl）与斯图尔特·C. 布朗（Stuart C. Brown）共同编辑出版文集《绿色文化：当代美国的环境修辞》（*Green Culture: Environmental Rhetoric in Contemporary America*），其收录的 11 篇论文综合修辞学研究和生态批评，以生态文学家、生态学家、科学人士、政府官员及企业家等各界人士辩论环境问题的方式，探讨社会团体建构有关环境问题的文化观的机制，拓宽了生态批评的研究范围。

从 20 世纪 90 年代到 21 世纪初，生态批评理论研究如火如荼，各种重要文论著作相继出版。获得的关注度、参与者和研究成果数量以及国际化影响呈迅速上升趋势，曾被文学研究界忽视的自然环境问题得到前所未有的重视。1998 年，英国批评家理查德·克里治（Richard Kerridge）和尼尔·塞梅尔斯（Neil Sammells）共同主编的文集《书写环境：生态批评和文学》（*Writing the Environment: Ecocriticism and Literature*, 1998），是英国第一本生态批评论文集，由生态批评理论、生态批评历史和当代生态文学三大部分组成。同年，美国生态批评家帕特里克·墨菲（Patrick Murphy）出版论文集《自然文学：国际原典汇编》（*Literature of Nature: An International Sourcebook*, 1998），其中包含五大洲数十个国家的生态批评论文。编者认为，生态批评的发展应当是国际化和全球化的，"生态批评的发展需要对世界范围表现自然的文学进行国际性的透视"。[①]1999 年，权威性学术刊物《现代语言学会会刊》开辟了特别论坛，专门讨论生态批评。除上述著作外，此期间重要的生态批评论著还有英国批评家劳伦斯·库普（Lawrence Coupe）的生态批评文集《绿色研究读本：从浪漫主义到生态批评》（*The Green Sudies Reader: From Romanticism to Ecocriticism*, 2000）、英国学者乔纳森·巴特的《地球之歌》（*The Song of the Earth*, 2000），等等。

---

① 胡志红：《西方生态批评史》，北京：人民出版社，2015 年，第 44 页。

进入21世纪后，生态批评发展的势头更为迅猛，研究视野更广阔、内容更深入。2001年，文学与环境研究会的第四届年会在北亚利桑那大学举行，对生态批评的发展进行了全面的回顾和总结。同年，卡拉·安布鲁斯特（Karla Armbruster）和凯思林·R. 华莱士（Kathleen R. Wallace）合编出版《超越自然书写：扩大生态批评的边界》（*Beyond Natural Writing: Expanding the Boundaries of Ecocriticism*, 2001），呼吁生态批评扩展到文本的批评范围，超越自然书写和荒野文学批评的传统，所收录论文涉及的文本从17世纪的弥尔顿到当今的网络风景，拓宽了生态批评的边界。劳伦斯·布伊尔出版专著《为濒危的世界而写作：文学、文化及环境》（*Writing for an Endangered World: Literature, Culture, and Environment in the United States and Beyond*, 2001），将生态批评的笔触从荒野世界扩展至城市，从陆地延伸至海洋，探寻走出生态危机、实现环境公正之路，标志着生态文学批评理论已进入新的阶段。2005年，布伊尔又推出其生态批评三部曲中的最后一部《环境批评的未来：环境危机和文学想象》，对生态批评经历的两次生态风波做出界定，即第一波生态中心主义型生态批评和第二波环境公正生态批评，分析生态批评历史转向文化学术语境，并剖析和归纳了两波生态批评的特征。2010年，澳大利亚作者格莱汉姆·哈根（Graham Huggan）与加拿大学者海伦·提芬（Helen Tiffin）共同出版专著《后殖民生态批评：文学、动物与环境》（*Postcolonial Ecocriticism: Literature, Animals, and Environment*），通过对后殖民理论与生态批评理论的嫁接，将生态主题与社会公正主题相结合，探讨人与自然及不同族群之间和谐共生、普遍公正的文化路径。

2002年，著名文学研究刊物《跨学科文学研究》连续两期推出有关生态文学研究的特辑——《生态诗学》（第2期）和《生态文学批评》（第3期）。2010年，西班牙生态批评研究社（Group for Research on Ecocriticism in Spain，缩写GIECO）与欧洲文学、文化及环境研究学会（European

Association for the Study of Literature, Culture and Environment，缩写 EASLCE）共同创办了欧洲文学、文化及环境网络生态批评杂志 *Ecozon@*。在其第 1 期刊发的第一卷《生态批评新视野：欧洲与跨国生态批评》（*New Ecocritical Perspectives: European and Transnational Ecocriticism*）中，共收录 28 篇生态批评论文，突出介绍了欧洲生态批评。除了用英语撰写的文章外，还有法语、德语、意大利语和西班牙语撰写的文章。

2010 年，斯科特·斯洛维克（Scott Slovic）教授在《生态批评新视野：欧洲与跨国生态批评》第一期第一卷发表文章：《生态批评第三波：北美对该学科现阶段的思考》（"The Third Wave of Ecocriticism: North American Reflections on the Current Phase of the Discipline"），在总结西方生态批评的发展历程基础上提出了第三波（第三阶段）生态批评的理论。他超越劳伦斯·布伊尔的两个阶段理论，突出环境文学中种族性的研究是第三阶段生态批评的重要维度，强调跨文化、跨文明的视野与生态女性主义文学批评和环境公正生态批评的行动主义宗旨的结合，这是生态乌托邦主义与生态现实主义的合流。不过，中国学者胡志红认为："斯洛维克的第三波生态批评理论是将布伊尔的环境公正生态批评中的种族视野剥离出来加以突出，因而没有太多的新意。"[①] 因此，在 2015 年最新出版的《西方生态批评史》中，胡志红教授沿用布伊尔的两波（两个阶段）生态批评理论，即第一波：生态批评学派的创立及其理论建构时期（1972—1997）；第二波：生态批评的环境公正转向时期，即环境公正生态批评的形成与发展（1997 年以后）。第一波或第一阶段"主要以生态中心主义哲学，尤其是以深层生态学为基础，锁定人类中心主义是导致生态危机的罪魁祸首，试图跨越学科界限，从形而上层面探讨文学、文化与环境的关系"。[②] 这一阶段生态批评属于生态中心主义型生态批评，依然处

① 胡志红：《西方生态批评史》，北京：人民出版社，2015 年，第 67 页。

② 同上，第 67 页。

在人类中心主义和生态中心主义的二元对立困境之中。生态批评学者企图通过生态中心主义的理念，重塑人类文化、进行绿色化革命、唤醒人类的生态意识、培养人类的生态情怀，从而达到控制和消灭危机的目的。因此，这种“以生态中心主义主导下的文学研究范式取代人类中心主义主导下的文学研究范式”具有强烈的乌托邦色彩。

20 世纪 90 年代中后期，作为生态批评思想基础的生态中心主义受到以有色民族人民、穷人为主体的弱势群体、第三世界以及环境哲学的社会生态学家和生态女性主义学者的严厉批判。为应对学术危机，生态批评学者们总结 20 多年来生态批评学术的成败得失，对生态批评进行学术调整，将环境公正引入生态批评的学术领域，推动了生态批评转型，过渡到第二波或第二阶段——环境公正生态批评。环境公正生态批评将种族、种族性、性别、阶级引入生态批评领域，成为生态批评的新视野，从而极大地拓展了生态批评的范围。

与第一波相比，第二波生态批评重新界定了环境的内涵，将其从自然和荒野扩展到人们工作、生活等更多处所，包括城市等人工环境和一切有形、无形的物理环境、非物质环境（诸如互联网虚拟空间）等。它打破了固有文类限制，超越了自然书写局限，拓宽了所研究的文本范围。第二波生态批评手法更加多样化，借用其他批评理论或与其交叉结合，丰富并深化研究内容；增添了生态女性主义和种族两个视野，为生态批评理论衍生出生态女性主义批判和后殖民生态主义批判，拓宽了理论外延；强调生态批评的跨学科性，重视学术研究与生态政治、生态教育以及社会公正等的联系。以上这些成果强化了文学与环境的跨文化研究。

生态批评从第一波发展到第二波，研究视野和内容更宽更广。胡志红教授在《西方生态批评史》中总结道：

> 第一波生态批评主要立足生态中心主义的立场，从形而上层面探讨人与自然的关系，多层面、多视角深挖生态危机产生的人类中心主义文化根源，是“哲学走向荒野”的产物；而第二波生态批评则立足环境公正立场，从现实层面探讨生态危机产生及其日益恶化的历史文化根源，是生态批评“回家”的标志，是生态乌托邦理想与人类社会公平正义现实诉求相结合的产物，是生态诗学、环境公正诉求及多元文化主义相结合的必然结果。[①]

由此可见，生态批评的发展是顺应时代发展的需要，生态批评理论的完善和进步是学科学术发展之所需，也是文学和文艺理论发展之所需，它的阶段性发展体现了生态文学研究反思现实生态危机之后而获得的初步成果，从颠覆人类中心主义走向生态中心主义，再到质疑生态中心主义并且走向环境公正，生态批评经历了不断发展、修正、改善和推陈出新的过程，体现了人类对破坏自然恶行反思和积极主动改变生态危机现状的美好意愿。这为生态批评进一步发展奠定了良好的基础。

彻丽尔·格罗特费尔蒂的《生态批评读本》在“探讨文学与自然环境之关系的研究”基础上界定和阐释生态批评这一术语，指出：

> 所有生态批评仍然有一个基本的前提，那就是人类文化与物质世界相互关联，文化影响物质世界，同时也受到物质世界的影响。生态批评以自然与文化、特别是自然与语言文学作品的相互联系作为它的主题。作为一种批评立场，他一只脚立于文学，另一只脚立于大地；作为一种理论话语，他协调着人类与非人类。[②]

① 胡志红：《西方生态批评史》，北京：人民出版社，2015年，第32页。

② 王诺：《生态批评：界定与任务》，《文学评论》2009年第1期，第64页。

格罗特费尔蒂的阐释很好地说明了生态主义的诉求和使命，即："通过文学来重申人类文化、进行文化批判、挖掘导致生态危机的思想文化根源。"[①]中国学者王诺分析和总结各国学者的生态批评定义，在吸取其利弊的基础上，提出更为完善的定义："生态批评是在生态主义、特别是生态整体主义思想指导下探讨文学与自然之关系的文学批评。它要揭示文学作品所反映出来的生态危机之思想文化根源，同时也要探索文学的生态审美及其艺术表现。"[②]这一定义更准确地指出了生态批评的指导思想、研究范围、批评对象和艺术价值，同时也反映了生态批评给文学研究带来了生态哲学、生态美学和文艺学理念。

在生态批评发展的几十年里，各国学者都对此理论的内涵和外延加以探究，提出各自的新理念。其中，劳伦斯·布伊尔提出了生态批评对环境问题介入的特征。他认为，生态批评家不能仅把自己看作从事学术活动的人，应当深切关注当今的环境危机，只执着于文学研究与文学理论本身无法做好一个生态批评家；文学和文化研究可以为理解和挽救环境危机做出贡献。布伊尔在 2005 年出版的《环境批评的未来》一书里，进一步阐述了生态批评的自然关怀和社会关怀，指出："生态批评已经从主要关注自然保护深入到主要探究生态危机的思想、文化、社会根源，它更加关注的是环境正义，关注全球化与生态保护地域的关系和冲突，关注美学、伦理学和政治关怀与生态关怀的联系和抵触。"[③]很多学者赞同这种观点，认为生态批评与其说是一种新型文学理论或方法论，更像是"一个将文学批评和研究与现实的需要、问题和危机联系起来的思潮或运动，一场超越文学学科自身的藩篱，力求与其他学科如历史学、文化学、生物学、地理学、生态学、社会学、环境学、伦理学与哲

① 同上，第 64 页。

② 同上，第 66 页。

③ 王诺，宋丽丽，韦清琦：《生态批评三人谈》，《三峡大学学报》2006 年第 3 期，第 18 页。

学等交叉结合的思潮与运动”。[①]后一句点明了生态批评的跨学科性。这种跨学科性正是生态批评与其他文学批评的不同之处。

随着全球生态危机的加剧，生态批评呈现国际性多元文化的发展趋势，不同文化价值理念应相互联系和互通有无，在建立这种文化与文明的联系的同时，还要考虑文本要素和文本种类之间的相互联系，具有多元、开放的特点。生态批评借鉴多种批评理论的方法和策略，如文化批评、女性主义、后殖民理论、解构主义、后现代主义等理论，并与之交叉、整合，进一步深化、拓展生态批评理论自身，具有与其他理论交叉和整合的特征。总之，生态批评已经逐渐成为一种跨学科、跨文化、跨文明和国际化的新文艺理论研究，并通过对不同理论的借鉴和交叉整合，从不同的视角探讨文学、文化、社会、自然之间的内在联系，解决文学与自然环境的深层关系问题。

三　生态批评在中国的发展状况

在中国，有著名生态学者聚集的厦门大学、苏州大学、山东大学以及北京大学和清华大学等高校，都已陆续开设与生态文学相关的课程，尤其是关于生态理论探索和生态文学批判的国家级课题立项以及大型学术会议急剧增多，越来越多的研究者开始涉足这一研究领域。厦门大学成立了专门研究外国生态文学的学术团队；苏州大学成立了生态批评研究中心；山东大学成立了生态美学研究中心；北京大学和清华大学都开设了生态文学相关课程，前者于2009年举办了“生态文学与环境教育国际研讨会”，后者于2008年主办了名为“超越梭罗：对自然的文学反应”的生态批评国际研讨会。除此以外，中国国内文学研究界召开了数次与生态学相关的学术会议，如“人与自然——环境文学国际研讨会”（1995，威海）、“生态与文学国际研讨会”（1999，海南）、“全球化与生态批评专题研讨会”（2001，北京）等。

① 同上，第18页。

由此可见，生态批评不仅在欧美国家评论界受到重视，在中国也日益受到青睐，涌现出对国别生态文学研究的许多成果，相关的文学理论批评活动又推动了中国的生态学研究。黄轶教授在《中国当代小说的生态批判》中将中国早期的生态批评分为两个层面：理论援引与本土化、中国生态文学研究具体的批评实践。第一层面是理论援引与本土化，一批从事文艺理论研究的学者如徐恒醇、鲁枢元、曾繁仁、王先霈等，将西方相关生态理论引介到中国，试图结合本土传统文艺理论观念建构自己的生态批评理论，提出“生态文艺学”“生态美学”等学术概念。曾永成、曾繁仁、鲁枢元、蒙培元、王宁等学者先后发表了许多有关生态批评的论著。《文学评论》《文艺研究》《中国社会科学文摘》等刊物刊发或转载了相关的专题论文。鲁枢元教授近年来致力于生态文艺学的研究，著作颇丰。他在《生态文艺学》（2000 年）中提出“生态学的人文转向”这一具有开拓意义的论断，提出“后现代是一个生态学时代”“重建生态乌托邦”等重要思想，以生态文化的批判意识反思人类文明。在文章《生态批评的知识空间》[①] 中，他指出生态批评是继后殖民批判、女性批判兴起的，意味着基于“人类文明知识系统”大转移之上的“文学批判的时代性转移”。这种转移有可能为文学艺术提供“重建宏大叙事，再造深度模式”的机遇，从而加深了生态批评理论构建。在《文学的跨界研究：文学与生态学》中，鲁枢元指出，世界是一个有机整体，不仅是由自然和人类社会组成，还有精神的存在，自然生态、社会生态和精神生态三者构成统一的整体，相互关联，由此形成了别具一格的“生态三分法”理论。鲁教授又通过对文学艺术与自然生态、社会生态、精神生态关系的深入分析，提出“低物质能量的高层次运转”[②] 的理念，这一构想高瞻远瞩，丰富了生态批评理

① 此文收录在《文学的跨界研究：文学与生态学》一书中，原载《文艺研究》2002 年第 5 期。

② 详见鲁枢元：《文学的跨界研究：文学与生态学》，上海：学林出版社，2011 年。关于“生态三分法”理论具体参阅第 35—45 页，第 327—338 页内容，关于“低物质能量的高层次运转”理念具体参阅第 141—144 页内容。

论，令人耳目一新，为完善世界生态批评理论做出了贡献。徐恒醇于2000年出版了我国第一部生态美学专著《生态美学》，对拓展生态批评理论外延和丰富美学视阈具有重大作用。曾繁仁教授所著《生态美学导论》（2010年）为生态美学学科在中国的创立奠定了基础。无论是鲁枢元、曾繁仁，还是王先霈及其他中国生态学者，他们吸取西方生态批评理论原理，建构各自的生态批评观，同时又受中国传统文化"天人合一"思想的启发，挖掘中国古代生态思想的智慧与精华，使中国生态批评具有本土化特征。

第二个层面是中国生态文学研究具体的批评实践。中国生态批评从最初建立到现在已经有20余年，这期间涌现出许多国别生态文学研究者、硕士生、博士生的研究成果。《文学评论》1985年第1期刊发徐芳的文章《人与大自然关系的艺术思考——兼评近年来小说创作的一种倾向》，《中国环境报》1987年1月17日副刊《绿叶》上发表张韧的《环境意识与环境文学》等论文，到20世纪90年代后，王诺、陈茂林、韦清琦等学者先后举办了生态文学学术活动。进入21世纪后，生态批评在中国的发展更加迅速。厦门大学专门成立了研究外国生态文学的学术团队，组织和出版国别系列学术著作，包括英国、美国、俄罗斯和德国的生态文学。

中国已出版有影响力的系列个案作家生态作品研究著作，包括对劳伦斯、玛格丽特·阿特伍德、加里·斯奈德的生态文学研究，以及正在进行的，对生态文学先驱梭罗、杰夫斯生态诗的研究，对艾丽斯·沃克、琳达·霍根、堂德里罗的生态文学研究等。还有从文学生态视角阐释《圣经》，研究利奥波德、卡森、艾比、迪拉德、贝里等作家的作品。[①] 刘青汉教授出版的学术著作《生态文学》（人民出版社，2012年）全面介绍美国、加拿大、英国、法国、意大利、俄罗斯、波兰、非洲、中国内地和香港、中国台湾、日本的生态文学状况。黄轶教授的专著《中国当代小说的生态批判》（北京大学出版社，2014

① 根据中国知网上对生态文学作家作品个案研究发表论文所做的统计和总结。

年）提出“生态启蒙以及知识分子的阶层分化所体现的思想嬗变正成为影响人类新文化生成的巨大推动力”[①]的观点，分析和研究中国当代小说所体现的生态理想与各种生态批判主题，为生态文学研究提供一种新思路和新方法。

2015年，胡志红教授出版的学术著作《西方生态批评史》，首次全面梳理、分析、深入研究西方生态批评40年来的发展历程、理论建构和学术实践，填补了中国国内学界在这方面著述的空白，开拓了中国生态批评界的学术视野，推动了中西生态批评学术间的交流与对话。2016年，德国学者阿尔弗雷德·霍农和北京大学赵白生教授合编的论文集《生态学与生命写作》，汇集了来自全球的生态学者从跨文化、跨学科、跨国界视角对生态文学及生命写作方式之间关系进行探讨的文章，为生态批评与生命写作的理论基础提供了新的方法。2017年，唐建南教授出版的专著《生态批评的多维度实践》呈现了生态批评的六大研究维度，包括地方、身体、性别、种族、电影评论和教育维度，并提出了生态批评的最新研究——物质生态批评。除此之外，越来越多年轻学者，包括硕士、博士和博士后等研究人员步入这一研究领域，将其作为学位论文或出站研究报告。在中国知网“中国硕士博士学位论文库”中搜索2007年以来10年的学位论文，以“生态文学”为题的有255篇，以“生态小说”为题的有45篇，以“生态批评”为题的有606篇，涉及与生态相关的其他研究文章则更多。[②]《拉丁美洲“文学爆炸”后小说研究》（商务印书馆，2013年）中第八章对拉丁美洲生态文学进行了阐述。[③]关于生态理论探索和生态文学批评的国家级课题立项也逐年增多，如鲁枢元的“自然在中国文学中的地位及其演替——关于中国文学的生态批评”、赵树勤的“当代中国

① 参照《中国当代小说的生态批判》扉页内容介绍部分，黄轶：《中国当代小说的生态批判》，北京：北京大学出版社，2014年。

② 统计截止日期为2018年1月31日。

③ 该专著为国家社科基金后期资助项目，第八章由裴迪撰写，题为“人类与自然关系的新解读——‘文学爆炸’后拉丁美洲生态小说研究”，初探和解读了几部拉美生态文学作品。

‘生态文学’研究”、李玫的“新时期文学的生态伦理精神”等课题。由此可见，生态批评已获得中国国家社科管理部门和国家官方的重视和支持。生态文学的研究在中国已蔚然成风，将形成燎原之势。

生态批评当前仍然面临很多困境与挑战。首先，在自身理论完善中，生态批评与文化研究产生碰撞，主要体现为生态批评与主流文化研究存在某些“不和”，与文化研究的某些基本前提无法真正保持一致：

一是主流文化研究的“奴隶解放”模式不适合生态批评，因为生态批评找不到真正能够通过启蒙而获得被奴役意识的反抗主体。生态批评只能寄希望于作为压迫者的人类施恩于受压迫的自然。二是主流文化研究相信一切皆社会建构，结果必将把自然也还原为文化，而生态批评却不得不肯定自然非人类、非文化的独立自在地位。①

主流文化致力于提高被压迫者的意识，而生态批评中作为被压迫者的“环境”是不可能有意识的，因此就只能提高压迫者“人类”的意识，但这就与文化研究的信条“奴隶解放”起了冲突，所谓的被压迫者“奴隶”无法通过意识到自己被奴役的地位而成为改变“主奴秩序”的基本力量。文化研究主张建构主义，认为一切永恒的东西都是特定历史状况下的人为建构，也就把“自然的”东西看作是“文化的”，而生态批评却以自然为核心，这样就否定了建构主义所持有的“文化之外一无所有”的论断，而承认自然处于文化之外。所以，生态批评在某些地方与主流文化研究的建构不一致，有悖主流文化研究的理论根基，这种“不和”势必导致生态批评在自身理论完善过程中遇到阻碍，与主流文化研究的某些理念产生冲突。

其次是在生态批评方法的研究上，历来研究者都面临很大困境。纵观生态批评发展几十年，研究大多停留在宏观层面上的原则性探讨，宏观指导下的微观研究相对来说比较薄弱，一直以来没有一个比较系统的方法论体系。而

① 黄应全：《生态批评挑战主流文化研究》，《全国第三届生态美学会议论文集》，2004年。

生态批评不仅要揭示生态文学中表现什么样的自然生态、人与人、人与社会、人与自我之间的关系，还理应分析这种自然、生态危机与人类关系等是通过什么样的艺术方式表现出来的。虽然劳伦斯·布伊尔认为“生态批评表现出后解构主义特征及采取的解构策略”，[①] 但未给出具体的研究方法和策略。

中国学者在这方面的研究成果更清晰地给研究者们提供了思路，如学者赵岚、程亮在《“生态批评”及其研究方法的探讨》一文中梳理和总结出三种生态批评的方法：系统论方法、比较研究方法和价值批评方法。其中，系统论方法的基本出发点是整体性原则，“它把研究对象作为一个整体来考察，从整体与部分的相互关系中揭示系统的特征和规律，在生态批评实践中可运用系统论批评方法”。[②] 而把“比较研究方法”运用到对生态批评理论的实践中，“一方面，可从文学内部进行研究，既可对不同作家的作品进行比较，又可对同一作家的不同作品进行比较；另一方面，还可从外围入手，突破研究视野的局限，通过研究文学与其他学科的关系，使批评的视野开阔，范围扩大，以更好地探求生态批评意义和研究方法”。[③] 价值批评方法主要基于生态批评：

> 在面对目前全球性日益严重的生态危机掀起的一股“绿色”批评浪潮，它提出的最大价值在于质疑和解构“人类中心主义”，目的在于通过文学来重新审视人类文化，批判导致环境恶化和生态危机的思想根源——“人类中心主义”，使文学研究中心由“人类中心主义”向“生态中心主义”过渡，从而确立一种新的生态观，实现人与自然和谐发展。[④]

---

① 劳伦斯·布伊尔，韦清琦：《打开中美生态批评的对话窗口——访劳伦斯·布伊尔》，《文艺研究》2004年第1期，第67页。

② 赵岚，程亮：《“生态批评”及其研究方法的探讨》，《当代文坛》2007年第2期，第65页。

③ 同上，第65页。

④ 同上，第66页。

这是对生态批评方法论的具体概况。之后，刘文良博士在其学位论文《生态批评的范畴与方法研究》中又对生态批评的方法做了系统研究，从“学科方法”和“具体操作方法”两个层面进行考察。在“学科方法”层面，探讨了生态批评的文化诗学方法、生态女性批评方法、生态批评的阐释学方法、生态批评的心理学方法、生态批评的系统论方法。而在文本分析“具体操作方法”上，就“正面发掘与诗意追寻、缺席审问与减值批判、叙事剖析与感染功效、对话批判与多声部回响”①等方法进行探讨。

通观生态批评在中国的发展，由于生态批评的宽泛性和跨学科特点，决定了它与各种批评方法之间的联系。中国学术界已经从心理分析、女性主义、后殖民主义和解构主义等理论中汲取营养，促进生态批评实践和理论的完善，并克服在此领域研究的局限性，力求将生态批评置于多层面、多角度来考察，力争使中国的生态批评走向“跨学科、多视角、多文化、国际化”②批评理论研究的道路上。中国的生态批评也在理论完善和研究方法上给世界生态批评乃至拉美生态批评提供了借鉴。

第二节　拉丁美洲生态文学发展概述

一　拉丁美洲生态文学的渊源与发展

从古印第安玛雅人的《波波尔·乌》(*Popol Vuh*)到20世纪初的拉美现实主义文学，对大自然的描写一直是拉丁美洲文学中重要的一部分。克里斯

① 参阅刘文良：《生态批评的范畴与方法研究》(博士论文)，2007年，第117—179页。

② Flys Junquera, Carmen. Marrero Henríquez, José Manuel. Barella Vigal, Julia. *Ecocrítica: Literatura y medio amiente*, Madrid, Iberoamericana Vervuert Publishing Corp, 2010, p.64。其中收录彻丽尔·格罗特费尔蒂的文章，该文将生态批评理论描述为跨学科、多文化、国际化(interdisciplinar,multicultural e internacional)的有前景的理论研究。

托弗·哥伦布（Cristóbal Colón，1450/1451－1506）在他寻找新大陆的《航海日记》以及写给西班牙国王的信件中，大力赞美美洲大自然风景。人文主义者安德烈斯·贝略（Andrés Bello，1781－1865）在《与诗谈话》（*Alocución a la Poesía*, 1823）中，倡导热带地区通过实行“田地均分法”获得文化独立的理念，宣传“回到大自然中去”“抛弃古老的欧洲”思想；在《热带农艺》（*La agricultura en la zona tórrida*, 1826）中，他详细地描绘了美洲绚丽多彩的大自然。诗人何塞·桑托斯·乔卡诺（José Santos Chocano，1875－1934）的《美洲之魂》（*Alma américa*, 1906）讴歌美洲大陆风物世情。诗人、神甫埃尔内斯托·卡尔德纳尔（Ernesto Cardenal，1925－）的《宇宙颂歌》（*Cántico cósmico*, 1989）表达了人与自然休戚相关、人与宇宙万物共生共荣的思想。在几个世纪拉美文学的文化历史语境中，大自然成为人们抒写的主要对象。在述说中人们表达各自对生态的态度和思想理念，涌现出许多描写生态的文学作品和作家，逐渐形成愈加浓郁的生态文学思潮。

生态文学思潮从美国漫延到欧洲、亚洲、大洋洲、非洲和拉丁美洲。由于拉丁美洲具有独特的文化语境，受殖民文化影响，其科技、经济发展相对落后，对环境的关注相比其他地区较为滞后。从最初印第安土著人对美洲自然生态的崇尚和敬畏，到哥伦布发现新大陆、入侵和践踏美洲大自然，再到殖民化统治改变美洲风貌，拉美各国革命运动、独立战争，军事独裁、内战不断，新自由主义经济侵蚀，帝国主义经济侵略，一直到现代经济发展，社会和生态问题丛生。15 世纪末，殖民者眼中是“圣地”和“天堂”的拉丁美洲经历了社会、政治、经济各种灾难，遭受了殖民者的入侵和破坏，内忧外患，和谐的自然生态遭到严重的破坏。人民迫于生计和生存，无暇顾及保护生态环境，加之经济快速发展导致生态危机，拉丁美洲人民不再骄傲于得天独厚的自然风貌。近半个世纪以来，人们才逐渐开始关注自然生态问题。拉丁美洲的作家、艺术家开始重新将创作目标锁定于描写自然。但与几个世纪以来作家单纯地描写大自然之美不同，现当代作家更多地将笔锋转向人类生态觉醒、呼吁保护自然生态，并揭示导致生态危机的社会根源。他们声讨、揭露经济发展对环境的破坏，号召政府、人民采取整治措施。20 世纪末涌现出一批颇有个性的描写拉丁美洲生态的文学作品。

人类历史的发展和变迁始终影响着文学的发展和变迁。在拉丁美洲历史发展进程中，拉丁美洲文学经历了古印第安文学（15 世纪以前）、征服时期文学（15 世纪—16 世纪初）、殖民统治时期文学（16 世纪中叶—19 世纪初）、独立解放运动和各共和国初期文学（19 世纪—20 世纪初）、现当代文学（20 世纪初至今）等阶段。在不同的文学发展阶段中，我们都可以读到表达生态思想的作品。古代印第安人文明时期保留下来的手抄古籍，其中以玛雅人的《波波尔·乌》为代表，呈现了古印第安人膜拜自然造化、倡导与自然和谐共存的生态思想；通过大自然造物的人、神的传说，描写了“深入和生活杂居在动物、植物之间，叙述人类祖先的日常生活及其如何与自然和平共处”，[①] 表现了玛雅人顺应天地万物的规律，对大自然、人类命运的乐观态度。继玛雅文化之后，阿兹特克文化和印加文化遗留的手抄本古籍记载了自然神明作用于人类社会，人们膜拜自然、信奉神明和自然造物。阿兹特克人以五个太阳纪划分人类所处时代，以自然元素水、气、火、土命名前四个太阳纪，人类现存的时代被看作是第五个太阳纪，并预言人类终将在虚无和暗无天日的世界里终结。印加人崇拜自然，推崇印加宗教，信仰太阳神因蒂（Inti）、创世神维拉科查（Viracocha）、地球女神帕查玛玛（Pachamama）等神明。印加的宗教与大自然息息相关，将太阳提供的光与热视为生命之重，并称印加帝国的君主萨帕·印卡为“太阳的儿子”。这些早期古印第安人的生态思想，影响了后期拉丁美洲的文学创作。

拉丁美洲自 15 世纪末哥伦布发现新大陆起，进入了被征服的历史时期。

① 郑书九等：《拉丁美洲“文学爆炸”后小说研究》，北京：商务印书馆，2013 年，第 300 页。

当时的欧洲探险者惊异于美洲神奇美丽的大自然，纷纷撰文书写和赞美那里的自然生态和奇妙见闻。哥伦布在其《航海日记》中详细地描绘了美洲大陆辽阔、富饶的自然风貌、热情淳朴的印第安土著居民及其风俗。因此吸引了更多欧洲殖民者踏上美洲大陆，开始了肆意的征服、掠夺和破坏行为。“他们一方面四处征战，屠杀印第安人，破坏印第安人的庙宇、宫殿、住房，大肆抢掠金银财物，一方面在印第安人中传播天主教教义”，[①]给美洲大陆原始的人文生态、自然生态带来一场浩劫，开始了“文明教化”的殖民时期。

在这一时期，欧洲殖民统治者认为大自然是野蛮的象征，以“文明教化”的方式迫使美洲土著居民改变对自然的态度、世界观和宗教信仰。殖民者开始对拉丁美洲自然资源肆意掠夺、无节制开发。“野蛮与文明”成为这个时期拉丁美洲作家和丛林小说主要表现的主题之一。多明戈·福斯蒂诺·萨米恩托（Domingo Faustino Samiento）的小说《文明与野蛮——胡安·法昆多·基罗加的生平以及阿根廷共和国的方方面面》（*Civilización y barbarie-vida de Juan Facundo Quiroga y aspectos de la República Argentina*, 1845），第一次展现殖民者关于“文明与野蛮”的争论，并且要把“落后”“荒野”改造为文明的决心。拉丁美洲丛林小说中，描写人与自然的田园诗和浪漫主义的作品，展示人类与自然的斗争、野蛮与文明的冲突。这些作品，“在某种程度上为生态文学的出现和发展奠定了基础”。[②]

奥拉西奥·基罗加（Horacio Quiroga）的《丛林的故事》（*Cuentos de la selva*，1918）、何塞·欧斯塔西奥·里维拉（José Eustacio Rivera）的《旋涡》（*La Vorágine*, 1924）、罗慕洛·加列戈斯（Rómulos Gallegos）的《堂娜芭芭拉》（*Doña Bárbara*, 1929）和《卡纳伊马》（*Canaima*, 1935）以及阿莱霍·卡

① 赵德明等：《拉丁美洲文学史》，北京：北京大学出版社，2001 年，第 31 页。

② 郑书九等：《拉丁美洲“文学爆炸”后小说研究》，北京：商务印书馆，2013 年，第 305 页。

彭铁尔（Alejo Carpentier）的《消失的脚步》（*Los pasos perdidos*, 1953）[①] 等成为丛林小说的代表。奥拉西奥·基罗加的《丛林的故事》描写热带雨林、河流、树木和动物等自然风光。在他的笔下，动植物像人一样有思想感情、心理活动和丰富的内心世界。他倡导人与自然和谐相处，与动植物和平友爱、互帮互助。何塞·欧斯塔西奥·里维拉的长篇小说《旋涡》描写、揭露和批判资本家野蛮开发橡胶资源、攫取财富、破坏原始森林的行径。同时也描述了橡胶工人和印第安土著居民备受欺压、凌辱和残酷的折磨。

然而，多数丛林小说作家“把自然界视为野蛮，生活在草原、平原、森林、河流、大山中的人也是野蛮的，而把城市和生活在城市里的人看作是文明的”，[②] 自然生态被视为野蛮无情，体现了当时“文明与野蛮”的冲突和矛盾。事实上，这种矛盾的根源不是自然的野蛮，而是社会环境导致人性的野蛮。罗慕洛·加列戈斯的《堂娜芭芭拉》重现了丛林小说“文明与野蛮”的主题。女主人公堂娜芭芭拉在大草原上出生、长大，她野性十足，拥有想要破坏一切的力量，成为野蛮、落后、保守势力的象征。作家艺术性地塑造了她的个性，“把写景与写人巧妙地结合在一起：奥里诺科河上她牺牲了美好的青春；圭亚那河畔她燃起了复仇的烈火；在阿布雷大草原上她抢占他人土地，偷盗别人的牲畜……总之她的一切行为都是与大自然紧紧联系在一起的。”[③] 这种叙事再次展现了当时普遍持有的“在野蛮的自然环境中形成野蛮的人”的理念。除此以外，作家用优美而抒情的笔触描绘了委内瑞拉大草原上的风土人情，“驯马、围场等场面的描写，衬托着辽阔的草原和湍急的河流，加上平

① 这里豪尔赫·马尔科内（Jorge Marcone）将阿莱霍·卡彭铁尔的《消失的脚步》作为丛林小说解读，而一般将阿莱霍·卡彭铁尔归为先锋派小说作家代表。参阅赵德明等著：《拉丁美洲文学史》，北京：北京大学出版社，2001 年，第 286 页。

② 李德恩，孙成敖：《插图本拉美文学史》，北京：北京大学出版社，2009 年，第 124 页。

③ 赵德明等：《拉丁美洲文学史》，北京：北京大学出版社，2001 年，第 266 页。

原人的生活习惯和民间传说，构成了一幅幅色彩绚丽的风俗画。”[①]罗慕洛·加列戈斯在小说《卡纳伊马》中，将背景设定在委内瑞拉的圭亚那平原和奥里诺科河谷之间。小说以丛林为主角，人物处于从属地位，依然将自然视作是野蛮且怀有敌意，将丛林描绘成邪恶之神卡纳伊马的宫殿，拥有邪恶的力量，是人类的对立面。豪尔赫·马尔科内（Jorge Marcone）认为这是丛林小说的特点之一："在旅途或迁徙中，视环境为敌"。[②]在小说《卡纳伊马》故事的高潮处，叙述了主人公马尔克斯·巴尔加斯与丛林之神卡纳伊马的上尉——暴风之神的对抗，这恰恰展现了人类与自然对立的主题，由此激起“我们对人类的宇宙和大地起源有了更深刻的思考”。[③]

然而，阿莱霍·卡彭铁尔的小说《消失的脚步》一反丛林小说视自然为野蛮的主题，开始将自然看作是人类返璞归真、净化灵魂的场所。小说讲述主人公在委内瑞拉的原始森林里进行人种学和土著音乐的研究，深感大自然“不开化”文明的质朴。主人公渐渐地爱上了纯洁、朴质、善良的印第安女孩，这个女孩与城市女孩的轻浮聒噪形成鲜明的对比。主人公感到城市与发达文明的罪恶，人在其中被物化。为了赎罪，人们需要摆脱城市文明的羁绊，到大自然中去净化自己的灵魂。由此可见，丛林小说隐含了许多生态文学揭示的批判主题：“城市生活的堕落、人类回归自然找寻自我的本性、人类要用武力征服神秘可怖的自然、丛林生活方式对人的影响等”，[④]符合生态文学所揭示的主题。从这个角度来说，这类丛林小说可以视为拉美生态文学的萌芽。

---

① 同上，第 266 页。

② Marcone, Jorge, “Fiebre de la selva:ecología de la desilusión en la literatura hispanoamericana”, en *Centro Cultural del BID*, Noviembre de 2007 No. 58, p.6. 本书中西班牙语译文，均由笔者翻译，以下不再做注说明。

③ 郑书九等 :《拉丁美洲“文学爆炸”后小说研究》, 北京 : 商务印书馆, 2013 年, 第 304—305 页。

④ 同上，第 302 页。

拉美大陆对自然的开发可分三个阶段：第一，西班牙、葡萄牙征服美洲大陆、对美洲印第安土著实行长达几百年的殖民统治时期。第二，从17—18世纪启蒙运动开始，现代科学出现，对自然重新评估，帝国主义、理性主义与资本主义相结合，英法两国殖民的时期。“19世纪下半叶，新的势力出现，向深深扎根于殖民地时期的社会、经济以及政治体制进行了挑战。城市化、工业化和现代化三足鼎立，威胁着传统的旧习。”[①]第三，全球化进程，随着1898年美西战争美国夺取殖民地并在二战后巩固霸权地位，世界进入以美国为首的科技化、商业化的时期。[②]拉丁美洲被裹挟在这股世界历史潮流之中，那里的大自然则是世界历史发展进程中的最大受害者。近现代的拉丁美洲，随着各国独立解放，资本主义经济得到初步发展。美国等西方列强加紧资本的渗透，大量开发和利用拉丁美洲自然资源，其中以美国联合果品公司（United Fruit Company 简称 UFC，也是拉美文学作品如《百年孤独》中常描写的公司）最为典型。俄国十月社会主义革命的伟大胜利，唤醒了拉美各国人民的民族意识。在反对帝国主义和封建主义的斗争中，拉美各国人民致力于捍卫民族独立，发展民族经济，实行工业现代化建设的工作。以上种种因素，加速了拉丁美洲历史发展的进程。

从20世纪开始到20世纪末，独立后的拉丁美洲各国力图改变经济发展落后的状态，大力发展本国基础工业。在政府扶持下，各国利用外资，引进外国先进技术装备，开始建立动力、冶金、汽车、机械制造、化学和电子等工业部门在内的工业体系。拉美的工业化在早期取得了经济上的巨大成功，但这种早期的经济成功模式是建立在高度依赖开发和利用自然资源基础上的。

① E. 布拉德福德·伯恩斯，朱莉·阿·查利普：《简明拉丁美洲史》，王宁坤译，世界图书出版公司，2009年，第167页。

② 参阅 Heffes, Gisela: *Políticas de la destrucción/ Poéticas de la preservación-Apuntes para una lectura (eco)crítica del medio ambiente en América Latina.* Beatriz Viterbo Editora. 2013, p.15。

随着实行“新自由主义”，加之一些错误的经济措施，拉美的发展遭受巨大创伤，远远落后于世界的发展。在很多拉美及加勒比国家，农业始终是重要产业，人们为了扩大耕地面积，滥砍滥伐，森林遭到大面积破坏，热带雨林面积急剧减少。据联合国粮食计划署统计数据显示，“1980 到 1990 年的十年间，每年消失的森林面积有 700 余万公顷。而到 20 世纪末 21 世纪初，毁林开荒速度更是惊人，1990 年至 1996 年间，拉美森林减少 3000 多万公顷，相当于意大利的国土面积。”[①] 森林的破坏造成当地生态系统失衡，大批野生动植物濒临灭绝。为了扩大矿业的产量，人们过度开采矿山，造成水土流失，自然灾害频发。失衡的城镇化带来严重的空气污染、水污染、垃圾污染、交通堵塞等城市问题，也给人民的身体健康带来很大危害。“墨西哥城上空的臭氧层遭到破坏，一氧化碳、二氧化碳和二氧化硫等有害物质的含量都达到了危险程度。墨西哥城患呼吸系统疾病的市民，每 10 万人中有 93 人死亡，居世界之首。”[②] “在圣保罗市，每天排放到三条河流的污水达一千万吨以上（流经圣保罗市的河水中的氧气含量为零）。这引起了大面积传染病的爆发，尤其是痢疾和大肠杆菌的滋生。在里约市（里约热内卢），地下水污染是造成瓜纳巴拉湾一带 14 个城区婴儿死亡率高达 20% 的一个重要因素。”[③] 失衡的城镇化还造成贫富差距增大，成千上万拉美人民的生活水平每况愈下，人们享受的健康、教育和住房的待遇差。整个拉丁美洲面临生态危机：

南美洲、中美洲、墨西哥和加勒比的许多地方对生态、人类、资本主义生产的公共条件及劳动力再生产的摧残和破坏已经到了危机的地步。

① 参阅张理霖：《拉美生态危机对中国生态文明构建的启示》，中共中央党校研究生院“2013 · 全国社会科学研究生学术论坛”一等奖获奖论文。

② 同上。

③ 罗纳德 · 奇尔科特，江时学主编，《替代拉美的新自由主义——〈拉美透视〉专辑》，江心学译，北京：社会科学文献出版社，2004 年，第 149—150 页。

健康、教育和住房领域的社会政策捉襟见肘。成千上万拉美人民的生活水平也每况愈下。桥梁、公路、供水、排污设施及其他公共基础设施需要维修和重建。大城市还饱受大规模有毒气体的污染，疾病的侵袭和交通拥挤。保障工人健康和安全的计划只是纸上谈兵。滥伐树木，严重的土壤流失，水资源遭到破坏，农业生产力下降，基因品种多样性的降低，工农业的污染和缺乏清洁的水和空气，加上死亡和疾病的蔓延，不可再生资源的枯竭，当然更不用说政府镇压反抗的一系列政策，都对他们的生活构成了严重的威胁。[①]

于是，各国民间环保组织应运而生，开始关注生态危机，“由环境主义者、城乡妇女、当地群众、工人、健康部门的官员和农民等人员参加的组织和运动正在就生态、人类及公有生产条件与资方和国家进行着一场斗争”。[②]文学艺术界也掀起了环境保护浪潮，“一些敏锐的作家开始关注环境保护问题，并以此为主题创作出许多优秀作品来反映这一现实，让读者认识到目前日趋恶化的环境问题”。[③]

在这种历史发展和文化语境下，近现代涌现出许多描写拉丁美洲生态环境和生态危机的诗歌和小说。这些作家（其中也包括一些民间或印第安作家），以不同方式关注生态问题，或以口头形式表达各自的生态思想。在当代拉美叙事文学中，涌现出许多表达生态思想的作家和作品，在“文学爆炸”以前，如米盖尔·安赫尔·阿斯图里亚斯（Miguel Ángel Asturias）的《玉米人》（*Hombres de maíz*, 1949）、何塞·马里亚·阿格达斯（José María Arguedas）的《深沉的河流》（*Los ríos profundos*, 1958）、马里奥·德·安德拉

① 同上，第 148 页。

② 同上，第 147 页。

③ 郑书九等 :《拉丁美洲“文学爆炸”后小说研究》，北京 : 商务印书馆，2013 年，第 299 页。

德（Mario de Andrade）的《玛古那伊马》（*Macunaíma*, 1928）、奥古斯托·罗亚·巴斯托斯（Augusto Roa Bastos）的《人子》（*Hijo de hombre*, 1960）；在“文学爆炸”时期，如加夫列尔·加西亚·马尔克斯（Gabriel García Márquez）的《百年孤独》（*Cien años de soledad*, 1967）、德梅特里奥·阿吉莱拉·玛尔塔（Demetrio Aguilera Malta）的《运河地带》（*Canal Zone*, 1966）和罗萨里奥·卡斯特亚诺斯（Rosario Castellanos）的《黑暗的职责》（*Oficios de tinieblas*, 1962）等；在“文学爆炸”以后，如卡洛斯·富恩特斯（Carlos Fuentes）的《克里斯托巴尔·诺纳托》（*Cristóbal Nonato*, 1987）、休孔达·贝伊（Gioconda Belli）的《白银河》（*Waslala*, 1996）、瓦尔特·罗哈斯·佩雷斯的《爱在里奈阿别哈》（*Amor en la Línea Vieja*, 2007）和里卡多·皮格利亚（Ricardo Piglia）的《艾达之路》（*El camino de Ida,* 2013），等等。

拉丁美洲生态文学的发展深受当地历史发展进程的影响，与本土独特的文化语境息息相关。正是因为那里独特的地域风情、人文环境、历史和文化语境，才会涌现出大量的生态作家和作品，才使得拉美生态文学作品具有了本土化的特征。

二　当代拉美生态文学作品概论

在当代拉美国家反映生态文学的作家和作品中，反映城市环境破坏的作品，如智利作家达里奥·沃赛斯（Dario Oses）的《2010：焰火中的智利》（*2010: Chile en llamas*, 1998）、墨西哥作家玛利亚·路易莎·普加（Maria Luisa Puga）的《湖水有理》（*Las razones del lago*, 1991），以及荷马·阿里德希斯的《太阳的传说》和《做爱时你在想着谁？》等；反映人类破坏自然和虐待动物的作品，如秘鲁作家马里奥·巴尔加斯·略萨（Mario Vargas Llosa）的《部落发言人》（*El hablador*, 1987）、智利作家路易斯·塞普尔维达的《读爱情小说的老人》和《世界尽头的世界》、阿根廷作家蒙波·希阿迪内伊的

《无法企及的平衡》等；反映现代工业化对生态造成危害的作品，如哥斯达黎加作家卡洛斯·路易斯·法亚斯（Carlos Luis Fallas）的《小妈妈——美国联合果品公司》（*Mamita Yunai*, 1941）、阿娜克里斯蒂娜·罗西（Anacristina Rossi）的《甘多卡的女疯子》（*La loca de Gandoca*, 1992）、费尔南多·孔特雷拉斯·卡斯特罗（Fernando Contreras Castro）的《瞭望大海的乌妮卡》（*Única mirando al mar*, 1993）等。

哥斯达黎加作为经济发展较快的中美洲国家，较早地显现出生态环境问题。20 世纪二三十年代，外资入侵哥斯达黎加，引发了社会、自然危机。滥砍滥伐导致水土流失，种植园使用的化学农药污染了水源，影响到当地人们的身体健康。许多本土作家开始通过文学作品描写环境生态危机。卡洛斯·路易斯·法亚斯的《小妈妈——美国联合果品公司》就属于此类小说。作家揭露了以美国联合果品公司为代表的美帝国主义对以哥斯达黎加为主的中美洲国家自然生态的破坏行为，他们大肆开发土地、兴建工厂，从事破坏当地自然生态的农业活动，将生产出的产品运送回美国。这些中美洲国家一方面成为美国发展的加工厂和产品供应商，一方面又成为生态危机的最大受害者。小说揭露了外国资本入侵对哥斯达黎加国家和人民进行的经济侵犯、控制和剥削，盲目追求经济发展，破坏了自然生态平衡，导致生态危机，直接危害到人们的身体健康。正如小说的名字“小妈妈——美国联合果品公司”，具有讽刺意味。“Mamita”是西班牙文“妈妈”的指小词，隐喻着美帝国如同“妈妈”一样控制着哥斯达黎加这个“婴儿”。讽刺任人摆布、言听计从于美国的哥斯达黎加政府当局，它如同“婴儿”般依附于美国这个“小妈妈”，以本土自然资源供奉她。而“Yunai”是当地人将“美国联合果品公司”英文名“United Fruit Company”用不标准的、带有西班牙语口音的调侃发音，旨在讽刺和揶揄依靠和阿谀奉承美国的当地政府以及美帝国主义的霸道行为。作家第一次揭示了拉美国家因盲目追求经济发展、允许外国资本入侵所导致的生态危机，也深刻反思哥斯达黎加政府及人民的错误观念："农民将砍伐树木、种植香蕉园视为经济发展的出路和生存的手段。"[①]这部小说"是文学生态领域提前将人们引向生态斗争道路的先锋"。[②]

阿娜克里斯蒂娜·罗西的小说《甘多卡的女疯子》讲述了女主人公达涅拉声讨外国投资者因在"甘多卡生物保护区"发展旅游业而破坏当地生态系统的故事。主人公多次向政府相关部门上访未果，反而被侮辱甚至冠以"女疯子"的恶名，但她不气馁，在推动环境保护事业的道路上长期与反对势力进行斗争。小说真实地反映了外国资本跨国公司在哥斯达黎加破坏自然的种种恶行，揭露了当地政府买官卖官、内外勾结的腐败行为，展现了民众生态保护意识薄弱、人性贪婪、精神异化等诸多问题。并透过当地黑人、印第安人与白人富人的相处，展示了拉丁美洲"混杂文化"的图景，向读者呈现了"具有混杂文化特征的哥斯达黎加人的当代日常生活"，[③]推崇印第安人崇敬和保护自然的理念，向其他民族传递应借鉴和学习其理念的信息。小说一经出版，引起哥斯达黎加国内一片哗然、争论，最终迫使最高法院对小说中揭露的现实事件给以审判。小说唤起了哥斯达黎加民众的生态保护意识，由哥斯达黎加人民发起的"反对石油开采带来危险和没有充分规划的旅游发展带来威胁的斗争"[④]受到保护。

费尔南多·孔特雷拉斯·卡斯特罗于1993年发表了小说《瞭望大海的乌妮卡》。作品描述哥斯达黎加原本美丽的"蓝河"变成了最大的垃圾场，造成环境污染；反映垃圾场拾荒者的艰辛生活，他们上诉政府寻求帮助却屡遭歧视和侮辱。在反映哥斯达黎加垃圾污染问题的同时，小说展示了政府空头许

---

① Rojas Pérez, Walter：*Costa Rica violada:el caso de "Mamita Yunai"*, San José, C.R. 2006, p.30.

② 同上，第30页。

③ Rojas Pérez, Walter：*¿Tripulantes de la nave tierra o conquistadores?:estudio eco-crítico de "La loca de gandoca"*, San José, C.R. 2006.

④ http://editoriallegado.com/2011/08/01/la-loca-de-gandoca/

诺、办事拖拉的作风，以及社会生态和人情世态。在这污水横流、腥臭漫天的“垃圾场”地区，聚居着大量贫困人群，他们以拾荒为生，没有政府的社会保障，却富有人情味。女主人公乌妮卡，面对艰辛的拾荒生活，依然保持乐观心态，乐于助人。她救助了轻生青年蒙多尔佛，收养了从垃圾堆里捡到的弃婴巴坎，并与周围的邻居融洽相处。她豁达、乐观的态度影响了周围人。面对城市发展造成的垃圾堆积和无效处置的“露天垃圾山”，拾荒者们不断诉求，向政府声讨，却不断与总统府警卫发生武力冲突。乌妮卡的养子巴坎就在冲突中丧生。乌妮卡痛失养子，伤心欲绝。蒙多尔佛只好带上她离开这忧伤之地“蓝河垃圾场”，来到海边靠海度日。小说的发表引起哥斯达黎加国内轰动，唤起了国民的生态环保意识。其中所反映的环境污染的现实问题，在哥斯达黎加现实社会中再次引起民众的关注，并将环境污染问题提交最高法院裁决，向政府施压，最终解决了类似“蓝河垃圾场”的环境污染问题。“如今，占地 47 公顷的蓝河填埋场已经成为环境救助和哥斯达黎加最现代化的卫生填埋场的典范。”[①] 可见《瞭望大海的乌妮卡》作为文学作品无形中督促社会对环境污染实施拯救措施，对现代社会发挥现实功效，具有很大的生态现实价值。

秘鲁作家马里奥·巴尔加斯·略萨的小说《部落发言人》借用马奇昆卡印第安“发言人”之口，通过西方“文明人”“我”的记录，以充满奇幻的神话世界向读者巧妙地展示：印第安人过去美好和谐的生活场景，却因西方文明的干涉、影响和冲击，发生巨大变化。小说一开篇就展示了代表印第安人原始文化和原始生态的标志物：弓箭、石器、船桨、绘有几何图案的坛子。这些激发了第一人称叙述人“我”——西方“文明人”的兴趣。“我”深入大自然，了解印第安人部落的原生态生活，开始了“我”的一场自然世界之旅。故事恰好呼应了生态文学“回归自然”的主题。在与原始文化的相遇中，叙

---

① Rojas Pérez, Walter :*Flujo y reflujo en Río Azul*（Análisis ecocrítico de Única mirando al mar），San José, C.R. 2006，p.10.

事者“我”深入了解了印第安部落的神话传奇、维护自然生态系统、崇尚和尊重自然的理念、传统哲学以及原始文化习俗。印第安人相信动植物有灵魂，每个人都有个当作保护神的动物，并与动物对话。后来因白人殖民者入侵及其生活方式的影响而改变了印第安人原有的日常生活习惯。“印第安人以原始方式捕鱼，而白人殖民者则用炸药捕鱼。”[①] 白人殖民者以这种残忍的方式捕杀动物，破坏了土著人的原生态生活方式，以如此野蛮的行为标榜自己为“文明人”，以“文明教化”的方式改变土著人崇尚自然的理念和原始的文化习俗。这种殖民主义新文化的渗入侵蚀了土著原始文化，导致印第安原生态文化与西方工业文明的冲突和对立。小说通过“西方文明人”和“部落发言人”之口描绘了两个看似对立的世界：现代社会和与自然和谐共存的原始部落。面对文化混杂的历史洪流，印第安人该如何面对这场既不失去自己的文化精髓又接受现代化的挑战，如何做到与自然和谐相处？“如何实现现代化而又不失掉印第安文化的本质，也是小说提出的主题思想之一。”[②] 这或许就是小说的主旨所在。

墨西哥女作家玛利亚 · 路易莎 · 普加的小说《湖水有理》，以第一人称两条流浪狗的叙事视角，讲述了墨西哥边远村庄兹拉文人们的日常生活。故事以湖水为中心展开叙述，兹拉文村庄的居民过着单一的、循环往复的无聊生活。村民胸无大志，无所追求。女人们在湖里洗衣、为孩子洗澡，男人们要么游荡湖边、要么跳入湖中浸泡。人们似乎已经习惯于湖水所提供的天然便利，悠然自得地生活着，然而却忘却了湖水的美。两条狗目睹人们生活的场景，在狗看来，只要有人烟的地方，便一片嘈杂，是非频生。周末或节日，无论是村民还是从城市来休闲度假的人们，纷纷在湖水周边驻扎。他们的到来打破了湖水的宁静，带来大量的生活垃圾，污染了湖周围的生态环境。嘈

---

① Vargas Llosa, Mario. *El hablador*. España: Punto de Lectura, 2010, p.33.

② 郑书九等 :《拉丁美洲“文学爆炸”后小说研究》，北京 : 商务印书馆，2013 年，第 310 页。

杂声让两条狗多次逃离喧嚣的湖畔，跟随女主人萨比娜到达湖的另一端——幽静坟墓，它们远眺着湖水："从坟墓这边看湖显得更完整、更透蓝。似乎湖水喜欢死人胜过活人。或许湖本身就不喜欢被村民环绕。不喜欢这些满身泥泞、悲惨不幸的村民在太阳下无望地炙烤。"① 一些村民抱怨西班牙人的到来破坏了这里曾是天堂般的生态环境。当一对城市夫妇打算来此寻找安家之所、建造房屋时，却被村民们视为又一次入侵的破坏行为，一些村民甚至前来闹事，指责这对城市夫妇侵占村里土地的行为。然而事实相反，恰恰是这对夫妇发现了湖水之美，他们打算在这里寻找一片宁静的"世外桃源"，安家和写作。他们对生活充满激情和热爱，发现村庄如美丽的天堂，有很大的生态价值。然而，村民们自己却没有意识到，包括男主人公村民达米安，他从小就期盼远离村庄，到外面的世界去闯荡和流浪。他应这对城市夫妇的邀请，与他们一起在城市居住数日后，才意识到村庄的独特价值。最终达米安选择归乡，选择宁静的自然为栖息之所。达米安的转变也警醒了村民：珍惜眼前的湖水，发现它的价值，摆脱内心浮躁，追求真正的内心安宁，维持人与自然、与动物和谐共处的生态环境。这同时也照应了两条狗的企盼："我们愿与自然一起生活，而不是凌驾于其上。"② 作者以独特的叙事技巧，从动物的视角展现了自己的生态思想，揭露了人性的弱点，并最终安排男主人公回归自己的内心，回到村庄，与自然和谐相处。

智利作家达里奥·沃赛斯的《2010：火焰中的智利》以环境启示录的方式向读者展现了 2010 年一派末日图景的智利社会现实：城市污染、暴力横行、政府腐败、民众失业、吸毒贩毒、犯罪、色情等问题充斥整个社会。人们贪图享乐、精神贫乏，将一切乐趣寄托于被看作全民盛事的足球赛上，认为只有球赛才是人们精神生活的唯一寄托。然而，随着一场球赛的失利，唯

① Luisa Puga, María. *Las razones del lago,* México, Editorial GRIJALBO, S.A.de C.V., 1990, p.48.

② 同上，第 55 页。

一的希望破灭了，整个国家陷入一片混乱。在这部小说中，沃赛斯将智利的自然生态、社会生态和人类精神生态展露无遗，用讽刺的笔触描绘了智利首都圣地亚哥的自然资源枯竭、环境污染和城市能源匮乏。那里垃圾满地，却无人顾及，人们只对球赛趋之若鹜，甚至不关心国家成立两百年纪念庆典，无人欣赏阅兵仪式，更无人关心政要的生死存亡。人们的生活糜烂、道德败坏、精神空虚。球赛的失利使全城充满仇恨，“气愤的男人、女人将电视扔向窗外，如同一片玻璃云在天空粉碎，下着一场电视屏幕雨”，[①]以此来制造更大的混乱。人们酗酒、沉迷于网络色情，在虚拟的网络中泄愤，过着虚拟的淫荡生活。社会的无序、缺少一个好首领是造成整个民族生活荒淫无度的根源："这个国家急切需要一个父亲，一个能劝告、指引并且指责和惩罚我们的父亲”。[②]虽然作家描绘了一个末日图景的智利社会，但仍对祖国的未来寄托殷切的希望。书中塑造的人物埃伊萨吉雷，在混乱的环境中，坚持重建种植园，建立原始生态和谐的“乌托邦”，为那些想逃离污浊城市的人们提供庇护之地。向往原始淳朴的农耕生活与逃离城市暴力形成鲜明对比。外表堕落的人们内心依然向往和谐美好的“乌托邦”，只是一时找不到出路。作家在此警示，如果再不治理面临生态危机的人类社会，人类未来势必面临末日的威胁。

阿根廷作家蒙波·希阿迪内伊的作品《无法企及的平衡》，通过对阿根廷查科平原自然灾害对人们生存环境摧残的描绘，向人们揭示 20 世纪下半叶阿根廷严重的自然灾害问题。频繁的暴雨洪涝袭击，大面积的森林植被遭到砍伐，曾经潮湿肥沃的地区被不良植物覆盖，成了难以数计的臭水沟、低洼地、沼泽和水坑，生态损毁日渐影响人们的日常生活和工作。政府为了使查科省水源洁净，计划从非洲引进河马来吃掉并消除不良植被。但“四人组”识破了政府这个计划，认为“引入河马”计划只不过是政府的一种操纵手段，

① Oses, Dario: 2010: *Chile en llamas*, Editorial Planeta Chilena. 1998, p.65.

② 同上，第 50 页。

因为政府根本不关心自然生态，与其说他们是保护生态，倒不如说是打着“引入河马”、保护环境的幌子为自己谋利。于是开启了一场劫持河马的行动，导致政府的追捕。“四人组”的逃亡之路引发人们对查科省生态状况深刻且富有教益的审视，展示了处于不平衡状态的自然生态，也是一场人类与自然关系的改善之旅。面对阿根廷社会普遍冷漠无情的人际关系，“四人组”通过自己的拯救行动表现出对各自的同胞、自然生灵的关切和同情。无论从自然和社会生态层面还是精神层面，“逃亡”都是一次富有启示意义的旅程，从更深层面上看，它是一场代表人类与自然以及与环境关系向和谐、美好转变的旅程。小说以“四人组”成功放生河马、幸存者乘坐“热气球升天”而结尾。自此，人们似乎才找回了自己生存的尊严，获得人生最终的精神归宿。通过这样的故事叙述，作者深刻地批判了处在危机中的阿根廷现实社会：恶化的自然生态、黑暗腐败的社会生态以及因道德沦丧而陷入危机的精神生态。如此，人类生态诸多问题浓缩在阿根廷，造成整个社会“无法企及的平衡”。不过，小说作者并未失去信心与希望，而是倾情于文学，将文学作为拯救人类生态的有效手段和良方。通过创造离奇精彩的故事情节、营造亦真亦幻的环境氛围、塑造极富戏剧性的人物形象，将改变世界的美好希望寄托于文学中的“乌托邦”。这样，小说《无法企及的平衡》成为作家真实反映阿根廷历史和现实的有力见证，一部评判人类道德行为、引导其精神追求的教科书，更是一部生动、完整的生态文学读本。[①]

除上述几部作品外，墨西哥作家荷马·阿里德希斯以及智利作家路易斯·塞普尔维达的作品也是反映拉美生态状况的文学典范。[②] 综上所述，当代拉丁美洲国家各有特殊的历史遭遇和神奇的大自然环境，但不同国别的作家

① 孟夏韵：《一部聚焦人类生态万象的文本——评蒙波·希阿迪内伊的小说〈无法企及的平衡〉》，《外国文学动态》2014 年第 2 期，第 45—47 页。

② 笔者将在本专著的第二、三章对这两位作家的作品进行重点分析和论述。

通过文学作品共同关注自然生态、社会生态和精神生态问题，以各自独特的艺术表达方式揭示生态文学的主题，从而形成了独具特色的创作风格。

拉丁美洲神奇广袤的自然环境和特殊的历史遭遇决定了那里的生态文学有别于西方。在拉美文学史上出现的古印第安文学、征服时期文学、丛林小说、印第安土著小说，或是魔幻现实主义小说，其中不乏对拉美奇特自然环境和人文生态的描写，山川、江河、平原、雨林、珍稀动植物等自然景观都是拉美小说中主要的描写对象。它们大多以被歌颂、被赞美、被崇拜、被畏惧的形象出现，尚未成为被开发、被破坏的对象。这与同时期西方生态文学中的自然地位有很大不同，由于西方资本主义工业革命带来迅猛的工业化以及科技、经济的发展，自然遭到破坏、资源匮乏，人性扭曲、道德失范、人类精神异化、社会环境恶化。西方生态文学早期的批判思想表现为：征服与统治自然、工业与科技批判、欲望批判、生态责任、生态整体观、重返与自然的和谐等。而拉美的生态破坏是从 19 世纪下半叶工业化开始，拉美重复了西方发达国家工业化导致环境被破坏的老路，在殖民主义、帝国主义以及本国自身错误经济政策的双重作用下，拉美自然环境恶化程度前所未有。从此开始，人们重新关注自然、关注环境。拉美生态文学主题发生转向，从忽视自然到重视自然，从“被自然压迫统治的人”的命题转换为“被人类征服和破坏的自然”的理念。① 面对不断恶化的生态环境，近现代拉美生态作品开始反映环境污染、生态危机的问题，并对人类破坏自然生态的这种恶行进行批判。

由此，本书初步对拉美生态文学类型做以界定，可分为“自然书写”和“环境批判”两大类。在“自然书写”中，又分为“歌颂自然”和“敌视自然”两种类型。拉美文学历史发展早期具有生态思想的作品大多属于“歌颂自然”的类型，如印第安人的手抄古籍《波波尔·乌》、哥伦布的《航海日记》

① 郑书九等 :《拉丁美洲“文学爆炸”后小说研究》，北京 : 商务印书馆，2013 年，第 313 页。

中对大自然的赞美与描绘。还包含一些近现代作品，如《消失的脚步》等纯粹歌颂自然质朴、倡导回归自然生活的作品；拉美生态文学的萌芽——丛林小说则属于“敌视自然”的类型，它们大多描写大自然的恐怖和神秘莫测，把大自然视为恶势力和野蛮。在“环境批判”类作品中，又分为批判现代科技的“环境书写”和呼吁人与自然和谐、追求科技与生态平衡发展的“生态书写”。拉美当代生态文学作品大多属于“环境批判”类型，有些作品常常融合“环境书写”与“生态书写”两种方式，只是侧重点略有不同。《2010：焰火中的智利》《太阳的传说》《做爱时你在想着谁？》等作品偏向“环境书写”，批判人类对生存环境的破坏行为；《无法企及的平衡》《读爱情小说的老人》《世界尽头的世界》《爱在里奈阿别哈》等作品偏向“生态书写”，呼吁人与自然万物和谐共处，共创美好的地球家园。

除此界定外，本书尝试将拉美生态文学与非生态文学描写自然的作品作以区分。并非所有出现描写自然场景的作品都可归为生态文学之内，而需注意自然描写在作品中的比重及其作用，结合叙事主角、叙事语言、叙事方法以及作家创作意识加以判断。如果作品只是传统的描写自然，把自然物仅仅当作工具、途径、手段等来表现、抒发、反映人物的内心世界和性格特征，将自然作为服务于人的工具，作为表现人物情感的手段，则不能视作生态文学。这种写法其实是人类中心主义的表现，而生态文学则反对这种人类纯功利、纯工具化利用自然的做法，而是主张生态整体主义。比如在哥伦比亚作家豪尔赫·伊萨克斯（Jorge Isaacs）的小说《玛丽亚》（*María*, 1867）中，作者以浪漫主义的笔触书写了当地延绵起伏的群山，绿草如茵的平川，以及大自然的壮美。但这种自然描写是作为表达人物情感的背景出现，作者描写的侧重点则是讲述在这和谐美好自然的怀抱中，庄园主与长工们亲如一家的日常生活。而当男女主人公爱情受阻时，作者又描写了大自然的无情和恶劣的天气，反衬主人公的心情。可见这里的自然是被当作表达故事情节与描写人物心理的工具，因此，小说《玛丽亚》不能称作传统意义上的生态文学。而生态文学一定是要反映人与自然之间关系的文学，主张生态系统的整体利益：和谐、稳定、持续的自然存在。从早期简单的“自然书写”发展到当今的“环境批评”，拉美生态文学更加注重探究生态危机的社会根源，具有强烈的现实批判性。

第三节 拉丁美洲生态批评现状

随着拉丁美洲生态文学作品的不断涌现，文学评论界对其关注的程度逐渐增高，但由于拉美生态文学的出现和发展滞后于西方生态文学，与之对应的拉美生态批评兴起较晚。在近 20 年中，越来越多的欧美和拉美本土学者开始致力于拉美生态批评的研究，从最初发表于各大刊物的评论文章，到近几年出现的批评专著和专题刊物，各国学者从不同角度或立场运用生态批评解读一些拉美文学作品，力图反映当下拉美社会的生态危机，探讨改善人类与自然之间的关系。

截至 2015 年，总共有四期杂志刊发对拉丁美洲文学作品作生态批评的文章：《西班牙杂志》（*Hispanic Journal*）（1998 年第 1 期）、*Ixquic* 杂志（2000 年第 2 期）、《拉丁美洲文学年刊》（*Anales de Literatura Hispanoamericana*）（2004 年第 33 卷）和《拉丁美洲文学批评杂志》（*Revista de Crítica Literaria Latinoamericana*）（2014 年第 79 期）。

《西班牙杂志》（1998 年第 1 期）由罗伯特·佛恩斯·布洛基（Roberto Forns Broggi）指导，大卫·A. 福尔特兹（David A.Foltz）主编，旨在“探索部分西班牙语新型文学作品，以文学艺术的手段质疑未来掌控于人类手中的地球环境问题，为阅读拉丁美洲的人们打开一扇门”。[1] 该杂志收录了罗伯

① Heffes, Gisela: *Políticas de la destrucción/ Poéticas de la preservación-- Apuntes para una lectura (eco)crítica del medio ambiente en América Latina*. Beatriz Viterbo Editora. 2013, p.31.

特·佛恩斯·布洛基生态批评的文章。他重新解读拉丁美洲诗歌和书写自然的小说；分析奥克塔维奥·帕斯等诗人作品中抗议环境破坏的生态意识以及政治和种族问题相关的生态问题；评价诗人塞萨尔·巴列霍（César Vallejo）的作品和自然世界之间“不经意”的联系；分析里戈贝尔塔·门楚（Rigoberta Menchú）文章中大地、公社和生存的相互关系等。杂志首次尝试把生态批评方法运用于分析拉丁美洲文学作品和文化现象上，“让欧美生态批评理论学者们意识到拉美文学和文化同样能为这一新兴批判理论做出贡献”。①

Ixquic 杂志（2000 年第 2 期）由豪尔赫·帕雷德斯（Jorge Paredes）和本杰明·麦克莱恩（Benjamín McLean）共同主编，刊发一些从西班牙语文学角度分析生态环境问题的文章，并探讨与英美生态文学研究的差异。帕雷德斯、麦克莱恩试图汇集那些关于边缘化群体的拉美印第安人和非洲人的研究文章，并认为这些人才是拉美“混杂文化”的代表。他们认为，应该恰当地运用“生态批评”术语分析拉丁美洲丰富的生态文化和特点，分析拉美社会、历史和文学，并通过拉美自身文学和文化传统检验其合理性。

《拉丁美洲文学年刊》（2004 年第 33 卷）由尼尔·宾斯（Niall Binns）主编，收录了包括生态批评研究的六篇专题文章，分别是一篇鲁文·达里奥的档案文献，一篇杂文和四篇评论文章。在这些专题文章中，乔纳森·贝特分析了阿根廷作家威廉·亨利·赫德逊（W. H. Hudson）的作品《大地之歌》（*El canto de la tierra*）；罗伯特·佛恩斯·布洛基和史蒂芬·F. 怀特（Steven F. White）分别聚焦于阿根廷诗人胡安·L. 奥尔蒂斯（Juan L. Ortiz）和尼加拉瓜诗人巴勃罗·安东尼奥·夸德拉（Pablo Antonio Cuadra）的生态作品；奥斯卡·加林多（Óscar Galindo）分析了智利诗人奥斯卡·哈恩（Óscar Hahn）和贡萨洛·米连（Gonzalo Millán）诗作的“反乌托邦”和启示录主题；胡

---

① Heffes, Gisela: *Políticas de la destrucción/ Poéticas de la preservación-- Apuntes para una lectura (eco)crítica del medio ambiente en América Latina*. Beatriz Viterbo Editora. 2013, p.32.

安·马努埃尔·费耶罗（Juan Manuel Fierro）和奥列塔·吉瑞加特（Orietta Geergat V）对当代智利土著马普切诗人讴歌生态的诗歌进行研究；何塞·拉蒙·纳兰霍（José Ramón Naranjo）分析了玛雅经典《波波尔·乌》的生态思想；克里斯蒂娜·勃拉沃·罗萨斯（Cristina Bravo Rozas）探讨了拉美诗歌中表现的生态危机。

《拉丁美洲文学批评杂志》（2014年第79期）中，“拉丁美洲生态批评”是三大版块之一。该杂志由吉塞拉·何福斯（Gisela Heffes）主编，共收录16位专家和学者的16篇生态批评文章。以吉塞拉·何福斯为首的生态批评家，如劳拉·巴尔巴斯·罗登、豪尔赫·马尔科内、贝亚特里斯·里维拉·巴恩斯（Beatriz Rivera Barnes）和罗伯特·佛恩斯·布洛基，突破了旧的研究课题，将视角聚焦在更多的拉美作家和生态作品上，认为生态批评理论可以成为分析和研究拉美大陆文学文本生态思想的方法，并试图从生态批评视角挖掘一些作品中曾被忽视的生态主题，重新评价经典文学作品。其中，吉塞拉·何福斯在本杂志的引言中介绍了拉丁美洲生态批评近几年的发展状况，并深刻思考拉丁美洲生态批评所起的作用。其余文章分别就以下内容进行探讨：对西班牙殖民统治时期拉美文学的身份、认识论、实体性进行生态解读，并运用多种方法论和融合现象学方法分析殖民研究中的环境问题；提出拉美哲学文化批评的思想，为拉美生态批评的建构奠定了基础，并将拉美其他学者如安东尼奥·坎迪多（Antônio Cándido）、恩里克·杜塞尔（Enrique Dussel）、莱昂纳多·博夫（Leonardo Boff）、莱昂纳多·莱夫（Enrique Leff）和沃尔特·米格诺罗（Walter Mignolo）提出的新理论观念运用到分析拉美文学文本上来，丰富了自身的生态批评实践；通过分析欧几里德·达·昆哈（Euclides da Cunha）的亚马孙书写，研究巴西和秘鲁边境的自然遗产和文化遗产问题；分析何塞·马里亚·阿格达斯小说《狐狸》中的生态危机，批判“唯发展主义”，倡导土著的“美好生活”观念，唤醒民众保护生态的意识；选择加西亚·马尔克斯的《霍乱时期的爱情》、埃克托尔·阿瓦德·法西奥林塞的《深谷幽城》等五部非生态文学文本，分析和研究其中的河流叙事，挖掘其蕴含的生态思想，表达对环境现状的不安和担忧，对破坏环境而给社会带来的危害给予高度关注；对“文学爆炸”小说主将的非生态文本以及当代作家罗伯特·波拉尼奥的小说《2666》进行生态解读，探究人类、文化、科技与自然之间的关系；扩宽研究视野，从分析拉美的生态文学文本延伸到拉美生态电影，旨在唤醒保护生态意识、进行生态教育、推广拉美土著居民原有的“美好生活”观念等。该杂志全面地将多元化生态批评理论运用到对拉丁美洲文学文本和文化现象的分析上，体现了拉美生态批评理论与文学创作实践的结合，深化、拓宽和超越以往文学研究的领域。

2000年之后，随着欧美生态批评研究的兴盛，一些研究者逐渐将目光转向拉丁美洲的生态批评研究上，并陆续发表和出版了多部相关的论著。近几年拉丁美洲生态批评研究的势头开始兴起，但这些研究者多数来自欧美，来自拉丁美洲本土的研究者并不多。其中哥斯达黎加文学批评家瓦特尔·罗哈斯·佩雷斯博士的理论著作《今日生态批评》被称为拉美生态批评领域研究的先锋之作，由一些理论家的理论和观点与具体文本的分析两部分构成。第一部分阐释英国理论家雷蒙德·威尔士（Raymond Williams）、俄国理论家米哈伊尔·巴赫金（Mijaíl Bajtín）、秘鲁作家和思想家何塞·卡洛斯·马里亚特吉、秘鲁学者和批评家豪尔赫·马尔科内、阿根廷作家和人类学家及文化批判家奈斯托尔·加西亚·坎克利尼、美国学者索菲亚·卡恩斯（Sofía Kearns）、美国学者马克尔·J. 麦克多威尔（Michael J. McDowell）的理论和观点，从中提炼理论观点，用于分析具体的拉美生态文学创作，例如，运用雷蒙德·威尔士的“乡村与城市”观点分析拉美生态文学作品中出现的乡村与城市、落后与进步、野蛮与文明二元对立的主题；运用巴赫金“时空体”理论分析生态文学作品中表现的不同时间和空间；在阐释卡洛斯·马里亚特吉的马克思主义思想中，运用“生态平衡”观点分析研究印第安人的现实问题，探究殖民文化对印第安人造成的影响以及对美洲自然的破坏等现象；借用加西亚·坎克利尼的“文化混杂”理论分析拉美大陆各民族融合所产生的影响；提炼索菲亚·卡恩斯关于女性与自然关系的观点，以及马克尔·麦克多威尔对人与自然主题的思考。第二部分借用第一部分理论对拉美生态文学文本进行分析。如运用卡洛斯·马里亚特吉的理论对印第安人的现实进行分析和研究；运用加西亚·坎克利尼“文化混杂”理论和巴赫金“时空体”理论对巴尔加斯·略萨的《部落发言人》进行解析；用雷蒙德·威尔士“乡村与城市”理论和卡洛斯·马里亚特吉的“生态平衡”理论观点对印第安人的现实生活进行探究；用加西亚·坎克利尼“文化混杂”理论分析厄瓜多尔作家德梅特里奥·阿吉莱拉·马尔塔（Demetrio Aguilera-Malta）的《运河地带》。该论著的作者罗哈斯·佩雷斯试图“拼凑”不同理论家的观点，整合出一套拉美生态批评的理论方法。但这种拼凑的方式并不能成为独创的拉美生态批评理论体系，充其量在某种程度上给研究者提供了一个多视角分析拉美生态文学的范例。

比起拉美批评界，欧美生态批评界对拉美生态文学的研究更为深入，研究成果颇为丰硕。其中哈维尔·德·纳瓦斯古艾思（Javier de Navascués）的专著《从阿卡迪亚到巴别塔：拉丁美洲文学中的自然与城市》（*De Arcadia a Babel: naturaleza y ciudad en la literatura hispanoamericana*, 2002），收集了16篇文章，围绕20世纪拉美文学作品中现代化城市发展问题，研究拉美文学空间想象的主题：自然与城市对立、文明与野蛮对立、代表世外桃源的阿卡迪亚[①]和代表混乱的巴别塔对立。第一次全面探讨拉美文学中城市发展与自然保护的主题。

詹妮弗·L. 弗兰奇（Jennifer L. French）的《自然、新殖民主义和西班

① 阿卡迪亚为古希腊地名，位于伯罗奔尼撒半岛。“阿卡迪亚”原文arkadia，意为躲避灾难的意思。被西方国家广泛用作地名，引申为风景优美、地理位置优越的世外桃源或人间天堂。

牙美洲地域主义作家》(*Nature, Neo-Colonialism, and the Spanish American Regional Writers*, 2005),运用环境正义和生态批评理论重新审视拉美地域主义小说主题,将它置于从英国殖民统治到第一次世界大战的历史语境下,批判资本主义和欧洲中心主义对拉美自然的破坏,并揭示出拉美地域主义小说中因破坏自然而造成的文化、社会和经济变化的恶果。作家通过分析拉美地域主义小说,突破了原有历史中所认定的美国对拉美殖民侵犯和影响,大胆地提出英国殖民主义和帝国主义对拉丁美洲自然环境的破坏而导致的恶果。这一著述独辟蹊径,为殖民比较研究、后殖民研究、环境批评研究提供了具有挑战性的独特的视角。在论著中弗兰奇没有直接使用"生态批评"一词,而是从分析环境与文化、社会和经济的关系入手,探讨对自然资源的开发和控制问题,以及人类与非人类之间的关系。他的这本著作是"对拉美生态批评话语的贡献,不仅因为重新审视了地域主义小说 ...... 还从马克思主义视角深刻理解和解读殖民主义、地域主义小说和拉美自然资源开发三者之间的历史关系,并进行理论上的论述"。①

贝亚特里斯·里维拉·巴恩斯和杰瑞·霍艾格(Jerry Hoeg)合著的《阅读与书写拉丁美洲风景》(*Reading And Writing the Latin American Landscape*, 2009),从跨学科研究的角度研究拉美文学与生态学。从 1492 年哥伦布发现新大陆,经殖民统治、独立战争一直到当代的消费社会,分析包括巴西在内的整个拉丁美洲文学作品中对自然的叙述。全书除了引言外共有 12 篇文章,分别从生态批评角度分析纪实文学和虚构文学文本。纪实文学包括克里斯托弗·哥伦布、阿尔巴尔·努涅斯·卡贝莎·德·巴卡(Alvar Núñez Cabeza de Vaca)和欧几里德·达·库尼亚(Euclides da Cunha)的文本;虚构文学包括

① Heffes, Gisela: "Para una ecocrítica latinoamericana: entre la postulación de un ecocentrismo crítico y lacrítica a un antropocentrismo hegemónico" en *Revista de Crítica Literaria Latinoamericana*. Año XL, N.79. Lima-Boston. Primer Semestre de 2004, p.23.

奥拉西奥·基罗加、安德烈斯·贝约、巴勃罗·聂鲁达（Pablo Neruda）、罗慕洛·加列戈斯（Rómulo Gallegos）、费尔南多·孔特雷拉斯·卡斯特罗等的文学书写。通过解读拉美文学的几部重要作品如《热带农艺》《堂娜芭芭拉》《瞭望大海的乌妮卡》，以及解读上述文人如安德烈斯·贝约、巴勃罗·聂鲁达等关于拉美风景的诗作，探究文学与环境的关系、环境影响以及人与自然、文化与自然的关系，并对如下问题进行深入探究：文字文本如何反映物质世界？在人与自然的互动中显现出什么道德问题？文学文本如何唤醒读者对生态系统的保护意识？并试图在艺术与科学之间建立对话。

阿德里安·泰勒·凯恩（Adrian Taylor Kane）的《拉丁美洲文学中的自然世界》（*The Natural World in Latin American Literatures*, 2010），收录了十篇对拉美生态文学以及生态批评研究的文章。考察范围从《波波尔·乌》到现当代生态文学文本，从南美阿根廷的巴塔戈尼亚地区到北部墨西哥广袤的奇瓦瓦地区，简要介绍生态批评理论，并将生态批评对话引入拉丁美洲学者的实践活动中。探讨人与环境的关系以及21世纪拉美文学中的自然、现代化与科技。论著中从生态视角对丛林小说和巴尔加斯·略萨的《部落发言人》进行生态解读，以加西亚·马尔克斯的《百年孤独》、罗德里格·弗雷桑（Rodrigo Fresán）的《曼德拉》（*Mantra*）为例，分析20世纪拉美小说中的自然生态；评价拉美杰出作家的创作思路；研究环境乌托邦和反乌托邦主题；从乌托邦和生态女性主义角度以《白银河》《堂塞贡多·松布拉》（*Don Segundo Sombra*）为例分析了阿根廷当代小说中的旅行和自然风光主题；分析罗萨里奥·卡斯特亚诺《黑暗的职能》作品中墨西哥和危地马拉两国历史上受压迫的印第安族群人与自然的关系；探讨20世纪巴西文学中的自然题材。该书既探讨了加勒比地区文化，展示作家、艺术家和音乐家如何参与环境问题，又探讨了环境与拉美以及美国西南部社会底层人民的关系，探讨在美墨边境的环境种族主义和环境不公平等问题。

西班牙学者卡门·弗莱斯·浑凯拉（Carmen Flys Junquera）、何塞·马努埃尔·马雷罗·恩里凯斯（José Manuel Marrero Henríquez）和胡丽雅·巴雷利亚·比加尔（Julia Barella Vigal）三人合著的《生态批评：文学与环境》（*Ecocrítica: Literatura y medioamiente*, 2010），介绍和概述生态批评和拉美印第安文学、拉美诗人生态诗、丛林小说的生态思想表现、现当代作家作品生态主题的表达以及拉美生态文学与印第安土著文化的紧密联系，以中美洲为代表，"中美洲由于土地面积有限，从 1970 年起遭受最严重的生态灾难，这里孕育了古玛雅文化以及大地万物和谐共处的世界观"。① 该著作指出研究拉美生态文学不能只局限于西班牙入侵前的文化和中美洲作品上，拉美生态文学研究的领域还应更为广阔。

吉塞拉·何福斯的《毁灭的政策 / 保护的诗学——拉美环境生态批评解读札记》（*Políticas de la destrucción/Poéticas de la preservación-Apuntes para una lectura (eco) crítica del medio ambiente en América Latina*, 2013），回顾了生态批评的兴起和在拉丁美洲的发展，总结了生态批评理论如何运用在拉美研究尤其是文学与文化批评领域；通过对拉丁美洲各文化领域如文学、电影、戏剧、艺术、表演等方面作品的生态解读，探讨来自欧美的生态批评理论如何运用到解释拉美生态文学现象，建立一种新的认识和方法：毁灭、可持续和保护的三种"环境转喻"，为解读拉美环境问题提供一种跨学科的理论批评方法。该书是一部关于拉美文化生态批评研究的理论著作，不仅涉及对文学文本的生态视角解读方法，还探讨了自然环境科学，废物排放、处理、循环、垃圾与消费、社会正义与环境保护、乌托邦想象与城市反乌托邦等主题，同时指出，欧美生态批评并非一个能够解释所有拉美生态文化现象的合适方法，需要通过实践，科学地探讨研究，建立一个适合拉美大陆的新的理论分

---

① Flys Junquera, Carmen. Marrero Henríquez, José Manuel. Barella Vigal, Julia. *Ecocrítica: Literatura y medio amiente*, Madrid, Iberoamericana Vervuert Publishing Corp, 2010, p.195.

析方法，并提出了比欧美学界理论更适合研究拉丁美洲生态文化现象的“生物生态批评概念”（bioecocrítica），即结合生态批评（ecocrítica）与生物批判（biocrítica）的理论，不仅要以“生态为中心”（ecocéntrica）看待人类与自然，还应以“生物/生态为中心”（bio/ecocéntrica）审视人类与自然之间的关系。

此外，近一两年，欧美一些研究者将博士论文的选题定在拉美生态批评上，如美国学者塔尼亚·佩雷斯·卡诺（Tania Perez-Cano）的博士论文《横渡大西洋的生态诗学：从文本到社会行动》（*Ecopoéticas transatlánticas: del texto a la acción social*, 2013），运用生态诗学概念，从生态诗、生态叙事、生态影像和生态团体创作四个方面，解读西班牙语国家诗歌、小说等文学作品，在分析喜剧、纪录片、雕塑、电影、建筑等艺术作品中，挖掘其所包含的生态环境主题。其中各个章节把包含生态环境元素的文学与艺术联系起来，为西班牙语国家包括拉美的生态批评提供了多视角的研究方法，丰富了生态批评理论内涵和实践应用，扩大了生态诗学的研究范畴，也拓宽了生态批评的研究范围。

美国学者丽莎·帕梅拉·罗萨斯·布斯托斯（Liza Pamela Rosas-Bustos）的博士论文《象征森林与共生森林：拉丁美洲生态批评札记》（*Selva simbólica selva simbiótica: apuntes para una ecocrítica latinoamericana,* 2014），运用生态批评的方法，选取拉丁美洲作家和诗人的作品进行生态解读，分析其文本里森林在自然中所扮演的角色及其演变。阐释拉美经典作品中森林的象征意义，及其在文学文本中审美意象的艺术表现。梳理和总结拉丁美洲的生态学、深层生态学和生态伦理，解析与环境伦理学相关的现象学、比喻性语言、地名学等；通过两个故事分析，探讨如何围绕森林的现象学深度体现语言的功能性重建，通过讲故事人绘声绘色的讲述和象征性语言，揭露欧洲殖民者为了个人利益展现的不和谐的森林价值观，并揭示大自然的内在价值、人类与非人类之间无界限；通过“层林景观”（storied landscape）概念和基于巴赫金的对话理论，分析罗萨里奥·卡斯特亚诺斯的小说《巴伦·卡南》（*Balún Canán*, 1957）；从后殖民的角度分析路易斯·塞普尔维达的作品，针对所谓“文明与进步”统治下的热带雨林将走向灭亡，指出被殖民的苏阿尔人对待自然的态度才是真正的文明；运用劳伦斯·布伊尔环境诗学的定义分析三位拉美诗人的诗作。该论著延伸和拓展了拉美生态文学文本的研究，涵盖的作家更多、作品内容更丰富。这部论著使拉丁美洲生态批评研究进一步深化。

除上述生态批评专刊、专著和学位论文外，还有拉美和欧美两个区域的一些学者撰写的拉美生态批评研究文章。在拉美地区主要的生态评论文章有：对拉美生态文学及生态批评初探的文章，如秘鲁批评家、美国大学教授豪尔赫·马尔科内的《丛林热：拉丁美洲文学中幻灭的生态》（“Fiebre de la selva: ecología de la desilusión en la literatura hispanoamericana”, 2007），哥伦比亚批评家、美国大学教授恩里克·耶佩斯（Enrique Yepes）的《生态批评在拉丁美洲的航向》（“Derroteros de la ecocrítica en tierras americanas”, 2014）等。还有用生态批评解读拉美文学作品的评论文章如毛里西奥·奥斯特里亚·冈萨雷斯（Mauricio Ostria González）的《维多夫罗作品的生态解读》（“Una lectura ecocrítica de textos huidobrianos”, 2008），胡安·加夫列尔·阿拉亚·格兰东的《达里奥·沃赛斯 1998 年小说〈2010：焰火中的智利〉的反乌托邦和生态毁灭》（“Distopía y devastación ecológica en *2010: Chile en llamas* 1998 de Darío Oses”, 2010），等等。

在欧美地区主要的生态评论文章有：美国学者斯蒂芬·F. 怀特的《巴勃罗·安东尼奥·夸德拉诗中的生态批评与黄教》（“Ecocrítica y chamanismo en la poesía de Pablo Antonio Cuadra”, 2004）、美国学者佐伊拉·瑶瓦纳·克拉克（Zoila Yovanna Clark）的《玛利亚·路易莎·邦巴尔超现实叙述中的生态女性主义》（“Eco-feminismo en la narrative surrealista de María Luisa Bombal”, 2010）；瑞士学者简斯·安德尔曼（Jens Andermann）的《圣地亚哥德尔埃

斯特罗地狱：阿根廷西北部干旱、风景和写作》（“El infierno santiagueño: sequía, paisaje y escritura en el Noroeste argentino”, 2012）、意大利阿曼达·萨尔比奥尼（Amanda Salvioni）教授的文章《最糟的发生了——拉丁美洲后启示录分类：亚历杭德罗·莫拉莱斯和马尔塞洛·科恩》（“Lo peor ya ocurrió. Categorías del Postapocalipsis hispanoamericano: Alejandro Moralesy Marcelo Cohen”, 2012），等等。

2015至2018年初这段时间，国外学者对拉美生态文学的研究文章和著作数量再次递增，其中主要出版两部专著和一本汇集生态论文的杂志特刊。两部著作分别是威廉·弗洛雷斯（William Flores）博士的《后殖民生态批评和拉丁美洲现代文学》（*Ecocrítica poscolonial y literatura moderna latinoamericana,* 2015）及塔尼亚·佩雷斯·卡诺博士的《幸福的不可能性：西班牙和拉丁美洲生态危机的表述》（*Imposibilidad del beatus ille. Representaciones de la crisis ecológica en España y America Latina,* 2016）。特刊是西班牙*MILLARS*杂志2016年第1期的生态特刊：《人类学视角下的环境文化表征》（*Perspectivas Antropológicas de Manifestaciones Culturales del Medioambiente*, 2016）。弗洛雷斯运用深层生态学和生物中心主义概念评估一些拉美著名作家作品，探讨其作品中一贯存在的人与自然问题的纷争。佩雷斯·卡诺的专著以二十世纪中叶以来西班牙和拉丁美洲产出的文学作品、表演、连环画及绘图本小说为研究文本，探讨其中所揭示的生态话语，启示录与乌托邦、乡村与城市，并在艺术的话语分析中揭露我们时代所面临的重大问题：污染、核威胁、城市浪费和混乱、政治冲突以及人类在当代社会中的孤立。杂志特刊所选11篇文章的生态批评方法与对象更加多元化，从更宽更广的领域（如音乐、电影、媒体、政治、生物、文化遗产等）中窥探生态主题，从更多文化表征与现象中分析当下环境生态。给研究者呈现出更多生态批评的视角和维度，体现了其跨学科、跨文化的特色。

在2013年4月23日的西班牙“文学与环境世界书展日”，由萨拉戈萨市政府资助、水资源与环境资料中心提供的“生态文学和生态批评”书单，包括生态小说、故事、诗歌、传记、报道、旅行笔记、哲学散文、生态批评作品。其中，在生态批评书籍中部分列举了24篇欧美生态文学评论文章、16篇西班牙生态文学评论文章，17篇拉丁美洲生态文学评论文章。以上列举足以证明，拉美生态批评研究已成为欧美国家和拉美地区不可逆转的趋势。

综上所述，拉美关于生态批评的期刊、论著、研究论文及评论文章，各国学者结合拉美文学文本和拉美现实，从不同角度对拉丁美洲的生态环境、文化现象以及艺术形式等进行了全方位的生态批评和解读。有的通过文学文本展露的生态危机探究造成危机的根源，旨在起到生态预警的作用；有的探讨拉美文学中反映的城市发展与自然保护等现实问题，批判后殖民主义对拉美自然生态的糟践并呼吁环境正义；有的探讨新的认识论方法和解读拉美生态文学、文化的批评方式；有的试图通过文学与科学分析手段解决当下环境问题。很多论著都对几部甚至多部拉美生态文学作品主题进行初探和解读，甚至对文化现象以及其他艺术作品进行分析和讨论，但还未有对拉美生态文学及生态批评状况进行系统地梳理和总结，也鲜有从纯文学批评角度深入分析拉美生态文学代表作家的叙事作品，更多则是表面性的主题介绍、评论或是与其他学科相结合的分析与探究。

因此，本专著拟从文学批判角度对拉美生态文学及生态批评状况做全面系统的归纳和总结，深入研究拉美两个代表性生态文学作家的作品，并结合当代其他拉美文学作品，整体把握和分析拉美生态文学的主题，力图揭示拉丁美洲生态文学的本土化特征。

第二章　荷马·阿里德希斯的两部生态小说解析

第一节　荷马·阿里德希斯的绿色人生和生态创作

荷马·阿里德希斯是墨西哥诗人、小说家、剧作家、记者、外交家及环保主义者。1940年出生，是墨西哥最多产的作家之一。他的诗集和散文先后被译成15种语言，在墨西哥、意大利、法国以及美国等国家广泛传播，获多种奖项：1965年他的诗集《看着她入眠》（*Mirándola dormir*）获"哈维尔·比亚乌鲁迪亚奖"（Premio Xavier Villaurrutia）；1987—1988年他的小说《新世界的记忆》（*Memorias del nuevo mundo*）获"文学创新狄阿娜奖"（Premio Literario Novedades y Diana）；1992年被译成意大利语的小说《1492：胡安·卡贝松·德·卡斯蒂亚时代的生活》（*1492: vida y tiempos de Juan Cabezón de Castilla*）获"格林扎内·卡吾尔最佳翻译小说奖"（Premio Grinzane Cavour）及《纽约时报》年度最佳小说；1997年法国授予他"罗杰·凯鲁瓦奖"（Premio Roger Caillois），2002年塞尔维亚授予他"诗歌金钥匙奖"（Llave de Oro）等。

荷马·阿里德希斯曾任墨西哥驻荷兰使馆文化参赞，驻瑞士、联合国教科文组织大使；两任国际笔会（PEN Internacional）[①]主席；是拉丁美洲环保运动

---

① 国际笔会1921年成立于英国伦敦，是一个世界性的非政治、非政府作家组织，在联合国教科文组织中有很高的地位。也是历史上最古老的维护人权的国际文学组织。其宗旨为促进世界各国作家间的友谊与合作，无论其政治观点如何，都是为言论自由而奋斗，并积极保护作家免受政治压迫。

组织“百人团队”的创始者。因积极参与环保工作，阿里德希斯荣获联合国环境规划署颁布的“全球500佳环境奖”（Premio Global 500）、美国猎户座社团（Orion Society）约翰·赫奖（John Hay Award），并获自然资源保护协会“自然的力量”（Fuerza de la Naturaleza）称谓。2002年米哈伊尔·戈尔巴乔夫给他颁发“国际环保领导奖”（International Enviromental Leadership Award）。荷马·阿里德希斯曾在美国印第安纳大学、纽约大学、哥伦比亚大学及加利福尼亚大学任教。从1985年起，他与墨西哥《国家日报》（*La Jornada*）、《改革报》（*Reforma*）及《世界报》（*El Universal*）合作，发表并出版有关环境、政治和文学话题的众多文章。

阿里德希斯是个多产的诗人、剧作家和小说家，主要作品有诗集《儿童诗人》（*El poeta niño*, 1971）、《活着为了见证》（*Vivir para ver*, 1977）等，剧作《世界末日的大戏》（*Gran teatro del fin del mundo*,1989），小说《太阳的传说》《做爱时你在想着谁？》《世界末日的狗》等。[①]

一　荷马·阿里德希斯的绿色成长道路

1. 荷马·阿里德希斯与大自然的渊源

荷马·阿里德希斯生于墨西哥米丘阿干州。父亲是希腊人，母亲是墨西哥人。阿里德希斯从小与父母生活在风光旖旎、美丽富饶的小镇孔特佩克（Contepec）。那里云集了大自然光怪陆离的花草树木、千奇百怪的野生动物，是北美洲帝王蝶每年迁徙过冬的聚集地。在这样的自然环境中成长，阿里德希斯从小就热爱大自然，对大自然产生了浓厚的兴趣。他喜欢将家乡孔特佩克形容成比巴黎、伦敦、纽约更大、更广阔和漫无边际的城镇，是“天际漫延和结束”的地方。美丽的大自然使他萌生诗意，也促使他日后成为一名环保主义者。

在他的生命中，一次致命的意外事故使阿里德希斯更深爱大自然。十岁

① 有关荷马·阿里德希斯更多分类作品详见书后的附录。

那年，阿里德希斯用友人借给哥哥米盖尔上了膛的猎枪，瞄准天上飞过的群鸟射击。第一枪走火射偏，惊吓了蓝天上飞翔的鸟儿。飞鸟的惊叫声让小阿里德希斯想起妈妈在院落里饲养的鸟儿，他每天早晨都在这些鸟儿的啼叫中醒来。他突然意识到自己不该杀鸟，就在扣动扳机射出第二发子弹时，阿里德希斯放下高举猎枪的双手，连续射出的子弹偏离方向，竟射向了自己的肚子和右手。家人将阿里德希斯送到医院，经过八小时的手术，医生将子弹取出，才将命悬一线的阿里德希斯抢救过来。这次事故迫使阿里德希斯长久卧床休息，不能从事体育运动，却获得更多的阅读时间。他开始阅读和投入写作，"濒临死亡的经历掌控了我的生命和作为一名作家的敏感，那些鸟儿激发了我对自然环境的高度关注"。[①] 从某种意义上说，他的幸存和这些鸟儿有密切的联系，是这些自然生物引起他对猎杀动物的愧疚感，以及日后对环境生态的保护。阿里德希斯意识到"在生命领域，无论是对人类还是对动植物来说，没有比自身生存更珍贵和奢侈的。那天我想猎杀鸟儿，却险些将自己猎杀"。[②] 而这对于阿里德希斯来说，或许就是自己猎杀动物而遭到自然的报复。

2. **环境保护运动的先锋**

荷马·阿里德希斯儿时的成长环境使他对自然产生了浓厚的兴趣，使他更加热爱大自然。他经常爬上家乡的阿尔塔米拉诺山（Cerro Altamirano）玩耍，观赏丛林花草和自然生物，尤其是帝王蝶的到来。然而，随着作家成长，滥砍滥伐、工业污染、宰杀野生动物等人类行为日增，帝王蝶数量骤减，这些事情的发生激发了他立志要保护环境的决心。

1985 年 3 月，阿里德希斯创建了环境保护组织"百人团队"。号召百名有影响的文人艺术家联合签名，声讨破坏自然生态的行为，保护墨西哥及整个拉丁美洲自然生态的多样性。参与者有文学家、艺术家、科学家等名人。

---

① Adrijis, Homero. Ferber, Betty. *Noticias de la Tierra,* México, Círculo Editorial Azteca, 2012, p.20.

② 同上，第 20 页。

1986年“百人团队”成功获得墨西哥官方立法确定建立帝王蝶迁徙过冬的森林保护区。“百人团队”经过与墨西哥沿海捕龟者的激烈斗争之后，1990年，成功迫使墨西哥政府全面禁止猎杀沿海海龟以及销售行为。“百人团队”制止了在乌苏马辛塔河流域（Río Usumacinta）建设可能会淹没将近五百平方公里面积的拉凯多卡森林（Selva Lacandoca）和古玛雅文化遗址的水电工程。荷马·阿里德希斯连续五年致力于下加利福尼亚地区灰鲸繁衍生息地圣伊格纳西奥海域（Laguna San Ignacio）的保护工作，反对日本三菱公司与墨西哥政府联合在此海域建立污染环境的世界最大的盐厂。正是在阿里德希斯及其“百人团队”的倡导下，才迫使墨西哥政府承诺每日发布墨西哥城空气质量的评估数据，取缔含铅汽油，减少含铅陶瓷的生产，终止危害特斯科科湖（Lago de Texcoco）候鸟群的机场建设，退回从爱尔兰进口的千万吨受切尔诺贝利核辐射影响的奶粉，实施每周一日对墨西哥城进行交通管控和限制的政策。阿里德希斯的环境保护意识深入人心，改变了墨西哥社会对环境的看法，使政治家开始将生态和环境问题列入自己的施政纲领里。1991年，阿里德希斯与妻子贝蒂·费伯（Betty Ferber）组织并主持了首届“莫雷利亚研讨会：迈向千年”，商讨地球现状问题并建立全球化环境保护合作；1992年，在巴西里约热内卢举行的地球峰会上，阿里德希斯提交由66个国家1000个作家、科学家共同签署的关于保护环境的《莫雷利亚宣言》；1994年他组织并主持了第二届“莫雷利亚研讨会：迈向千年”；同年在开罗举办联合国人口与发展国际会议上，他递交第二份《莫雷利亚宣言》；2000年，他主持有众多作家和科学家参与的国际笔会和联合国教科文组织关于可持续发展的座谈会“地球在2000年”。

进入21世纪后，阿里德希斯作为诗人和作家，将环保事业融入自己的文学创作中。在其任职国际笔会主席期间，他常常在作家大会上将环境问题与文学结合讨论。2014年他参与由墨西哥作家协会在墨西哥城举办的第一届

"生态诗与生态批评会议"，再次强调保护自然环境的重要性，并表示将坚持不懈地在其作品中反映当下环境被破坏的问题，并通过自己的作品唤醒更多人增强环境保护意识。

阿里德希斯以自己的实际行动为墨西哥乃至拉丁美洲的环保事业做出了巨大贡献，可谓拉丁美洲环境保护运动的先锋。美国自然资源保护委员会国际事务协调员雅各布·谢尔（Jacob Scherr）评价他是"一个具有非凡价值的人，能够不顾自身安危和利益畅所欲言的人，他本可以不这样做。阿里德希斯是环境保护的伟大英雄之一"。[①]

二 荷马·阿里德希斯的生态创作

1. 诗歌创作中的生态思想

荷马·阿里德希斯提出"生态如同诗歌，应由众人来创造"[②]，认为诗歌与生态密不可分，诗歌创作与生态活动都是人类与自然亲密接触的行为。在诗歌中他大部分的灵感来源于大自然的物象，如空气、树木、花草、水、土地等，它们既是他诗歌讴歌的对象和哲理思考的主题，又是他生活和生命中不可缺少的重要元素。

在《缔造死亡》（*Construir la muerte*, 1982）一诗中，阿里德希斯将儿时对美丽自然、丰富物种的生活环境的美好记忆融汇在诗作中，以童年的梦为原型，描写原始印象中的山丘、花草、树木和帝王蝶。诗人在诗中表达了对帝王蝶的好奇与热爱，渴望今生和来世都有帝王蝶陪伴，观赏它神奇生命的绽放。但是，随着现代化对自然环境的破坏，帝王蝶逐渐消失，诗人通过回

---

① Stauder Thomas: *La luz queda en el aire: estudios internacionales en torno a Homero Aridjis*. Vervuert Verlag. Frankfurt am Main, 2005, p.68.

② 原文"La ecología, como la poesía, debe ser hecha por todos."出自 Adrijis, Homero. Ferber, Betty. *Noticias de la Tierra,* México, Círculo Editorial Azteca, 2012, p.438。

忆再度描写心中的帝王蝶，寄托对它们的眷恋，传递物是人非、感怀伤时的情感。也是阿里德希斯通过诗歌的形式表达自己对人类自身与命运、世界与灾难的哲理思考，并揭露现代社会人们破坏生态环境的恶行，反映了城市严重被污染等环境问题。

诗歌《墨西哥城》（*Distrito Federal*）反映了城市现代化带给墨西哥城严重的交通堵塞问题：城市公路拥堵、公共场所混乱不堪、环境纷扰、人心浮躁。

一月六日的今天，
亡灵也游荡于纷乱的交通之间，
泥泞的山谷上，
黄色的出租车，
与拥挤的公交车之间，
驶过黑色灵车，
躯体冰凉的老人。

一月六日的今天，
亡灵也游荡于纷乱的交通之间。①

一月六日是墨西哥的三王节，本是孩童接受大人馈赠礼物、一同享受美味面包圈的欢快节日，人们却被这纷乱搅扰生活，该有的欢愉变成了心浮气躁。这种混乱不仅给活着的人，甚至给亡灵也带来拥挤与烦扰，“死者”与“灵车”作为一种亡灵的意象，本应出现在宁静、凄凉的环境氛围中，却被夹杂在喧闹纷乱的城市交通中。诗歌给人一种视觉纷杂和心理恐慌的双重刺激，

① Stauder Thomas: *La luz queda en el aire: estudios internacionales en torno a Homero Aridjis*. Vervuert Verlag. Frankfurt am Main, 2005, p.134. 本书中的诗歌均由笔者翻译，下同。

讽刺了现代社会秩序的杂乱无章，引发读者思考人类现代化发展进程中破坏自然环境引发的恶果。

在阿里德希斯的诗歌创作中，墨西哥城常被描写为生态灾难的聚集地。众所周知，哥伦布时期的征服者们曾惊叹于墨西哥城的自然美景，史家曾因这里的河流、池塘众多而将它形容成“新世界的威尼斯”，被众多诗人称为“最明净的地方”。[①] 但是，今日的墨西哥城，河流和池塘已被沥青马路、钢筋混凝土的广场所代替，成为世界污染最严重的首都之一。阿里德希斯的《河流》一诗描绘了这种可悲的变化，并通过不同自然意象的前后对比揭露人类破坏生态带来的恶果。

在这绿莹莹的山谷，
曾流淌着清澈的河流，
灰色、栗色与紫色，
紫红色，棕褐色，恣意蔓延；
…………
如今管道咆哮，水量锐减，
污水横流，粪便溢满；
没有堤防的河流，可笑的，束缚，
狂怒的，黯然的，汽车的喧嚣。
…………
几个世纪之后，
人们重新占领城市，

① 这个描述最早由德国科学家亚历山大·冯·洪堡（Alexander von Humboldt）1804 年游历墨西哥城峡谷时提出，后被阿方索·雷耶斯（Alfonso Reyes）在自己的作品《阿纳瓦克的预测》（*Visión de Anáhuac*, 1917）中借用。墨西哥著名作家卡洛斯·富恩特斯也受其启发，以此命名自己的小说《最明净的地区》（*La región más transparente*），该小说于 1958 年出版。此句用来描述当时的墨西哥城。

登上山丘，深入山涧，
阻塞河流，砍伐树木，
城市开始死于干旱。①

阿里德希斯的诗将城市的污染以及人口过剩对环境破坏的问题展露无遗，曾经清澈的河流如今污水漫溢，曾经宁静的环境如今嘈杂喧闹，人类砍伐树木、堵塞水源，城市大面积缺水、干旱。大自然不再五光十色，到处是开采铜铁留下的千疮百孔。阿里德希斯的诗歌反映了自然生态的破坏使人们迷失在现代化钢筋混凝土之中，城市交通混乱，社会犯罪率上升，人们精神异化，对未来迷茫，“不知道我们将向何处去，也不知道我们从何处来”。(《另一视角的眼睛：“千年末的绝唱”》）人类对自然的罪行将导致自身的灭亡，正如诗集《鲸鱼的眼睛》（*El ojo de la ballena*, 2001）中的描绘：

大地的栖居者，一切生灵的死亡
使你渺小。
当有人辞世，不要问
丧钟为谁鸣，
是为你。②

这是为人类自身所致悲惨命运的挽歌，当大地一切生命灭亡，人类也将迎来自身生命的终结，这是对人类命运的预言与警告：丧钟将为人类而敲响。

阿里德希斯的诗歌不是对政治的承诺，而是对人类未来的关切，是人类

① Stauder Thomas: *La luz queda en el aire: estudios internacionales en torno a Homero Aridjis*. Vervuert Verlag. Frankfurt am Main, 2005, pp.141—142.

② Stauder Thomas: *La luz queda en el aire: estudios internacionales en torno a Homero Aridjis*. Vervuert Verlag. Frankfurt am Main, 2005, p.91.

对自然界和人类自身破坏行为导致恶果的痛苦反映。1990年出版的诗集《重被逐出天堂》，批判人类肆无忌惮的毁灭行为，批判人类一味索取生存所需的一切、不计后果的漠视未来的行为。诗人指出，要阻止人类的自我毁灭，仅仅依靠政治承诺远远不够，需要人类更多的努力，人类自己的行为"使其被驱逐出本属于自己的天堂"。[①] 正如《灰鲸》的描述：

灰鲸，
当世间只留存你的身影，
深色躯体穿梭水中，
告别动物的天堂；
当没有你足迹的记忆，
没有记录你生命的传奇，
你因没有海洋容得下而死亡，
我想在你的水之墓上
镌刻下：
"灰鲸，
指引我们飞向另一个目的地。"[②]

这是诗人对人类恶行而造成灰鲸死亡的悲歌，没有任何一个海洋能够容得下灰鲸躲避人类的追捕与杀戮，诗人只得将希望寄托于"另一个目的地的方向"，将愤慨书写在为灰鲸刻下的墓志铭上。以此来痛斥人类恶行而导致灰鲸的灭亡。

---

① 郑书九主编，《当代外国文学纪事：1980—2000. 拉丁美洲卷》，北京：商务印书馆，2015年，第509页。

② Aridjis, Homero. *Antología poética*. Fondo de cultura económica, México, 2009, p.249.

在诗歌《害兽》中，描绘了一连串动物受到人类追捕猎杀的事实，人类惨绝人寰地将森林中的野生动物一个个杀绝，人们再也听不到它们的呻吟和抱怨，只有沉默的回答。看似沉默实则是种无言的痛斥，是诗人对人类恶行发出的铿锵有力的声讨。声讨人类对大自然犯下的破坏、侮辱之罪。诗人抒发了对人类毁灭动物的悲痛心情，并痛斥人类的残忍行为：当一切生灵都因人类行恶而最终灭绝的时候，留在人世的只有死一般的寂静，这必将导致人类自身的灭亡。

作者在诗歌创作中倾力表达对人类自身与命运遭际、世界与灾难来临的哲理性思考，用诗歌揭露当代社会的生态丑行而导致城市污染、人口过剩、交通堵塞、社会混乱、人类精神异化等。诗人指出，人类在毁灭动物和自然时，就是在毁灭自身，同时又流露出对人类世界和谐美好的期望。

2. **小说创作中的生态思想**

“历史与环境启示录”是阿里德希斯小说创作的两大主题，其中以《太阳的传说》和《做爱时你在想着谁？》为代表的“环境启示录”小说，展露了作家的生态思想，揭示出一个处于生态危机、面临末日的墨西哥现实社会的种种弊端：极端恶化的自然生态、黑暗腐败的社会生态、因道德伦理沦丧陷入危机的人类精神生态。人类生态诸多问题积聚，造成墨西哥整个社会环境末日般的景象。

1994年阿里德希斯出版了环境启示录小说《世界末日的先生：千禧年愿景》（*El señor de los últimos días: visiones del año mil*），小说以中世纪西班牙为背景，讲述了即将进入新千禧年的西班牙，在世纪末面临善恶纷争与宗教抉择。作家借鉴《圣经》的写作手法，塑造了两派对立人物：圣胡安修道院法学家修士阿尔丰索·德莱翁，以及阿尔曼索尔军队首领——恐怖的穆斯林战士阿布杜拉。两人之间的矛盾冲突既代表了历史上两个民族、两种文化和两种宗教的纷争，又是日后西班牙人统治美洲冲突的延续。作者在讲述历史的同时，将小说中邪恶势力代表人物的罪行与自然环境联系起来，认为最大的罪恶就是对人类生存环境的破坏。修士阿尔丰索·德莱翁看到了彗星，喻示着反基督[①]在世纪末来到人间，倒行逆施、胡作非为，给人间带来混乱。反基督伪装救世主来到人世，对生态环境进行极度破坏，“他说要拯救大地，却焚烧森林、污染空气、给水里下毒……他所到之处河流枯竭、树木倒伏、男女夭折。”[②]在国王残酷、腐朽的统治下，西班牙呈现出一派末日图景：“圣徒与正人君子被追捕，动物灭绝，湖水河流被污染，城市变得肮脏不堪，大自然即将毁灭。”[③]世纪末的环境启示录景象让人们惶惶不安，人们期盼救世主的到来，希望他能终结旧世纪，开启新世纪。但是，反基督乘虚而入，向人世间传递恶念，结果遭到正派人物的反对和抵抗。这体现了阿里德希斯的生态理念，一切破坏人类生态的行为都会受到谴责和抵抗，就像小说结尾出现的《第三全书》(*Tercer Testamento*)，成为拯救的希望。

2012 年阿里德希斯出版了《世界末日的狗》，小说讲述了主人公何塞·纳瓦哈由爱狗派克陪伴，外出寻找被人犯绑架的兄弟的故事。爱狗派克失踪，时隔五年之后重新出现在主人面前，忽然开口与主人交谈，孤独丧妻的何塞从此有了心灵的伴侣。一日，何塞收到一个绑架者的纸条，要求他出巨资到华雷斯城赎回兄弟卢卡斯。何塞与爱狗派克踏上寻找兄弟的“苦难之旅”。他从墨西哥城进入华雷斯城以及古阿兹特克的世界，所经过的地方是一幅城市

---

① 反基督（西语 Anticristo，英语 Antichrist）又被译为“敌基督”，意为基督的敌人、反对基督或敌对基督的人。这个词最早出现在《圣经》（新约）中的约翰书信里。据约翰一书所载，凡是否定耶稣为基督，否定耶稣为神的独生子，否定耶稣是道成肉身的就是敌基督。参阅大卫·克里斯特尔，《剑桥百科全书》，北京：中国友谊出版公司，1996 年，第 53 页。在中世纪反基督到来的时间和预兆，被视为诸如灾难、瘟疫、饥荒等。参阅《大不列颠百科全书》（国际中文版 1），中国大百科全书出版社，1999 年，第 372 页。

② Aridjis, Homero. *El señor de los últimos días. Visiones del año mil*. Barcelona: Edhasa, 1993, p.153.

③ 同上，第 18 页。

毁灭性的图景：持续的火山喷发使天空呈现灰色，空气污浊、尘土飞扬、地震频发；社会环境混乱不安，失踪、抢劫、谋杀、毒品走私、色情行业等充斥着社会。进入古阿兹特克人的世界后何塞又看到神坛活人祭祀。作者通过主人公与爱狗派克的“苦难之旅”展示和见证了墨西哥过去和现在的自然生态和社会生态的恶变，从而引发他对墨西哥一系列生态灾难问题的思索，并进行有力的生态批判。

2014 年阿里德希斯出版了小说《还魂尸的城市》(*Ciudad de zombis*)，该小说与作家其他的环境启示录小说略有不同，弱化了对自然生态的批评，着力对社会生态的批判，注重展示一个反乌托邦式的墨西哥现实社会。米斯特卡城颠覆了城市正常、良性的发展标准，走私、犯罪、卖淫、贩毒等却成为社会运行的准则。在这样的社会中居住着两类还魂尸：一类是活着的死人，如罪犯、毒贩、妓女、联邦警察和精神错乱的军人；另一类是死过的活人，即那些曾经毁灭米斯特卡城而复活的尸体。还魂尸的主人是一个放纵的鸡奸犯，对米斯特拉卡城的人民实施残暴的统治。在他众多妻妾中，一些曾遭受拐卖和强奸，她们组成反抗的政治团体，抵抗鸡奸犯丈夫的暴力压迫和腐败黑暗的社会秩序。阿里德希斯描绘这样一个还魂尸的可怕城市，实则映射现今的墨西哥。“墨西哥变成了一个消极的乌托邦，即所谓的反乌托邦。我这本书就描绘了一个价值观扭曲、谎言代替真理和正义，卑鄙、暴力无处不在。一切都混乱不堪，这不是虚构，而是实实在在发生的。”[1] 作者以这样可怕的“还魂尸的城市”文学书写映射墨西哥，质疑墨西哥的社会现状，揭示因政府的腐败妨碍了社会发展，才导致了墨西哥社会的危机。

1993 年和 1995 年他分别出版了两部生态小说《太阳的传说》和《做爱时你在想着谁？》。这两部小说都以 2027 年未来的墨西哥为背景，结合墨西哥

① http://www.zocalo.com.mx/seccion/articulo/mexico-es-un-pais-de-zombis-homero-aridjis-1414480386.

阿兹特克文明的古老神话，运用反乌托邦的写作手法描写墨西哥当下的自然环境被破坏以及许多社会问题频发的现实，批判墨西哥政府恣意妄为的行为和残酷暴力的统治，以一幅启示录般的末日图景暗示世界未来的选择和希望。在他所有的环境启示录小说中，这两部小说的关系最为密切，主题相似，背景相同，小说中的人物也重复出现，因此有评论家认为第二部作品是第一部的续集。

《太阳的传说》以全知全能的第三人称视角，叙述了由阿兹特克古老战神和灾难神转世的卡洛斯·特斯卡特利波卡将军的残酷暴戾行为，以及伙同好色荒唐的何塞·维齐洛波奇特利·乌尔比纳总统对社会民众实施残酷的暴力统治。小说的叙事由两条相互交织的线索构成：一条是卡洛斯·特斯卡特利波卡将军的残酷暴力行为。特斯卡特利波卡邪恶可怕，拥有至上权力，他就是强奸、绑架和谋杀神秘失踪女孩的特拉洛克（Tláloc）[①]，自己却意外地死于为总统服务的警察兄弟弗朗西斯科与费尔南多之手。另一条是画家胡安·德孔格拉寻找阿兹特克太阳古籍的故事。胡安·德孔格拉和朋友女摄影师贝尔纳尔达·拉米雷斯常常用自己的绘画或摄影作品记录当下人们的生活。贝尔纳尔达·拉米雷斯的女儿安娜·比奥莱塔被神秘的特拉洛克绑架之后，胡安和贝尔纳尔达二人踏上寻找安娜的神秘之路。其间，他们遇见了穿越时空的先哲及古代编年史的作者克里斯托弗·瓜乌特里，胡安接受瓜乌特里的委托，寻找遗失的 16 世纪《太阳古籍》手稿的最后一页，这一页被卡洛斯·特斯卡特利波卡将军窃走。若这页手稿继续被特斯卡特利波卡持有，墨西哥未来将陷入无尽的暴力和活人祭祀之中。如果胡安成功获得它，人类所处的暗无天日的第五个太阳纪就会结束，自然之日的第六个太阳纪就会来临，世界将被蓝色女神保护，并将摆脱一切混乱而归于人与自然的和谐。作者在此将胡安寻找失踪的少女安娜和寻找遗失的古籍两条故事线索连接起来，在寻找的过程中主人公胡安经历墨西哥末日般可怕的自然、社会以及人类精神的苦难生态之旅，

① 与阿兹特克神话中的雨神 (Tláloc) 同名。

作为见证者审视墨西哥社会和政治统治的黑暗。这也是作者审视和批判现代墨西哥社会的独特途径，向读者揭示因全球工业化而导致墨西哥社会堕落和腐败、自然灾难频发的严酷现实。

卡洛斯·特斯卡特利波卡将军是阿兹特克暴力战神与灾难神的化身，在一帮残忍的助手和随从们那科特卡（nacoteca）[①]的帮助下耀武扬威，袭击、镇压和谋杀百姓，整个城市充满了恐怖。好色糜烂的维齐洛波奇特利·乌尔比纳总统，用血腥暴力控制着社会与国家，虐待墨西哥城的女性。特斯卡特利波卡将军为了夺权，消灭了总统，但自己最终也丧生在两个兄弟警察手中。作者展现出一个病态的墨西哥社会：气候变暖、酸雨、干旱、污染、雾霾侵蚀着都市人的生活，人口过剩与现代机械化使人烦躁不安、精神异化。随着两个腐朽统治者的死亡，第五个太阳纪在一次大地震中结束，胡安与贝尔纳尔达从那科特卡手中逃离出来，逃向墨西哥城邻近的米丘阿干州（作者的家乡），在那里他们经历一个新时代的到来，受到自然之神蓝色女神的庇护。胡安所经历的这种神奇之旅的结局预示着墨西哥新的未来——人与自然的重生，也表达了作者人与自然和谐相处的生态思想。

《做爱时你在想着谁？》同样以 2027 年的墨西哥为背景，讲述发生在神话城市蒙特祖马（Moctezuma）的故事。与《太阳的传说》不同的是，这部小说将自然环境的破坏作为世界末日的大背景，以人物的情感故事为叙事主线，展示一个因自然环境恶化、社会和政治腐败而导致人类精神异化，以及人类与自然和社会关系异化的末日世界。

小说以第一人称叙述，讲述主人公桑切斯如何面对 2027 年的末日世界。“我”是一个因身材过高而感到与周围格格不入、有些自卑的剧院女灯光师，被人称作“长颈鹿女人”。因与剧院女演员阿丽拉结识共事，“我”与她家人的生活也有了联系，并成为见证她们生活的叙述者。阿里德希斯通过塑造

① 此语是对墨西哥当地印第安穷人的种族歧视的蔑称，旨在贬损其社会地位的低下。

"我"，又引入一连串反对破坏自然生态与人精神异化的女性人物，其中包括在蒙特祖马城国家剧院当演员的阿丽拉、其妹玛利亚以及幼儿教师法昆达。

玛利亚的孪生姐妹洛萨尔娃因心脏病去世，"我"与阿丽拉、玛利亚和法昆达一起穿越城市参加葬礼之后，四位女性返回位于蒙特祖马城的阿丽拉家。在返程途中，四位女性游荡在首都街头，观察行人及都城环境的恶化，议论都城恶劣环境与人堕落的原因，呼吁社会对生态环境的关注，尤其是对女性身心健康的关怀和理解，应给予女性与男人平等的地位。她们由对自然的关注转向对男权社会和人类自我毁灭行为的声讨。作者以倒叙的方式通过"我"回忆自己的生活经历，来展现人际关系恶化和人精神异化的过程。"我"在父亲过世之后，曾遭受继母的虐待和继兄的性骚扰，感受到失去父爱的悲痛和孤独，人际关系的冷漠。在国家大剧院工作中，与同事阿丽拉及其妹妹玛利亚以及法昆达之间建立起了深厚的友谊，四位女性同住在阿丽拉家里，感受到家庭的温暖。"我"见证了玛利亚与丧偶姐夫路易斯·安东尼奥的情感纠葛过程，"我"也结识了高个子的舞伴、后来成为"我"男友的巴尔塔萨尔。"我"有了自己的爱情，博莱罗舞曲《做爱时你在想着谁？》成为"我"与巴尔塔萨尔的爱情见证。在这个群体里"我"逐渐从孤独冷漠、与周围格格不入的状态找到温暖，慢慢改变自己。然而当"我"与巴尔塔萨尔做爱并被问及"做爱时你在想着谁？"时，"我"无言以对，不能全身心地想着和爱着面前的男友。这是"我"经历过人生苦难之后的一种精神异化的应激反应。在这样一个人类关系恶化、精神异化的社会，玛利亚与姐夫路易斯的情感发展也是如此。玛利亚起初厌恶姐夫将自己当作去世的姐姐洛萨尔娃的替身，反感和极力抵触姐夫的任何亲昵行为。随着日益频繁的接触和相处的加深，玛利亚渐渐接受路易斯的"追求"和情感。最终，在歌曲《做爱时你在想着谁？》的伴奏下，两人在世纪末进行了一场激情的性爱，玛利亚感受到自己与姐姐洛萨尔娃已经合二为一，在与姐夫性爱的和谐中似乎体会到人与人之间关系的和谐之道。

《做爱时你在想着谁？》与《太阳的传说》一样以大地震终结第五个太阳纪。两部小说中的很多情节、人物相似，甚至重叠。如两个残酷腐败的政客卡洛斯·特斯卡特利波卡与何塞·维齐洛波奇特利再次出现，而此部小说塑造的蒙特祖马城市长奥古斯丁·艾克，像维齐洛波奇特利总统与特斯卡特利波卡将军一样残酷、腐朽，依仗个人的权势，作威作福，玩忽职守。艾克以发展经济为借口，完全无视环境生态平衡而进行商业活动，残酷地利用人类苦难致富。许多与艾克品性一样的政客也肆无忌惮、寡廉鲜耻地滥用权力，无视环境而进行所谓的“社会建设”，对社会、人民进行残酷剥削和暴力镇压。“我”与女性朋友一同见证并记录了这些政客的腐败行为并加以揭露，正是他们的恶行才导致蒙特祖马城的纷乱：少男少女的性交易、各种谋杀、战争、自然灾难等种种乱象，社会生态危机、末日世界图景出现。

男友巴尔塔萨尔建议“我”与他一起移居一个名叫“古老”的天堂般小岛，以摆脱蒙特祖马城地狱般的生活。“我”不愿放弃生活的城市，拒绝了他的请求，选择面对持续的灾难和地震，等待世纪末的结束。作者以“我”的选择和决定突出反映在末日世界中解决生态环境灾难和社会生态问题的希望和信心。正如《太阳的传说》中的墨西哥城一样，蒙特祖马城最终迎来了一场世纪大地震。然而，这场地震并未摧毁人类文明，只是预示着阿兹特克神话第六个太阳纪的到来，一个人与自然和谐共处的新时代的到来。就如“我”与巴尔塔萨尔在世纪末进行的那一场完美的性爱，“我”第一次找到“做爱时你在想着谁？”的答案，这不仅象征着“我们”的和谐和重生，而且也预示着人类精神的回归以及在新世界创造新生命的可能。

在这两部小说创作中，作者通过展露一幅幅环境启示录般的末日图景，揭示人类社会的现实状况：极端恶化的自然生态、黑暗腐败的社会生态，以及因道德伦理沦丧而陷入危机的人类精神生态。作者通过不同的故事情节、人物形象，试图传递一种有关生态的哲理思考：一切破坏人类生态的行为都将受到谴责，遭到抵抗，最终将走向灭亡。并警示：人类若继续肆无忌惮地破坏自然、破坏生态，最终将导致自身灭亡。阿里德希斯通过环境启示录的描写，向人类敲响警钟，不仅要让人类意识到自己的罪孽深重，深刻反思对待大自然的态度，还要在检讨自身恶劣行为的同时，学会弃恶扬善，共同迎接美好新时代的到来。作者在每个故事结尾处有意构建一个又一个的重生，《太阳的传说》第六个太阳纪的诞生，《世界末日的先生：千禧年愿景》“第三全书”的出现，以及《做爱时你在想着谁？》鸟儿啼叫的黎明等，这都是作者生态思想的升华，凸显了作者对建立一个新世界的向往、信心和希望。

第二节　环境启示录与反乌托邦

在人类历史发展长河中，人们总是向往美好生活，期盼构建理想家园。许多思想家与作家在面对社会现实矛盾、政治危机四伏以及恶劣的生活环境时，都以各自独特的方式描述出各种各样的乌托邦，以逃离现世的苦难。乌托邦是真理、正义、自由、善良、幸福的化身，着眼于人的集体存在模式，表达了人类永久解决理想与现实的矛盾，建立一个稳定、统一的理想社会的愿望。[①]从柏拉图[②]的“理想国”、莫尔[③]的“乌托邦”、培根[④]的“新大西岛”、安

① 赵一凡，张中载，李德恩主编，《西方文论关键词》，外语教学与研究出版社，2006年，第613页。

② 柏拉图(Plato, 约公元前427—公元前347)，古希腊伟大的哲学家和思想家。他是苏格拉底的学生，又是亚里士多德的老师，三者并称为“希腊三贤”。对话体著作之一的《理想国》是西方政治思想传统的最具代表性的作品。

③ 托马斯·莫尔（Thomas More, 1478—1535）是英国的政治家、哲学家，欧洲早期空想社会主义学说的创始人之一。他第一次用“乌托邦”来表示一个幸福的、理想的国家。

④ 弗朗西斯·培根（Francis Bacon, 1561—1624），英国文艺复兴时期的散文家、唯物主义哲学家，实验科学和近代归纳法的创始人，也是现代生活精神的伟大先驱。《新大西岛》是他晚年未完成的一部著作，在此书中培根描绘了他理想的乌托邦社会图景——新大西岛。

德里亚[①]的“基督城”，到康帕内拉[②]的“太阳城”、哈林顿[③]的“大洋国”，乌托邦是人类在每个历史时期共同追寻的理想。人类社会也努力按照思想家们的乌托邦构想设计蓝图、实施方案、追求期望的幸福，尤其是现代化的人类社会利用科技对乌托邦的追求。

但是，现代社会的工业化建设和发展导致社会危机重重：自然、社会、经济、文化以及人类道德精神危机，所谓乌托邦计划的实施给人类带来的不是幸福而是灾难，出现了“反乌托邦”概念，它向乌托邦思想反戈一击，成为“乌托邦”的对立面，是对乌托邦理想的一种反思和反驳，是对乌托邦理念和实践的嘲讽与否定。反乌托邦文学往往以人类的“守望者”警戒和劝谕人们，如反乌托邦三部曲：俄罗斯作家叶·扎米亚京（Yevgeny Ivanovich Zamyatin）的《我们》（*We*, 1921）、英国作家阿尔都斯·赫胥黎（Aldous Leonard Huxley）的《美丽新世界》（*Brave New World*, 1932）、乔治·奥威尔（George Orwell）的《一九八四》（*Nineteen Eighty-Four*, 1949）。“反乌托邦”作家以文学手段揭示乌托邦思想给现实生活造成的消极影响和后果，科学技术给人类社会带来的生态灾难和道德危机，呈现出一场可怕的生态噩梦和一幅末日图景。反乌托邦小说的特点与“环境启示录小说”极为相似。

---

① 约翰·凡拉丁·安德里亚（Johann Valentin Andree, 1586—1654）德国神学家、早期乌托邦主义者，著有上百部著作，主要代表作有《爱情论》《神友》《忏悔录》和《基督城》等。《基督城》出版于1619年，是一部游记体裁的著作，描写南极一个岛上的理想国家——基督城。

② 托马斯·康帕内拉（Tommas Camhanella, 1568—1639）意大利文艺复兴时期的空想社会主义者，哲学家、作家。主要著作有《论最好的国家》《感官哲学》《论基督王国》《太阳城》等。1622年他在监狱中创作了空想社会主义著作《太阳城》，采用对话体裁，描绘出不同于西欧各国社会的新型理想社会——太阳城。在这里实行“哲人政治”，即由大智大慧的“贤哲”及其助手担任最高管理者（被称为“太阳”）；没有剥削、没有私有财产；人人劳动，产品按需分配；教育与生产相联系，存在脑力劳动与体力劳动的差别。

③ 詹姆士·哈林顿（James Harrington, 1611—1677）英国资产阶级革命时期的哲学家、政治思想家。他探讨研究政治制度，反对君主制，反对复辟运动，主张把英国的专制君主改变为立宪君主制。1656年出版了代表作《大洋国》，描写了一个虚构的理想国度的“大洋国”。

“环境启示录小说”出现在19世纪维多利亚时期，最初带有强烈的宗教性，预示新天地的诞生，期待建构新世界。进入20世纪，这样的期待被末日世界所替代。“环境启示录小说”作为环境文学与启示录文学的结合体，通过展示和预见环境灾难，试图唤起人类对环境的忧患意识。这类小说已不像19世纪的“环境启示录小说”那样构想新世界，他们更多专注描绘肆虐的现实社会、世界性的灾难，喻示末日世界的来临。“自20世纪中后期之后，环境启示录小说与日益成熟的生态批评发生了紧密的结合，并且相得益彰。基于该类型小说对生态灾难的逼真想象，它们中的大多数被称为‘生态预警小说’‘生态灾难小说’，或者‘生态反乌托邦小说’等。”[①] 因此，从某种意义上，可以将“反乌托邦”小说与“环境启示录小说”归为一类，环境启示录则具有反乌托邦的性质。[②]

受工业革命的影响，欧洲作家的“反乌托邦”与“环境启示录小说”创作开始于19世纪末20世纪初。拉美作家尤其是墨西哥作家基本与此时期同步，但更多作品则出现在1992年《北美自由贸易协定》签署后到进入千禧年这一阶段。拉丁美洲的经济发展将自然、印第安土著与妇女置于边缘地位，无视他们的权利；全球化和新自由主义经济发展给拉美大陆带来史无前例的破坏；20世纪末，都市污染、道德堕落、人类与机械化矛盾等成为拉美作家环境启示录作品中描绘的主题。墨西哥作家开始进行反乌托邦式的环境启示录书写，一方面批判西方资本主义国家强施于本国的发展模式，另一方面反思本国人民盲目追求经济发展，破坏自然环境而导致的种种恶果。其中比较突出的作品是：卡洛斯·富恩特斯的《克里斯托弗·诺那托》（*Cristóbal Nonato*, 1987）、荷马·阿里德希斯的《太阳的传说》和《做爱时你在想着谁？》、吉列尔莫·谢里丹（Guillermo Sheridan）的《金指》（*El dedo de oro*,

---

① 何畅：环境启示录小说,《外国文学》2011年第6期，第118页。

② 许多生态批评家分析文本时，经常使用这两个名词，表示同一概念。

1996）和卡门·博略萨（Carmen Boullosa）的《大地的天空》（*Cielos de la tierra*, 1997）等。这些反乌托邦作品质疑墨西哥现代发展模式，并且批判了追求经济全球化对本国环境与人类生存带来的灾难性影响。在这些作品中，作者描写了现在和未来的病态社会：经济膨胀、科技滥用、集权统治、民主终结、人性丧失、精神异化等。墨西哥这类文学作品常常关注国家文化和政治论战中的重要事件与论题，涉及三个领域：经济危机、政治状况与环境破坏。①

阿里德希斯的《太阳的传说》和《做爱时你在想着谁？》两部小说是墨西哥典型的环境启示录作品。作者运用反乌托邦写作手法展露了一幅墨西哥当代社会环境启示录般的末日图景：极端恶化的自然生态、黑暗腐败的社会生态，以及因道德伦理沦丧而陷入危机的人类精神生态。

一　末日图景中的自然环境

《太阳的传说》（以下简称《传说》）和《做爱时你在想着谁？》（以下简称《想着谁》）两部小说都以2027年的墨西哥首都为背景，城市因现代经济发展和工业化而环境恶化，自然遭受严重破坏，遭遇持续的缺水、干旱、污染、酸雨、地震、饥饿、生物灭绝等诸多环境问题。

《传说》以主人公画家胡安的视角，对16世纪的墨西哥盆地与21世纪的墨西哥都市做了对比："2027年，城市在坍塌，火山消失在一片高原的景色中。看不到神奇的高山，连山谷最初的景致也没了踪影。"②墨西哥城笼罩在一

---

① Ordiz, Javier："Pesadillas del futuro. Distopías urbanas en la narrativa mexicana contemporánea" en *Bulletin of Spanish Studies: Hispanic Studies and Researches on Spain*, Portugal and Latin America, 91:7, pp. 1043—1057.

② Homero Adrijis：*La Leyenda de los soles*, 1993, p.15. 本专著对所分析的小说（除有中译本的《读爱情故事的老人》外）的引文均由笔者翻译，引文后加作品名称简写及页码，如《太阳的传说》西语版简称 *La Leyenda*；《做爱时你在想着谁？》西语版简称 *En quién*；《读爱情故事的老人》中译版简称《读爱情》；《世界尽头的世界》西语版简称 *Mundo*，以下不再做注。

片雾霭中，事实上这不仅是作家塑造的未来城市，墨西哥城在20世纪80年代就笼罩在一片“黄灰色的烟雾”中了，[①]它们是由工业排放和机动车排放产生的有毒气体和悬浮颗粒物所形成。作者借2027年映射三十多年前的墨西哥，自然美景消失在烟雾中，火山、高山和山谷都淹没在工业现代化的灰尘之中，整个城市如同在混沌的牢笼中苟延残喘。作者批判工业对人类造成危害性的污染，导致迁徙的候鸟大量死亡。面对污染，市民们“在殖民时期，人们通过宗教仪式辨认时辰，而现在人们通过白天、中午和晚上不同的污染物确认时间”。（*La Leyenda* p.42）作者反讽这种辨认时辰的方法，是人们迫于应对生存的无奈之举，或许人们辨别的不是时间，而是致命的有害颗粒物，辨别的是自身生命走向危险、走向尽头的整个过程。

胡安穿梭在拥挤的街道中，对眼前了无声色的景象感到遗憾、无奈和失望。当他看到父亲曾经绘制的墨西哥征服时期自然风景的画作时，便回想起“这里曾经是被清澈湖泊和长青植物覆盖的盆地”。（*La Leyenda* p.15）这样的回忆将读者拉回到过去拥有美好自然风光的墨西哥盆地，曾经名为特诺奇蒂特兰（Tenochititlán）的墨西哥城被誉为“美洲的威尼斯”，被很多自然或人工的美丽小岛环绕，耸立在湖中。那时的城市整洁干净、生活井然有序，人们精心照料自己的家园，重视人与自然的关系。而如今则是恶臭弥漫、尸横遍野，“唯一流动着的是臭气熏天的黑色河水和液体污染物”。（*La Leyenda* p.19）古阿兹特克帝国的首都如今却呈现出生态噩梦般的景象，“曾经充满湖泊、河流和水道的城市已经干涸。寸草不生的街道消失在咖啡色地平线的迷雾中。曾经的恰布尔特佩克树林中，死去的植被每天都像绿色幽灵的破烂衣物一样被扔向垃圾堆”。（*La Leyenda* p.17）

作者将此时干旱污秽的现代墨西哥与美好乌托邦景象的水城墨西哥进行

① 李强，王骁波：《源头精细管理按尾气排放限行——墨西哥城治理大气污染一瞥》，《人民日报》2015年4月13日第16版。

对比。通过过去与现在的对比，绿色水城与污秽干旱之城的形象对比，凸显末日图景般的现代自然环境恶化，启发人们进行反思。追忆过去，反衬当下和未来，人类从 20 世纪 80 年代到 21 世纪初一直以破坏者、污染者的身份大行于世，若人类不反思悔改，恐怕到 2027 年就将迎来末日。

阿里德希斯以讽刺的口吻描绘都市被污染的环境，以及身处其中居民的感受。在这里生活的人似乎已经习惯了被机械化代替和控制的无聊而单调的生活，人们习惯于乘车或开车出行，习惯于外出佩戴防紫外线的眼镜，习惯于用防毒面具遮挡污染的空气。人们面对被摧残的自然生态，花草树木消失、稀有动物灭绝，似乎无助又无奈，只能去想应对灾难的办法，苟且生活在这地狱般的世界里。小说以黑色幽默描写了人们收藏那些为应对灾难“绞尽脑汁”撰写的求生手册和书籍：《防灾手册》《生存百科全书》《如何在缺水缺空气的第三个千年生活》《将要来临的灾难》《堕落星球的旅者》等。这些手册和书籍的流通间接地展现了自然生态危机状况以及居民麻木不仁的态度。面对这些灾难和污染，人们无法抵抗，只得接受或嘲讽似的自我安慰：“天气很美，不是因为清澈透明，而是因为污染所致的各种审美的可能。天气芳香，不是因为乡村的芬芳，而是因为那些不明化学物在空气中的融合。”（*En quién* p.28）作者特意将污染赋予美感，描绘出“浑浊的光晕如同彩虹般环绕太阳周围”的特殊景致，产生反讽的效果，让读者在遐想之余，感慨环境恶化的严重程度，旨在讥讽人类破坏自然环境的恶行和漠视污染的态度。

环境破坏与污染不仅危害到人的身体健康，影响到人的日常生活和衣食住行，还导致多种动植物的死亡。甚至居民看到蝴蝶飞过，都会稀奇地认为，它们是“生态灭绝的幸存者或者是穿越时空的旧时迁徙物种的幽灵”。（*En quién* p.25）他们想念曾经有成千上万的帝王蝶从遥远的加拿大、美国飞到墨西哥过冬，寻找水源和温暖。而如今，滥砍滥伐导致树木减少，河流湖泊被污染，迁徙来过冬的帝王蝶数量逐年减少，它们再也找不到可以栖居的地方，因而大批死亡。作者在描写现实生存危机的基础上，预言并描绘出一场场生态灾难，动物园和家中饲养的动物也因污染或缺水而死亡。电视新闻不断发出讣告："墨西哥狼灭绝，先卡安保护区那卡克椰枣树死亡，杜克斯特拉斯保护区兰花消失，蝴蝶河死亡"，而"这些死亡没有任何人哀悼，因为这些生灵从来就没有过主人"。（*En quién* p.48）作者的幽默和讽刺隐藏在这看似不经意的一笔中，其实道出了人类对大自然的漠视，对死亡的无奈。可怜的动植物无人关心，与其说是自生自灭，不如说是被人类消灭。他们逃脱不了人类的侵害，即便是存活下来的生物，也发生变异或畸形。

更为荒诞的是，人们不仅对动植物灭绝的事情熟视无睹、漠不关心，反倒见机行事，做起了买卖稀有动物的勾当。在蒙特祖马城动植物保护区消失的地方，人们建起专卖商店，出售由稀有动物皮毛、尾巴和蹄掌做成的各种装饰物。小说不仅反映的是墨西哥的蒙特祖马城居民肆意破坏生态平衡的行为，而且让读者由此联想世界各地区类似的破坏行为，那些利用自然资源谋取商业利润的投机者的劣行，他们惨无人道、麻木不仁地对待自然生物。人类捕杀野生动物，对其进行着剥皮割肉、抽筋断骨、走私买卖的恶行，正如小说中描绘的稀有动物交易市场。作者通过文本放大现实，通过小说反映墨西哥的个例映射整个世界人类破坏生态的罪行。

自然界动植物的大量死亡使都市居民们已无法亲近自然，儿童和年轻人只有靠影像记录、博物馆展览来了解之前大自然的景象。两部小说中的政府都假借种植人工树木欺骗民众，害怕人们意识到政府因缺乏环境保护而造成的生态灾难，"在马林切大道两侧没有一棵树、一株植物，有的只是粉刷的绿色草坪、塑料的灌木丛和干枯的喷水池"。（*La Leyenda* p.29）这种人工绿色装饰，意欲掩盖生态危机，却衬托出政府的虚伪行为，在具有反讽意味的描写中不禁让人感慨具有共通性的人类丑态。无论是墨西哥还是世界其他国家，这种愚昧无知、丑态百出的闹剧还在无端上演着。一些基层部门为应对上级监管部门的环境检查，在几天之内就可将钢筋混凝土的工地装点成“绿色植被”的海洋，用涂鸦的方式或在地面或在墙壁绘制出一幅幅“生机盎然”的自然景象，欺瞒上级部门。他们却忽略这些人造的“美丽图画”带来的恶果，在烈日的照射下图画泛着浓烈刺鼻的油漆味，四处散发，危害人类的身体健康。

这种所谓的美化环境折射出人类在美好自然环境消失之后的伪饰行为，不仅是对自然的一种亵渎，还是对人类道德底线的触碰。“广场中央出现了一颗金属树。在它管状的枝干上驻足着唱歌的机器鸟，它每啼叫一声，嘴和翅膀就张开一下。人工花儿，内部泛着磷光。游客与孩子们围绕在这棵新奇的生命树旁。”（*En quién* p.48）作家从树干、机器鸟的鸣啼到各种花色的细腻描写，再到孩子围绕新奇的人工树木的嬉戏，暗示了城市绿色消失，人工绿色代替大自然的景象，而人们却不以为意地观赏，隐喻地揭示出人类环保意识的薄弱，并预测人类社会在经历工业化文明和科技发展之后，自然被机械所代替，大自然的盎然生机悄然消失，取而代之的是死板冰冷的机械景物，一棵棵金属树、一朵朵人工花、一只只机器鸟。机械代替了自然，生命还将如何跃动？面对人类伪造的自然环境，人们仍然趋之若鹜。作者还痛心地描绘了孩子们如何去参观恰布尔特佩克公园里所剩无几的自然景物，却发现景物依然是伪装的模型。孩子们别无选择，因为真正的海豚早已像亿万年前的恐龙一样灭绝，人们也只有像看侏罗纪公园里的恐龙一样去观看动物园的假海豚表演。“无数小学生吃着垃圾食品跑来跑去，观看那些塑料树和历史名人的混凝土雕塑。树和名人的刺眼颜色不仅是对眼球的亵渎，还是对美学与生态的侵犯。尽管人工湖里表演的海豚是用橡胶做成，然而每两小时一场的演出依然吸引了众多仰慕者和小青年排长队观看。”（*En quién* p.163）作者夹叙夹议，以“垃圾食品”“刺眼的色彩”“橡胶做成的海豚”谴责政府对天真稚嫩的孩子们的欺骗行为，揭露政府所谓环保计划的虚伪。

人类对工业化无度的发展导致自然的破坏。小说中的两座未来之城的科技工业发达，视频电话取代了普通电话，人人驾驶高速汽车，排放大量的废气。衣服设计为防弹、防病毒，科技整容术盛行，电视新闻 3D 播报，机器人协助生活，摩天大楼高耸入云等。即便如此，人们依然不满足于科技化的生活，各种工业化新产品不断推出，越来越危害自然环境。阿里德希斯对此进行尖锐的批判：

> 我们居住在世界污染最严重的城市，却不采取任何措施。相反，却因为地铁的建设而砍伐恰布尔特佩克成千上万棵树木；因为都市化的建设而铲除大片绿地；每日三百万车辆和十三万个工厂排放出一万一千吨化学废弃物，数量仍在上升；外来车辆和 100 路公交汽车[①]排放的致命气体仍然污染着街道。[②]

如此毫无节制的工业化与科技化，是人类欲望膨胀的表现，也是人类饮鸩止渴、自欺欺人的行为。它造成城市交通阻塞、环境污染严重，空气中充满铅、二氧化碳、硫、汽车尾气、粉尘和噪音。由空气污染导致诸如胃肠、眼睛、呼吸系统和皮肤病与日俱增。在《想着谁》中，当主人公开车前往墓地参加洛萨尔娃的葬礼时，他不得不忍受堵车的烦恼和喧嚣的鸣笛声。墓地也如同停车场和工地，拥挤不堪，法昆达不禁感慨“我们将死者葬在了如此的都市地狱之中”！（*En quién* p.22）在《传说》中，墨西哥城行人拥挤，人流量大，空气被各种车辆排放的废气污染，交通堵塞已是不争的事实，被称

① 100路公交汽车因其低廉的车票曾经是墨西哥城市民首选的交通出行工具。但由于使用柴油，严重污染空气和环境，政府迫于环保组织的压力，在 1995 年对一些线路进行了停运，但并未完全取缔。现在在一些偏远小镇以及墨西哥城偏僻路线仍然看得到冒着黑烟行驶的 100 路汽车。此公交车已被视为墨西哥环境污染的标志之一。

② Adrijis, Homero. Ferber, Betty. *Noticias de la Tierra,* México, Círculo Editorial Azteca, 2012, p.28.

为“世界最大的露天停车场”。“北部客车站每天向地铁站运送大量乘客，大公交车、迷你公交、鲸鱼巴士及所有滚动的、轰鸣的、吱嘎作响的车辆充斥着烟雾弥漫的两座丘陵。”（*La Leyenda* p.43）缺乏环保意识的政府却在“计划建设更多的道路来推动独立交通，造成更大污染，摧毁城市环境”[①]。作者在此批评墨西哥政府缺乏环保意识，只注重城市工业化的发展，而不顾忌危害环境带来的严重后果。

两部小说对两座未来之城的描绘所折射出的则是现代的墨西哥城。在现实生活中，虽然政府迫于一些环保组织抗议的压力，试图控制交通流量，减少空气污染，但最终未能很好地实施限制车牌号出行、控制外来车辆入城和装置检测尾气毒气设备等提议措施。人们为了出行方便和舒适，不愿意乘坐公共交通，因为公交车和地铁里常常人满为患，拥挤不堪。“为抢一席之地、为向前移动、为不被人摸而斗争。过道拥塞，电动扶梯破损，应急门被封锁。”（*La Leyenda* p.30）作者对地铁上人流细腻而生动的描写真实再现了墨西哥城当今地铁里的“盛况”，人们似乎生活在被压缩的玻璃罐中，无奈地忍受拥挤和污浊空气所带来的恶果。同时也揭示出很多女性及中上层阶级民众为何反对政府控制车辆，宁愿开车堵在路上也不愿意挤地铁的真正原因。面对墨西哥城的现实生活，作者也只能用反讽的笔触表达心中的不满，用褒义词“欣赏”描述人物的主观感受，原本欣赏的应是美景，而人们却转为欣赏一场令身心不悦的堵车“盛况”，这既传递出作者无奈的情绪，又表达了作者对墨西哥政府城市工业化发展造成环境危害现状的极大不满。

城市人口过度增长是小说反映的另一环境生态问题。墨西哥城是世界最大、人口最密集的城市之一。而大量农村富余劳动力涌入城市，城市人口超负荷，贫困人口增加。人口急剧膨胀导致公共卫生条件差、饮水日益缺乏、住房紧张、社会秩序混乱、犯罪率提高、污染严重和交通阻塞等弊病。“我们

① 同上，第 54 页。

生活在人口超负荷的时代，连狗都变得长寿。但我们几个女人没有儿女，也就没有未来。”（*En quién* p.170）作者借主人公之口讽刺这种人口超载的时代，揭示城市人口爆炸和人口老龄化带来的一系列社会新问题。将超载的人口与狗的长寿相提并论，表面看似乎在说人因为长寿不死才导致人口膨胀，实则是通过类比讽刺人口过剩这一现象。在当下或未来社会，也许通过科技医疗手段，人人都可以长寿，连牲畜也不例外。人类通过众多生物科技手段打破了原有世界的生态平衡，虽然发明了克隆、试管、转基因等先进技术，但它们在给人类不断带来便利的同时，也摧毁了生物原有生理机能和自然生物链的平衡。生老病死本是天地之规律，万物之自然，而人类依靠外力改变一些自然规律，势必会带来新的灾难。

在两部小说中，阿里德希斯展现了墨西哥城自然环境被破坏的状况，并通过将两座未来之城的对比，过度现代化建设和发展导致自然和人自身的毁灭，墨西哥城的末日景象更为突出，“日出的光芒照耀在城市的废砖旧瓦上，如同照在巨大的受伤躯体上”。（*La Leyenda* p.195）未来的墨西哥城就像一个生病的人，“城市的灰尘雨形成灰色黏土的水塘，弄脏了车玻璃和眼镜片。天空在干旱肆虐中皲裂，城市给人留下身患未来疾病的印象，但显然已经显现在它的建筑和街道上。斑驳的砖瓦、肮脏的窗户、发霉的墙壁、污浊的空气，这些都是恶兆”。（*La Leyenda* pp.127–128）没有一个拉美国家的首都比墨西哥城更能呈现末日的景象，墨西哥城由原来被誉为的“美丽的威尼斯”变成被许多拉美作家讽刺的“世界上最美丽的怪物”[①]。曾经世界上最明净的地方如今却遭受严重的污染，从高空看墨西哥城已是黑云笼罩，一片模糊。“大都市已经不容置疑地进入了大灾难时期，大感冒、大出血、大购物中心、大妓院和大污染。”（*En quién* p.200）作者以这一系列“大”字描绘出墨西哥城过度

---

① Heffes, Giseal(ED.): *Utopías urbanas: geopolíticas del deseo en América Latina*, Iberoamericana · Vervuert, 2013, p.67.

的经济发展而造成严重的灾难，危害人类健康，同时也反讽人类对自我取得这种高速发展的自满心态。殊不知，自然环境已经无法承受人类制造的混乱，只有以末日形式结束这场混乱，让人们在末日审判来临之日，面对救世主忏悔自己的一切恶行，以自我终结来向自然赎罪。

阿里德希斯的两部小说均以世界末日论的大地震结尾，人类所处的第五太阳纪终结。作者通过营造末日图景中的自然环境，给人类敲响警钟：如果人类继续毫无节制地破坏地球，破坏自然环境与生态，那么，最终将遭遇到与小说描绘完全一样的情境——世界末日图景，并将导致人类自身的灭亡。

二　末日图景中的社会环境

启示录小说的特征之一就是社会现实与政治的密切联系，反映社会与政治的混乱，折射政治与道德伦理出现的危机。社会的主要问题即是政治问题，作家的责任在于揭露社会现实。[①] 正如阿里德希斯所说“启示录是人类而非上帝的杰作”。[②] 人类肆意的胡作非为导致自然环境被破坏。阿根廷作家、人类学家和文学批评家的奈斯托尔·加尔西亚·坎克利尼写道：“一年大部分时候是无法忍受的污染，洪水和山崩，极度贫困和恶化的生活质量，以及残酷暴力的制度。”[③] 国家政府的腐败统治是导致国家贫困和产生暴力制度的根源。在拉美国家，贩毒、暴力、犯罪、失业、色情、不平等、治安混乱、警匪勾结、贫富差距等各种社会问题频发，极大地危害着人民利益。

《传说》和《想着谁》两部小说创作于墨西哥革命制度党一党执政时期。

---

① Parkinson Zamora, Lois. *Narrar el apocalipsis. La visión histórica en la literatura estadunidense y latinoamericana contemporánea,* FONDO DE CULTURA ECONOMICA MEXICO , 1996, p.64.

② 原文“El Apocalipsis será la obra del hombre y no de Dios.”出自 Adrijis, Homero. Ferber, Betty. *Noticias de la Tierra,* México, Círculo Editorial Azteca, 2012, p.432。

③ Brooks Sakas, Karliana: *Apocalypse as Catalyst of Hope for a New World in Homero Aridjis.* La Leyenda de los soles. University of Virginia, 2003, p.21.

从1929年起至2000年，墨西哥革命制度党一党专政70余年。“执政党由于控制了国家的方方面面，几乎没有监督，以至于腐败成为国家难以控制的潜规则。”[①]也导致日后社会各种危机频发。两部小说都反映了一党专政时期政府专断统治的行为：控制媒体、以意识形态强奸民意、准军事部队以暴力镇压持不同政见者等。

在《传说》中，作者虚构了两个腐败的政治人物，卡洛斯·特斯卡特利波卡将军与何塞·维齐洛波奇特利·乌尔比纳总统，影射墨西哥历史两任总统何塞·洛佩斯·波蒂略（José López Portillo）和卡洛斯·萨利纳斯·德戈塔里（Carlos Salinas de Gortari）[②]。两人任职期间是墨西哥20世纪经济和政治危机最严重时期。波蒂略总统执政期间制订了由国有墨西哥石油公司大量开发新油田的宏伟计划，使得墨西哥石油出口急剧增长，出现了所谓的“石油繁荣”时期，[③]一部分墨西哥人过上了肆意挥霍的奢华生活。总统本人也在墨西哥城城郊比斯塔·埃尔莫萨山坡上为自己盖了一所豪华的宫殿式住宅，政府官员的腐败现象有增无减：

> 据墨西哥《进程》（*Proceso*）杂志估计，在波蒂略时期，光是政府官员挥霍和偷盗的公款就有30亿美元。墨西哥城警察头子杜拉索（Durazo）将军每月薪金不过24000比索，却可以花700万美元在阿卡普尔科附近用大理石为自己盖了一所巨大的希腊式宫殿。墨西哥城市长卡·安·冈萨雷斯在离任时，竟能在美国康涅狄克州的纽卡南买了一所富丽堂皇的都铎式乡间宅第。[④]

① 高新军：《多党制的墨西哥为何腐败高发》，《中国改革》（财新）2014年第8期。

② 1976—1982年何塞·洛佩斯·波蒂略任墨西哥总统。1988—1994年卡洛斯·萨利纳斯·德戈塔里任墨西哥总统。

③ 更多详情参阅李春辉：《拉丁美洲史稿》下卷，北京：商务印书馆，2009年，第142—147页。

④ 李春辉：《拉丁美洲史稿》下卷，北京：商务印书馆，2009年，第148—149页。

事实上，“石油繁荣”所创造的财富大多被政府和工会的官员中饱私囊，或是被缺乏有效管理的国有企业所浪费。国家经济形势陷入墨西哥史上最危急的时期，经济秩序紊乱，大量国内资本通过私人银行出逃国外。萨利纳斯总统自 1988 年上台执政后，加紧实施经济紧缩和民营化计划，把政府所有和经营的一系列公司私有化，使个体资本家成为直接受益者，贫富差距加大，“虽然政府对经济的直接控制程度确实下降了，但作为更加有效的政治手段，它的影响力依旧，甚至还得以增强。”[①] 萨利纳斯借此集中了更大的权力，使得墨西哥在 1991—1992 年间参与北美自由贸易协定，推行新自由主义经济原则，导致经济崩溃。加之他徇私舞弊，成为被严厉批判的目标，受到民众的广泛谴责。小说中作者塑造的两个政治人物的腐败行为与这两任墨西哥社会现实中的总统如出一辙，更有对现实放大、夸张的描写，达到文学批判的效果。

小说中的特斯卡特利波卡与政府官员勾结，共同施暴、贩毒，狼狈为奸；滥用职权欺压民众、用残忍可怕的手段为自己谋利，绑架少女，谋杀阻碍他们获利的人，贪污受贿；利用警察、助手、随从们从事一切肮脏活动。民众受到莫名其妙的袭击，年轻人无故失踪，女孩遭绑架和奸杀。然而，民众并不知道这一切乱象的幕后操手，更无法求助于政府。社会治安水平极度低下，鸡鸣狗盗行为肆虐，执法人员到处施暴。警察不保护社会民众的安危，却危害民众。小说中为总统服务的警察兄弟弗朗西斯科和费尔南多办事效率极差，负责寻找强奸犯特拉洛克，四年都没有找到任何线索。他们在强奸案现场，看到受害女性不表示同情，反倒丧心病狂地想象强奸过程，并口出狂言“以暴力强奸的人是有约束能力和合乎道德的”，甚至认为受害女性从施暴中获得了性快感。警匪的行径使得手无缚鸡之力的民众不敢反抗。在这样一对冷漠无情的兄弟的监管下，社会治安更加混乱不堪，暴力犯罪有增无减。作者通

① 迈克尔·C. 迈耶，威廉·H. 毕兹利 编，《墨西哥史》（下册），复旦人译，上海：东方出版中心，2012 年，第 616 页。

过两任总统的暴力统治，兄弟俩低下的办事效率，以及他们对待民众和社会的冷漠无情、愚昧无知，展示了墨西哥社会中人的道德败坏、政治腐败、社会混乱等各种危机四伏的末日图景。

在《想着谁》中，作者以警察处理交通事故展示社会环境危机。警察来到出事现场，首先关注的不是车祸现场的伤者和死者，而是忙着给违规车辆开罚单，想方设法赚钱，或收取肇事车主的贿赂等。“在奈特萨瓦尔克约特尔城每天的伤亡事故现场，从来不见警察的影子……绿色十字会等到尸体发臭了才来收尸”。（*En quién* p.216）首都蒙特祖马的治安混乱，政府甚至禁止在报纸上刊登有关绑架和暴力袭击的负面消息，蒙蔽真相，蛊惑民心。受害的民众无法求救于执法部门，只好自己多加小心和防范，出门不带贵重物品，穿着朴素，不引人注目，甚至“不要戴手表、手镯、项链和皮包，如果要带也是那种不值钱的透明塑料包”。（*En quién* p.217）还要避免在大街上掏钱包买东西，否则会面临被抢劫的危险。这样的描写道出了墨西哥以及很多拉美国家的社会治安现状，光天化日下持枪抢劫，凶杀案频繁发生，人心惶惶不安。作者通过小说文本的描写，让读者在阅读小说之时如亲临社会治安场景，感受新闻报纸杂志里报道的事实，似乎读者也参与其中，与作者形成一种互动，共同通过文本传递墨西哥社会暴力犯罪的信息，并警示出门在外的行人，因而使得小说具有强烈的纪实性。

两部小说都塑造了贪腐和独断专行的政治统治者总统和将军的形象，他们将人民置于水深火热之中。《想着谁》还塑造了同样腐朽的蒙特祖马城市长奥古斯丁·艾克等人物。艾克依仗将军和总统两人的权势耀武扬威、为所欲为。他以发展经济为借口，完全无视环境生态，进行商业活动，获取利益，造福自己，他带着“灰雾中闪闪发亮的金手表”，身穿“丝制西服、黑色皮外套”，脚穿“锃亮的皮鞋”。在市容考察时，他漠视污染严重的城市，却大言不惭地夸赞“我们的城市是富饶的，毋庸置疑。我们已经在各领域取得了进步，毋庸置疑。这种进步达到了一百米高度，毋庸置疑”。（*En quién* p.28）作者在这里连续使用“毋庸置疑”，更加突出市长形象的荒诞，嘲讽和戏谑他的迂腐和对环保的无知。艾克的行为为其他城市效仿，贪婪地砍伐树木，移山丘，填峡谷，污染河流，拆毁古老的建筑物。艾克将民众的疾苦和死亡也当作挣钱的机会，经营污染环境的制药厂和火葬场，从中牟利，发财致富。作者通过对总统、将军和市长的夸张描写，将这些政客的丑恶嘴脸和愚昧荒谬的行为暴露无遗，揭示其无视自然环境进行的所谓“社会建设”，实为巧取豪夺、骄奢淫逸、横征暴敛之举动，他们才是蒙特祖马城社会乱象的始作俑者。作者批判了这些政客的暴力政治，谴责他们对社会和人民所犯下的罪行。

在《想着谁》中，作者借用希腊神话女巫的名字，将媒体集团命名为“喀耳刻[①]通讯”（La Circe de la Comunicación）。“喀耳刻通讯”的职责是不断降低电视节目水准，防止市民社会意识增长。通过播放低级趣味的节目，降低观众文化教育水平。这是政治权利在社会意识形态中制造社会欺骗的假象。专断的统治阶级往往通过意识形态在文化心理上对被奴役人民进行控制。马克思曾这样描绘资本家阶级对媒体的控制：“报刊、教堂讲坛、滑稽书刊，总之，统治阶级所掌控的一切工具则人为地保持和加深这种对立。……这就是资本家阶级能够保存它的势力的秘密所在。这一点资本家自己是非常清楚的。”[②]而小说中的专断政府正如马克思描述的资本家，他们通过愚民手段达到巩固自身权力的目的。观众不停地转换频道，在各种低俗做作的节目中注目，接受如施了魔法女巫般的媒体的“教导”。作者借“喀耳刻通讯”影射墨西哥媒体，不指名道姓地讽喻政府控制媒体、蛊惑人心的行为，批判了政府操控

① 喀耳刻（Circe）是希腊传说中女巫的名字，是太阳神赫利乌斯和海中仙女珀耳塞的女儿。她能用药物和咒语把人变成狼、狮子和猪。参阅《大不列颠百科全书》（国际中文版 4），中国大百科全书出版社，1999 年版，第 231 页。

② 《马克思恩格斯选集》（第 4 卷），北京：人民出版社，1972 年，第 380 页。

下相关媒体部门的阴谋和欺骗行为，抒发作者内心的不满和愤慨。

两部小说以不同方式揭露了政府利用准军事部队，镇压持不同政见者的行径。在《传说》中，将军创建了自己的亲信军队“那科特卡”，协助防范并袭击示威游行的民众。在小说末尾，当人们聚集于墨西哥城主广场，等待第五太阳纪终结之时，已经篡位成功的总统特斯卡特利波卡将军，下令“那科特卡”对欢庆的人们进行血腥镇压。在《想着谁》中，将军部署了以清除街上“不良分子”为目的的准军事组织的“武装人员”和“卫生部队”。他们作为施暴者，在黎明开始执行任务，但他们袭击的目标不是罪犯，而是社会底层群众和深皮肤的人群：捕杀受害者，严刑拷打、糟践、肢解被俘者，抛尸于公路，以恐吓活着的人。这种准军事组织的野蛮行径与土匪并无差异，他们在民众间制造恐惧和混乱。作者将墨西哥社会这些混乱的治安环境与袭击事件不加过多修饰和夸大地描写，以一种讲述日常新闻的口吻，将这种习以为常的暴政与残酷娓娓道来，让人们在小说的虚构中看到真实黑暗的社会现实。

作者描绘“很多受袭者是年龄在七到十二岁的男童，也有女孩。总的来说，他们多是黑白混血并来自穷乡僻壤的外省城镇村落，来自郊区和都市最贫困地带的人”。（*En quién* p.202）其中揭示出墨西哥社会的贫困与种族歧视问题。与其他拉美殖民国家一样，墨西哥也经历了殖民历史，种族歧视问题长期存在。过度城市化又造成墨西哥贫困人口大幅增长、贫富分化、社会矛盾激化。墨西哥已经成为世界贫富差距最大的国家之一。在首都墨西哥城大街上，随处可见流浪汉、乞讨者和沿街叫卖的小商贩，郊外的贫民窟人数众多。《传说》中当墨西哥城举行祭祀神明西佩·托泰克（Xipe Tótec）的仪式时，社会各阶层人士齐聚太神庙。贫富阶层形成了鲜明的对比。政府官员由警卫保护，盛装出席。他们佩带装饰物、喷洒香水，坐在提前预备好的椅子上。正当政客们一个接一个激情演讲时，从垃圾堆中窜出一群衣衫褴褛、满身异味的拾荒者，给人强烈的嗅觉和视觉反差，一香一臭，一富一贫。在

《想着谁》中，“面对大范围的污染，一些行人罩上了面具。面具的质量和样式显示每个人的经济实力。穷人们只能用手、一片塑料、一块脏抹布遮住鼻子”。（*En quién* pp.186－187）富人用的是防雾霾面罩，与穷人有很大的差别。有的穷人甚至贫困到连一块遮面的布或口罩也买不起，要么用手遮着，要么直接忍受恶劣的环境污染。首都的街区也按照贫富差距划分开来，“在安东尼奥·德·奈布利哈大街，道路分岔，城市一分为二。一边是中下层，一边是中上层”。（*En quién*. p.16）小说描写的贫富差距让人不禁反思，这样的贫富区分将给社会带来不少现实问题，犯罪率上升。一些穷人为了生计，被迫实施偷盗、抢劫等罪行。富人为了防范偷盗，或买武器，或雇保安，或选择安全的地带居住。富人聚居区与穷人分开，城市也被划分为安全与危险两种地带。贫富差距带来的穷人仇富、富人防穷的现象更加凸显，两类社会阶层的矛盾越来越大。

贫穷造成民众教育程度低下，引发了许多社会问题，其中卖淫和嫖娼成为小说中描写的墨西哥社会问题之一。墨西哥 90 年代经济危机使很多穷人丧失了受教育的机会，很多妇女为了谋生沦为妓女。《传说》中，作者将现代化墨西哥城描绘成圣经中的罪恶之城——所多玛与蛾摩拉[①]。在那里警察收取贿赂，玻璃橱窗里妇女被作为性奴买卖：“玫瑰区变成了红灯区，在最近几年内变成了世界上最大的人肉市场，与三美洲[②]交界处的边境城市进行人肉产品的竞争。世界已经形成了新的奴隶市场，即妓女的卖淫市场。”（*La Leyenda* p.77）“玫瑰区”在现实的墨西哥城中原本是一个商业繁华街区，代表着国际化潮流和时尚，却在作者塑造的未来之城中，变成了性交易市场。在这个

---

① 所多玛与蛾摩拉（Sodom and Gomorrah）是圣经中的两个城市，首次出现在《希伯来圣经》里。因城里的居民不遵守上帝戒律，犯罪，被上帝毁灭。后来成为罪恶之城的代名词。参阅【英】大卫·克里斯特尔：《剑桥百科全书》，北京：中国友谊出版公司，1996 年，第 1107 页。

② 这里的“三美洲”指的是北美洲、中美洲和南美洲。

“红灯区”里聚集着因贫穷而出卖色相的妓女，“性交易市场”是作者对贫穷全球化恶果的极大讽刺。在《想着谁》中，蒙特祖马城同样被描绘成拉丁美洲最大的性交易市场。具有讽刺意味的是，维齐洛波奇特利总统亲自揭牌开业：“在七个由运送带和透明塑料电梯连接的玻璃走廊内，摆设并出售国内外进口男女计生用品。”（*En quién* p.13）这样的色情业甚至“扬名海外”，“巴比伦式按摩、酒店服务、奇幻激情、热情陪伴。试试吧，男人女人们！”“与美女模特的激情之夜、全身按摩、24 小时全天服务。”（*En quién* p.203）等英文广告到处张贴。作者运用广告招牌充满黑色幽默的文字，巧妙地描绘了一个看似荒诞离谱的黄色“市井风情”，但在这种荒谬不堪的色情场面背后却隐藏着更为黑暗的真实的社会现实，卖淫嫖娼业已经普及，商业化、娱乐化到让人可笑的地步。作者在蔑视这种淫秽行当、表达自己不满情绪的同时，强烈谴责政府姑息纵容的态度。

小说中的性交易不仅涉及妇女，还涉及儿童。妇女儿童被绑架、劫持，遭受不同程度的性侵犯。在两座未来之城，每天都有大量少女神秘失踪。她们或被绑架，或被强奸，或被杀害，横尸荒野。“从 1990 年初开始，三百多名年龄从十岁到二十岁不等的少女莫名失踪，后来被发现弃尸在华雷斯城郊外。”[①]基于墨西哥社会现实所显示的数据证明，在墨西哥社会中，很多家庭的女性曾遭受骚扰、性侵犯等类似事件，正如两部小说中贝尔纳尔达的女儿安娜、加西亚女士的女儿巴乌拉失踪案件的发生，居民们无法靠警察破案，无奈于社会治安混乱，只得接受现实，陷入失去亲人的悲痛之中。小说虚构的绑架、劫持、强奸和性侵犯等事件，直指墨西哥现实社会所发生的真实的案例，只是用文学的手段表现出来，旨在唤醒人们加强自我保护的意识，并呼吁政府高度重视公民的人身权利。

① Lopéz-Lozano, Miguel: *Utopian dreams, apocalyptic nightmares: globalization in recent Mexican and Chicano narrative*. Purdue University Press, 2008, p.264.

两部小说所描绘的政府腐败无能、道德败坏、世风日下、暴力犯罪剧增等混乱的社会现实，构成了墨西哥城的一幅末日图景。随着自然环境恶变，社会环境恶化，人类精神也走向堕落、异化。

三　人类精神异化

人类欲望的无限膨胀导致对自然环境的破坏，而自然生态恶化、社会生态失衡又导致人类精神生态的异化。所谓精神生态“旨在探索人类活动与精神状态、地球生态系统、人类精神和自然社会生态的相互作用”。[①] 现代社会的城市化进程加快，工业文明水平提高，这在一定程度上导致了对自然环境的破坏。随着科技的发展，人们逐渐远离自然，生活在钢筋混凝土的工业化社会中，抛弃了简单自然的生活方式，人与自然疏离，逐渐形成对立关系。人类对大自然毫无节制地索取和过度消费，严重破坏自然界的平衡。而自然生态的破坏又反作用于人类自身，造成人的精神异化。这种异化正如哲学家西奥多·阿多诺（Theodor Adorno）[②] 所认为的：“异化是人类为不断控制和掌握自然而付出的代价。”[③]

在阿里德希斯上述两部作品中，作者戏剧化地描述了人类如何通过科技手段，盲目追求现代化，破坏自然，人类道德伦理丧失，迷失自我，在这种末日般的社会生态中出现人类精神异化。在《传说》中，在人潮涌动的墨西哥城，主人公、画家胡安承担起用画笔记录周围环境以及人类生活的义务。然而现实生活环境让他失望，在无奈中他感到自身迷失，羞于用他画家的敏感去捕捉和记录现代都市人的异化。“他是个不忠实的目击者，懒于记录眼前

① 鲁枢元，《生态批评的空间》，华东师范大学出版社，2006 年，第 332 页。

② 西奥多·阿多诺（Theodor Wiesengrund Adorno, 1903—1969），德国哲学家、社会学家、音乐理论家，法兰克福学派第一代的主要代表人物，社会批判理论的理论奠基者。主要著作有《启蒙的辩证法》《美学理论》《权力主义人格》《音乐社会学导论》等。

③ 袁霞，《生态批评视野中的玛格丽特·阿特伍德》，上海学林出版社，2010 年，第 195 页。

发生的变化，他没有意识到他身边没被污染的土地、清洁的空气和水的逐渐消失也意味着他自身的消失。”（*La Leyenda* p.17）在这样一个恶化的自然环境和腐朽的社会环境中，胡安萎靡不振，精神恍惚，游走于大街小巷，试图穿墙走壁。在经历地铁袭击之后，他噩梦连连，常梦见自己被人追打，坠入臭氧层的黑洞中。这样的噩梦无疑将他置于一种恍恍惚惚的境地里，使他身心焦虑不安，精神萎靡不振。他只有痴迷于阅读书架上收藏的各种自救手册，试图从中找到拯救自己摆脱这种困境的方法。从这些书籍中他学会了如何存活于这个充满偏执狂、妄想狂、精神病和焦虑不安的世界，掌握了飞檐走壁的技能，以便轻而易举地看到各大街区人的精神状况，“与其说是真人不如说是现世的幽灵”。（*La Leyenda* p.46）在他看来，行人没有思想，面无表情、冷若冰霜，个个如行尸走肉般穿梭在这个乌烟瘴气、暗无天日的末日之城。作者以胡安无奈于现实黑暗之后，精神恍惚，游走街头的经历来观察周围人们的生存状态和社会环境，抒发对世界的感知，反映一代人精神的空虚，并折射出人类普遍的精神异化。

随着工业机械化、快速城市化以及人们对现代生活需求的增加，人类愈加索求和依赖于大自然，破坏了与大自然环境和谐共生的关系。人与自然、人与社会关系的不和谐必然会导致人与世界的不和谐，其中人与人相处的疏离和冷酷无情又引发许多社会问题，引发矛盾和纠结，人在精神空虚中最终迷失自我，必然会出现精神异化。正如小说中描写的异化现象：为了对抗来自自然界与社会的双重袭击，市民们使用高科技产品，如空气水净化器，出门要佩戴防毒面具和防高紫外线的眼镜，身穿防弹和防病毒入侵的衣服等。虽然人被置于这些看似保护自身安全的装置中，却揭示出人与周围的隔离和疏远。社会治安的混乱让每个人提心吊胆，人与他人、人与自我关系发生变化，人与人之间的信任感消失，人际关系变得冷漠无情，事不关己高高挂起的处事风气盛行。人们不再追求以善举标榜的道德，而将冷漠无情、残酷行为当作生存的手段。这种恶行压倒善行的背后透露出人类自私自利的价值观，人们在经济快速发展的社会奉行及时行乐、消费至上的人生观，追求一种游戏的享乐人生，看轻一切约束人类行为的道德准则，这是社会高速、过度发展导致的人类观念的畸形变化。

小说中，特斯卡特利波卡将军薄情寡义，他反对亲妹妹娜塔莉亚的保护园区环保事业，为了维护和彰显自己的权威，他不惜以亲妹妹的死亡来达到摧毁她环保事业的目的，人性丧失殆尽，精神异化，他亲手杀死妹妹后，却丧心病狂地说："人类以摧毁自己未创造的东西和杀死不属于同类生物的生命为乐。"（*La Leyenda* p.69）如此荒唐的谬论，让他兽性大发，视人类生命为儿戏，残忍地剥夺他人的生存权，并以肆意杀害他人为乐。人性的残忍不仅体现在他虐杀亲人，也体现在他对动物和大自然粗暴而变态的态度上。作者对特斯卡特利波卡将军残忍杀害动物的血腥场面做了淋漓尽致地描写：变态地享受猎杀动物的快感。这种变态的快感在他儿时就已出现，以猎杀自己豢养的鹦鹉为乐。正如他自己声称的那样，虽然他喜欢听鸟儿清晨的啼鸣，但更喜欢用子弹将它们在空中打得羽毛四散。这样血腥的场面在他孩童的认知中却成为游戏，残忍猎杀动物为他成为将军之后肆意剥夺他人生存权做了铺垫。从特斯卡特利波卡幼时残忍杀害动物到成为将军亲手杀死自己的妹妹，他屠杀百姓，并以此为乐，作者借将军展示了人与自然、人与社会关系恶化、精神异化的演变过程，揭示动物和人的生存权是由权威的统治者所掌控，而社会关系的恶化导致了人的精神异化。

在《想着谁》中，示威的群众包围政府大楼，不是为要求释放人质和声讨自由，而是要求政府"与其释放人质，不如让他们去国家公园砍伐树木"。（*En quién* p.215）从群众的示威要求中，作者展示了这些群众缺乏保护自然生态的意识，不懂得维护自己的生存权利，竟然以派人质"砍伐"树木去换得所谓的"自由"，忽略了人类生存的环境。"皮之不存，毛将焉附"，人若没有了生存的基础和环境，人就不能存在，怎可能获得人身的真正自由。作者对人施加于自然和人类自身的残杀、漠视的行径进行双重谴责，谴责那些在危难之时置同胞生死安危于不顾的人，批判那些口口声声追求所谓自由的人，揭示其实质却是以谋算开发自然达到自己发财致富的目的，而他们的恶行必将得到大自然的报复。

在作者的笔下，无论是腐败官员，还是无权无势的平民百姓，都是缺乏生态保护意识，缺少相互信任和沟通，缺少人文关怀的人，他们为了自身的利益而不顾开发自然和破坏人际关系的后果，丧失了自我。作者以这种群众“要求”的集体无意识行为影射出人类的精神堕落和精神异化，揭示当人类自认为有权决定地球上其他生物生死时，人类其实也丧失了自己的生存基础和未来发展的空间。

两部小说都描绘了未来城市因都市化的发展，空气污浊、生存空间不足、拥挤不堪、人满为患、噪音不断等对人类精神造成的影响。在《传说》中，胡安和女友贝尔纳尔达在地铁口驻足，被小商贩堵得水泄不通，他们感受到难以忍受的压抑气氛：

> 恰卜尔特派克地铁的开阔地成了噪音的市场。人挤人……任何一个地方都有行人、买卖、观望、堵塞。街上的小商小贩堵住了车站的进出口，为争夺人行道、阶梯、门口的位置争吵着，他们摆出鞋子、衬衫、袜子、帽子、袋子、面具、手套、太阳镜。（La Leyenda p.30）

在这样拥挤的环境中行走，主人公感到自我迷失：“贝尔纳尔达·拉米雷斯试图让自己迷失在人群中，人群很快将她吞噬。她的脚步也与其他过路人的融为一体，黑夜模糊了身影。”（*La Leyenda* pp.143 – 144）在这个缺乏个人生存空间的混乱世界里，贝尔纳尔达似乎辨别不清自己的身份，她感到“如同没有自己的面孔、姓名和固定住址，她任凭自己被这不确定的时刻带走，被这无名的地铁带走”。（*La Leyenda* p.32）在这热闹的人群中贝尔纳尔达却感到孤单，她无法掌控自己，却被无名的地铁机械地主导着，感到那样无奈和无力，既分不清自己的身份，又找不到自我，却孤独地行走在这个支离破碎的世界上，同时无法感知自己的存在，甚至怀疑自己生存的时空，“走了一会儿，贝尔纳尔达隐约看到了城市的尽头。她担心的是，这里既不是时间也不是空间的尽头，而是她自己的尽头。她自己，成了毁灭的象征，成了对衰落大都市的不确定的记忆”。（*La Leyenda* p.143）贝尔纳尔达由地铁口市场的喧闹、拥挤的人群，到自我的迷失、对自我生存空间的怀疑，她的心理发生了变化。

作者将主人公贝尔纳尔达作为众多迷失身份的都市人代表，因城市外在生存空间不足、拥挤而精神错乱，由生存的孤独自然而然地巧妙地转为心理的异化。他们整日行走在末日景象的世界中，却不知为何而生存，为何而行走在拥挤不堪的城市街道上，如同行尸走肉般地生活着。正如人类漫无目的地过度开发地球资源一样，一直使用这种惯性的破坏手段摧残自然，热衷于追逐工业化、科技化、城市化的浪潮，随俗浮沉、随波逐流，迷失方向，人类必将遭遇一场集体的迷失、空虚和精神异化。

在《想着谁》中，叙事主人公“我”孤独地徘徊于蒙特祖马城街头，面对人口密集的市中心，感到精神恐慌、心理错乱。“我”精神恍惚地行走在大街上，疲惫不堪，失去理智，想“远远地逃离大街，逃离自己的躯体”。（*En quién* p.27）在熙熙攘攘的人群包围中，“我”却感到孤独、不安，“数百人从电影院、商店、地铁口、公交走出来。所有人飞快地四散，涌向大街、人行道。就像忽隐忽现的气泡。而我，越是在人群深处越感到孤独”。（*En quién* p.119）面对这个让人窒息、精神错乱的时代，“我”感到手无寸铁、无力防卫，抵抗不了这个“我的祖先曾经生活过，而如今却成了丧失人道的星球，这里的熟悉物品逐渐变成叫不上名儿的科技创造的冷漠发明”。（*En quién* p.179）正因为飞速的人流、琳琅满目的科技作品才让“我”感到窒息、无所防御，既怀疑自己的生存和生存空间，又怀疑自己的防范和抵抗能力，从而导致“我”的孤独，与人世的隔离，不仅祈求逃离大街，逃离生存的空间，更想逃离自我。“我”只得从与异性的做爱中寻找安慰。然而，在“我”与众多异性做爱之后，彼此共同感受自我迷失，孤独无助，以“乱性”堕落在城市的空虚生活之中。演员阿丽拉感到在这种喧嚣之中的孤独。她的妹妹玛利亚感慨常常被流动的、无处不在的人群包围而窒息。

作者借“我”和女性同胞们的感受谴责科技发展所造成人情冷漠和人的精神异化。通过对所处时代和社会造成人类精神空虚和异化的详细描绘，揭示出人的内心孤独、焦虑、不安和躁动等都市通病所产生的根源，即是现代社会快速发展、人类盲目追求物质主义、消费主义所导致的。个体的人惶恐不安，精神空虚，迷失在末日图景的自然环境和社会环境之中。

为了深入揭示人类精神异化，作者巧妙地运用“性”话题来体现人类精神的异变过程。“乱性”也是环境启示录文学中对人类精神迷乱及一切流弊恶俗行为的表达方式，尤其是西方环境启示录文学通过“乱性”来羞辱叛徒。[①]在《传说》中，上自两个好色的政府要员对女性进行性侵犯，下到市井恶棍的强奸行为，再到全民范围卖淫嫖娼的色情业，“乱性”成为一个标志，代表着世风日下、庸俗淫乱的世情。人们没有了精神层面的追求，没有个体的志向和抱负，空虚无聊，整日被肉欲所驱，荒淫无度。“性”本是人性最原始的表达，当它与“爱”结合便是自然、文明的体现，不以爱情为基础的“乱性”往往是人类关系异化的表现。“性不是一个肮脏的字眼，而是人类在精神层面

① Parkinson Zamora, Lois. *Narrar el apocalipsis. La visión histórica en la literatura estadunidense y latinoamericana contemporánea,*FONDO DE CULTURA ECONOMICA MEXICO , 1996, p.178. , p.250.

上、'在爱的范围内、艺术的范围内进行的'。"[①] 因此，无爱的性和随意的性关系便是人精神堕落的标志之一。

作者在小说《想着谁》中对这一问题做了更好的诠释。题目"做爱时你在想着谁？"便凸显出小说的主旨。作家特意安排，以此命名的歌曲作为小说人物性爱时的背景音乐，并常常成为女主人公内心的疑问。做爱时"我"在想着谁？是不是面前的男友巴尔塔萨尔？主人公在拷问自己的爱情和对爱追求的精神忠实度。在未结识男友巴尔塔萨尔之前，"我"对淡薄的人情世界感到失望，也因自己身体条件而自惭形秽，离群索居，与世格格不入。起初认识巴尔塔萨尔之时，还未完全改变对世事的看法，心理上并没有将自己完全交付给眼前这个男人。所以每每做爱时，被问及"做爱时你在想着谁"这个问题，"我"总是无言以对。事实上"我"也并非专注于做爱的对象，而是因为想着生活的琐事而心猿意马，这令巴尔塔萨尔失望，以为"我"并不爱他，至少不如他爱"我"一样。但随着两人接触密切，感情加深，"我"逐渐感受到这份真爱，巴尔塔萨尔不仅外表上与"我"相配，心灵精神层面的沟通更与"我"契合。于是，"我"的内心发生变化，思想和精神慢慢改变，不仅从新结识的几个志同道合的女性朋友那里获得家庭般的温暖，而且还从巴尔塔萨尔那里得到兄长般的关爱，获得了真正的爱情。因此，当新世界黎明到来之际，两人进行了一场完美的性爱。当巴尔塔萨尔再次问"我""做爱时你在想着谁"这个问题时，"我"毫不犹豫地回答"想着你"。这一斩钉截铁的回答，不仅表达了"我"对巴尔塔萨尔示爱的认可，也是"我"与他心灵的沟通，得到肉体和心灵的融合，并找回自我，意味着"我"精神上的回归。作者以和谐的性爱、灵与肉的融合预示一个新世纪的到来，这不仅是一个自然环境与社会环境的和谐美好的世纪，还是人类精神的回归和升华的世纪。

作者以精神叩问的方式给小说命名并贯穿故事始末，这是对人类精神异

① 苗福光，《生态批评视角下的劳伦斯》，上海：上海大学出版社，2007 年，第 153 页。

化问题的思索和考量，不仅引发读者的好奇心，而且让读者带着问题去体验小说人物的内心变化，感受整个社会精神状态的演变过程。因此，小说独特的题目本身就具有了哲理性，引人深思，耐人回味。

四　末日后的重生

阿里德希斯通过《传说》和《想着谁》两部小说展示了未来墨西哥城恶化的自然环境、腐朽的社会前景、异化的人类精神状况，展示了一幅环境启示录般的末日图景。与20世纪大多数环境启示录小说不同的是，阿里德希斯的小说并不局限于展现和批判一个自然灾难和社会混乱的末日世界，而是通过小说的叙事结局，奇异的幻想预示新世界的到来，寄托自己对人类命运的终极希望，悲观中透露一种积极乐观的态度。这样的文学构思和书写彰显出环境启示录小说的特点，既包含对末日的预言，又演示新天地的出现，正如环境启示录小说中的预测：灾难世界最终会被上帝拯救，一切灾难和痛苦都是上帝对人类破坏自然生态恶行的审判和惩罚。因此，启示录小说不是绝望地描绘人类苦难的末日，而是实现上帝给人类正义的慰藉和救赎的许诺。[①]

作家通过启示录般的历史叙述，运用“反乌托邦”叙述方式，讲述个体的人、社会团体在人类历史进程中的戏剧性关系，旨在批判当下政治、社会和人的精神异化，并通过文学幻想的手段提供对抗或解决问题的方法。在两部小说中，阿里德希斯借用阿兹特克古老的太阳纪神话，在第五个太阳纪结束之后，描绘了劫后重生的景象。《传说》中随着掌控第五个太阳纪的特斯卡特利波卡将军的死亡，大地震动，火山喷发，主人公胡安和女友贝尔纳尔达驱车远离废墟的街道，驶向米丘阿干州，混沌的墨西哥城逐渐消失。他

① Parkinson Zamora, Lois. *Narrar el apocalipsis. La visión histórica en la literatura estadunidense y latinoamericana contemporánea,* FONDO DE CULTURA ECONOMICA MEXICO , 1996, pp.12－13.

们两人在山丘上看到自然之神——蓝色女神，女神张开怀抱迎接新太阳的升起。这就是第六个太阳纪的到来，预示着墨西哥新的未来——人与自然的重生。

《想着谁》中首都蒙特祖马城经历前所未有的大地震，山崩地裂，全城供电中断，高楼摇晃坍塌。叙事者的“我”与男友却在巨大的震动中进行着一场完美的性爱，在末日来临之际达到了灵与肉的结合。在这样巨大的毁灭、混沌一片、尖叫轰鸣声中，“所有的鸟儿开始歌唱，相信这是黎明的到来”。（*En quién* p.273）在旧世界结束、新世界到来之际人类如同“我”与男友灵与肉的和谐，得到重生，实现了精神的回归。

两部小说的结尾都描述了劫后重生的情节，彰显了作者阿里德希斯二元对立的哲学思想：好与坏、善与恶、黑暗与光明、旧世界与新时代的对立与更迭。这种二元对立模式恰好体现了启示录小说的伦理二重性，即两种对立面：基督与反基督、妓女与贞妇、巴比伦与新耶路撒冷、此生与来世等，代表一系列好与坏的二元对立。[①] 在这里，作者对新世界的期待和希望则反映了环境启示录文学的特征，即蕴含着历史的终结，又实现了上帝拯救世界的计划。阿里德希斯通过两部环境启示录小说的叙述和富有哲理的思考，让读者在阅读享受中深刻思考历史与人类的命运，思考个体与集体的关系，思考苦难以及苦难对人类的深远影响，思考生命的终结与重生。或许这就是作者解决人与自然和社会不和谐关系、对抗人类世界混乱的唯一方法。

第三节　神话生态的文学表述

将文学事件戏剧化地置于神话与人类历史之间，是拉丁美洲当代文学构建启示录小说图景的特点之一。早在 17 世纪，移居美洲的清教徒们以在美洲

---

① Parkinson Zamora, Lois. *Narrar el apocalipsis. La visión histórica en la literatura estadunidense y latinoamericana contemporánea,* FONDO DE CULTURA ECONOMICA MEXICO , 1996, p.24.

大陆迎来新天新地对启示录进行文学阐释。清教徒们在文本中试图将启示录的神学与美洲历史联系起来，他们认为印第安人的文明神话在人类历史达到顶峰中起着十分重要的作用。[①] 清教徒们的思想对阿里德希斯的小说创作影响很大，加之他从小又深受从父亲那里继承的希腊文化和从母亲那里继承的墨西哥文化的双重影响，对古老的神话传说有着深刻的理解。在他此后的文学创作中，他娴熟地将这些神话运用到小说创作中。为此，评论界称阿里德希斯的小说为“神话生态小说”（novela mítico-ecológica）[②]。

《传说》和《想着谁》借用墨西哥阿兹特克文明古老的神话传说，以人类所处的第五个太阳纪为背景，结合叙述象征古文化神明的人物之间的故事，预示了一个世纪末日的来临与和谐美好的第六个太阳纪的出现。

一　戏仿阿兹特克文明的神话传说

在阿兹特克人的神话中，宇宙是以“大循环”的方式运转着。自从创世以来，人类生存的宇宙经历过四个循环周期——每个周期就是一个“太阳纪”。人类已经经历了四个太阳纪。当西班牙人入侵美洲大陆之时，正值人类进入“第五个太阳纪”，而至今人类仍生活在第五太阳纪。前四个太阳纪是由水、气、火、土四种自然元素构成，后被含有相应元素的洪水、飓风、火山和干旱摧毁而终结。

第一个太阳纪“玛特拉克特里·亚特兰”（Matlactil Ail），为期 4008 年。生活在这一纪的人类以一种名为亚齐钦特里（atzitzintli）的水生玉蜀黍为主食。在这个太阳纪中，居住着神创造的巨人，最后被老虎吞噬。而第一个太阳纪也被水神带来的洪水毁灭，人类转化为鱼类。第二个太阳纪“伊厄科特尔”（Ehecoatl），为期 4010 年。生活在这一纪的人类以一种名为亚科钦特里

① 同上，第 14 页，20 页。

② 见 Homero Adrijis：*La Leyenda de los soles* 一书的封面评语，México, 1993。

（acotz intli ）的野生水果为主食。这个太阳纪被风神带来的飓风毁灭，人类转化为猴子。第三个太阳纪“特雷奎雅威洛”（Tleyquiyahullo），为期 4081 年。人们以一种名为钦可科克（tzincoacoc）的果实为主食。第三个太阳纪被火神制造的火山喷发所毁灭，人类变为鸟；第四个太阳纪“宗特里里克”（Tzontlilic），为期 5026 年。大地之神使土地变得荒凉，人类死于干旱。四个太阳纪结束之后，世界暗无天日，众神决定重新照亮世界。于是众神下凡人世，齐聚于墨西哥的特奥蒂瓦坎（Teotihuacán）创造日月。其中有两个神变成了太阳和月亮，日月造就了人类所处的第五个太阳纪，并预言将以大地震终结。为了维持这个太阳纪，人们需要不断祭祀活人，向神明太阳神托纳提乌（Tonatiuh）供奉人血和人心。阿兹特克太阳纪历法图上托纳提乌的舌头是一把用黑曜石打造成的刀子，舌头从嘴里伸出来，等待舔舐子民的血液。为了延缓世界末日的到来，阿兹特克人不得不举行杀人祭神的仪式。他们自诩为神的选民，坚信自己负有一个神圣的任务，就是对神的敌人发动战争，将俘虏的血奉献太阳神托纳提乌，借以延续第五个太阳纪的生命。而它的图徽“欧灵”（Ollin ）本身就意味着“动荡”。①

阿兹特克人认为墨西哥是大地的心脏，也是大地震的震中。这个中心地方叫作托西特兰（Tocitlán），即墨西哥城南部克约阿坎（Coyoacán）方向的一个地震带。在那里有个祭奠众神之神托西（Toci）的神庙。古时，阿兹特克人为了祈求第五个太阳纪的延续，常常举行“新火仪式”，即庆祝附加年。按照阿兹特克人的历法，一般来说，“新火仪式”应该每 4 年、8 年、52 年举行

---

① 关于阿兹特克太阳纪的传说参阅 Torres Quintero, Gregorio. *Mitos Aztecas. Relación fabulosa de los dioses pertenecientes a los antiguos mexicanos*. Editores Comonfort. México, 1984, pp.67—88。民间对太阳纪的划分有不同的版本。根据墨西哥星相学家和作家安东尼奥 · 德 · 莱昂 · 加玛的界定，分为“太阳豹”（Nahui Ocelotl）、“太阳风”（Nahui Ehecatl）、“太阳雨”（ Nahui Quiahuitl）、“太阳水”（Nahui Atl）和“地震阳”（ Nahui Ollin）等版本，虽然这些版本前四个太阳纪的顺序不同，组成元素也有细微差别，但一直认为第五个太阳纪以大地震结束。

一次。人们却每年庆祝此节日。1507 年举行了最后一次的“新火仪式”。之后其祭祀仪式被西班牙征服者取缔。但在中美洲一些偏远农村和一些土著人居住地区仍保留庆祝“新火仪式”节日的传统，只是他们不再按照古阿兹特克历法祭祀众神，而只祭祀天主教的神明。①

作者阿里德希斯戏仿墨西哥古老阿兹特克文明的神话传说，借用阿兹特克人的第五个太阳纪概念，创作了小说《传说》和《想着谁》，并以此设置了两部小说的时间背景。他以人类所处的第五个太阳纪为背景，用时空交错将神话故事与墨西哥的现实社会结合起来，指涉现世人类种种恶行依然会导致世界的混乱，表达对人类行为的无奈和绝望。作者以此来重复古阿兹特克人太阳纪的终结，预示又一个世纪末日的来临，并期待代表新天地及和谐美好的第六个太阳纪的到来。

两部小说将阿兹特克文明第五个太阳纪终结的日期设在 2027 年。按照古籍记载，每一个太阳纪的结束都是神明对人类恶行的惩罚。人类的行为有悖于创造每个新世界神明的意旨，所以众神才利用各种天灾毁灭人类社会。当第四个太阳纪结束时，众神已经厌恶了这种不断摧毁人类世界的行为，想创造一个美好和谐的人类社会。因此众神号召各路神明来美化大地，大自然由此诞生。众神派遣两位神明作为日月神，照亮世界。他们商定，如果第五个太阳纪的人类重蹈覆辙，再次破坏大自然的和谐，让神明失望，那么众神将会以大地震的方式摧毁大地。阿兹特克人认为，在人类历史上，从来没有哪个年代是伊甸园般的乐土，人类屡屡犯下罪行，被众神惩罚。西班牙征服者到达美洲大陆，残忍的杀戮和扫荡，奴役印第安土著和黑人，这意味着第五个太阳纪即将终结。他们期望第六个太阳纪到来，终结一切苦难，将人们从

---

① 参阅 Christina M. Elson y Michael E. Smith: “Archaeological deposits from the Aztec New Fire ceremony”, en *Ancient Mesoamerica*, 12, pp.157—174. Noguez, Xavier y López Austin, Alfredo: *De hombres y dioses*. El Colegio de Michoacán A.C., 1997, p. 134。

征服者的手中解救出来。

作者将阿兹特克古老文明与神话[①]元素运用在描绘墨西哥的现代社会中，虚构历史故事情节，借用阿兹特克文明中神明的名字，塑造了象征性的人物：卡洛斯·特斯卡特利波卡将军和何塞·维齐洛波奇特利·乌尔比纳总统形象。特斯卡特利波卡（Tezcatlipoca）原为阿兹特克神话中代表战争和灾难的全知全能神，他力大无比，好制造战乱和纷争，常夜间出没，像“夜晚之风”无所不在、飘忽不定。他一旦降世，必定带来混乱和恐怖。人称他为“人类命运的操弄者”。有他存在的地方，就有战乱和摧毁。因此，又称他为“与各方为敌者”（Necoc Yaotl）之神[②]。

阿里德希斯戏仿阿兹特克关于特斯卡特利波卡的神话，虚构塑造了特斯卡特利波卡将军形象。他代表了阿兹特克传说中的神明，具有原神的特点。他作为未来之城的将军，拥有至上权力，像隐藏的“夜晚之风”，悄然出没，作恶多端，带来恐怖。他率领自己的随从那科特卡等人，耀武扬威，袭击和谋杀百姓，镇压和控制整个城市，给社会制造混乱。他以谋杀者特拉洛克的名号为掩护，绑架、强奸和虐杀少女，残杀和践踏动物。他的所作所为就正如神话中对神明特斯卡特利波卡预示的“摧毁”。作者借用神话中神明的传说，塑造了残酷无情的将军形象，指涉现代墨西哥政治的邪恶、残忍和愚昧，

---

① 文中所有有关阿兹特克文明的古老神话内容均参照 Torres Quintero, Gregorio. *Mitos Aztecas. Relación fabulosa de los dioses pertenecientes a los antiguos mexicanos*. Editores Comonfort. México, 1984. 以及 Durán, Diego.*Una interpretación de la cosmovisión méxica*.Universidad Nacional Autónoma de México.México, D.F.1997. 以下不再作注说明。

② 此神之像为人形，面部有一黑色条纹，一脚为黑曜岩镜。在阿兹特克时代（14—16 世纪），人们认为特斯卡特利波卡神通广大，是众神之首。祀奉此神的活动于教历 5 月即托斯卡特尔月举行。每年此时祭司从战俘中挑选一条俊美汉子，让他在一年之内养尊处优，作为神的化身。挑选四名美女，装扮成女神同他做伴。指定的节日一到，叫此人缘阶梯登上庙宇，一边登、一边毁坏他所吹过的长笛。待到此人登到顶端，就被挖出心脏，作为人祭献给特斯卡特利波卡。参阅《大不列颠百科全书》（国际中文版 16），中国大百科全书出版社，1999 年版，第 541—542 页。

旨在批判现代墨西哥社会政治的腐败和黑暗，隐喻地揭示出古代神明邪恶的行为与现代残酷统治者和黑暗社会的关联性。

在阿兹特克神话中，“太阳神”维齐洛波奇特利（Huitzilopochtli）司掌太阳和战争。他一出生就是成人，作为强壮的战士，全身蓝色，身穿盔甲，手持武器，头戴插着鸟羽做的羽冠。他与“雨神”特拉洛克一起被阿兹特克人奉为神明，在大神庙上供奉，接受活人的祭祀。阿兹特克人给特拉洛克祭献生病的男子，给维齐洛波奇特利供奉战俘。大祭司特拉卡埃乐尔（Tlacaélel）专门设立了“佛罗里达战争”，即从不同部落战争中抓俘虏祭献给“太阳神”维齐洛波奇特利。即使这种以求安稳的祭拜形式令人畏惧，但人们还是认为，只要给“太阳神”足够的食物，即活人的心脏，就能推迟第五个太阳纪的结束。

在《传说》中，作者戏仿“太阳神”，塑造了维齐洛波奇特利总统形象：愚昧腐朽、好色淫荡、残暴可畏。维齐洛波奇特利与将军勾结在一起，与自己培养的亲信和助手为非作歹，对社会民众实施暴力，进行腐朽的统治。他“享用”供奉的少女，抓处女拍色情片，然后兽性地享受破贞的过程。在《想着谁》中，总统好色依旧，堂而皇之地为红灯区的色情业揭牌开业。他在郊区建豪华别墅，命名为“未完成的欲望”，别墅内有直升机、跑狗场、迪斯科舞厅、壁球场和室内豪华游泳池。他经常将街上遇到的少男少女带到别墅，进行性虐待，兽性般地享乐。维齐洛波奇特利总统过着奢靡生活，接受着人们不断上供的“美色”，这与“太阳神”接受阿兹特克人供奉的活人祭祀有着极其相似之处，正是作者对代表所谓神明的维齐洛波奇特利总统形象的匠心独具的讥讽。在小说中，墨西哥现实社会的最高统治者与古代神明充满血腥、令人生畏的形象不谋而合，他们重复着人类历史上的暴力统治，并揭示人类总在不断忘却历史教训的过程中重演着自身的悲剧。作者夸张式地描写总统骄奢淫逸的生活，将一切恶行融于一人之身，这种奢靡浮华的生活状态，真实地反映出墨西哥现代社会政府阶层堕落和腐败的常态。作者正是通过这种戏仿神话的文学手段，隐晦而尖锐地批判统治阶级倒行逆施、违反人性的恶行，从而使小说具有了文学审美的独特内涵，以戏仿的手段表现人类贪婪的欲望膨胀，这种人性弱点似乎经历轮回转世，周期性地在人类历史中循环出现。

在《传说》中，作者塑造了号称"雕战士"的神明瓜乌特里（Cuauhtli）形象，他被认为是太阳战士，是所有的阿兹特克战士中最可怕的一位。"雕战士"原本被奉为有远见卓识和先见之明之神。民间也将瓜乌特里作为日象的代表，瓜乌特里日代表为自由和平等而战的日子。作者借用神明瓜乌特里的特点，塑造了古老先哲和古籍年代史编者克里斯托弗·瓜乌特里这一出身神奇的人物。"我出生在夸乌特里时代的七号，我出生的那天寺庙里有一个红尾巴的鹰，象征飞翔的太阳。夸乌特里的标志就是太阳的标志。那些纳华伊（nahualli），是太阳的两倍，代表鹰和美洲豹……我就像鹰，从前面注视着太阳。"（*La Leyenda* p.99）瓜乌特里的母亲被奉为阿兹特克生育女神科阿特利奎（Coatlicue）。在西班牙征服美洲时期，征服者佩德罗·德·阿尔瓦拉多给他洗礼和起名。瓜乌特里以先知的角色出现，从古代穿越至现代之城墨西哥城，带着拯救世界的使命来到人间。他不仅给胡安讲述过去，讲述第五个太阳纪的特点，注定要在大地震中灭亡，他还预测未来第六个太阳纪的到来。他委托画家胡安寻找古籍终结第五个太阳纪，以期解放苦难的人类，迎来自由、平等的新世界。他向胡安讲述"太阳古籍"的来历，讲述先辈的神话和习俗。所谓的"太阳古籍"，就是阿兹特克文明的古年鉴"奇马尔波波卡古籍"，其中有记录哥伦布到达美洲前墨西哥中部的历史《瓜乌提尔坦年鉴》，以及记录阿兹特克人宇宙观的"太阳的传说"。瓜乌特里为实现拯救人类于水深火热之中而战斗，可谓现代版的"雕战士"。作者通过这一人物形象的塑造，以戏仿的手段向读者讲述有关阿兹特克人的文明传统、第五个太阳纪的神话、活人祭祀仪式以及末日特西特西米特尔（tzitzímitl）来临等神话传说，隐晦地表达自己的生态思想：以勇敢和正义战胜邪恶和阴暗，终结苦难的现世，迎接光明的未来。

作者在小说创作中借鉴了有关阿兹特克人活人祭祀神明的许多方式。小说《想着谁》描绘了对三个女神科阿特利奎（Coatlicue）、卡利（Khali）和弗雷亚（ Freya）的祭拜。最具代表性的是祭拜“太阳神”维齐洛波奇特利的“新火仪式”。在每一个周期年到来的祭拜仪式上，祭司将面孔涂成红色，装扮成蜂鸟，钻木取火。另一个手持燧石的祭司入场，将从战场上抓来的俘虏开膛取心，并将俘虏的身体投入火中。祭祀者的身体在火中燃烧，沾上人血的祭司磨擦双手，又从燃烧祭祀者的火焰中取得新火，传递给各个部落的代表，他们接过新火，迅速地奔向大神庙献给“太阳神”。然后再由使者将火传递到各个部落，整个部落都因点上了新火而照亮，意味着新的周期年开始。历史上阿兹特克人因害怕第五个太阳纪灭亡，想出以活人祭祀的方法供奉神明。在《传说》中，先知瓜乌特里特意给胡安讲述了祭祀女神托西的场面，“一直到 16 世纪前 25 年，祭司们还屠杀四十岁到五十岁的妇女，砍她们的头、剥她们的皮。因为那里是世界摇晃、大地震动的地方”。（*La Leyenda* p.104）作者在此以现代墨西哥城为背景，借瓜乌特里讲述的祭祀故事，还原了一场古代血腥的祭祀仪式。于是现代墨西哥社会发生的各种事件与古代血腥祭祀的场景自然地融合在一起，让读者不由地将神话传说中祭奠神明的场面与现代社会暴虐残酷的现象进行对比。作者的戏仿就具有了双重批判的效果。

小说还对阿兹特克文明人死后的归宿做了描绘。据阿兹特克古籍记载，人死后会进入另一个世界，按照人的好坏等级将分别进入四个不同的世界：牛奶树的地方、死者的宅邸米克特兰（Mictlan）、有水的地方特拉洛坎（Tlalocan）和太阳的天空。[①] 其中有水的地方特拉洛坎如天堂一般美好，也称

---

① Torres Quintero, Gregorio.*Mitos Aztecas. Relación fabulosa de los dioses pertenecientes a los antiguos mexicanos*. Editores Comonfort. México, 1984, p.23.

作塔莫安阡（Tamoanchan），这里聚居着很多神明，是人类和龙舌兰诞生的地方。他在十三层天的最上面，花草丛生、芬芳美丽。有水神特拉洛克掌控，有充足的圣水和甘泉。所以也是先哲瓜乌特里死后向往的地方——“诞生之家”（Casa de Nacimiento）。作者以瓜乌特里向往天堂的归宿表达自己对美好生态环境的追求；以死者生前的所作所为和身份等级进入不同世界的规则，警示人们要爱护地球、善待万物，只有具备美好品德者方能死后享有美好的居所，以此约束人们的生态行为。

小说戏仿阿兹特克神话传说中末日来临的情节，虚构了天空怪物特西特西米特尔袭击人类的场景。特西特西米特尔是从天而降的黑暗中的魔鬼，雌性，人兽同体，通常和鬼怪女人西瓦特特奥（cihuateteo）一起下凡，袭击人类。传说当第五个太阳纪结束，太阳熄灭，新火还未传递时，她们就趁机下到人间，阻止火焰的燃起，吞噬人类。她们因为在天堂般的塔莫安阡破坏花草、滥砍树木而受到众神的声讨和惩罚，被驱逐出塔莫安阡，却来到人间作恶。特西特西米特尔因为在众神居住的天堂破坏美好的生态环境而被驱逐下凡，这是对恶神破坏和谐的特殊惩罚。[①]作者借神话故事本身的生态含义，特意将特西特西米特尔降临于世的传说运用到自己的神话生态小说文本中，反射墨西哥自然环境和社会生态被破坏之后，主导者人类也将受到惩罚。人类在地球上砍伐森林、破坏植被、滥杀动物、污染空气、土地和水源，对自然实施的恶行更甚于神话中特西特西米特尔破坏天堂的行为，人类也将招致各种形式的报复。作品中描绘的怪物袭击便是其中之一，而作者又将两个破坏生态的罪魁祸首放置在一起，安排了一场特西特西米特尔与人类的斗争，颇具反讽意味。

小说《想着谁》以报刊上登载的头条新闻，一笔带过末日特西特西米特尔的降临。人们认为这些怪物是外星人，将他们的袭击描述为“外星人侵犯

① Aridjis，Homero. *Apocalipsis con figuras*. Tauras, Alfaguara, S.A.de C.V. 1997, p.262.

地球人”。在《传说》中，作者却挥洒笔墨，详细地描绘了一幅特西特西米特尔袭击人类的野蛮场面：

> 在马林切大道上，胡安·德孔格拉碰到了一群黑色、黄色、红色和蓝色的特西特西米特尔，她们丑极了。她们跳上胡安的手，两个爪子悬在空中。有些拖着死人的头，发出蛇的嘶叫声。两个独眼并流着脓的伪装成西班牙征服者，狠命撕扯路上的女人，试图糟践她们。（La Leyenda p.172）

但因为她们是雌性且人兽同形，限于身体结构，无法成功地交媾。她们一个个长着美洲豹的面孔，在末日来临的大地震中，她们“越来越亢奋，从空中下降，从黑洞钻出。脸上手上满是血，嘴巴眼睛漆黑无比，披肩破烂不堪”。（*La Leyenda* p.173）他们不仅袭击女性，还袭击男性，就连胡安也遭受特西特西米特尔的病态性侵。“一个长着不对称乳房的特西特西米特尔，心脏与阴道外露，将胡安抱住。”（*La Leyenda* p.174）作者戏仿阿兹特克神话情节，描绘特西特西米特尔侵略地球、袭击人类的场面，喻示第五个太阳纪的结束。人类与怪物的斗争如同一场疯狂的做戏，而这场做戏恰恰是对人类社会现实的反应。人类与自然竞争、抗衡，对自然百般蹂躏，以强者的态度凌驾自然万物之上，试图征服自然众生，强迫自然万物臣服于人类。若有不屈从者，便使用各种手段折磨，但结果得到自然的报复，如同半人半兽的特西特西米特尔疯狂袭击、性侵人类的做法。作者以这种荒诞的场面对人类导致的末日景象进行批判，让人类意识到这是自作自受。通过描写紧张激烈的斗争场面，试图让读者在一场神话盛宴中感受末日的到来。

作者用荒诞而夸张的描写，讽刺和揶揄墨西哥现实社会中一些荒谬可笑的事实，揭露现实社会乱象丛生：人类对生态环境的侵袭、对生活环境的破坏；统治阶级的放纵、对百姓的欺压；政府内部的明争暗斗、权权交易；以及国与国之间、民族与民族之间、人与人之间的钩心斗角、机关算尽。这一切何尝不像是怪物与人类斗争、外星人袭击地球的混乱场面？让读者细细反思，造成这种末日般凄惨场景的罪魁祸首其实不是什么怪物和外星人，而是人类自身，是人类自编、自导、自演了这场战争灾难，并成为威胁自身生存的最大怪物和外星人。作者正是通过借用、戏仿神话传说中的人物和传说片段，影射现代墨西哥社会的种种矛盾、冲突和危机，这种荒诞、戏仿、讽刺的艺术手法巧妙地表现文本中隐含的审美思想，呈现对人类在自然生态与社会生态中肆意妄为行为批判的生态理念。

二　时代错乱与时空交错

“时代错乱”（英语 Anachronism，西班牙语 Anacronismo）和“时空交错”都是艺术创作手法。“时代错乱”，亦被翻译成“时代错误”“时代错置”或“时代谬见”[①]，指把某一时代的人物、事件、特有物品，或风俗习惯置于另一时代环境中，有意或无意地无视或歪曲与时代的关系。常见的“时代错乱”类型是，将某种言语表达、科技、思想、音乐风格、物料、动植物等，或各种与某一段时代关联的事物，置于同一时空下，从而造成时代错位。有意的“时代错误”被用于文学或艺术作品中，旨在取得讽刺和滑稽的效果，或试图强调过去具有超时代的现实性，让读者和观众更容易参与到一个特定的历史时期。无意的“时代错乱”出于朴素的无知，或处于无意的疏忽，当作家、艺术家或演员不了解不同历史时期的科技、习俗、观念、潮流的差异时，则

① 英语的 Anachronism 最早由钱钟书先生在《管锥编》中翻译作“时代错乱”，考论了文学艺术中“时代错乱”现象和手法。后来梁实秋先生将 Anachronism 译作“时代错误”，并撰写了文章《莎士比亚与时代错误》。另有研究者称其为“时代错置”。在王先霈，王又平主编的《文学理论批评术语汇释》中译作“时代谬见”（anachronismus）。本文拟采用钱钟书的译法“时代错乱”，生动而富有形象性，颇具形象思维的特征。

出现意外的时代错误。作家和艺术家审慎地运用时代错误不仅产生滑稽、讽刺等效果，还可以将当代的风俗习惯和道德行为与不同时代的风俗和道德行为进行对比，并对过去或当下进行重新评价。①

"时空交错"指以时间的先后推移为经度、空间方位的变换为纬度，通过时空交错、经纬交织进行谋篇布局。既可以把同一时间、不同地点发生的事情从"纵"的方面串联在一起，又可以从"横"的方面向外扩延，既保持时间的连续性，又注意空间的并列性。艺术家们打破现实时空的自然顺序，将过去、现在、未来的不同场面，按照一定的艺术构思交叉衔接组合，以此组织情节，推动剧情的发展。在时空程序上表现为大幅度的跳跃和颠倒，即可将回忆、联想和想象，又可将梦境、幻觉和现实组接在一起。或通过意识流等方式突破传统戏剧按客观时序反映生活的局限，可通过倒叙、插叙扩大时空概念，表现更为广阔的生活场景。或通过多层次、多变化的时空组织，深刻表现人物的心理活动，使人物性格在多种情景中得到多侧面的展示和刻画，展露人物隐秘复杂的内心生活。造成独特的叙述格式，获得别具一格的艺术效果。②

阿里德希斯将"时代错乱"和"时空交错"两种艺术手段运用在小说创作中。小说《传说》由相互交错的双线叙事构成，一条以卡洛斯·特斯卡特利波卡将军的残酷暴行为线索，一条以画家胡安·德孔格拉寻找阿兹特克太阳古籍为线索。两条叙事线索既平行，又交织在一起，以女摄影师贝尔纳尔达之女被劫持为连接点，形成不同空间的转换叙事，构成时空交错的组合结构。

---

① "时代错置"参阅陈慧，黄宏煦主编的《世界文学术语大辞典》，石家庄：河北教育出版社，第 574 页；"时代错误"参阅《大不列颠百科全书》（国际中文版 1），中国大百科全书出版社，1999 年，第 298 页；"时代谬见"参阅王先霈，王又平主编的《文学理论批评术语汇释》，上海：上海文艺出版社，2006 年，第 260 页。

② "时空交错式结构"参阅贺大绥，王颖芝主编的《写作技法大词典》，郑州：文心出版社，2004 年，第 1112 页。参阅潘华：《时空交错式剧作结构创作特征研究》，《电影文学》2013 年第 2 期。

这样，小说通过将过去、现在与未来融合，呈现了一个时代错乱、时空交错的叙事网。

“时代错乱”体现在人物命名和形象塑造上。卡洛斯·特斯卡特利波卡将军和何塞·维齐洛波奇特利·乌尔比纳总统分别是阿兹特克文明中战神、灾难神特斯卡特利波卡和太阳神维齐洛波奇特利的化身。两人的名字是现代名字与古代神明名字的结合，分别代表古代神明的特点，在未来之城残暴施政，有意让读者产生时代交错之感。作者将卡洛斯·特斯卡特利波卡与另一个时代错乱的物品“太阳古籍”联系起来，他的命运与古籍中记载第五个太阳纪终结日期的一页息息相关。只要他还持有那一页古籍，第五个太阳纪将不会终结，人们依旧生活在水深火热之中。作家运用这种时代交错的巧妙写法，呈现了一个现代人把握着打开古代神话秘密的金钥匙，一个现代版政治家游走于阿兹特克神话迷宫的故事。

作者运用“时代错乱”和“时空交错”的特点，让人物特斯卡特利波卡死而复活，却又让他生活在不同时代。一个衣衫褴褛的老女人来到总府官邸求见将军，声称是将军的母亲。而生活在未来之城的将军早就没了母亲，但特斯卡特利波卡见此状也并未否定，反而说道：“在我过往的某次生命中她是我的母亲。”（*La Leyenda* p.55）特斯卡特利波卡似乎早就知道自己的前世今生，而他前世母亲的出现，又将他的过去与现在联系起来，给读者一种“时代错乱”感。作者在讲述现代故事的同时，借用这种“时空交错”的技法影射阿兹特克的古老神话。小说的人物既可穿越古代，又可穿越现代，并虚构戏剧化的故事情节，游刃有余地在古今交融中制造悬念，既增加人物的神秘感，又加强故事的可读性，并吸引读者自主参与，在穿越古今时空的故事网中享受阅读的快乐。

先哲克里斯托弗·瓜乌特里的名字同样有着时代交错感，一个是征服时期西班牙航海家克里斯托弗·哥伦布名字，一个是阿兹特克神话人物代表的姓氏。瓜乌特里穿着古老墨西加人的服装，穿越时空，来到现代墨西哥城的画家胡安面前。在向胡安讲述自己的身世过程中，作者有意将瓜乌特里的出生和洗礼设置在不同时代，跨越几个世纪。这不仅让胡安陷入“时代错乱”的迷宫中，而且也让读者参与到胡安的猜测中，共同猜测几千岁的瓜乌特里。而此时的瓜乌特里却用第三人称讲述自己的身世之谜：“他生死多次。最后一次是在火山伊斯塔西瓦特尔（Iztac Cíhuatl）的山坡上醒来，离蓝色女神很近。昨天，他从恰尔科乘坐一根树干做的独木舟而来，经过雷阿尔水渠，最后随一群车辆进入墨西哥城。”（*La Leyenda* p.39）在叙事中，瓜乌特里将几个不同时代出现的地名与物件同时置于一个场景中，恰尔科与墨西哥城、独木舟与车辆、古老的雷阿尔水渠与现代的墨西哥城，墨西加人和西班牙征服美洲时代的物象与现代社会物象交融出现，似乎无意中造成了“时代错乱”感。作者将现代与古代的交错和对比有意安排在胡安与瓜乌特里对话的场景中，当胡安递给瓜乌特里一杯他从未见过，更未喝过的热巧克力时，瓜乌特里则表示愿带他看看特拉特洛尔科市场的喷泉。胡安回应这个市场早已不存在，瓜乌特里却反驳说道它隐形存在着。这些古代市场与现代都市既平行存在，又在他们的对话中交替出现，形成一种多重时空并存的结构。作者将胡安与先哲瓜乌特里之间的对话分不同场景叙述，从家中到大街，再到市中心、总统府等地方，形成跳跃式的时空转换。甚至在二人的对话中和瓜乌特里的讲述里，再次运用“时代错乱”和“时空交错”的方法，编织一个时空大转移的神话。其中包含着“对话套对话”“故事套故事”。在广场上，瓜乌特里回忆起自己与父亲的对话：

几百年以前，我年迈失明的父亲派我回到过去，寻找父亲已逝的青春——克里斯托弗·瓜乌特里说道——“去吧，我的儿子，去迎接我的时代吧！”他对我说。“去哪儿呢，父亲，别是去死？”我问他。“去寻找自己。”——他回答道——“因为在将来的日子我看到了你的衰老和死亡，我看着你就像看着我自己一样。”（La Leyenda p.65）

在瓜乌特里回忆追述中，作者以“对话套对话”的方式实施“时代错乱”和“时空交错”，一会儿将胡安拉到五百年前，一会儿讲到父亲，一会儿讲到爷爷，一会儿又从五百年前跳到20世纪初，不仅让主人公胡安游荡在“时代错乱”的迷宫中，而且给读者追忆了整个拉丁美洲倍受西班牙殖民者入侵的历史。

众所周知，距离20世纪末的五百年前恰是哥伦布发现新大陆入侵美洲的时期。随着殖民者的入侵，美洲大陆的自然与人文环境开始遭到破坏，瓜乌特里的父亲遭到西班牙殖民者的虐待和囚禁。而进入20世纪的拉美，再次遭遇了工业化发展造成的生态破坏。作者特意让主人公在这两个具有代表性的时代穿梭，在“时空交错”中重新感受并见证历史的同时，反思人类在两个时代犯下的不可饶恕的破坏生态的罪行。揭露人性弱点，有意以“时代错乱”和“时空交错”的手法批判人类在历史教训面前仍然执迷不悟、不知悔改，重蹈覆辙，破坏生存环境。

作者在瓜乌特里的追忆中多次使用“时空交错”重复的手法，在瓜乌特里跳跃式的回忆中，又让胡安以问句“换个话题，我们到这里干什么？”将他拉回现实。两人的对话又指向现在。在塔古巴街道时，瓜乌特里再次遇到胡安，又向他讲述特西特西米特尔这帮怪物侵犯地球和人类的血腥场面，回忆自己出生的那个年代，第五个太阳纪诞生之初，父亲如何拯救“太阳古籍”，以及最后一次见自己兄弟的场景。就在瓜乌特里回忆过去之时，街道上发生暴力枪击案，画面一转，从古代神话传说陡然再次跳回现代，也将两个沉寂于特奥蒂华坎历史的人拉回现实。当胡安抱头倒地躲避子弹，再次起身时，瓜乌特里却神秘地消失，似乎又穿越回过去。而当胡安回到家，瓜乌特里却又在家里等着他，并继续向他讲述未讲完的故事。如此重复，古今穿插，在梦境与现实结合中，瓜乌特里梦见自己穿越未来，特斯卡特利波卡穷追猛赶，阻碍他逃走。他梦见胡安时而出现在古代的太神庙，时而又出现在现代车站，游走于两个时代、两个空间之间，徘徊于现实与梦境之间，亦真亦幻，让瓜乌特里捉摸不定。在先哲瓜乌特里被杀之后，作者又将叙事空间转到胡安与贝尔纳尔达寻找女儿、对抗将军和世界末日的故事情节上来。

小说《传说》可以说是作者完成了一场从梦境到现实，从过去、现在、再到未来的时空穿越式的叙述。从瓜乌特里的追忆，直到墨西哥城在世界末日中被摧毁，喻示未来的第六个太阳纪诞生，作者将过去、现在与未来交织在一场穿越时空的对话中，运用“时代错乱”和“时空交错”将个人的梦境与社会现实融合，形成多维空间并存的叙述。作者运用这种艺术手法暗示人类对自身犯下罪行的集体失忆，在古今纷乱场面的转化中，作者也试图唤起人类的记忆，通过一个个乱象场面的转化，激发起人类对造成这一切混乱根源的深刻思考。人类曾经为了结束自身苦难、喜迎第五个太阳纪的到来而祈求神明、呼吁上天。如今历史重演，重蹈覆辙，人类屡屡犯下罪行，破坏自然，摧毁自身生存的环境，将再次面临一个太阳纪的结束，以及迎来新太阳纪的开始。此刻的人类，能再次通过祈求神灵获得救赎吗？这或许正是作者启发当今人类深刻反思的问题所在。作者在此流露出自己悲天悯人的宗教情怀，似乎提醒人类末日审判再次来临，而人类应为自己的罪行忏悔反省。倘若人类真正悔改，或许才能在新世纪获得重生。

在小说《想着谁》中作者同样运用“时空交错”手法，把不同时空的画面、不同人物的不同情绪、意念和行为方式组合成一个整体，给读者造成一种在相互对抗力作用下的动态平衡感。小说以一首名为“做爱时你在想着谁？”的博莱罗舞曲作为贯穿的手段，将散乱的时空画面聚焦，看似松散又似聚集，有所偏离却又达到回归，在时空交错中将这首歌的曲名作为串联故事全局的引子，不仅让主人公以此来叩问自己的内心，也是对最爱听这首歌曲已过世的洛萨尔娃的哀歌。这句歌名以“时空交错”的方式成功地贯穿小说故事的始终，多次出现在人物精神恍惚、迷失自我、精神异化的时刻，出现在做爱的场合。无论是叙述主人公“我”和男友巴尔塔萨尔，还是玛利亚与路易斯，或其他男女人物，这首歌都作为背景音乐出现，似乎在提醒人们，人需要爱的永恒忠诚与精神复归。它是作家为避免末日来临所开的一剂良药，时刻叩问人类的良心与道德。当“我”与巴尔塔萨尔相依共舞，耳畔响起时下的流行歌曲:《做爱时你在想着谁？》这是对忠诚与永恒之爱的呼吁，对人类精神道德的呼唤。当主人公面对世界末日的来临，在与男友的完美性爱过程中，这首歌曲再次在她的脑海中响起，“我”第一次找到“做爱时你在想着谁？”的答案，达到精神的复归。

小说以第一人称叙述者“我”作为视点，进行一种跳跃式而多层次、多结构的叙述。从女主角参加洛萨尔娃的葬礼开始，运用倒叙、插叙的方法，记录当前的生活。其中既有回忆父亲、儿时的种种经历，又有路易斯追求玛利亚以及“我”与男友巴尔塔萨尔的爱情故事。多层次的叙事将读者带入不同的叙事空间，在往事与现在两条时间线索交融中，让交错的时空围绕“我”的所见所闻，并以内心感受呈现出来。通过倒叙“我”参加葬礼仪式，交代出洛萨尔娃的死亡原因，丧妻的路易斯为何萎靡不振，以及追求玛利亚的故事。小说在“故事套故事”的多层追忆中将玛利亚的家庭成员和“我”的经历一一介绍出来：她从姐姐阿丽拉的演艺生涯开始回忆，一直到她的现状；从父亲情史回顾他与继母的相识到其最后的死亡；从“我”自小自卑的生活叙述中穿插被继母虐待和被继兄骚扰的回顾；“我”到剧院寻找新工作，结识了阿丽拉；“我”再次追忆儿时喜欢跳舞，因个子太高被拒之于舞蹈学院门外的经历，直到今天才鼓起勇气报了舞蹈夜校，由此结识男友巴尔塔萨尔。在此，作者又将叙述重点的“我”转向阿丽拉、路易斯、玛利亚以及其他人物的生活情节上。通过与女性朋友的交谈和街头的议论记录了末日世界社会的腐败与黑暗，将所有人物置于末日来临的一天，讲述地震中每个人的活动。小说伴随着人物“我”视点的移动，从一个时空拉向另一个时空，从一个故事转向另一个故事，在“时空交错”中构成了多层次多结构的叙事。如此，小说以第一人称叙事主人公“我”的视点转移实现了多样化时空的转变和统一。

三　奇幻意象

在小说《传说》中，作家阿里德希斯以阿兹特克神话和古老传说为背景，在构造一个未来之城的现实生活中加入了很多超自然元素，塑造了源于阿兹特克文化、历史和神话传说中的人物，通过现实与奇幻结合、夸张的虚构与奇幻结合的手法将他们呈现出来，使小说充满奇幻意象，具有“奇幻现实主义”（realismo fantástico）① 的特点。在“奇幻现实主义”小说中，故事结构多半以神话、宗教以及古老传说为基点，具有独特的世界观，属于奇幻文学类型。奇幻这种题材与科幻、恐怖、童话等既有联系，又有不同。奇幻的特点是神话式的想象和探索。神话传说由于起源于民间传说，不属于奇幻，但它们是奇幻作品的重要灵感来源。小说《传说》表现的浓厚奇幻色彩源于作家对墨西哥现实社会的深沉思考，以及对墨西哥现代化进程中社会变化的独特认识和艺术感悟。作家有意或无意地营构奇幻意象，表达对现实社会和人性的思考。

《传说》以卡洛斯·特斯卡特利波卡将军死而复生的故事为开端，为小说

---

① 奇幻现实主义（realismo fantástico）的特点是现实与奇幻的结合，多描绘现实不可能存在的事物。奇幻现实主义小说的特点：以真实情节为背景，加以虚幻和奇幻的元素。小说人物多取自于民间文化、迷信、传统、民俗、神话、传说和历史，具有民族自身的特质，并将真实感受与未来事件融合在一起，虚构出奇幻的故事。

增添了奇幻的效果。将军本死于一场车祸，尸首存放在墨西哥城南部的殡仪馆。参加葬礼的人稀稀拉拉。在来客与遗体告别后离去不久，殡仪馆的守卫突然发现棺材里的将军死而复生："棺盖儿被掀开，躺卧在里面的死者用手指示着让他靠近自己。那个守卫惊吓得撒腿儿就跑，将灵堂和殡仪馆抛在身后。——回来，婊子养的——将军用恢复元气的嗓音吼道，声如雷鸣。"（*La Leyenda* p.13）将军的起死回生吓走了殡仪馆的最后一个守卫，无人帮助他从棺材里走出来，他三次试图从包裹的塑料袋中挣脱出来，最终用刀子割破塑料袋，才得以死里逃生。作者还赋予死而复生的特斯卡特利波卡分身术、读心术的技能，也给小说增添了奇幻色彩。人们可以在城里的不同地方同时看到将军的出现，讨论他有无处不在的能力。将军正是利用这种分身术达到自己荒淫的目的，成为秘密作恶却总不被发现的"黎明的强奸犯"特拉洛克。特斯卡特利波卡还能读懂人心。女摄影师贝尔纳尔达接到一通匿名电话，去会见被绑架的女儿，特斯卡特利波卡将军一直尾随其后，对贝尔纳尔达的所思所想了如指掌。贝尔纳尔达几次想甩掉跟踪她的将军，却屡次不成功，她甚至透过特斯卡特利波卡的眼睛看到了自己被蹂躏的过去，看到血腥和死亡，那是"冷酷的、赤裸的、残忍的特斯卡特利波卡将军的瞳孔"。（*La Leyenda* p.140）这种技能使特斯卡特利波卡为非作歹，他杀死总统，一举篡位，企图成为掌控第五个太阳纪的神明。

为了推动故事情节的发展，作者赋予每个人物以超功能的技能，如画家胡安·德孔格拉有穿墙的特异功能，他可以随意走动，穿过大半个城市会见瓜乌特里，与时空穿越者保持一致步调。正是有了这种特异功能，他才能不同于常人，完成偷回"太阳古籍"、拯救人类的重要任务。他可以悄无声息地出现在某人的家中，出现在城市的某个角落，由此他观察到了人生丑态、世界灾难和危机。正如作者荷马·阿里德希斯在小说开头引用法国作家马歇尔·埃梅作品《穿墙人》中的一句话："穿墙并不能构成一个我的终结，相反，这是一次冒险的启程。”这或许就是作家的用意所在，通过赋予主人公穿墙术这一奇幻元素，向读者开启了一场走入末日的冒险之旅。

无论是起死回生、分身术、读心术，还是穿墙术，这些被作者运用的奇幻意象，不仅在艺术上使小说文本超越现实与时空，还在思想上增加了文本意义上的深度。这些意象背后隐藏着深层寓意，使得无所不能、到处行恶的反面人物如特斯卡特利波卡将军，以及英勇拯救人类世界的正面英雄人物如画家胡安·德孔格拉，将他们的形象塑造得更加饱满。作者也将现实投放在虚幻、神秘的氛围中，借助这些奇幻意象的象征性使现实虚幻化，从而使小说超越现实具体时空的限制，获得超越历史和地域局限的艺术效果。

在小说创作中，作者使用了“镜子”和“猫”这样的奇幻意象元素。当胡安与瓜乌特里进入一个满是镜子的走廊，奇幻又出现了。“镜子”是奇幻文学中使用最多的创作元素，在塑造与现实世界不同的“架空世界”[①]中，经常通过镜子、树洞和柜子等物体与地球沟通。阿里德希斯借助“镜子”这一元素，将先哲瓜乌特里的前世与今生联系起来，在满是镜子的走廊里实现他穿越时空的旅程，镜子发挥着奇幻意象的功能，“——穿过这个石头的庭院有一个镜子牢笼，那些玻璃就是眼睛。”（*La Leyenda* p.105）走廊的入口也布满了让人窒息、迷失自我、黑色石头的魔法镜子。在将军的宅邸里，瓜乌特里提醒胡安不能停下来看镜子里的自己，因为它能让人看到自己的幽灵和骷髅。如果不快速穿过，这些施了魔法的镜子就会像巫师一样蛊惑过客，被诱惑的人就再也出不来。作者让这种魔幻的邪恶之镜出现在将军的宅邸，旨在体现邪恶之人的吃人手段，更增加这一人物神秘而奇幻的色彩。在胡安通往陈放“太阳古籍”密室的通道两侧，布满了浸了水的镜子，场景十分奇幻：通道漆

---

① “架空世界”可称为“架空宇宙”，专指艺术作品中虚构的世界观，不同于真实的现实世界。它可被理解为多元宇宙、平行宇宙、交替的历史、圣经故事或画面甚至未来世界。该词源自于J.R.R. 托尔金的《魔戒》系列小说，它是“架空世界”小说的鼻祖。

黑一片，如幽灵张牙舞爪，植物晃动，如邪恶的魔法世界。作者将这一路径的“镜子”进行夸大式地渲染，并以胡安在密室中突遇到的一只巨大的猫，突出奇幻色彩。“猫”这一意象是奇幻文学经常使用的元素之一，代表了神秘与邪恶。猫跳上胡安的脸，袭击并撕咬他。正是透过那些黑色的镜子胡安才产生了恐怖感，镜子中的猫成倍地增大，用千万只爪子撕扯他，猫的眼睛似火焰灼烧着他。惊慌之下，胡安最终用手枪射杀了猫。在作者的笔下，胡安与猫、镜子的相搏带有奇幻色彩，在魔镜背景下，人与猫的搏斗象征了善与恶的斗争，即以胡安为代表的正义与以特斯卡特利波卡为代表的恶势力的对决。

在小说中，作者还赋予了其他人物许多非同常人的超自然的技能，如胡安的女友摄影师贝尔纳尔达。她除了用相机捕捉人类的日常生活，还擅长抓拍“鬼怪幽灵”，用自己摄影的一技之长捕捉日常生活中的怪现象，她的摄影机起到了如“镜子”一样奇幻意象的作用。作者用奇幻的笔触描写末日的世界，正是通过胡安的穿墙术和贝尔纳尔达拍摄幽灵的特殊技能，在奇幻的效果中让读者更清楚地观察到这个末日般的鬼魅世界，更能增加末日混乱而荒诞的效果。作者借用非现实的奇幻手法描绘真实的现实世界，大胆的想象和奇幻意象的呈现更增加了作品的批判色彩，也突出了奇幻现实主义反映诠释现实的特色。

在小说创作中，作者还虚构了许多变异的生物或种族，这些也是奇幻文学的典型要素。在呈现世界末日来临的奇幻意象中，作者塑造了怪物特西特西米特尔入侵地球的神奇故事。作者以源于阿兹特克神话的特西特西米特尔故事为蓝本，将这段神话演绎、加工、夸张，进行妖魔化的描写，将特西特西米特尔的丑陋与邪恶展现得淋漓尽致：“废墟火星四射，满是黄色的眼睛。那些眼睛悲戚忧伤，凶险邪恶。在狂热的色欲驱使下，一些特西特西米特尔和无生命的物体如柱子、瓶子、衬衫的袖子交配，将它们与人的身体混为一谈。”（*La Leyenda* p.170）作者超越神话中特西特西米特尔的形象，将他们描绘为奇形怪状、五颜六色，融蝎子、吸血鬼、美洲豹、鸟兽的不同外表，呈现半人半兽的体征。他们青面獠牙、张牙舞爪、袭击众生：

> 墙壁开始讲话。从房顶和地板传出嘎嘎声、咕咕声和嘶嘶声。房间里充满鬣狗、毒蛇、蟑螂、蜘蛛形状的怪物，它们的肢体、蹄子、爪子和嘴脸奇形怪状。它们穿着变形的、脱线的、肥大的衣服，就像刚从制造破烂东西的作坊出来。其中一个装扮成男人，黑色夹克的外面裸露着毛茸茸的耳朵，透着一股特西特西米特尔的特性。（La Leyenda p.173）

它们见什么吃什么，吃土、吃木头、吃玻璃、吃抹布、吃动物肉和人肉，它们无恶不作，无所不及。在对这些半人半兽的荒唐怪诞的妖魔化描写中，作者向读者展示了一幅奇幻而混乱的末日图景。在这个临近终结的世界，魑魅魍魉大行其道。作者以变形、夸张、荒诞等叙事手法描写鬼魅世界，实则最本真地反映了现实社会和人的精神状态，预示了人类恶贯满盈、自食其果的结局，并警示人类反思自身行为，唤醒人类对生存意义的重新思考，这也正是阿里德希斯小说的审美意义所在。

阿里德希斯以奇幻意象中的人、镜子、猫、各种超自然的技能以及变异的怪物，描写世界末日的种种怪象，呈现它的荒诞和丑恶。在这种意象群所营构的奇幻氛围里，现实变得更加虚幻，又让虚幻变得更现实，想象世界中奇幻的物象似乎更具有现实性。通过这种方法，作者对人类恶行导致的世界环境的恶化进行批判。就如同主人公胡安走在末日之城的街头："对他来说没有什么是奇怪的，哪怕最古怪的事物。他已经习惯于住在这样一个日常事件比疯狂的想象更罕见的奇幻世界里了。今天置身于人海中，明天置身于幻想中，他行走在这个世界，就好像自己成了未来小说中的人物。"（*La Leyenda* p.149）人类面对这样一个奇闻怪事频频发生的末日世界，已经麻木不仁、习而不察。作者慨叹一个世纪人类悲惨结局的复现，或许有一天，在这个世界生活过的人都将成为小说中令人惊悚的荒诞角色。

第四节 生态女性主义中的女性与自然

人们常把女性与自然联系起来，把地球比作母亲，视为生命存在的基础。查伦·斯普瑞特奈克（Charlene Spretnak）[①] 说："大地和子宫都依循宇宙的节奏。"[②] 的确，女性在孕育生命、哺育后代的角色上与养育万物的自然有着天然的相似性，她们共同担负着孕育生命的责任。这使二者有着特殊的亲密联系，女性在心理或社会职责上更亲近自然。在文学作品中，把女性比作自然，用自然指代女性的例子数不胜数。

"生态女性主义"（Ecofeminismo）产生于20世纪70年代，是女性主义与生态主义相结合的产物，又称作"生态女权主义"。这一术语最早由法国女性主义学者弗朗索瓦·德·埃奥博尼（Francoise d'Eaubonne）于1974年在《女性主义或死亡》（*Le Feminisme ou la Mort*）中提出。她认为，对妇女的压迫与对自然的压迫有着直接联系，号召妇女领导一场生态运动，重新认识人类与自然的关系。1980年美国和平运动发表《妇女五角大楼抗议活动联合声明》，这个声明被认为是第一个生态女权主义宣言。此后，"生态女性主义"作为一股强劲的文化思潮席卷而来，影响日益扩大，90年代达到高潮。它从产生到现在，发展近40年。以美国为主的西方"生态女性主义"研究日趋繁荣，来自不同领域的学者参与到"生态女性主义"相关的研究中，许多哲学家、历史学家、社会学家、文学家、人类学家、环境学家等，也都从各自的

① 查伦·斯普瑞特奈克(Charlene Spretnak，1946—)，美国著名后现代主义思想家、生态女权主义理论家、生态后现代主义的主要代表人物。著有生态后现代主义经典之作的《真实之复兴》，以及被誉为西方绿色运动的经典著作《绿色政治》。

② 法尔克：《冲突与解构：当代西方学术叙语》，北京：社会科学文献出版社，2001年，第63页。

研究领域阐释“生态女性主义”理论，并成为其研究的核心任务。

“生态女性主义”反对人类中心主义和男性中心主义，主张改变由人统治人、男人统治女人、人统治自然的思想，倡导建立男性与女性、人与自然和谐共处的平等关系，批评男权和父权的文化价值观，反对剥削、统治和攻击性的价值观，赞美女性自然的天性，倡导打破人和自然以及女性与男性对立的思想，使受到摧残的自然和压迫的女性获得解放和自由。“生态女性主义”颠覆了男权主义的价值观，从新的视角为解决生态危机提供方法，即不是孤立地看待问题，而是在全球化的发展中以全局的眼光和视野，从自然生态与女性主义结合的角度解决社会环境危机与女性问题。

与欧美“生态女性主义”不同，拉丁美洲的“生态女性主义”更关注生活在社会底层妇女的状况。与第一世界的妇女相比，拉丁美洲的妇女和儿童更为贫困，社会地位更低下，妇女和自然也成为被压迫和被掠夺的对象。由于拉丁美洲长期遭受殖民统治，自哥伦布发现美洲之后，土著人的精神信仰被殖民主义所谓的基督教“文明教化”破坏，妇女长期处在社会生活最底层。因此，在第三世界的拉丁美洲，“生态女性主义”从底层人民或者说从底层妇女的立场出发，为妇女在社会政治上争取权力，以便在日常生活中获得男人和社会的尊敬。拉丁美洲生态女性主义者试图重建女性主义的生态文明，恢复土著人的精神信仰。她们将底层妇女的环保运动与反对新殖民主义运动、反对种族主义运动结合起来，发出了不同于西方“生态女性主义”的声音。

在拉丁美洲的“反乌托邦”叙事中，作家们在批判人类破坏自然行为的同时，更多将批判的笔锋转向被剥削、被边缘化的人群，如妇女和印第安土著。特别是在现代化快速发展时代，批判工业化所带来的消费主义思想，揭示其所导致的灾难性影响。在近几十年，拉美文学开始关注妇女的状况与环境的状态。在荷马·阿里德希斯的两部环境启示录生态小说中，作者揭示人类恶行所导致的环境破坏、社会腐败的同时，还展示在男权社会掌控下边缘化人群（如妇女）在现代社会的生存状况：自然被摧毁，女性受剥削和压迫。作者将女性生存与保护自然联系起来，塑造了生态环保卫士的女性形象。

一 生态女权环保卫士

“在西方的指涉系统中，女性同自然俱属弱势的集合概念，而且相互指代和象征。女性身体成为自然土地的意象；自然也被赋予女性的特质——都是男性‘播种’的被动接受者。”[①]在小说《传说》中，阿里德希斯塑造了对自然爱护和同情、对男权主义反抗与抗争的两个女性形象：生态环保卫士娜塔莉亚与生态女权主义者贝尔纳尔达。娜塔莉亚住在“莱昂沙漠”的一个农场里，那里曾经森林茂密，动植物种类繁多，人与自然和谐相处，如今却变成荒漠。在那里娜塔莉亚想修建一个专门保护、拯救濒临灭绝的动植物的庇护所，却遭到哥哥特斯卡特利波卡将军的厌恶和反对。她被特斯卡特利波卡蔑称为“生态女游击队员”（ecoguerrillera）。将军多次派助手那科特卡滋事，阻止妹妹修建生态植物园和动物庇护所，并声称要杀死或抢走她的动物。特斯卡特利波卡显然是将娜塔莉亚与她所保护的自然视为弱势欺压的对象。在作者的笔下，特斯卡特利波卡的这种欺压代表了男性中心主义，也体现了人类中心主义。而所谓的人类中心主义的“人类”暗指男性，其实质仍是“男性中心主义，是西方二元对立思维模式超出人类社会在整体生态范畴的衍化”。[②]将军厌恶和反感妹妹娜塔莉亚的出生、性情、热爱自然和同情动物的秉性，以至于后来阻止她从事保护动物的事业。特斯卡特利波卡曾残酷开枪射杀妹妹的白尾鹿，遭到妹妹的激烈抗争。她咒骂他是魔鬼，出手打了他两巴掌，以此表达小女孩对哥哥残忍杀戮行为的抵抗，对代表男性话语权和欺压弱势女

① 周铭：《从男性个人主义到女性环境主义的嬗变——威拉·凯瑟小说〈啊，拓荒者！〉的生态女性主义解读》，《外国文学》2006年第3期，第52页。

② 同上，第52页。

性行为的反抗，也是对人类破坏大自然行为的抗议。尽管特斯卡特利波卡一再警告和威胁，娜塔莉亚并不屈服，仍然从事着保护自然、拯救动物的事业。将军带着手下圣地亚哥·恰诺克来到庇护区，惨绝人寰地洗劫动物园，并亲手杀死了自己的妹妹。

特斯卡特利波卡如此蛮横无理地欺负娜塔莉亚，对她坚强不屈的反抗态度进行报复，这是男性中心主义征服与主宰欲望的体现，“对男性中心主义而言，为了构建独立的‘自我’意识，一切异于‘自我’的特征都被视为‘他者’而加以贬抑、异化和控制。男性崇尚独立、征服和时间意义上的线性进步，排斥女性的依赖、关爱和空间意义上的环性维持。”[①]娜塔莉亚保护自然生态的事业随着她生命的结束戛然而止。对以将军为代表的男性践踏自然和欺压女性行为的终极抵抗，体现了以娜塔莉亚为代表的生态女性主义者对男权主义“自我”与“他者”对立的强烈反抗。虽然作者在塑造这个环保女卫士形象上着墨不多，但仅从她修建庇护所的描述上，读者可感受女性与自然息息相关的秉性，感受到她在爱护生物、保护自然、维持人类与自然平衡、共创和谐局面所做的艰辛努力。读者的心似乎也跟随着娜塔莉亚命运的波折变动起起伏伏，赞同并肯定她为自然的倾力奉献，同情并怜悯她遭受哥哥的威胁、凌虐和伤害，感动于她对每一个自然生灵的关爱和善举，为她的善举被恶人糟践和摧毁而愤慨。

当娜塔莉亚英勇地死在哥哥的枪口下时，作者对这个生态环保卫士形象的叙述达到高潮，一曲赞颂女英雄的悲歌奏起，读者对这个女性形象的所有感情都浓缩在那触痛人心的一声枪响中。在慨叹一个美好花季生命暮然结束的同时，内心涌起对代表男性话语权和邪恶势力的特斯卡特利波卡的愤怒和谴责，同情哀叹第三世界女性社会地位的低下，反抗者遭报复而被杀害，岂不痛哉？面对一切社会威胁和恐惧，仍需要不断涌现像娜塔莉亚一样敢于呼

① 同上，第53页。

吁自身权利、呼吁保护自然生态、敢于抗争的生态女性主义者。作者通过塑造娜塔莉亚这一生态女卫士的形象，表达了生态女性主义反抗男权中心主义的思想，强烈批判男权统治对女性和自然的双重剥削。

女摄影师贝尔纳尔达作为生态女权主义者形象，一直伴随小说故事始末。她从女性的独特视角，以拍摄幽灵的技巧记录未来之城的状况，反观人类社会的千奇百怪和世态炎凉；用敏锐的眼光抓拍到未来之城的黑暗和腐朽，自然环境被破坏，都市人迷惘的神情、社会道德沦丧、精神变异；用相机和女性的眼睛呈现出现代社会的末日图景。贝尔纳尔达的女儿安娜遭到“黎明的强奸犯”特拉洛克的绑架，杳无音讯，绝望的贝尔纳尔达踏上了寻女之旅。在一个男权主义主导的混乱社会里，女性的权力得不到保障，她们或遭到强奸、抢劫，或被杀害，却无处声讨，只能依靠自己微弱的力量，自我防范。失去女儿的贝尔纳尔达无法得到警察的帮助，被迫独自踏上寻女之路。

贝尔纳尔达的窘境也代表了拉丁美洲第三世界女性地位低下，妇女生活被边缘化的普遍状况。在寻女路上和拍摄途中，贝尔纳尔达不断遇到难题，也不断引发她的思考。在大街上，她看到因人口过剩造成的车辆堵塞和尾气污染；在地铁上，她看到人流拥挤的场面，女性遭受性骚扰，小偷泛滥，穷人聚集，车厢如同“人类的牢笼”。天气因自然被破坏而变化。在感触社会环境和悲伤大自然被破坏之时，贝尔纳尔达批评人类破坏自然的行为，谴责高科技生物工程导致自然物种变异，使用大量的化学药剂危害生物，批判人类为一己私欲操控大自然，肆意砍伐树木，残酷杀戮动物等恶行。她感到与其拍下让人失望痛心的城市场景，不如去拍摄城市的另一面，即忽隐忽现的幽灵。这些幽灵只有像贝尔纳尔达这样敏感、有人性的女性才能感受到和捕捉到。

作者特意赋予贝尔纳尔达不同于男性的对世界感知的敏感度和拍摄技能，一是符合女性更接近自然的特性，反映出女性对自然环境、对社会环境的密切关注；二是暴露男性普遍无视、疏忽自然和女性群体的特点，通过塑造具有人文情怀的生态女权主义者来反衬那些暴殄天物、蛮横专断、自以为是的男性专权者。

由于女儿失踪，贝尔纳尔达久久不能平静，难以专注工作，但她并没有选择逃避，而是勇敢地面对，依然坚持拍照，揭露这个时代人类的恶行。在拍摄和记录一切黑暗之时，她坚定无畏地与警察周旋，想方设法获得女儿的消息。遭受特斯卡特利波卡将军的威胁，她毫无惧色厉声痛斥，握紧手中的枪，大胆自卫。贝尔纳尔达感伤于自然世界的恶化，生物灭绝，海洋消失，她以照相记录的方式揭露人类恶行，让人们认识到末日来临的原因。在拍摄幽灵时，她期望末日到来，坚信和谐美好的第六个太阳纪的新时代降临，那将是一个她能带着女儿拍摄自然万物、与男友胡安享受天伦之乐的新世界。贝尔纳尔达以独特的艺术视角，反抗欺压和屠杀女性与自然的男性权威，从而成为小说中女权主义的生态环保卫士。

作者塑造贝尔纳尔达这一生态女权环保卫士形象，旨在对男性贬抑控制女性和自然、秉持自我与他者对立思想的双重批判，也以贝尔纳尔达的愿望代表生活在拉丁美洲第三世界整个妇女群体的愿望，那就是要获得男性的尊重、拥有与男人一样平等的社会地位和权力、拥有适宜生活的美好自然，与所爱之人和所爱之物在和谐美好的自然环境、安定和平的社会环境中平等、自由、幸福地生活。

二　大自然的护卫女神

在《想着谁》中，作者塑造了一系列保护大自然的女性形象：阿丽拉、玛利亚、洛萨尔娃、法昆达和“我”。她们各自以不同方式参与保护生态事业，提倡爱护生物、保护大自然，为人类建设未来和谐的环境献出一己之力。体现了作者对在男权、父权制度控制下女性与大自然的高度认同，对女性维护生态平衡寄予的厚望。

洛萨尔娃的死亡与所从事的环保事业相关。洛萨尔娃爱护动物，亲近自然，感知动物的习性。在她小的时候，她用小手喂鸟儿吃食物，抓小虫喂养受伤的或被遗弃的小动物，对其倍加关爱。她对动物的这种亲近行为让动物有了特殊的感知，甚至能使动物起死回生。在洛萨尔娃保护动物的感召下，她的双胞胎妹妹玛利亚也酷爱动物。在姐姐洛萨尔娃死后，最初她担心自己会睹物思人，不敢接受照顾鸟儿的任务，在姐夫路易斯的理解和鼓励下，她继承姐姐的爱心事业，将洛萨尔娃收养的鸟和自己拯救的上百只鸟收留在大姐阿丽拉的家中照看。法昆达和“我”也受她们行为的影响，都前去帮忙照料这些小鸟。然而，蒙特祖马城的环境被污染，人们猎杀动物，大量生物濒临灭绝。目睹这些，她们同情之时又无比痛心。于是，她们在家中建起一个保护生态的庇护所。大姐阿丽拉就像妹妹洛萨尔娃和玛利亚一样，在家里救治了上百只腹泻的小鸟，在花园里种植花卉，在草地上培育树苗，试图建设一个诞生新生命的现代花园，为小鸟营造适于栖息的场所。尽管现实社会生灵涂炭，她依然相信这将是一片净土，是重生的天堂。她们坚信，当末日临近，一切都被摧毁时，唯有她和她的生命花园屹立不倒。阿丽拉和玛利亚视亲手栽培的花园如自己的生命，是这个社会对她们女性身份与自然身份的认同。正因为女性亲近、理解和善待自然，才会将自然生物看作“有意识的生命体”，抵抗和颠覆男权主义的人类中心主义将自然视作非生物和盘剥对象的思想，这无疑也是生态女性主义对摧毁自然和压迫女性的男权制度的强烈抵抗。

在阿丽拉三姐妹的影响下，法昆达和“我”参与到保护自然的行动中，帮助照看她们的生态园，同情被射杀的动物，并保护被破坏的自然环境。尽管“我”被戏称为“长颈鹿女人”，但一看到生态保护公园的长颈鹿，却能感知到它的孤苦伶仃，如同从继母家逃离的“我”，孤单、寂寞，这种特殊的感知让“我”更亲近自然。“我”叙述并记录了末日之城蒙特祖马的环境变化，人类破坏自然的恶果，见证了末日世界即将来临。在此，作者借“我”叙事的视角，表达对自然、社会和人类精神走向堕落的无奈与失望，不满与鞭笞。但是面对这种凄凉的末日图景，“我”与女性朋友们并未消弭信心、放弃努力，而是以自己的微薄之力建起最后的生态园，希冀新生命的到来。与此同时，“我”和玛利亚克服自身心理上的障碍，挣脱男权主义制度的束缚，征服了曾居统治地位的男人，最终找到自己的归宿。这是生态女性主义者们追求平等、寻找真爱、突破藩篱、呼吁和谐的终极体现！

作者塑造的这些生态女性主义者并非独立的个体，相互之间因环保事业联系在一起。她们亲近和热爱自然，热爱生活，与大自然相似，内心充满和谐的音符，共同追求自我和谐、两性和谐、人与人、人与自然的和谐。每个人秉持的生态理念影响并牵动着另一个人，在对待自然生态上，她们有相同的价值观。女性同胞普遍具有的同情心和怜悯心让她们对待自然生物有一种天然的亲近感，用母爱照顾每一个受伤的生灵，共同保护建立起来的生态庇护地。也正因为有男性路易斯的理解和鼓励，焕发出每个善良女性内心隐藏着的生态女性主义思想，其生态理念才得到终极体现。

作者借男性路易斯撰写的三位女神的故事，加深读者对女性生态主义思想的理解。丧妻之后的路易斯撰写出关于三个女神科阿特利奎、卡利和弗雷亚摧毁末日世界和重获新生的故事。在他看来，世界秩序体现着女性与自然的和谐关系，上帝赋予男人的权力不是征服自然和女性，正因为男权主义才导致现代社会的混乱。只有代表女性权力的三个女神，才能在世界末日来临的大地震中宣告第五个太阳纪的结束。路易斯的这种期望正是作者所表达的女权主义思想：赋予女性治理万物的至高权力，瓦解、摧毁男权和父权制度，即结束人统治自然、人与自然之间的疏离，为保护自然而战。

但是，作者并非要展露被阉割的男性话语权对神化的女性权力的畏惧，而是借用女神的力量，毁灭人类过去所犯的恶行，倡导回归自然，呼唤一个万物和谐的新世界。在远古时代，人类对大自然顶礼膜拜，认为大地是孕育一切的母亲。男性对有生产能力的女性怀有崇拜和畏惧的心理，将其视为大地母神的祭司。随着历史的演进，“当男性根据父权制强行将女性和她们所生的孩子占为己有时，人类对大自然的态度也发生了根本性的变化；当自然在他们眼里不再具有神秘性和感召力之时，‘统治逻辑’便开始在人类生活中大行其道，对自然的剥削和压迫变得理所当然”。[①] 在小说中，作者以路易斯对代表最高权力的三个女神的敬畏和膜拜，传递出男性对像大地一样有生产能力的女性尊崇的回归，就像太古时视女性为大地母神祭司一样，再次赋予女性以神权，摧毁末日世界，重获新生，抒发内心对未来和谐世界的期望。

作者塑造这样一个理解并支持生态女性主义者的男性人物形象，独具匠心。表达了作者自己对生态女性主义思想的认可和弘扬，借此表达自己对专断蛮横的男权制度为代表的人类摧残自然和压迫女性的反抗和谴责，从侧面表达了作者虽身为男性却不苟同于男权社会与父权制度的思想。正如《想着谁》中的男性路易斯和巴尔塔萨尔，《传说》中的胡安和瓜乌特里，从男性视角表达自己尊重、爱护女性和自然的生态思想，追求社会正义、公平，坚信并希望世间充满人情温暖。

荷马·阿里德希斯在两部小说中塑造了一系列保护自然的女性形象，他从男性视角阐释生态女权主义思想，消解男性中心主义和人类中心主义，表达自己的生态思想。他呼吁人类关注自然生态的保护，爱护生物，保护大自然，强烈批判人类破坏的恶行而导致的生态危机，崇尚尊重生灵，倡导人与自然、人与人、人与自我、人与社会、人与世界的和谐关系。

---

① 张燕，杜志卿：《寻归自然，呼唤和谐人性——艾丽斯·沃克小说的生态女性主义思想刍议》，《当代外国文学》2009 年第 3 期。

第三章　路易斯·塞普尔维达的两部生态小说解析

第一节　后殖民生态批评视野下路易斯·塞普尔维达的生态召唤

一　后殖民生态批评和生态扩张主义

“后殖民生态批评”（Postcolonial Ecocriticism）这一文学理论思潮发端于20世纪80年代末期至90年代末期，经过21世纪初的进一步发展与演进，于2010年前后得以正式确立。[①]在全球一体化的背景下，“后殖民生态批评”从后殖民视域出发，在后殖民文学文本中审视人类、动物、环境三者之间的关系，旨在全球范围内消解各种形式的逻各斯中心主义、霸权主义行径，追求普世的社会正义与环境正义。[②]这一理论是近年来西方生态批评发展的一个新维度，它并非后殖民批评与生态批评的简单结合，而是后殖民批评家以后殖民理论介入生态批评中，彼此借鉴和融合。它将对生态、环境与文学的思考置入殖民、后殖民政治和发展的语境中，旨在寻求西方与非西方国家之间的环境正义，批判西方中心主义。生态批评理论具有跨学科、跨文化、跨文明和国际化的特色，在不断发展和完善的过程中，不同理论相互借鉴和交叉整合。

---

① 钟再强 :《后殖民生态批评 : 回顾与反思》,《苏州大学学报》2013 第 05 期，第 166 页。

② HugganGraham, HelenTiffin. *Postcolonial Ecocriticism: Literature, Animals, Environment*. London and New York: Routledge, 2009.

后殖民理论根据自身发展需要，在不同历史时期和地理区域，随着文化身份、政治境况、从属关系以及阅读实践变化而改变。生态批评与后殖民理论虽有很大不同，但在解构与消解各种主义和追求各种正义的目标上却相当一致。在当今生态全球化的大背景下，后殖民理论与炙手可热的生态批评理论的融合在所难免，如同女性主义与生态批评的结合，应该看到，后殖民生态批评理论的出现是生态批评理论发展的大势所趋。

国外对后殖民生态批评的研究大体经历了萌芽、发端、发展及确立四个阶段：[①]20 世纪 50 年代初至 80 年代中后期的萌芽阶段，从巴勃罗 · 聂鲁达"新大陆殖民遐想"史诗《诗歌总集》（*Canto General*, 1950）到马丁 · 卡特（Martin Carter）的诗歌《倾听大地的声音》（*Listening to the Land*, 1951 ）。在这一阶段，一些学者已经意识到殖民主义对环境和动物造成灾难，但还没有从学科建设的高度来探究此问题。发端阶段为 20 世纪 80 年代末期至 90 年代末期，这一时期学术界已意识到后殖民理论与生态批评在全球化时代的重要意义，从跨视阈探究两者间相互借鉴和融合的可行性。这一时期重要论著有拉玛昌德拉 · 古哈（Ramachandra Guha）的《喧嚣的森林：喜马拉雅山脉地区的生态变化与农民抵抗》（*The Unquiet Woods : Ecological Change and Peasant Resistance in the Himalayas*, 1989 年）、爱德华 · 萨义德（Edward Said）的《文化与帝国主义》（*Culture and Imperialism*, 1994 年）等。发展阶段从 2000 年至 2006 年，相关研究已开始从理论视阈、作家作品分析视阈探究后殖民生态批评的建构。这一时期的论著主要有：格雷厄姆 · 哈根的《绿色后殖民主义：生态批评视阈》（*Greening Postcolonialism: Ecocritical Perspectives*）（《现代小说研究》2004 年第 50 期）、伊丽莎白 · 黛露瑞（Elizabeth Deloughrey）与雷尼 · 高森（Renee Gosson）合著的《加勒比海文学与环境：在自然与文化之间》（*Caribbean Literature and the Environment: Between Nature and*

① 钟再强：《后殖民生态批评：回顾与反思》,《苏州大学学报》2013 第 05 期，第 167—168 页。

Culture, 2006 ）等。确立阶段从 2007 年至 2011 年，后殖民生态批评作为一种新的文学理论思潮开始被学术界接纳，涌现出大批论著、论文集、博士论文和书评，主要有：哈根与蒂芬合著的《后殖民生态批评：文学、动物与环境》（*Postcolonial Ecocriticism: Literature, Animal, Environment*, 2009 ）、劳拉·赖特（Laura Wright）的《进入文明塑造的荒野：阅读后殖民环境有感》（*Wilderness into Civilized Shapes: Reading the Postcolonial Environment*, 2010 ），论文集《后殖民绿色：环境政治与世界叙述》（*Postcolonial Green: Environmental Politics and World Narratives*, 2010 ），[①] 以及黛露瑞与乔治·汉德利（George Handley）合著的《后殖民生态：环境文学》（*Postcolonial Ecologies: Literatures of the Environment*, 2011 ）等。这些论著从诸多方面对后殖民生态批评进行了深入探究，涌现出以哈根与蒂芬、黛露瑞与汉德利、鲁斯与亨特以及慕克吉、赖特等为代表的一大批后殖民生态批评理论家。

由此可见，“后殖民生态批评”受到批评理论界的广泛关注和重视，成为新的研究热点。其中，奠基之作的《后殖民生态批评：文学、动物与环境》一书，试图建立体现后殖民生态批评特色的核心理念体系，如生态扩张主义（ecological imperialism）、种族主义与物种主义（speciesism）、食人（cannibalism）与食肉（carnivory）、可持续发展观、干预倡导主义（advocacy）与行动主义（activism）等。这些概念与社会正义和生态正义有密切的关联性，不仅挑战了西方主流话语，而且以文学理论研究促进向社会公正、经济公正和生态公正的转化。后殖民生态批评学说具有了关联性、挑战性和干预性诸多特点的核心理念体系，试图通过破除人与动物间的分割对立，而颠覆殖民主义话语的理论根基，勇于直面当前关于人与动物基本生存权冲突的热点论题，打破后殖民理论和生态批评两个领域间的壁垒，为文学生态

---

① 该论文集包括鲁斯 (Bonnie Roos) 与亨特 (Alex Hunt) 的作品分析。

批评开辟了更广阔的研究空间。[①]“后殖民生态批评”关注“种际正义”[②]，即倡导合理处理人与其他生物物种之间正义的关系，倡导种族平等，维护非人类物种的基本生存权，构建人与自然的生态和谐。

生态扩张与殖民扩张相互联系和相互支持，推进帝国的殖民进程和维护殖民统治。“生态扩张主义”这一术语的含义首先体现在克罗斯比（A.W. Crosby. Jr.）的专著《生态扩张主义：900—1900 欧洲的生态扩张》（*Ecological Imperialism: The Biological Expansion of Europe, 900–1900*, 1986）中。克罗斯比认为，欧洲人在温带地区大规模殖民扩张的成功，很大程度上得益于他们推行的生物扩张，即殖民者不仅进行了移民，也给殖民地带去了源自欧洲的植物、动物和疾病，致使当地由植物、动物和原住民构成的原生生态系统被毁坏和取代。[③]“生态扩张主义”在某种程度上实则表现为生态殖民主义，殖民者的领土扩张获得了成功，开辟了新殖民地，无形中也破坏了殖民地的原生生态。欧洲殖民者以开发和破坏自然达到发展经济的目的，原住民以保护自然及与自然和谐共处为目的。因此，欧洲殖民者的成功和所谓的“壮举”对原住民来说就是灾难。

殖民入侵征服前的拉美大陆有着独特的地理位置和优越的气候条件，拥有广袤的森林资源和丰富的自然资源。土著居民的宗教世界观是崇尚自然，他们与自然万物和谐相处，但这种祥和与安宁的生活环境被殖民者彻底打破。殖民者们推崇“‘高度评价工业化社会，相应贬低以自给自足经济为基础的群

---

① 朱新福，张慧荣：《后殖民生态批评述略》，《当代外国文学》2011 年第 4 期，第 25 页。

② “种际正义”分为“种际同一性正义”和“种际差异性正义”。“种际同一性正义”指人类与其他生物种类之间基于某种同一性（比如都具有生命）而得到相同对待的正义原则；“种际差异性正义”指人类与其他生物类之间基于某种差异而得到不同对待的原则。“种际同一性正义”构成了强调人与其他自然生命物平等的生态伦理的正义基础。参阅易小明：《论种际正义及其生态限度》，《道德与文明》2009 年 05 期，第 16 页。

③ 朱新福，张慧荣：《后殖民生态批评述略》，《当代外国文学》2011 年第 4 期，第 25 页。

体'，因此不惜以毁坏原生植被为代价，大力发展资本主义经济。" [1] 从1492年哥伦布发现新大陆起，拉丁美洲进入了长期殖民统治的历史时期。欧洲探险者惊异于美洲自然的神奇美丽，很多航海探险家撰文书写这里的自然生态和奇妙见闻，吸引了大批欧洲人踏上美洲大陆，也开启了殖民者开发和掠夺美洲自然的篇章。但这些欧洲人并不是作为和平使者来到美洲，而是作为征服者和殖民者来美洲寻找、掠夺财富。欧洲人的到来首先给美洲大陆带来了前所未有的疾病和灾难，给印第安人造成极大的伤害，"数百万民众被细菌和病毒入侵，毫无防御。如此，征服时期正是因为流行病的泛滥才导致美洲人口急剧减少"。[2] 疟疾、流行性感冒、斑疹、伤寒等疾病流行。"新大陆的人类没有抵抗与动物相关疾病的能力，成千上万的印第安人死于欧洲人带来的天花、麻疹、伤寒等疾病。" [3] 疾病导致大量美洲土著居民死亡。而西班牙、葡萄牙殖民者又不断掠夺印第安人的土地，因担心土著文化的传承而灭绝印第安人，"杀掉教师、传教士、艺术家、作家，以此来制止土著文化的传承。" [4] 伴随着殖民入侵，美洲土著居民人口骤减，金银财物被抢掠，土地和劳力被强占，土著民遭到殖民者的奴役，丧失人身自由和生存权利。殖民者在拉美对当地的土著居民实施委托监护制、大地产制和种植园土地制等土地剥削制度。[5]

殖民者初到新大陆之时，为了满足自身生活的需要和维持自己传统饮食习惯，不得不在殖民地进行生产。他们向新大陆输入了欧洲作物和家畜，如

---

① 张慧荣 :《从〈熊〉看原生生命链毁坏对殖民进程的推动作用》,《外国文学评论》2011 年第 3 期，第 172 页。

② Elio Brailovsky, Antonio. *Historia ecológica de Iberoamérica, Primer Tomo: "De los mayas al Quijote."* Kaicrón-Le Monde Diplomatique, 2006, p.181.

③ 董经胜，高岱 :《拉丁美洲的殖民化与全球化》，南昌 :江西人民出版社，2010 年，第 23 页。

④ Elio Brailovsky, Antonio. *Historia ecológica de Iberoamérica, Primer Tomo: "De los mayas al Quijote."* Kaicrón-Le Monde Diplomatique, 2006, p.181, p.184.

⑤ 李春辉 :《拉丁美洲史稿》上卷（一），北京 : 商务印书馆，2009 年，第 84—86 页。

小麦、水稻、蔬菜、马、牛、羊、猪等。由于殖民地土地辽阔、土壤肥沃、气候适宜，这些作物和家畜在殖民初期得到很快发展和繁殖。然而，西班牙统治阶级实际上并不想在殖民地大力发展农业。在看到殖民地农业发展将要影响宗主国的农业利益之时，他们就对殖民地的农作物种植和生产采取了各种限制措施，禁止与宗主国利益相冲突的蚕桑、葡萄酒、橄榄油和亚麻等的生产，限制对殖民地人民生活必需而宗主国又无法供应的农业品的发展，如小麦、大麦和水稻等，推广和鼓励能为王室和地主、资产阶级牟取暴利的作物生产，如蔗糖、棉花、可可、靛蓝、烟草等。[①]这些政策不仅导致了拉美的单一作物的种植，还破坏了拉美大地原有的农业生态系统的平衡。殖民者对美洲的自然资源进行无情的掠夺，导致资源枯竭与环境恶化。他们从重商主义立场出发，掠夺金银、宝石等贵重金属，大肆开采矿业，浪费矿产资源。他们把殖民地作为原料供应地和工业品销售市场，又因不希望殖民地工业发展威胁宗主国，便对殖民地工业采取严格的限制政策。欧洲殖民统治者还强迫美洲土著居民改变原有的世界观和信仰，改变对待自然的态度。在殖民者看来，自然是野蛮的象征，因此要在美洲实现“文明教化”，找到对其民族和自然进行征服的合理借口。

19 世纪，拉丁美洲各国陆续独立解放，但仍未摆脱发达国家的侵略。英国和美国成为奴役拉美国家和民族的新殖民主义者。拉丁美洲各国自身为改变落后的经济状态，依赖外资引入外国先进技术装备，把发展重心放在本国急需工业上。拉丁美洲自然资源被开发和利用，英国控制了拉美各国的铁路、港口、公用设施、硝石、石油以及电话和电力等行业。美国将拉丁美洲变为自己经济发展的“后院”和实验场所。19 世纪 80 年代后，美国全面控制拉美，成为拉丁美洲人民主要的压迫者和剥削者。[②]以美国联合果品公司和石

---

① 同上，第 87—89 页。

② 同上，第 215—233 页。

油公司在拉美的运营最为显著。在殖民者的统治下，人们为了扩大耕地面积，滥砍滥伐，破坏森林，造成热带雨林面积急剧减少，大批野生动植物濒临灭绝，生态系统失衡。为了扩大矿产业的产量，人们过度开采矿山，造成水土流失，水资源被破坏，农业生产率下降，自然灾害频发。

二　路易斯·塞普尔维达的创作与生态思想

路易斯·塞普尔维达是智利著名作家、记者和电影工作者。从智利的蓬塔·阿雷纳斯到挪威的奥斯陆、从西班牙的巴塞罗那到厄瓜多尔的基多、从亚马孙森林到撒哈拉沙漠、从皮诺切特的牢房到绿色和平组织的船只，他的足迹几乎踏遍世界各地。在异常丰富的旅行经历中，他身体力行地感受人类与自然世界的相处，他思绪万千，记录下自然万象的变化莫测，目睹了社会的人生百态，体验到世态的炎凉。这些都为他日后的文学创作奠定了基础。

塞普尔维达 1947 年出生于智利的奥瓦利（Ovalle）。他从圣地亚哥中学毕业后，在智利大学戏剧学院学习戏剧创作。1969 年他获得政府提供的五年奖学金资助，前往莫斯科大学学习。刚学习五个月，因他与苏联“持不同政见者”频繁接触，被苏方认定“行为不检”，[①] 取消资助，他被迫回国，在时任总统萨尔瓦多·阿连德政府管辖下的文化部工作。20 世纪 70 年代初，智利发生军事政变，塞普尔维达被捕入狱。在国际特赦组织德国分会有条件保释下，他开始了逃亡生活。在逃亡国外的一年期间，塞普尔维达在朋友的帮助下组建了戏剧小组，以文化宣传方式反抗独裁政治。他因此再次被捕，以背叛国家和扰乱社会罪被判监禁二十八年。国际特赦组织德国分会再次帮助他，将他的牢狱之灾变为八年的流亡生活。1977 年，塞普尔维达打算前往瑞典教

① 在访谈中路易斯·塞普尔维达认为，那些所谓的“持不同政见者”是苏联时期伟大的艺术家，他们创作出优秀的作品，他本人仅出于学习的需要，而非政治目的与他们接触。参见 “Interview with Luis Sepúlveda”, en *The UNESCO Courier*, January 1998, p.47。

授西班牙语文学，途径阿根廷首都布宜诺斯艾利斯时，才发现自己没有足够的旅费去欧洲。于是，他辗转乌拉圭、巴西圣保罗、巴拉圭等地，最后落脚于厄瓜多尔。在厄瓜多尔的首都基多，他与朋友豪尔赫·恩里克·阿多乌姆（Jorge Enrique Adoum）组建了法语联盟剧院。在联合国教科文组织的一次考察活动中，为深入了解殖民主义对土著居民苏阿尔人的影响，在亚马孙河流域他与土著居民朝夕相处七个月，学会了他们的语言，熟悉了他们的生活习俗。他认为，拉丁美洲是一个多文化、多语种的大陆，在与当地印第安人共同工作中，他起草了安第斯地区伊巴母布拉农民联盟的扫盲计划。1979 年，塞普尔维达参加由青年志愿者组成的“西蒙·玻利瓦尔[①]国际纵队”，在尼加拉瓜参加反抗索摩查独裁政府[②]的革命斗争。之后他从事记者职业，从 1980 年至今定居德国汉堡。还在监狱时塞普尔维达就学会德语，喜爱德国文学，喜爱阅读德国浪漫主义诗人诺瓦利斯[③]和弗里德里希·荷尔德林[④]的作品，并

---

① 西蒙·玻利瓦尔（Simón Bolívar，1783—1830），是南美洲克里奥尔军事家和政治家。曾在新格拉纳达（1819 年改名为大哥伦比亚，包括委内瑞拉、厄瓜多尔，哥伦比亚）、秘鲁，以及上秘鲁（玻利维亚）领导反对西班牙统治的革命。他曾任哥伦比亚（1821—1830）和秘鲁（1823—1829）两国的总统，实行独裁统治。参阅《大不列颠百科全书》（国际中文版 3），中国大百科全书出版社，1999 年版，第 9 页。

② 索摩查家族统治尼加拉瓜达44年之久。家族第一个独裁统治者阿纳斯塔西奥·索摩查·加西亚（Anastasio Somoza García）1933 年成为尼加拉瓜军队国民警卫队首脑，1934 年暗杀抗美民族英雄桑地诺之后，两度出任总统。他的两个儿子路易斯·安纳斯塔西奥·索摩查·德瓦伊莱和安纳斯塔西奥·索摩查·德瓦伊莱先后继任总统，统治期间扩大家族财富，镇压百姓，实行独裁统治。在尼加拉瓜反对索摩查独裁统治的起义层出不穷。参阅《大不列颠百科全书》（国际中文版 15），中国大百科全书出版社，1999 年版，第 486 页。

③ 诺瓦利斯（Novalis，1772—1801），原名格奥尔格·菲利普·弗里德里希·弗雷赫尔·冯·哈登柏格（Georg Philipp Friedrich Freiherr von Hardenberg），德国浪漫主义诗人、作家、哲学家。著有诗歌《圣歌》（1799）、《夜之赞歌》（1800），小说《海因里希·冯·奥弗特丁根》等。

④ 弗里德里希·荷尔德林（Johann Christian Friedrich Hölderlin，1770—1843），德国浪漫主义诗人。他将古希腊诗文移植到德语中，对德国诗歌进行改革。在 20 世纪他的作品才被重视。他被认为是世界文学诗歌领域里最伟大的诗人之一。

以记者的身份游历于拉美与非洲大陆之间。1982 年至 1987 年，塞普尔维达在绿色和平组织的一艘船上工作，担任国际组织分会的协调员，从事环保事业，并为之奋斗终生。在欧洲流亡期间，他撰写并发表了众多作品，在欧洲文学界声名鹊起。因 1989 年出版小说《读爱情小说的老人》名声大振，该小说被译成 14 种语言，包括中文，并于 2001 年被搬上荧幕。2005 年，塞普尔维达被授予法国南土伦瓦尔大学（Universidad del Sur Toulon-Var）和意大利卡罗博大学（Universidad Carlo Bo）名誉博士，被西班牙梅嫩德斯·佩拉约国际大学（Universidad Internacional Menéndez Pelayo）聘为客座教授。

在法国巴黎和德国汉堡居住期间，塞普尔维达开始从事文学创作。他将自己的政治抱负和生态思想贯穿在创作中，他关注地球生态的失衡和人类道德的沦丧，试图用作品唤醒人类的觉知。他是一位有社会责任心的作家，但他的作品较少直接涉及政治问题，更多则关注人与动物、人与人、人与世界的关系，富有寓意和预见性。他崇拜法国小说家儒勒·凡尔纳[①]和英国小说家约瑟夫·康拉德[②]，崇拜智利作家马努埃尔·罗哈斯（Manuel Rojas）、卡洛斯·德罗盖特（Carlos Droguett）和诗人巴勃罗·德罗卡（Pablo de Rokha）。在这些作家的影响下，他以朴素的语言、丰富的寓意，向读者展示自己笔下美丽的大自然，大千世界的变化，揭示人类破坏自然导致地球面临的各种生态灾难，批判人性的弱点和人类的自私行为。

塞普尔维达是拉美“文学爆炸”后的杰出作家，创作出儿童故事、旅行见闻、冒险经历到生态小说、黑色小说和侦探小说等不同体裁的作品。与加西亚·马尔克斯式的魔幻现实主义作品不同，他摒弃对地域情调和热带地区

① 儒勒·加布里埃尔·凡尔纳（Jules Gabriel Verne，1828—1905），法国小说家、博物学家、科普作家，现代科幻小说开创者之一。他一生写了 60 余部科幻作品，被誉为“科幻小说之父”。

② 约瑟夫·康拉德（Joseph Conrad，1857—1924），波兰籍的英国小说家、现代派的先驱。主要作品有：《黑暗之心》（1899 年）、《吉姆爷》（1900 年）、《密探》（1907 年）等。

特色的描述，将魔幻作为习以为常的社会生活方式融入作品中，“他的作品可以用新的表达方式‘现实的魔幻’来形容”。[①] 他的作品内容丰富，题材多样，语言简洁明朗，不过分雕琢，不使用晦涩的词语，也不构建错综复杂的情节结构。作品多以保护生态环境为主题，描写主人公的探险精神，在旅行中对自然景物的热爱，反映社会现实与自然地理的关系。塞普尔维达与早期的地域主义小说中所描绘主人公与自然环境抗争、征服、摧毁自然不同，他将笔触集中在遵守自然法则的人物和事件上，创作出认同大自然并保护大自然的感人小说。主要有故事集《佩德罗·纳迭的故事》（*Crónicas de Pedro Nadie*, 1969）、文选集《皮诺切特的疯狂》（*La locura de Pinochet*, 2002）、长篇小说《读爱情小说的老人》《世界尽头的世界》等。[②] 小说《读爱情小说的老人》获“胡安·恰巴斯短篇小说奖”（Premio Juan Chabás de novela）和 1988 年的“迪格雷·胡安奖”（Premio Tigre Juan）。故事集《旅行笔记》获 1985 年“阿尔卡拉·德埃纳雷斯奖”（Premio Ciudad Alcalá de Henares），《世界尽头的世界》获“胡安·恰巴斯短篇小说奖”，《我们曾经的影子》获 2009 年“春天小说奖”（Premio Primavera de Novela）。此外，他本人还获“美洲之家”文学奖、智利“加夫列拉·米斯特拉尔诗歌奖”（Premio Gabriela Mistral de Poesía）以及“法兰西共和国艺术文学骑士勋章”等多种奖项。

在小说创作中，塞普尔维达彰显出他的生态思想。他从人类学、文化以及政治的视角出发，基于自己的旅行见闻和社会现实，编织出一个个生态故事。他运用新颖的叙事结构、独特的视角，构建了二元对立的书写：人与自然风景、保护物种与消灭物种、野蛮的文明与文明的野蛮等，以此表达自己的生态思想。

---

① Gabriel Araya G.Juan, *LUIS SEPÚLVEDA. UN ESCRITOR DE FIN DE SIGLO.* Universidad del Bío-Bío. http://web.uchile.cl/publicaciones/cyber/13/tx20. html.

② 有关路易斯·塞普尔维达的更多作品和分类见文后的附录。

塞普尔维达在《教海鸥飞翔的猫》这部富有生态意义的童话中，塑造了自己理想的化身——黑猫索尔巴斯，以此传递自己的生态理念。黑猫志在保护弱小动物，推崇尊重异类，信仰与大自然和谐共生，并身体力行。他与众多猫朋友共同承担起照顾和教育因海洋石油污染而死去的海鸥妈妈遗留下来的小海鸥的责任。在抚养小海鸥成长的过程中，他们遇到各种各样的困难与挑战：与无赖猫搏斗、与老鼠谈判、与猴子争理、与人类斗智等。但面对艰难，他们没有放弃和气馁，而是一起并肩作战。为了教会小海鸥飞翔，他们尽其所能，翻遍百科全书，甚至不惜破戒与人类开口交谈，想尽一切办法让小海鸥飞起来。最终在一次与暴风雨勇敢的搏击中，在一位诗人的帮助下，小海鸥终于展翅飞向了夜空。黑猫索尔巴斯也在动物朋友们的共同帮助下实现了海鸥妈妈的遗愿，兑现了自己的诺言。

这部童话立意隽永，温馨感人，既探讨了人类对生态环境的破坏和保护的问题，又展示了不同生物族群之间的友情与合作，深受读者的喜爱，被誉为“感动全欧洲的故事”。作者描绘动物世界的友善和关爱，以此反衬人类世界的冷漠和无情，借助动物世界的和谐美好引发人类对自身行为的反思和检讨，并启示人类应该保护环境，减少污染，珍惜友情，互帮互助、团结友爱，与自然万物和谐共处。这些充分展示了作者的生态思想和希冀重塑美好世界的生态愿望。

塞普尔维达基于个人的旅行经历，将自己的欣赏美好自然、对旅途见闻的观察和思考、与当地人的交流和探讨等材料加工、润色，以丰富的想象力创作出了小说《巴塔戈尼亚快运》(1995年)。小说由三部札记构成：《无处可去的旅程札记》《去程札记》和《返程札记》。以作者自己——一个旅居汉堡的智利流亡作家——为原型，讲述了28年后，流亡者踏上返乡之路，开始了美洲的旅行记录。小说的作者将主人公旅途中的故事和所见所闻、与作家布鲁塞·查特文相识的过程，以及与自己在欧洲流亡的真实经历融合、交织在一起。第一部分记述了主人公童年与爷爷在智利的旅行，但少年的他加入共青团，受限不能随意旅行。70 年代智利发生军事政变，他正值青春叛逆期，因反对独裁政府被捕入狱两年，在狱中他度过了“无处可去的旅程”。第二部分“去程札记”中，主人公在阿根廷、巴西、玻利维亚、厄瓜多尔和哥伦比亚等国旅游时，时常将人与目睹的事物和自然景象联系起来。他将日常生活中的静物与冷血无情的人物同富有情感的动物类比，消解视人类高于动物的人类中心主义思想，以此表达作者的生态理念。在第三部分“返程札记”中，经历了几年的流亡，主人公从汉堡回到智利的巴塔戈尼亚，却看到一幅令人失望的场景：美丽的大自然被人为地破坏，植被荒芜，河流两岸曾经郁郁葱葱的山坡如今已成为回忆。牧民为了开辟草原放牧，大量树木被砍伐，30 万公顷的树林被烧毁。

智利火地岛附近流传一个关于小孩潘奇多·巴里阿与海豚友谊的故事。潘奇多自与海豚结交玩耍后，从一个原本内向、孤僻、郁郁寡欢的孩子变得开朗活泼。可不久俄国捕鱼船开始捕杀海洋生物，海豚消失，潘奇多失去了海豚朋友，忧伤而死。作者通过主人公返程途中所见以及小孩与海豚友好相处的故事，揭露人类破坏大自然的行为，揭露外国商人为赚取经济利益，大肆掠夺，杀戮海洋生物的丑恶行径，期望人类应该向潘奇多·巴里阿那样善待海洋生物，保持人与自然和谐、平等相处。这部小说囊括了旅途中的所见所闻、人物的所思所想，穿插布鲁塞游历小说的片段、所游之地的神话传说，将拉美原始风光旖旎的自然景象一一展现给读者，又回转笔锋到被人类破坏后的生态变化，并不时穿插作者有感而发的评说，形成了体裁混杂、题材丰富、多样化的叙述，旨在以此展示作者的生态理念：倡导人与自然和谐相处，控诉人类的肆意妄为，抵制人类破坏自然的行为，质疑所谓的“文明”与“现代化”。

在侦探小说《热线》和《鳄鱼》中，凸显了作者“自然”与“文明”的创作主题。《热线》围绕智利土著居民马普切人乔治·华盛顿·卡乌卡曼的故事展开，他因误杀了将军的儿子受到上司惩罚，被从巴塔戈尼亚的侦探岗位调离遣送至智利圣地亚哥城，从事一份调查热线上性犯罪的不体面的工作。作者通过故事表层的侦探情节，以对比的手法展示主人公在巴塔戈尼亚和圣地亚哥的生活，通过他的经历折射作者的生态思想。圣地亚哥被描绘成一个充满污染的灰色城市，它冷漠，死气沉沉。巴塔戈尼亚却是一个没有被污染的绿色天堂，一个适于居住、人与自然和谐相处的地方。在这里，每砍一棵树，当地人就再种一棵。人们从来不会无缘无故地砍伐树木，破坏大自然的植被。在对巴塔戈尼亚和圣地亚哥生活的对比中，作者构建了“毁灭与保护”“文明与野蛮”二元对立的书写模式。首都圣地亚哥被视为文明的地方，却没有巴塔戈尼亚所拥有的美好的自然景象。当主人公被派往首都圣地亚哥，他暗自抱怨失去了在大自然中安静享乐的惬意生活。在圣地亚哥，主人公卡乌卡曼遭到城市人的嘲笑和排挤，他被视为阿拉巴马的黑人，只适合被禁闭在巴塔戈尼亚这种原始地区。对主人公而言，所谓文明的圣地亚哥并不是真正的“文明”，而是一个冷漠寡情、人情味淡薄的城市。圣地亚哥缺乏巴塔戈尼亚大自然的亲切的味道。在他眼中，文明的圣地亚哥城其实是一个野蛮的、令人生厌作呕的地方。在遭受独裁专制与战争之后，圣地亚哥城的市民们自私自利，互相猜忌，彼此疏离，道德沦丧，精神变异。就连因政治避难而流亡国外的一对艺术家夫妇，竟然为生存而开通能盈利的性热线服务。性热线的火爆和各行各业人士热衷拨打性热线电话，足以反映都市人普遍的精神空虚和精神异化。与此相反，巴塔戈尼亚却显现出一片安详、和平安逸的景象，生活在这里的人勤劳能干，善良，友好相处，与自然交流、和谐共处，这与圣地亚哥市民的野蛮、空虚和堕落、精神异化形成鲜明的对比。圣地亚哥市民们生活在远离自然和绿色植被的钢筋混凝土中，陷入一个充满污秽、邪恶与悲伤的城市深渊中。作者通过侦探卡乌卡曼调查性热线的故事，流露出自己的生态思考：对所谓的“文明”与“野蛮”的重新定位。

《鳄鱼》讲述了人们非法捕猎鳄鱼、获取其价值不菲皮革进行交易的故事。堂维托里奥·布鲁尼是一家从事非法捕杀鳄鱼、进行皮革买卖的公司老板。他在与公司合作伙伴、盲人朋友西卡莱伊吃饭时突然死亡，由此而引发两派意见相左人士对他的死因进行调查。以警察局长阿尔帕伊阿为代表，认为布鲁尼是自然死亡。瑞士保险公司调查员丹尼·孔特雷拉斯，出于公司的利益，希望布鲁尼的死是一起谋杀案件。但在调查过程中，两派人士逐渐发现双方的共同点，从最初的分歧走向合作。为了完成调查工作，他们联系到布鲁尼的女儿奥尔内亚，在她对父亲的回忆中，暴露出以布鲁尼公司为代表的贪婪资本家非法捕猎鳄鱼、杀戮当地土著的恶劣行为。与父亲布鲁尼不同，女儿奥尔内亚反对父亲所从事的买卖，她同情共产主义者、生态保护者、印第安土著和任何受到歧视和排挤的群体。奥尔内亚向调查员孔特雷拉斯详细讲述父亲的所作所为，揭露父亲布鲁尼所谓的从埃及和古巴养殖场运来的鳄鱼，实际上是从巴西、玻利维亚和巴拉圭沼泽地捕获的事实。在那些沼泽地附近居住着土著居民阿纳雷人（Anaré），他们将鳄鱼奉为民族图腾，自认为是生活在鳄鱼背上的部落，崇拜鳄鱼，模仿它们的习惯，因此承担着保护鳄鱼的职责。面对布鲁尼公司非法的大肆捕杀行为，阿纳雷人冒着生命危险将鳄鱼幼崽带到别的地方，却遭到布鲁尼公司合作伙伴埃斯特维斯和辛伊艾尔的追捕。当他们得知阿纳雷人迁移鳄鱼的行动后，辛伊艾尔打算消灭掉这个土著部落，却被伪装成鳄鱼的阿纳雷人反戈一击，埃斯特维斯和辛伊艾尔被杀死。不久，布鲁尼的合作伙伴、盲人朋友西卡莱伊也被杀害。警察与调查员怀疑布鲁尼的死因也与此有关，断定是阿纳雷人的反抗报复行为。但阿纳雷族群数量小，大多受到外地人的追捕杀害，自身难保。为了配合调查布鲁尼死亡案件，布鲁尼的女儿奥尔内亚被迫带着调查员和警察来到阿纳雷人族人居住处，却只见到了最后一个披着鳄鱼皮、奄奄一息的阿纳雷人。作者以这种方式结尾，是对以布鲁尼公司为代表非法捕杀动物、暴利交易的资本集团的有力控诉。

与西方资本主义列强相比，印第安土著舍生忘死保护自然生物、维护动物的生存权，使那些破坏自然、滥杀无辜的人类群体感到汗颜。印第安土著人的报复行为虽然不是作者所提倡的，但从侧面反映了土著的义愤填膺与走投无路，以所谓的“野蛮”之道报复真正的野蛮。作品强烈控诉了人类残酷杀戮动物、欺压土著的行为，使人们反思破坏自然的野蛮行径。为什么人类面对自然，一方保护、一方破坏？造成这种观念分歧的原因是什么？作者在文本叙事中让读者思考，印第安人世世代代与大自然友好相处，他们秉持崇尚自然的简单生活观，而西方殖民者却受自身贪婪欲望的指使，以开发、发展为目的征服、破坏自然，前者将自然与人类看得同等重要，而后者却将人类看作世界的中心、万物的主宰，这便是导致一方保护、一方破坏自然环境的根本分歧。作者以此表露自己的生态思想，让人类对自身行为进行反省，并在两种对待自然的态度上做以抉择。

作品集《阿拉迪诺的灯》（2008 年）之中的短篇故事《重建教堂》，揭露了战争带给人的创伤，以及由此造成人的迷茫，并批判了人类虐待动物的丑恶行为，表达了作者关怀人类生存与动物生存的生态思想。故事沿用了《读爱情小说的老人》的人物形象，老人安东尼奥·何塞·玻利瓦尔、牙医鲁比昆多·洛阿恰明和肥胖的镇长，将时间倒置于 1995 年，秘鲁与厄瓜多尔之间发生战争。战争使居住于两国边境地带的居民丧失归属感和安全感，很多人流离失所。战争不仅扰乱了人民的生活，还使动物的行为变得异常。战后，人们开始重振士气，有的想重返家园，有的想开辟新居住地生活。故事中的老人、牙医重新回到埃尔伊迪利奥小镇，与这里的人们一起在长满棕榈树和甘蔗的亚马孙殖民地重建被战争摧毁的教堂。人们重建教堂的想法代表了人类追求美好生存环境的愿望，这种愿望的实现取决于人类自身的努力，倘若人类膨胀内心的贪欲，为抢夺地盘和权力再次发起战争，想必再多的教堂也抵挡不住战争的摧毁。战后，镇长依然作威作福，歧视和欺压当地土著苏阿尔人。而苏阿尔人却慷慨援助流离失所的城市人，给落入森林的白人逃兵提供食物，并带领他们走出森林。战争也使动物远离自己的聚居地，一些动物落到人类的手里，被当作观赏的玩物。镇长出资赞助在教堂门前搭建马戏团，残酷虐待动物。人们高强度训练动物，棍棒相加，强迫它们做各种超难度动作，博人一乐。作者在展露人类残忍行为的同时，以独特的方式表达了自己强烈的抗议。人类连幼小动物的生存安危都不在乎，如何能在乎更多同胞的生存安危？善待动物与善待他人同是人类精神与内心的修炼，在自然面前人类尚应一视同仁，以博爱、宽容的心对待、接纳万事万物，如此方可治理好人类长久生存的家园。面对战后的伤痕，面对人类对待同胞以及动物的残忍，老人感慨人类还有很多事情要做，就像小镇的人们企盼重建家园、重新生活，如同重建代表圣洁灵魂的教堂，一切也将从整治人的内心和精神开始。

2016年，塞布尔维达发表了新作《一个叫莱亚尔的狗的故事》，小说再次探讨了人与动物的关系、白人商人破坏自然、印第安人保护自然和动物的主题。小说以一条德国牧羊犬莱亚尔为主人公视角，讲述了自己的身世、遭际和养育他的智利马普切人被殖民、被压迫的可悲历史。莱亚尔出生于大自然，年幼时不幸坠入雪地险些丧命，恰被一头美洲豹救起并带到了马普切人居住的村庄。那里的土著收养了这条牧羊犬并细心照料着他，给他取名莱亚尔（Leal），西班牙语意为忠诚。与莱亚尔一起成长的还有他的好伙伴阿乌卡曼，一个马普切族的小男孩。他们一同玩耍，一同奔跑于大自然，欣赏美景并与其中的自然生灵成为好朋友。他们在一起学会了如何尊重自然和尊重其他生物。莱亚尔与马普切人其乐融融的生活着，直到一天，来自跨国木材公司的一帮白人商人的闯入，彻底打破了马普切人原本宁静的生活。白人杀死了部落族长，放火烧毁了村庄并将土著驱逐出了世代生活的土地。莱亚尔也被迫与自己的小主人阿乌卡曼分离，开始了一段充满磨难和痛苦的新生活。他的白人新主人残酷地训练他做事，让他伤害针对白人的反叛者和逃亡者。在这惨无人道的几年追捕中，莱亚尔看到了人类对同胞和对自然的恶行，一次被迫奉命执行任务途中，他再次遇见了曾经的主人阿乌卡曼，他忠诚地回归到主人怀抱并与其并肩作战，一同保卫着马普切人曾经的家园和花香四溢的大地母亲。塞布尔维达再次编织了一幅人与动物互尊互爱、亲密无间的感人画面，小说富有教育意义和生态寓意。作者沿袭了之前几部作品常涉的生态主题，第一次从动物的视角审视人类世界，给读者提供了全新的阅读体验和观察人与自然、人与生物关系的独特视角。从动物的立场出发，小说既有对人类社会美好一面的赞扬与歌颂，又有对人类社会阴暗一面的批判与声讨，对动物来说，它们既羡慕又同情人类，既靠近又远离人类，人们只有善意相待才能换得动物们同样的回报。小说摒弃了人类中心主义思想，客观地审视人类自身的行为，审视人类对自然、对同胞以及对世间万物的不同态度。这部小说同时也是作家塞布尔维达对智利马普切民族的纪念，对其曾经遭受白人欺压与驱逐历史的记录与祭奠。

塞普尔维达的上述几部作品均以二元对立的不同方式表达了他的生态思想：密切关注当下地球生态环境、反对人类对自然生态的破坏、对动物的杀戮和虐待。通过对受损自然与受害动物的描绘，启示人类检讨自身行为，培养人类爱满天下的情怀与和谐世界的理念，通过构建理想生活的愿望，唤醒人们保护自然生态和动植物的良知。

三　两部生态小说：《读爱情小说的老人》和《世界尽头的世界》

《读爱情小说的老人》（以下简称《读爱情》）发表于1989年，源自作者在一次探险中的观察。1978年，塞普尔维达参加了联合国教科文组织的对亚马孙丛林的一次探险活动，由美国德士古石油公司（TEXACO）出资，“旨在了解殖民主义对亚马孙地区土著居民造成影响”，实为调查亚马孙土著民的人口情况，以便研究如何将土著居民驱逐出去，开采这片地区蕴藏丰富的石油。考察队一进入亚马孙地区，就遭蚊虫袭击病倒，只有塞普尔维达一人免于其害，探险活动就此终止。塞普尔维达认为这是个难得的了解土著人世界的机会，决定暂留在亚马孙地区。他与土著人苏阿尔人朝夕相处了七个月，学会了他们的语言，熟悉他们的生活习俗，掌握在丛林生活的生存技能：弓箭捕鱼、吹管狩猎、辨识植被、破解丛林动物语言交流的信息等。在土著朋友努西尼奥的推介下，他结识了一位隐居丛林深处的白人老人。老人的经历与塞普尔维达一样，因某些未明的原因不能返回自己的故乡，留在此地，并学会了在丛林中生存的各种技能。老人最喜欢读爱情故事，收藏有五本爱情小说。当塞普尔维达结束亚马孙生活，定居德国后，时常想起这个在亚马孙森林地带喜爱读爱情故事的老人。于是，他以这位老人的经历为蓝本创作了《读爱情》这部作品。

小说以倒序的方式讲述了白人老人安东尼奥·何塞·玻利瓦尔移居埃尔伊迪利奥小镇（El Idilio）和在亚马孙丛林地区的生活经历。老人曾是厄瓜多尔的一位山民，因妻子不能生育被人嘲笑。于是借政府开发亚马孙丛林的移民计划，他携妻子来到埃尔伊迪利奥小镇。在严酷的丛林中，他与妻子艰难地生活。作为新移民他们很难适应这里的环境，妻子不久便死于疟疾。妻子去世后，老人与当地的土著民苏阿尔人一起居住在偏僻的亚马孙丛林地区。一次他被蛇咬伤，险些丧命，苏阿尔人拯救了他的性命。老人与苏阿尔人的关系越来越密切，与土著民相处融洽。他从苏阿尔人身上学会了丛林生存的各种技巧，懂得如何尊重和保护动物，很快他就成为苏阿尔人部落中的一员。然而，白人开发商射杀苏阿尔人的事件改变了老人与土著融洽的关系。他的土著好友努西尼奥也被射中。为了报答苏阿尔人的救命之恩，老人决定寻找开枪的白人报仇。但是，他并未按照苏阿尔人用吹箭筒的传统杀人法，而是用枪支杀死了白人凶手。这样，苏阿尔人认为努西尼奥的灵魂将永远无法归天。苏阿尔人只得将老人驱逐出自己的领地。

老人重新回到埃尔伊迪利奥小镇，从城市来的牙医鲁比昆多·洛阿恰明那里借阅爱情小说。一天，居民们在牙医鲁比昆多·洛阿恰明治牙时，发现湖泊上两个苏阿尔人载着装有一具白人猎手尸体的独木舟漂流到岸。这具尸体是这两位苏阿尔人在丛林中发现的。但专横跋扈的镇长却认定肇事者就是这两个土著人。老人仔细检查尸体后否定是苏阿尔人所为，确认白人是被豹猫所杀，因为这个猎人捕杀了豹猫的幼崽。镇长无奈放走了苏阿尔人，却从此惶惶不安，因为之后镇上频繁发生居民被豹猫袭击并咬死的事件。老人断定，由于白人猎杀幼崽，射伤公豹猫，母豹猫开始报复人类。镇长威胁并说服了解亚马孙丛林的老人，让他带领狩猎队员进入丛林，试图猎杀那只母豹猫。进入森林之后，镇长和狩猎队员表现胆怯、知难而退，于是命令老人独自猎杀豹猫。老人只身一人在丛林搜寻，找到那只杀人的豹猫。他与豹猫斗智斗勇，最终用猎枪射杀了这只母豹猫。

然而，老人却为豹猫的死感到悲伤，痛悔自己猎杀豹猫的行为，进而痛斥那些淘金者和开发商，痛斥亵渎亚马孙贞洁的人，斥责人类对自然无节制的开发和破坏行为。于是，他愤恨地扔掉猎枪，跑回到自己在森林中的茅屋，投入到爱情小说的世界中，因为只有在那里他才可以找到安宁，忘却人类野蛮的行径。在文学的乌托邦中回避、逃离这个因人类的贪欲造成的满目疮痍的世界，以文学寄托自己对和谐美好生活的期望。

作者在小说中塑造了一个热爱亚马孙森林、与土著居民和睦相处的白人形象。在亚马孙丛林生活中，他熟悉和尊重土著居民的生活习俗，尊重大自然的一草一木，也深知大自然的报复行为，他更加懂得尊重人、保护动物。但是从土著人被白人杀害到他亲手猎杀豹猫的经历，作者描写了亚马孙丛林被殖民者野蛮开发的凄惨景象，赖以生存的环境被破坏，生活在亚马孙的土著人却束手无策，甚至就像被猎杀的动物一样，任人宰割。暴露了殖民主义掠夺的本质，以及本质背后显现的人性弱点与丑恶灵魂。作品表达了作者的生态思想：保护大自然、尊重人和爱护动物，反思人类贪婪与残忍的根源，人类无限索取的欲望，谴责人类的野蛮行为和执迷不悟的心理。这部作品是塞普尔维达的成名作，既是对亚马孙地区环境的描述，也是作者对自身生活的真实记录。

《世界尽头的世界》(以下简称《世界》) 发表于1994年，其创作灵感源于作者在“绿色和平组织”船上工作的经历。1982年到1987年，塞普尔维达在“绿色和平组织”工作船上当水手，参与并目睹了舰队的海事活动。组织成员为保护海洋物种、拯救地球生物的工作深深感动和影响了他。后来他将自己当水手的五年经历书写下来，用自己和同事们所做出的伟绩为素材，创作出这部小说。

小说以倒叙的方式讲述了主人公回忆少年时期的出海、成人工作于“绿色和平组织”、参与揭露日本非法渔船罪行的故事。小说主人公从德国汉堡机场起飞，再次返回时隔二十四年后的智利圣地亚哥。少年时代的主人公继承了家族敢于冒险的精神，他的叔叔是西班牙内战时期国际纵队的志愿者，他教导少年要勇于发现世界，要走出去，到更远的地方去，见识大千世界，广泛阅读书籍。在叔叔的教导下，少年主人公开始大量阅读，十四岁时便迷上美国作家赫尔曼·梅尔维尔的小说《白鲸》。在叔叔的资助下，他利用暑假，前往小说中记录的被认为是世界尽头的智利南方航游。在船上他成为一名帮厨，开始了人生第一次大航行。十六岁的他首次领略了大海的广阔与美丽，第一次与海洋动物有了近距离接触，第一次看到人类捕杀鲸鱼的血腥场面，看到了小说中描绘的那些海上英雄们奋勇航行的场面。虽然少年喜欢那次航行，却誓言不做捕鲸人。少年成人之后，作为欧洲报社的记者和“绿色和平组织”成员，带着新的使命，再一次踏上了年少游历过的，通往智利最南端的旅程。他们的任务是追踪神出鬼没的、“幽灵般的日本捕鲸船”。为了揭露捕鲸船对这片海域进行非法掠夺和破坏的罪行，拯救那些被商业利益编织的黑网困住的海洋生物，主人公与环保卫士尼尔森船长一起，跟踪日本捕鲸船船长塔尼伏吉在海上的踪迹，不断寻找证据。

塔尼伏吉把捕鲸视作自己的终身职业，以获取最大经济利益为动力，他违反当地的禁令，将自己的捕鲸船改头换面，在各大洋穿梭，大肆地捕杀鲸鱼。而尼尔森船长识破了塔尼伏吉的招数，不遗余力地追踪，记录下日本渔船的野蛮行径，并汇报给远在欧洲的绿色和平组织。其中包括女记者萨拉·迪亚斯，她用相机捕捉到日本渔船残忍捕杀鲸鱼的血腥场面，却遭到袒护日方的几个智利人的袭击，她的相机被抢走，但她勇敢应对一切。萨拉·迪亚斯在尼尔森船长的帮助下，她被解救并安排在安全之地。尼尔森船长将一切告知了在绿色和平组织工作的主人公，并带主人公一起搜寻这艘航行在智利南端海域的日本捕鲸船。在航行期间，尼尔森船长向主人公讲述了与海洋生态保护者、水手佩德罗·奇科与日本捕鲸船的斗争，并得到鲸鱼和海豚的帮助，击退捕鲸船。尼尔森船长讲述土著人和各种生物如何被西方殖民者屠杀的悲惨历程。目睹西方殖民者为了获得土地和财富，惨绝人寰地杀害无辜土著居民。在殖民者的眼里，土著居民落后野蛮，因此他们要对土著人进行所谓的“文明教化”，烧毁森林、破坏植被、驱赶并灭绝土著民，最后只有一个奥亚土著人幸存。

小说并未交代一个完整的结局，读者不知道日本渔船最终是否会停止非法作业，仅仅知道海洋生物帮助环保卫士，攻击了日本捕鲸船。主人公在踏上返回欧洲绿色和平组织的旅程中，心情沉重，带着能让儿子听到海的声音的贝壳，带着满脑子对捕杀鲸鱼血腥场面的记忆，记录下他一生中第二次的海上航行。《世界》通过倒叙、“回忆套回忆”的方式表达作者的生态思想：呼吁保护海洋生态、尊重土著居民的生活习俗和遵循大自然发展规律。作者基于自己丰富的旅行经历，更深刻地理解现代化社会的发展却是以牺牲生态环境为代价，自然生物和动物、包括人类自身在内都将是这种盲目发展的牺牲品和受害者。

在以上两部生态小说中，塞普尔维达表达了自己对地球生态和动物命运的担忧，控诉了人类中心主义思想和拜物主义思想在现代社会中的泛滥，展示了人类对生态保护的无知，呼吁人们尊重人和保护地球生物，遵循与万物和谐共处的自然法则。

第二节　后殖民生态文本的展示

塞普尔维达的两部生态小说《读爱情》和《世界》不仅反映了西方殖民者在侵占美洲土地和扩张领土之后，在新殖民地上肆意开发和利用当地的自然资源，任意破坏自然环境，残忍滥杀动物，破坏了殖民地的原生生态，而且还描绘了殖民者欺压、剥削和虐杀拉美地区土著居民，暴力镇压土著居民的各种抵抗，以所谓的“文明教化”改变原住民的风俗习惯，摧毁其保护自然、与自然和谐共处的理念，否定其原始文化等行为。两部小说以各自不同的文本表达方式展示了在后殖民语境下的生态扩张主义。

在殖民统治的拉美，殖民者不断对拉美自然生态环境进行破坏，杀戮动物，歧视土著民族。人与动物、人与人的和谐关系被殖民者的种族压迫和种族隔阂替代。这引发塞普尔维达对后殖民“生态扩张主义”“物种主义”“种际正义”问题的深刻思考。作者在两部小说中，将所思考的问题以不同文本的形式展示出来，旨在揭示拉美生态环境的恶化是拉丁美洲征服与殖民历史和新自由经济发展政策造成的后果，是后殖民统治的结果，并呼吁建立一个人与人、人与动物、人与自然和谐共处的生态环境。

一 殖民生态扩张主义的文本展示

在《读爱情》中，白人淘金者、猎人、探险家等，为了获取更多的财富而来到美洲大陆的厄瓜多尔。他们完全不顾自然法则，深入亚马孙丛林开垦土地，肆意掠夺当地资源，盲目开发和浪费自然资源，破坏生态环境。淘金者受利益驱使，蜂拥来到厄瓜多尔矿产丰富的山区淘金。小镇埃尔伊迪利奥“一直没有一个当权者来保卫厄瓜多尔那片无边无际大森林的主权”，[①] 政府不但视而不见，反而对伸张正义者进行迫害。受人爱戴、为人民和为国家着想的前任镇长，因反对淘金者们的掠夺行为，与此发生争执，被无情杀害。而由政府派来的新任镇长专横跋扈，与美国开发商们勾结，谋取共同利益，鼓励外商进入亚马孙森林“寻宝”。新任镇长利用开发自然压榨百姓，从百姓的劳动中牟利。他无视湖泊里是否还有鱼儿可以捕捞，密林里是否还有树木可供砍伐。新任镇长作为政府派来的代表，以殖民的方式管辖小镇，压榨土著居民，破坏大片原始自然环境。在镇长的批准下，白人殖民者肆无忌惮地掠夺资源，密林被巨大的机器开辟出一条条道路，如同“一条条威力无比的舌头，正从西方蜿蜒前行，划过这片密林的身躯”。(《读爱情》，第 41 页）面对被践踏的自然环境，土著居民束手无策，无力反抗，只得“装载着茅屋，带着死者的遗骨，远离那些逐渐侵占南加利特萨河岸的外来人”。[②] 殖民者疯狂地抢占了土著居民自古生活和栖息的土地，进行新的自然资源开发。

历来殖民者对拉美大陆自然的觊觎没有停止过，从发现和征服新大陆到近代新自由主义在拉美实行，无论是过去的殖民宗主国还是现今世界的发达

---

① 路易斯·塞普尔维达 :《读爱情故事的老人》，唐郗汝译，北京 :人民文学出版社，2011 年，第 12—13 页。本章节对该小说的引文，除标注原文由笔者翻译之外，均出自该译本，只在引文后括号里标注小说的汉语名和页码，以下不再做注说明。

② 此句由笔者翻译。Sepúlveda, Luis. *Un viejo que leía novelas de amor*, Barcelona, Editorial Tusquets, 1993, pp.50—51。

国家，他们都以不同的方式殖民、侵略拉美大陆，开发和利用拉美资源，破坏拉美大自然。这是由殖民主义掠夺本性和利益驱使所决定，他们的侵犯与破坏行为暴露了人类灵魂的丑恶面，贪婪、自私、凶狠、虚伪与野蛮。

马克思和恩格斯在创立马克思主义学说时，就开始批判殖民主义对经济落后国家的侵略、奴役和压迫："当我们把自己的目光从资产阶级文明的故乡转向殖民地的时候，资产阶级的极端伪善和它的野蛮本性就赤裸裸地呈现在我们面前，因为他在故乡还装出一副很有体面的样子，而一到殖民地他就丝毫不加掩饰了。"[①]殖民主义以各种手段占领、奴役和剥削弱国、穷国，在资本原始积累时期则借用赤裸裸的暴力手段侵略、掠夺新的地盘，在自由资本主义时期则通过把这些国家变成自己的商品市场、原料场地来达到投资的目的，形成新的扩张侵略方式。"殖民地为迅速产生的工场手工业保证了销售市场，保证了通过对市场的垄断而加速的积累。在欧洲以外直接靠掠夺、奴役和杀人越货而夺得的财宝，源源流入宗主国，在这里转化为资本。"[②]马克思揭露出殖民主义的掠夺本质。

小说中，作者以文学文本的形式显现出殖民"生态扩张主义"在拉美国家的泛滥。他们将自然或动物视为不同于人类的他者，视为人类取之不竭的资源，肆无忌惮地推进殖民进程，实现了在拉美大陆的生态扩张。如此，殖民者的生态扩张与殖民扩张合作共谋，为帝国主义实施殖民统治继续效力。在帝国主义时期，殖民者除了用暴力掠夺地盘、变拉美为投资场所等手段之外，又以资本输出形式剥削拉美的被殖民国家，使这些国家经济畸形发展，社会进步缓慢。

小说《世界》将叙事视角聚焦于殖民者们对海洋自然生态的破坏上，以日本为首的发达国家对以智利为代表的拉美国家的海洋殖民掠夺。日本为了

---

① 《马克思恩格斯选集》(第2卷)，北京：人民出版社，1972年，第28页。

② 同上，第258页。

追求商业利益，贿赂智利政府，获得在智利捕鱼的许可，他们以科学研究为借口，设定每年捕五十头蓝鲸的目标。得知日本渔船启航前往智利海域的消息，大批生态主义者和绿色和平组织进行抵制，迫使国际鲸鱼组织取消对日本捕鲸的授权。日方不甘示弱，不惜一切代价争取并重新获得许可。以日本为首的发达国家不仅破坏海洋生态，还开辟更多途径破坏陆地生态。日本人买通智利政府，雇佣智利军队在雷龙卡比北部山脉滥砍滥伐，将曾经郁郁葱葱的地区变为荒漠，成千上万不同种类的昆虫和小动物被灭绝。作者哀叹美洲原始的古老树木被无情砍伐，哀叹动物被残忍杀害，在描绘人类导致生态恶化的字里行间流露出一种深深的惋惜与痛恨之情。

在《世界》中，作者通过殖民生态扩张主义的展示，表明自己的生态思想：海洋生态与陆地生态息息相关，一个系统的破坏将会导致另一个系统的紊乱。陆地植被的破坏影响周边的海洋环境：海豚在正常的季节消失，鲸鱼不再畅游于各岛屿周围的礁石之间，春季在佩纳斯海湾的鲸鱼不再交配，海洋生物数量减少，有些物种灭绝。面对恶劣的生态变化，以日本为首的发达国家依旧没有停止对拉美海洋生态和陆地资源的开发和掠夺，“一些挪威、瑞典、丹麦、冰岛、北美和俄国的捕鱼船挂着穷国的国旗，无视国际法律在海洋上肆意妄为，逍遥法外。”① 为逃脱国际法律的制裁，他们佯装成穷国渔船，以残酷的手段掠夺穷国的海洋资源，“用一根直径两米的管子深入海洋中，用力吸出所有的东西，在船龙骨下就感受到强大的水流。被吸管吮吸之后，整个海水浸透着血水如浑汤。被吸出的海洋动物中，有被禁止捕猎、受保护的物种。”（*Mundo* p.102）作者运用夸张手法，虚构出可怕的捕鱼机器——直径两米宽的吸管，这种海水与血水混合的血腥场面给读者强烈的视觉感官刺激，是对行恶者残忍手段的深刻痛斥。人们眼睁睁地看到幼小的海豚被吸进来又

① Sepúlveda, Luis. *Mundo del fin del mundo*, Barcelona, Editorial Tusquets, 1994, p.61. 本章节所引用的该小说的原文引文均由笔者翻译，在括号里只标明小说名和页码，以下不再做注说明。

被吐出去，就像“屠宰场”从排水口排出的废料一样。这些日本非法捕鱼船就是“人类创造的巨大魔鬼”，以如此残忍血腥的捕鱼手段占用和利用拉美的海洋资源，进行海洋领域的扩张。

由于欧洲的海洋资源长期被过度开发，“欧洲及北部海洋的动物种群开始减少，大批物种消失。这促使捕猎者去南部海洋寻找相同的生物。不同国家的捕鲸船和捕海狮船开始驶入拉丁美洲的海域，很多将马尔维纳斯岛域作为停泊基地，捕猎甚至消灭了这里所有的动物”。[①] 为达到开发资源的目的，欧洲国家不择手段地洗劫其他海洋，从一处海域扩张到另一处海域，肆意捕杀动物。弹丸之地的日本因本国领土狭小、资源有限，他们开始侵占并开发弱国的资源，却想方设法保住本国的资源。作者描写以日本人为代表的殖民者不惜跨越千万里，将扩张的魔掌延伸至太平洋的智利海域，以暴力手段开发拉美地区的海洋资源，揭露帝国主义与殖民主义在拉美地区的肆虐罪行。

在小说中，作者展示了发达国家以殖民者的姿态侵犯弱国和穷国的智利，掠夺该国的自然资源：

> 不仅是对其原材料的抢掠，还是对其未来的抢掠。或许很难理解这最后一点。但是，我们看看：当一个富国在穷国建设化学废弃物与核废料垃圾场时，他就是在抢掠这个人类社会的未来。好，如果这些废料像他们所说的“毫无伤害”，那么他们为什么不在自己的国家建设这些垃圾场呢？（Mundo p.48）

发达国家在全世界既掠夺资源又倾倒垃圾，对自然资源和生态环境展开双向度掠夺与破坏。同时还打着“有利科学研究”和“帮助欠发达国家发展

---

① Elio Brailovsky, Antonio. *Historia ecológica de Iberoamérica,* Segundo Tomo:*"De la Independencia a la Globalización."*Kaicrón-Le Monde Diplomatique, 2009, p.86.

经济”的幌子对此行径予以美化和掩饰。小说中的主人公深思这些殖民强国对待落后穷国洗劫行为背后的缘由，是受到巨大利益和资本主义贪欲的驱使。马克思主义指出资本的本性是无限追逐利益的最大化，对经济剩余价值积累的痴迷决定了资本不断要超出自己的量的界限向外扩张，在全世界寻找资源、能源和廉价的原材料，源源不断地为资本生产交换价值输送新鲜血液。

如同日本不愿意大肆开发本国海洋资源，担心威胁到本国自然生态的保护和自然资源的储备一样，发达国家也不愿意破坏本国的生态环境，不愿意影响到本国人民的美好生活，从而将有毒有害、潜藏危机的工厂设施移植到发展中国家。这种帝国主义殖民霸权的根本原因就是他们对利益的无限度追逐。扩张领土、垄断资本、瓜分势力范围，帝国主义与殖民主义在拉美第三世界或殖民地的国家显现出赤裸裸的强权和野蛮残忍的剥削。生态学马克思主义[①]学者约翰·贝拉米·福斯特（J.B.Foster）指出：“资本主义经济把追求利润增长作为首要目的，所以要不惜任何代价追求经济增长，包括剥削和牺牲世界上绝大多数人的利益。”[②]

在小说中，作者以文本的质问方式强烈控诉帝国主义殖民生态，将发达国家的阴谋诡计赤裸裸地展示出来，揭露殖民者打着帮助发展中国家发展经济的幌子，以欺骗和隐瞒的方式，压迫和剥削当地人；毫不顾忌这些开发活动可能对发展中国家生态环境和人民生活造成的严重危害。作者以日本肆意捕杀海洋生物为例，揭示发达国家利用像拉美智利这样欠发达地区的自然生态，实施自己的生态扩张主义，掠夺拉美地区的自然资源为本国享用，对拉美地区生态环境的恶化熟视无睹。

① 生态马克思主义是西方马克思主义的当代新发展的一个支流，产生于20世纪60年代末70年代初。它继承了西方马克思主义对现实资本主义社会批判的理论传统，但把批判的靶子直接指向当代资本主义的生态危机问题。确立了对资本主义社会批判的生态危机批判的新维度。

② 约翰·贝拉米·福斯特：《生态危机与资本主义》，上海：上海译文出版社，2006年，第3页。

塞普尔维达以“回忆套回忆”的方式讲述了未被破坏的海洋生态、人与海洋生物和谐共处的时代：“迎面而来的空气向我们昭示永恒冰体的临近，从大象峡湾最南端绵延的六十万公顷冰川。这里在一个世纪前曾聚集着前来屠宰搁浅鲸鱼的乔诺人、阿拉卡路费人、奥亚人和奇洛特人。”（*Mundo* p.124）表达了对往昔美好自然的深深怀念与向往。那时的土著民只会分割自然死亡的鲸鱼，不会捕杀活着的鲸鱼，也不会多猎取一只动物，希望海神能使更多的动物配种繁殖，创造更多的欢乐和幸福。人们在和谐的自然法则下生活，尊重自然规律和自然创造，绝不会自行打破这种千百年来形成的规律。

与此相比，现在的人们似乎早已对自然之法弃之不顾，对自然胡作非为，人们看到的已不是田园牧歌般的祥和，而是人类大肆捕杀海洋生物的血腥场面。作者又不惜笔墨，详细地描写现今人类破坏海洋生态平衡的野蛮行为：海面上漂浮着大量的生物尸体，血红色的海水给读者产生视觉上的强烈冲击力，旨在唤醒人类关注海洋生态、保护海洋生物的良知，表达了作者要与蛮横血腥的“殖民者”斗争到底的决心。

二　种族主义和物种主义的文本展示

“种族主义”认为人们在遗传上的体质特征同个性、智力或文化之间有着一种因果关系，认为某个种族具有某种特定的品质或能力，并以此区分人群及种族间优劣的信仰或观念，产生一些种族天生优越于与其他种族的认识判断。[①] 这是一种以自我为中心的“种族主义”，自视优于其他人种、民族或国家，并以偏见和暴力歧视、迫害其他种族。“物种主义”派生于人类中心主义，它如同人类中心主义一样，将人类视为宇宙的中心、万物的尺度。殖民者借用“物种主义”歧视、剥削和压迫其他动物和被视作动物的人，肆意屠杀他们。“种族主义”和“物种主义”是殖民者统治殖民地的两种表现形式，

① 《大不列颠百科全书》（国际中文版 14），中国大百科全书出版社，1999 年版，第 101 页。

是“后殖民生态批评学说的两个紧密联系的概念。前者不能正确处理人与人之间的关系，后者不能在伦理的基础上善待动物等非人物种，两者都不能恰当定位人类在自然中的位置”。[1]

在拉丁美洲，“种族主义”表现在：殖民者将基督教人本主义思想强加给当地的土著人，实行所谓的优越于其上的“文明教化”，迫使印第安人改变原有的世界观和宗教信仰，归属天主教。“物种主义”表现在：殖民者清除和毁灭殖民地的非人物种，大规模奴役和杀戮当地动物，将它们视作没有语言意识和情感的机器，是人类可以肆意宰杀的对象。殖民者利用以上两种手段，相互配合、共同服务并维护殖民统治。

塞普尔维达的两部作品《读爱情》和《世界》揭示了殖民者压迫和剥削土著的“种族主义”以及肆意屠杀动物的“物种主义”，反映出殖民者对土著人和动物的践踏，并将它们视作被边缘化的“他者”。在《读爱情》中出现了两类土著人：被白人殖民者教化和镇压却不屈服的苏阿尔人与受白人影响而堕落的希瓦罗人。苏阿尔人是一个自尊、自爱、骄傲且熟识神秘亚马孙丛林的土著部落，虽然与希瓦罗人属同一族群，却与“等着讨杯剩酒”的希瓦罗人有天壤之别。“希瓦罗人穿着白人丢掉的破衣服，毫无反抗地接受了西班牙征服者强加给他们的绰号”，(《读爱情》，第 5 页）并很快接受西方殖民的“文明教化”。为此苏阿尔人看不起希瓦罗人，认为他们辱没了民族尊严，没有骨气。殖民者掌控和奴役印第安族群，视其为劣等民族，必须借助宗教“文明化”进程和武力两种手段彻底征服美洲大陆，“如果野蛮人胆敢抵抗文明（人），一手执《十诫》，一手执剑，要立即消灭野蛮人”。[2] 殖民者强迫印第安人抛弃原有信仰而信奉天主教，霸占其土地，窃取其劳动成果，强迫印

① 朱新福，张慧荣 :《后殖民生态批评述略》,《当代外国文学》2011 年第 4 期，第 25—26 页。

② Donald McQuade, general ed, *The Harper American Literature*, Vol.II, NewYork: Harper Collins College Publishers, 1993, p.224.

第安人成为白人殖民者的奴隶和雇工，赤裸裸地暴露了“种族主义”立场。在奴役过程中，有像希瓦罗人一样很快服输、言听计从、百依百顺的土著民族，也有像苏阿尔人一样铮铮傲骨、坚贞不屈、具有抗争精神的土著民族。

然而，西方殖民者根据自己的需要，将各种偏见强加于印第安人，视其为寻求精神拯救的野蛮人，以期征服并消灭印第安人。在这种对印第安人的征服与统治过程中，殖民者满足了自己贪婪的私欲和霸权野心，试图成为主宰其他民族的管理者和统领者，满足其高高在上，受万众瞩目，受仰视膜拜的虚荣心。随着西方生态保护运动的兴起，西方国家的环保主义者又把印第安人描述为拥有美好生态与和谐生活方式的族群，将他们构想为远离现代社会竞争和压力的族群，这些族群沿袭原始传统的狩猎方式，无忧无虑地骑在马背上，穿梭在热带雨林中，与美好自然和谐相处。这样的描述吸引了更多以盈利为目的前来拉美大陆的白人开发商和一些好奇的白人探险者们，他们仍然打着生态保护主义的幌子，侵入未开垦的地区，成为新的殖民者。

小说中镇长曾带着四个美国佬找到熟悉亚马孙丛林生活的老人带路，遭到拒绝后便命令一个希瓦罗人当向导。希瓦罗人带队寻找同族群的苏阿尔人，侵入苏阿尔人的聚居地，上演了一出同族相残的悲剧。白人冒险家一而再，再而三地带着火药武器侵入亚马孙丛林，炸毁土著人生活的堤坝，引起土著们强烈的反抗。殖民者们滥杀无辜，将土著视作动物猎杀，视其生命如草芥，显示出赤裸裸的“种族主义”。即便是对白人百依百顺、被驯服过的希瓦罗人，也没能通过自己的服从和卖力换来殖民者丝毫的同情和优待，依然遭到殖民者的虐待和折磨。“那个可怜的女人，整天游荡在那些移民和探险者当中讨甘蔗酒喝。谁有了性欲就把她逼到角落里强奸。那个可怜的女人，喝得不省人事，对他们做的事浑然不知。这一回，那个探险者在沙滩上骑着她拿自己的嘴去凑她的嘴。”（《读爱情》，第 70 页）土著人、妇女都是被白人殖民者边缘化的“他者”，是被视为牲畜一样的动物。殖民者肆意践踏他们的人权，侮辱他们的人格。他们丧失了作为人的基本尊严。有的继续抵抗，有的被迫服从，含垢忍辱、以求生存。

专横跋扈的镇长对土著人蛮横侮辱，称苏阿尔人是野蛮人，诬陷他们杀人。这种对待土著人的不公正态度实则体现了殖民者居高临下的优越感，使他们在对土著人的侮辱与训斥中获得一种主人奴役仆人的快感，满足自己高人一等的虚荣心。殖民者对印第安人的各种剥削压迫行为揭示出他们争强好胜、自大虚荣、贪得无厌、虚伪狡诈的种种心态。而被殖民者在这种横征暴敛的霸权统治下，却显得束手无策。小说中，面对镇长的无理诬陷，苏阿尔人坚决回应自己没有杀人，为自己洗清罪名。尽管土著人感到有口难辩，万般无奈，但他们似乎感觉到可以用话语否认罪名，可以捍卫自己的权利，而无法以自身的力量反戈一击，无法用同样的方式对待殖民者，也无法用反抗的方式颠覆这种统治。

作者以“种族主义”表现方式展现土著人民在殖民者压迫下忍辱负重、忍气吞声的苟且生活状况。在整个拉丁美洲的殖民大陆上，印第安人民都遭遇同样的处境，生活状况令人担忧。[①]土著们在庄园主或农场主的地盘上艰辛劳作，勤勤恳恳，老老实实，却备受狡诈殖民资本家的虐待与折磨。雇主们想方设法榨取土著劳工的血汗，克扣工资、谩骂鞭打。土著妇女被强迫成为性奴，很多奋起反抗的土著勇士被无情杀害。在殖民者统治的社会制度下，气焰嚣张的殖民者犯罪杀人，却不受法律的应有惩处，致使其更加大行其道，为所欲为。

以镇长为代表的殖民者，对当地的土著颐指气使，命令希瓦罗人为自己做事，抓土著女人伺候他，并经常粗暴殴打她们。甚至当看不惯自己的白人

---

① 关于印第安人受到殖民者压迫的更多生活状况的描述可参阅另一部拉美生态纪实文学：伊丽莎白·布尔戈斯（Burgos, Elizabeth）的《我叫里戈贝尔塔·门楚，我的觉悟这样产生》（*Me llamo Rigoberta Menchú y así me nació la conciencia*. Siglo veintiuno editores. S.a.de. c.v. 1985）。

同伙时，也以侮辱土著的方式侮辱他们，把不听他指挥的白人比作与土著一样野蛮的人，“你们真是一帮蠢货！唉，一帮蠢货！想想你们要干什么。你们已经染上了热带雨林的思维方式。基督也无法把你们从愚蠢中解脱出来。”（《读爱情》，第 102 页）镇长把印第安人看作是野蛮的物种，不是人类而是某一类动物，把蠢货、愚蠢、热带雨林与土著人对等起来。镇长带有诋毁性质的贴标签行为是一种自身认识狭隘的表现，也是“种族主义”在其行为中的体现。他认为只有西方的基督教才有可能将土著人文明化，将土著人从荒蛮中解救出来，他以所谓的“文明教化”掩盖其本质的“种族”歧视。这种“文明教化”的思想在当时普遍存在，不仅镇长的言语透露出对土著的歧视、贬低和侮辱，而且其他殖民者的行为和语言中同样也流露出“种族主义”。

《世界》展示和揭露了殖民者压迫和屠杀土著的“种族主义”行为。英国人、苏格兰人、俄国人、德国人等开辟了巴塔戈尼亚和火地岛为殖民地，驱赶和追杀居住在此地区的原住民。尼尔森船长的父亲是丹麦的探险家，于 1910 年来到南美洲的麦哲伦海峡寻宝，探险途中受挫，被土著奥亚族女人救助。这个女人嫁给尼尔森的父亲，生下尼尔森。尼尔森的母亲曾经历了土著人被西方殖民者屠杀的过程，殖民者在殖民地上实行的“种族主义”，在母亲幼小的心灵留下了烙印。“我母亲害怕上岸。每当船靠近港口或者小海湾时，她就躲在小艇甲板下颤抖，像只受了伤的动物一样哭泣。”（*Mundo* p.94）母亲害怕自己土著身份暴露，每天担惊受怕，害怕自己的种族会遭到与奥亚人、雅干人、巴塔戈尼亚人和阿拉卡路费人一样被灭绝的灾难。她亲眼看见了这些土著族民被白人殖民者追杀的过程，土著人的生命被殖民者视为草芥或动物猎杀，其身体被作为可买卖的商品，没有地位，没有尊严：

被尊崇为推进圣地亚哥和布宜诺斯艾利斯发展进程勇士的庄园主们曾经捕杀土著，先付上几个银盎司购买雅干人、奥亚人、巴塔戈尼亚人

或阿拉卡路费人的耳朵，再一件件购买他们的睾丸、乳房和头部，将他们带回自己的庄园。（Mundo p.95）

殖民者像对待动物一样将土著民作为猎取对象，将其视为奴隶在市场买卖：

听过一个叫作射击冰冻雏鸽的名词吗？这就是牧场主的体育运动……就是将土著民的整个家庭放在一块漂流冰川的冰层上，然后连环射击。先是射击腿、然后是胳膊，并互相下赌注，猜测这些土著中谁是最后一个被淹死或被冻死的人。（Mundo p.96）

殖民者将土著人作为游戏的筹码，将他们像动物一样戏弄猎杀。猎杀土著人的行为就是殖民者的"物种主义"变异为"种族主义"的体现，侮辱和践踏了土著人的人格和尊严。殖民者奉行白人中心主义，白人凌驾于其他种族之上，以主人的身份奴役其他种族，以享乐主义的态度将其他种族视为玩物。无论是买卖土著的器官，还是将土著当靶子射击，如此惨绝人寰的行径无不赤裸裸地揭露出殖民者极端的"种族主义"。这种"种族主义"透露出殖民者自我中心、唯我独尊的态度，他们对被殖民者实施的一切行为都以娱悦自己、服务自己为目的，这是自私自利的极端表现。

小说以回忆的方式书写了土著民族受苦受难的屈辱历史，以各种方式对抗和抵制殖民主义的"种族主义"，同时也巧妙地展示了拉美大陆不同种族文化的汇合和民族的融合。尼尔森船长的父亲与母亲的婚姻就是白人殖民者与当地土著的结合。作为两种文化融合的结晶——尼尔森，他既有父亲白人殖民者的血统，又有土著母亲的血液，面对殖民主义的统治，他会站在哪个立场上呢？是会支持强势的殖民立场还是同情弱势的被殖民立场上？显然尼尔森选择了站在母亲的一方，同情被殖民虐待的印第安人。而作为白人殖民者的父亲，经历了劫难之后，得到土著母亲的慷慨救助、照顾和陪伴，最终娶她为妻并繁衍后代，这表明自己最终也败给了“种族主义”。

作者以尼尔森父母婚姻结合的方式质疑和抵制殖民主义，并通过父亲对母亲情感的转变与默认，到质疑殖民行为，突出地反映了殖民者的“种族主义”在文化融合中渐渐处于弱势，它已被排斥于人类道德伦理之外。面对殖民者的入侵与洗劫，面对他们的先进武器，被殖民的土著部族虽然处在弱势地位，无力抵抗，却以各种方式极力地守护自己的家园和文化传统。土著部落将殖民者的侵犯看作是神的指示或命运的安排，借以宽慰自己。在欧洲殖民者入侵拉美以前，土著人世世代代一直居住在沿海地带，以打猎和捕捉软体动物为生，用海狮和鲸鱼的骨头制作鱼钩、箭头等其他工具，部族之间交换船只，穿越海峡。而欧洲殖民者入侵之后，土著人与在森林深处居住的神明一起被驱逐出家园。他们被迫四处逃亡，又不断遭遇各种灾难。土著奥亚人在乘船逃亡途中，轻薄的船体遭遇海浪袭击而沉没，奥亚人连同自己的神明一同葬身海底，种族灭亡。

关于奥亚人部落灭亡的神话传说，已经反映出土著部族面对殖民者侵略无力反击的无奈之举，只好将种族的命运与神明的安排联系起来，就如印第安族群一样，因抵挡不住殖民者的侵袭和疾病的入侵而走向衰落和灭亡，同时也反映了原始印第安族群的信仰崇拜与迷茫。当面对殖民者的兽性侵略之时，土著们顽强抵抗过，也奋起抗争过，但终究抵挡不过那些手段残忍、冷酷无情的殖民进攻。与其愤怒其民族弱小和无力抵抗外族入侵，不如以安慰的方式选择接受命运的安排。只是这种宿命论反倒帮了种族主义的大忙，便于殖民者更加轻而易举地征服被殖民者。

《读爱情》通过殖民者残忍杀害动物展示了殖民主义在拉美实施的“物种主义”。白人殖民者以捕猎动物获取暴利为目的，不分时节深入亚马孙丛林，捕猎珍稀动物。他们猎杀幼兽，甚至连怀孕的母兽都不放过，猎杀之后合影留念，庆祝自己的“战果”。美国佬残忍地射伤公豹，活捉其幼崽，惨无人道地将仍带着奶味的幼崽剥了皮。白人殖民者以造物主的身份，自视为高于其他一切物种，歧视他人，猎杀动物。他们这种血腥野蛮的行为却是对其所谓“高等民族”的极大讽刺。在殖民者的眼中，动物是没有语言、没有思想意识和情感的机器，可任人肆意宰割和残杀。殖民者这种丧失人性的“物种主义”行为迫使动物迁移，殖民地的生态环境因此改变，野生物种数量大幅度锐减，曾经繁茂富裕的亚马孙丛林开始荒漠化。殖民地物种消失，殖民者实施的“物种主义”最终得到自然的报复，自己也将会被驱逐出家园，迎来自身命运的终结。

不仅外来的殖民者如此实施自己的“物种主义”，而且连新任的白人镇长在治理村镇时，也恬不知耻地实施着“物种主义”行为，漠视和放纵白人猎手违法猎杀珍稀动物。他不但不保护当地的野生物种，反而命令老人深入亚马孙丛林追杀豹猫。在追杀途中，镇长的行军靴落入有蝎子出没的泥沼中，镇长不顾老人的警告，伸手去捞泥沼中的靴子，他看见试图潜入泥塘的蝎子，“掏出左轮手枪，把六颗子弹全朝它打去”。(《读爱情》，第 86 页）镇长残忍对待动物的本性暴露无遗。在镇长的眼里，一只有生命的小动物远不如他的靴子重要，甚至在他方便时，还来不及辨认清丛林里什么动物出没，便一连六发子弹射杀了不会伤害人的蜜熊。作为白人殖民者代表的镇长，如此漠视非人类物种生命，践踏它们的生存权，他不为自己的冒失和无知愚蠢犯下的罪行感到丝毫愧疚，反而幸灾乐祸地炫耀自己的“战功”。这种心安理得的表现反映出殖民者自我膨胀、高高在上的心态，他们认为人类凌驾于其他生物之上，理所应当让其他物种为己所用。所以，镇长对自己的恶行根本无意识，更谈不上忏悔，这也是殖民者刚愎自用的表现。镇长丧失良知的行为代表了穷凶极恶、暴戾恣睢的殖民统治者的形象，凸显殖民制度的荒诞无理。正因为有镇长的“物种主义”思想的纵容，那些狂妄的白人猎手如获通行证，才不断发生残杀动物的悲剧。他们在亚马孙殖民区随意猎杀动物，破坏自然，在拉美殖民地上犯下滔天罪行。

作者通过小说中镇长猎杀小动物和放纵他人的行为，展示拉美社会破坏自然的风气盛行，“物种主义”理念由外来的殖民者到镇长贯穿在殖民主义的统治中，由“物种主义”变异为“种族主义”的思想已成为殖民者统治拉美地区的强有力的武器。

《世界》通过人类无节制的捕杀海洋动物的行为展示了殖民者的“物种主义”。早在 19 世纪就有对人类掠夺拉美海洋生物的史实记载，人类不断捕杀不同种类的鲸鱼，“导致鲸鱼数量从北到南大幅锐减，只有那些深居在渔船无法到达地区的鲸鱼得以幸免。臭名昭著的詹姆斯 · 库克在巴西北部万圣湾实施了对鲸鱼惨绝人寰的大屠杀。现在在挖掘大陆和岛屿的海滩时仍能发现巨大的鲸鱼骨架”。①

白人殖民者到达拉美大陆后，在对拉美陆地资源进行开采和挖掘的同时，也不忘放过对拉美海洋资源的搜刮与掠夺，不惜代价血腥地宰杀它们，从捕杀的海洋动物中获取高额利润。主人公“我”在少年时代的第一次出海航程中，目睹了日本殖民者为获得商业利益大肆屠杀海洋生物的血腥场面：捕鱼的殖民者将捕获的活鲸鱼捆绑在架子上，用快艇拖拽到海岸边，交由屠夫宰杀。海水被鲸鱼的血水染红一片，就连海鸟都感到吃惊，它们惊慌失措，漫天乱飞。“我”第一次体验到殖民者的残忍、冷漠无情和麻木不仁。日本捕鱼者如一台没有情感的机器，无视海洋生物的感情和生存状态，只顾眼前利益，为牟利丧失良心和人性。这是殖民者自我膨胀和利欲熏天的表现，对殖民地进行不断地掠夺，为一己私欲不择手段。面对海上成片血肉模糊的动物尸体，捕鱼者既闻不到鲸鱼的血腥，将它们无用的内脏抛入海中，糟践动物的尊严，

---

① Elio Brailovsky, Antonio. *Historia ecológica de Iberoamérica,* Segundo Tomo: *“De la Independencia a la Globalización.”* Kaicrón-Le Monde Diplomatique, 2009, p.84.

又看不见海鸟的纷乱逃窜，更感受不到其他动物的哀鸣，顾及不到破坏海洋生态环境的恶果。他们运用更为残忍的手段，继续对海洋生物实施野蛮的捕杀。日本捕鱼者仿照澳洲人猎杀野马的方式，在深夜以探照灯吸引成群鲸鱼，然后在直升机上用机枪疯狂扫射聚拢的鲸鱼，如同战场上荷枪实弹的凶猛侵略者，攻击手无寸铁、无法还击的平民和温顺的动物。

作者特意将捕鱼者的行为戏仿成日方侵略战争时杀戮人类的作战方式，突出其捕杀鲸鱼的手段，旨在揭露以日本为首发达国家的帝国主义和殖民主义虐杀动物的“物种主义”。同时也暴露出日本军国主义侵略的本质。小说描写日本捕鱼者对物种滥杀的凶狠行为就体现了他们军国主义残酷无情的一面。而从历史上的侵略战争到现代的资源掠夺战上看，日本谋求霸权的野心依然未消，这是帝国主义的贪欲所致。

作者以夸张的手法和强劲有力的笔触集中并细腻地描述了一段段日本渔船的血腥捕猎行为，毫不留情地展示和揭露以日方为代表的殖民者在拉美地区犯下的滔天罪行，揭示出殖民者“物种主义”的野蛮本质。日本将鲸鱼看作是维持本民族生存必不可缺的食物，视作服务于人类试验的科学材料，体现了“人类中心主义”思想。他们以人类利益为首要，寻求能够为人类所用的生物，想方设法谋取合法捕鲸的权力。作为强国日本的“人类中心主义”思想和惨无人道的“物种主义”行为受到西方某些国家的支持和袒护，他们以象牙买卖的行为支持日本猎杀大象。虽然他们不会直接杀害动物、杀害鲸鱼，却购买用其制作的产品，促进以猎杀这些动物为主的商业贸易，鼓励日本的杀戮行为，这些也证明他们是间接参与屠杀动物的罪人。在此，作者揭露由于人类捕杀行为导致鲸鱼带领其他海洋生物的迁徙，如同被驱逐的陆地生物和土著居民一样，海洋生物逃避厄运，大面积迁徙：

在大西洋北部海域，由于俄国、挪威和冰岛渔船不加区别地捕杀行为，巨头鲸濒临灭绝。在 1975 到 1977 年间，大批物种向南半球迁移。数百头雌性巨头鲸在太平洋南部、麦哲伦海峡北部躲藏……那些迁徙鲸鱼将幸存的经验传递给南部的鲸鱼，这样它们离开长期居住的开放海域，聚集在海湾、海峡和峡湾的入口处。（Mundo p.60）

为了躲避殖民者残酷的大屠杀，各种动物纷纷踏上逃亡之路，试图远离人类的侵扰。海洋的生态也因人类的打扰自此改变。然而贪婪的殖民者既没有为逼走动物群而自责，也没有为导致海洋生态的改变而悔恨，依旧跟踪逃亡动物的足迹，从未停止过追捕与杀戮。殖民者拒绝承认自己的罪行，丝毫没有忏悔和改正错误的想法，甚至没有罪恶意识。正如日本帝国主义否认近代日本在亚洲进行过的侵略战争，反倒将其行为美化为“自存自卫”“解放亚洲”的战争，不愿承认在中国南京的大屠杀，还屡次参拜靖国神社。这些都暴露了殖民者不知悔改、执迷不悟的本性，究其根源还是为了维护自己的利益、满足贪欲和物质追求。

小说中，尽管智利政府禁止大肆捕鱼，日本渔船仍然从事非法的捕捞，无论海洋动物逃向何方，他们的魔掌便伸向那里，将它们擒获。作者通过对日本追捕和虐杀鲸鱼的场景让读者同情动物的悲惨命运，反思殖民者的“物种主义”暴虐行为的同时，也思考破坏自然生态平衡的后果，思考人类的命运。倡导人与动物平等，善待海洋生物，与它们和谐相处，因为“它们是友好且自信的动物，人们探测到它们之间有超过七十种相互交流的讯号”。（*Mundo* p.60）动物是人类的朋友，它们之间友好相处，相互交流，在危难之时更懂得相互传递信息和相互保护。文本所展示的“物种主义”警示世人，如果“人类中心主义”和“物种主义”思想依然存在，动物的生存将永远得不到安宁。而毁灭物种就是人类在毁灭自己。

两部小说都以不同的方式揭露殖民主义以“人类中心主义”为生活准

则，根据自身的需求和利益，在拉美地区肆意侵占和扩张领土，歧视、欺压和虐待拉美土著，无视动物自身的生存权与情感需求，操纵非人类物种的命运，纵容虐杀动物、捕杀动物的行为，破坏生态环境，真实地展示了殖民者的“种族主义”和“物种主义”行为。这种行为背后体现出殖民者的“冒险精神”和“牺牲精神”，“冒”与世界各种环保组织对抗的“险”，不怕与各种动物斗争而“牺牲”性命，这该是有多么强大的利益驱使才能具备的精神？而事实上，面对无止境的贪欲和人类与生俱来的自私自利，侵略者和殖民者或许从来不惧怕毁灭自己，就如同日本武士道为君主不怕死、不惜命的精神一样，为达到最大化利益追求，这些殖民者也可以为利益孤注一掷，为欲望而折腰。

三 “文明与野蛮”的倒置

欧洲殖民者踏上拉丁美洲大陆，感受美丽大自然神秘莫测的同时，也目睹了拉丁美洲土著部落野蛮与恐怖的风俗：保留活人祭祀仪式和食人肉的生活方式。西方殖民者为此将拉美自然和土著视为野蛮文化的标志，而视西方为高贵和文明的代表。殖民者视土著人为文明人的对立面，是“不开化的”“好斗的”“过着原始野蛮生活的”劣等人。“欧洲殖民者为了损毁原住民形象，给原住民贴上食人族的标签，因为食人肉作为世间最大的罪行可以把食人者完全归为具有动物性的野蛮人，从而使殖民者对原住民的屠杀和对他们的土地的占有具有合法性。”[①] 殖民者认为，野蛮的人形成于野蛮的自然环境，只有实施“文明教化”，才能根治野蛮的痼疾，消灭野蛮，征服自然，建立文明的社会。

欧洲的殖民统治者以居高临下的态度睥睨拉美，他们“把自然界视为野蛮，生活在草原、平原、森林、河流、大山中的人也是野蛮的，而把城市和

① 朱新福，张慧荣：《后殖民生态批评述略》，《当代外国文学》2011 年第 4 期，第 26 页。

生活在城市里的人看作是文明的”。[①] 在实施“文明教化”的过程中，迫使拉丁美洲土著居民改变原有的世界观和宗教信仰，改变善待和爱护自然的态度，消除所谓的野蛮。“文明与野蛮”成为拉丁美洲作家创作的主要命题。

早在1845年，阿根廷作家多明戈·福斯蒂诺·萨米恩托就发表了《文明与野蛮——胡安·法昆多·基罗加的生平以及阿根廷共和国的方方面面》(简称《法昆多》)，首次探讨了文明与野蛮的问题。当时正值罗萨斯[②]独裁统治阿根廷时期。萨米恩托在《法昆多》中分析了阿根廷独裁政权形成的原因，认为是根深蒂固的野蛮思想决定了国家最终的命运。在文中，作者从资产阶级民主改良主义的立场，视以“高乔人”为代表的印第安人为野蛮与灾祸，主人公法昆多是野蛮的产物：“潘帕斯草原的蛮荒、广袤横生出慓悍、野性的骑手；潘帕斯草原的社会边缘化环境滋生了无法无天的高乔人。”[③]而将欧洲社会的法律、宗教、文化教育和社会秩序看作是文明的象征。萨米恩托断定，独裁者罗萨斯最终战胜高乔人法昆多，统治阿根廷，是因为罗萨斯受过意大利政治思想家尼可罗·马基雅维利[④]《君主论》的熏陶，接受该著作“野蛮让位文明、排斥野蛮、弘扬文明”主旨的影响，受过西方文明的洗礼。在萨米恩托看来，罗萨斯战胜法昆多，就代表了文明征服了野蛮。萨米恩托的观点也

---

① 李德恩，孙成敖：《插图本拉美文学史》，北京：北京大学出版社，2009年，第124页。

② 胡安·曼努埃尔·德·罗萨斯（Juan Manuel de Rosas, 1793—1877），阿根廷历史上最残酷的独裁者。1827年任布宜诺斯艾利斯省武装部队总司令。建立起20年的专制统治，并享有以联邦名义宣战或媾和的全权。参阅《大不列颠百科全书》(国际中文版14)，中国大百科全书出版社，1999年版，第382页。

③ 李德恩，孙成敖：《插图本拉美文学史》，北京：北京大学出版社，2009年，第46页。

④ 尼可罗·马基雅维利（Niccolò Machiavelli, 1469—1527）是意大利历史学家和政治思想家。在中世纪后期政治思想家中，他第一个摆脱了神学和伦理学的束缚，为政治学和法学开辟了走向独立学科的道路。他主张国家至上，将国家权力作为法的基础。代表作《君主论》论述为君之道、君主应具备哪些条件和本领、应该如何夺取和巩固政权等。参阅《大不列颠百科全书》(国际中文版10)，中国大百科全书出版社，1999年，第323—324页。

折射出当时欧洲社会对印第安文化普遍的认识：边缘的印第安文化是野蛮的，必须进行所谓的“文明教化”来改革社会。

拉美历来的文学家一直将“文明”与“野蛮”作为创作的主题，并达成探讨的共识：繁荣发达的西方国家为文明的代表，贫穷落后的拉美大陆为野蛮的象征；城市和现代化为文明，乡村和原始自然为野蛮。然而，塞普尔维达的两部小说中却质疑了对“文明与野蛮”的阐释，以“生态扩张主义”“物种主义”和“种族主义”的文本展示并证明，以西方殖民为代表的文明并非文明，以原始自然和土著人为代表的野蛮并非野蛮。他认为文明与野蛮是倒置的，所谓的文明成了野蛮，所谓的野蛮却是文明的象征。

在《读爱情》中作者以“文明与野蛮”“人与大自然”为主题，通过文学书写和阐释，颠覆了西方长期以来对“文明与野蛮”的定义。“小说中代表‘文明’的人们在凶恶的大自然面前再也不是束手无策任其摆布，而是对自己赖以生存的大自然进行了不同形式的破坏。小说着意表达的是在厄瓜多尔这块原始大森林，‘文明’正在悄悄地以一种十分野蛮的方式闯了进去，代表‘文明’的除了政府派的既无知又专横的镇长外，就是对这块土地和这块土地上的资源垂涎欲滴的美国佬。正是他们在摧毁人类生活的大自然，灭绝与人类共同生活的野生动物。”[①]白人镇长受过高等教育，傲慢无礼，自认为是见过世面、学识渊博和高人一等的“文明人”，他歧视、贬低和谩骂他人，飞扬跋扈，欺负百姓，乱收捐税，滥杀动物。为了谋取私利，他卑躬屈膝、巴结讨好美国佬和白人探险家。镇长身上体现出的“物种主义”和“种族主义”行为根本不符合“文明人”应具备的素质和品性，他残暴和血腥射杀动物的行为都是野蛮的表现。作者并没有直接陈述白人统治下的主流社会“文明与野蛮”的观念，也没有直接表明自己对这种观念的拒斥和反驳，而是通过讽刺、

① 见陈凯先为《读爱情故事的老人》中译本撰写的后记部分。塞普尔维达，路易斯：《读爱情故事的老人》，唐郗汝译，北京：人民文学出版社，2011，第 127 页。

夸张、反衬和对比的手法，将文明的殖民者的野蛮丑陋行为展露和夸大，以反衬和对比的手法描写忍辱负重的土著人的美好品德：善待自然万物，慷慨大度和无私帮助殖民者。自然而然地让读者在阅读的字里行间感受到原有文明与野蛮观念的倒置，并通过一个个事实的揭露，让读者自觉明辨是非，重新定义文明与野蛮，达到讽刺殖民者虚伪文明的目的。

塞普尔维达颠覆了西方人的文明观，揭示了西方人的伪文明和真野蛮，阐释了以土著人和动物为代表的拉美文化和自然的伪野蛮和真文明。土著人有着比西方人更为人性、更文明的世界观、自然观和宗教信仰：尊重自然万物、倡导人与自然和谐共处。这些理念显然有别于西方殖民的文明观。土著人认为“生命来自大地”，[①]他们崇敬自然，认为自然界万物有灵，不可随意伤害。人和动物、植物历来都是生活在一个天底下平等和谐相处的生物，共同承担着保护地球生物的职责。被西方殖民者变为“绿色地狱”的美洲自然界，却被印第安土著视为家园、神灵和天堂，动植物是人类的朋友和精神的助手。土著人和动植物的保护神——萨满（Shamán），调节着人与自然的精神交流，“萨满直接干预人们狩猎、捕鱼、采摘和农业活动。如，萨满亲自掌控往河里投放捕鱼用的药量；控制捕杀美洲野猪的数量和采集野果的方法”。[②]在萨满的监督与控制下，土著人对自然的开采是在自己生存需求范围内进行的，砍伐树木、猎杀动物等都是有节制的。神明萨满的掌控保护了自然生态的平衡和发展，对人类的欲望进行了控制。

在《读爱情》中，新移民的白人老人和妻子被大雨袭击，被蚊虫叮咬、被毒蛇纠缠，无法适应恶劣的自然环境，得到了土著居民苏阿尔人的慷慨相

---

① Mariátegui, José Carlos. *Siete ensayos de interpretación de la realidad peruana,* Buenos Aires: Prometeo Libros, 2010, p.90.

② Elio Brailovsky, Antonio. *Historia ecológica de Iberoamérica,* Primer Tomo: *"De los mayas al Quijote."* Kaicrón-Le Monde Diplomatique, 2006, p.162.

助。在苏阿尔人教导下，老人懂得如何与自然和谐共处、为有神灵的动植物祈福、拯救他人性命、尊重他人和保护动物。从苏阿尔人那里，他们“学会了打猎，捕鱼，盖坚固的能抵挡大风的茅屋，识别可食的果子和有毒的果子，尤其是从他们那里学到了与森林和睦相处的艺术”。(《读爱情》，第 31 页）受苏阿尔人的影响，妻子去世之后，老人痛恨自然的残酷和无情，想报复这个世界。却在与土著苏阿尔人接触过程中，得知自然的奥妙和美丽，感受到土著人的友善天性，就如迷人的大自然一样，令人舒心愉悦。从此他彻底改变自己对自然的偏见。“他试图回忆起自己的那个复仇计划，然而在这个世界里他却一直感到如此惬意，以致他逐渐忘记了那个计划，而被这一片无边无际的无主的大地迷住了。”(《读爱情》，第 33 页）老人从土著那里学会仁慈、怜悯地对待动植物，放弃射杀鱼和其他动物。老人目睹了苏阿尔人对待自然的宽容，男女老幼之间的爱，被这种爱所感染，“这是一种纯粹的爱，除了爱本身，再没有别的目的。没有占有也没有妒忌”。(《读爱情》，第 41 页）可以说，博爱拯救了人类，拯救了老人。老人逐渐从一个痛恨自然的白人移民变成了一个热爱动物、热爱自然的生活在土著人中的白人，“就像是他们中的一员”。

这一切都是被西方殖民者称为“野蛮人”的苏阿尔人的功劳，与自称“文明”的西方殖民者相比，土著苏阿尔人拥有超脱、慷慨、宽容的特质，苏阿尔人的行为才是真正的文明。他们誓死保卫自己的家园，抵抗侵略者的入侵。但面对同样遭到自然袭击并受了伤害的殖民侵略者，苏阿尔人暂时忘却侵略者的恶行和自己的伤痛，宽容大度地伸出救援之手，帮助这些殖民者们在家乡土地渡过难关。甚至在白人猎手被豹猫袭击而暴尸荒野之时，他们顶着被误解、诬陷的罪名善意地用小船将白人猎手的尸体运回小镇，给死者最后一个尊严。他们友善地对待侵犯自己领土的新移民，帮助他们适应丛林环境。面对殖民的驱逐，他们不进行武力反抗，而是远离世俗，迁居他地。“野蛮人”苏阿尔人的这种宽容、慷慨、忍耐、友善的行为相比“文明人”殖民者们的自私、残暴、血腥，就是对“文明”与“野蛮”倒置最好的实例。

《世界》所揭示的日本渔船血腥捕杀鲸鱼的恶劣行径也撕下了所谓“文明”种族的虚伪面纱。以日本为代表的一些发达国家，因不满足于本国的海洋资源，将魔掌伸向发展中国家海域。他们不仅掠夺海洋资源，制造生态灾难，还在沿海山脉滥砍滥伐，使那些曾经郁郁葱葱的地区荒漠化，成千上万动物灭绝。他们用血腥残忍的手段掠夺穷国资源、伤及当地土著，其“物种主义”和“种族主义”行为就颠覆了这种发达就是文明的普遍共识。作者以“我”的视角描写了日本渔船攻击土著人的野蛮行径：

> 我看到他划向日本渔船“日新马如”号，当他快要赶上渔船时，上面的船员突然向他丢垃圾、铁皮和废物，都被佩德罗敏捷地挡了回去。紧接着他们又用水枪对付他。日本人大笑着朝他射水，佩德罗却集中精力稳定船身。我不理解，甚至不能想象他为什么要靠近“日新马如”号并遭受船员的侮辱，朝他撒尿。（Mundo p.134）

日方船员蛮横无理，戏弄阻止他们恶行的佩德罗，其残忍并不仅仅针对非人类生物，只要妨碍到他们获取利益的人，都遭到袭击。在被鲸鱼群袭击后，日方渔船却不顾落入水中船员的安危，抛下他们逃之夭夭。所谓“文明”的殖民者对土著人的血腥屠杀暴露了殖民者的真正本质——野蛮。在巴塔戈尼亚和火地岛定居的英国人、苏格兰人、俄国人、德国人和美洲土生土长的白人，自视为“文明”之人，为了争夺土地而对当地土著雅干人、巴塔戈尼亚人和阿拉卡路费人进行种族大屠杀，像对待动物一样猎杀土著民，又像买卖商品和玩物一样在市场上出售他们。作者以对比的手法，将以日本为首的发达国家的恶劣行为与土著人保护动物的行为以及动物自身的美好品质进行鲜明的对比，再次揭示“野蛮”和“文明”倒置的真像，展现了假、恶、丑、恨与真、善、美、爱的人性搏斗。当地土著人比外来移民者更懂得如何保护海洋资源，放生孕育生命的雌性动物，保护幼小动物，让它们成长、繁衍。而“文明”的日本人将魔掌伸向远离自己国度的他国海域，野蛮残忍地猎杀动物，灭绝生物物种。日本人这种所谓的文明实则比真正的野蛮更野蛮。日本就如西方殖民者一样，将动物看做被边缘化的“他者”，是低于人类的非人类生物，是不懂言语与情感的野蛮物种。然而，在土著人的观念里，世界万物有灵，如海豚、鲸鱼等海洋生物有良知和感情，甚至比残害它们生命的人类还有“人性”。它们与无攻击性的人们友好交流，成为保驾护航的海洋使者：

> 面对卡姆登岛，一群激扬跳跃的海豚向我们靠近，几乎蹭到我们的船体，那些奇洛埃水手们像幸福的孩子一样笑着。游戏持续了数小时。海豚们以更高的跳跃回应着欢呼声和口哨声，并护送‘福音’艇到达斯特沃特海湾。（Mundo p.35）

温顺的海豚懂得感情，相伴护送和保护人类，更懂得区分好坏、知恩报恩。当看到拯救它们的当地土著人遭到日本渔船的攻击，便主动营救帮助土著人：

> 在那一刻，当其他两个水枪也射来时，佩德罗已经无法稳住船身。这时在他小艇的一侧出现了一头蓝鲸的脊背，它小心翼翼地将佩德罗的小船推开，使小船离开日本渔船。接着，它发出在海里未曾听过的尖叫声，叫声尖锐刺耳。随后，三十头、五十头、一百头，一大群鲸鱼和海豚箭一般地游过来，近乎触岸，却又全速返回，用力撞向日本渔船。（Mundo p.135）

这是一场兽性与人性的斗争，一场代表真善美的动物与代表假恶丑的日本渔船的斗争。在这场抗衡中，海洋动物能分辨出善和恶，帮助受日本人袭击的佩德罗，齐心协力攻击自私自利的日本人，让日本人落荒而逃。动物拥有的这种品质胜过了人类。作者笔下的海洋动物们温良友爱、知恩报恩、明察是非、机敏而又聪明，它们与人嬉戏、救助好人和自卫反击的感人画面，再次反驳了殖民者以“人类中心主义”和“物种主义”贬低动物是没有情感和意识的机器的观念，并以动物的美好品质反衬殖民者的道德缺失，质疑并颠覆西方殖民者就是文明，土著人和动物就是野蛮的错误界定。日方船长面对灾难舍弃同伴，而动物们却在危难之时，互相传递信息、友好相处、感恩戴德、救助恩人、团结一致、共同对敌，被视作野蛮的动物表现出比自称文明的人类拥有更美好的品德，这正是对“文明与野蛮”标准倒置的佐证。

塞普尔维达通过上述两部作品对“文明人”的野蛮行为、“野蛮人”的文明行为的展示，颠覆了原有“文明与野蛮”观念，并赋予它们新的含义，揭示殖民者的“文明”实为最极端、最残酷的野蛮，而土著人和自然生物的“野蛮”却是最原始、最本质的文明。“文明”的人群正在破坏与人类世代友好相处的大自然，而“野蛮”的土著种族和自然生物却竭尽全力地维护生态平衡、保护地球并与人类和谐相处。

四　自然的报复

人的自然属性决定了人类必然向自然索取资源，以求生存。然而贪婪的人类总是超出满足自己的需求向大自然索取更多，把大自然当做征服的对象，当做异已来对待。人定胜天、征服自然、向地球开战、做自然的主人等“人类中心主义”思想，引导人类陶醉于对大自然的征服和胜利的“战功”之中，全然不顾整个物质世界的均衡，忽略这是一个各种物质共存、相互作用的统一整体，藐视事物之间的因果联系和相互作用。马克思辩证唯物主义自然观认为，自然界是客观存在的，生物的产生和进化，包括人类的产生都是自然界长期发展的结果。自然界先于人和人的意识而存在，即便人类产生后，自然界的存在与发展也是不以人的意识为转移的。人类只有承认自然界的客观性，才能正确认识并处理好人与自然的关系。而现实中人类恰恰错误地定位了自己与自然的关系，将自己凌驾于自然之上，对自然进行征服和破坏，无限制地向自然索取，才导致如今人与自然关系的恶化。辩证唯物主义自然观指出自然界是各种事物相互作用的整体，也是各种作用过程的集合体。自然界的一切现象都是对立统一的，它们在一定条件下相互转化。人与自然具有天然的不以人的意志为转移的统一性，二者在实践基础上相互依赖、相互联系，形成统一的整体。而这种统一又是以人与自然的相互对立为前提的，人类劳动实践使人从自然中分离出来并与之对立，对大自然进行改造和征服。

而随着人类社会实践的发展和科技的进步，人与自然的关系却逐渐尖锐对抗起来：人类对自然疯狂掠夺，自然对人类加倍报复。人类以某种方式作用于物质世界，那么物质世界将会以同样的方式反作用于人类，即人类如何对待自然，自然也将如何回馈人类。当人类向自然无度索取、开发和破坏自然生态时，大自然便以资源匮乏、环境恶化等生态环境问题回应人类，这就是自然的报复。如恩格斯所言："如果说人靠科学和创造性天才征服了自然力，那么自然力也对人进行报复。"①

自然的报复其实是人类行为后果的表现，是大自然对人类损害的攻击和惩罚。正如拉美作家在小说中所描绘的，自然资源丰富的拉丁美洲经历了征服与殖民统治时期、以及现代化工业化的历史进程，各个民族和生态都受到不同程度的破坏和摧残。大自然对人类的无度索取和恣意破坏的行为进行着报复，不断出现威胁人类自身安危的各种生态危机：气候变暖、森林锐减、臭氧层空洞、核辐射和核污染、土地荒漠化和退化、粮食危机、淡水危机、

① 《马克思恩格斯选集》(第 3 卷)，北京：人民出版社，1972 年，第 552 页。

能源危机、物种加速灭绝等生态灾难，已经成为威胁人类生存的全球性问题。

在拉丁美洲，人类以残忍的方式对待自然，破坏亚马孙森林、猎杀珍稀物种、工业化污染、无节制开发资源等激怒了大自然，使得拉美大陆不断遭受诸如干旱、洪水、山崩、地震、火山、森林火灾、厄尔尼诺现象等自然灾害的袭击。生态环境的恶化也使拉美人民付出了沉重的代价。人类不仅破坏了自己的生存环境，还破坏、争夺动植物的生存环境，使动物的生存空间变得越来越小，食物来源越来越贫乏。为了生存，动物不得不对人类进行讨伐，与人类争夺生存资源，报复人类。

在人与自然的较量中，人类忽视了这样的客观规律：大自然没有人类可以生存，而人类没有大自然却不可以存活。人类的一切生活依赖于大自然。马克思辩证唯物主义自然观认为人不仅来源于自然，而且其存在与发展一刻也离不开与自然进行物质、能量和信息的交换。马克思指出：

> 自然界就它自身不是人的身体而言，是人的无机的身体。人靠自然界生活。这就是说，自然界是人为了不致死亡而必须与之处于持续不断地交互作用过程的人的身体。所谓人的肉体生活和精神生活同自然界相联系。不外是说自然界同自身相联系，因为人是自然界的一部分。……无论是在人那里还是在动物那里，人类生活从肉体方面说来就在于：人（和动物一样）靠无机界生活，而人比动物越有普遍性，人赖以生活的无机界就越广泛。[①]

恩格斯也强调：

> 我们每走一步都要记住：我们统治自然，决不像征服者统治异族人

① 同上，第95页。

那样，决不像站在自然界以外的人似的——相反地，我们连同我们的肉、血和头脑都是属于自然界和存在于自然界之中的。①

自然是人类生存和发展的永恒物质前提，人自身以及物质资料的生产和再生产都要以自然界的存在和发展为前提条件。面对大自然的种种报复，人类显得微不足道。大自然变化多端、丰富多彩，既有生命的色彩和悦动，温婉和壮观，又有平静和浩荡；既是桃红柳绿、鸟语花香、湖光山色、古树参天、万木争荣、烟波浩渺，又是雪虐风饕、风驰电掣、烈日炎炎、惊涛骇浪。色彩斑斓与变化多端的大自然展示着它对生活其中的万物行为的回应。大自然奉行着以德报德、以怨报怨的自然因果法规。当人类砍伐森林、破坏草原，将开垦的土地用来种植庄稼和放牧，就会使土地失去原有绿色植物保护，使赤裸的土地暴露在太阳下，于是出现河水干涸、沙尘来袭、庄稼枯萎、风暴肆虐等灾难；当人类随意破坏野生动物赖以生存的环境，捕捉滥杀稀有动物，就会破坏大自然原有的生物链，使生态失去平衡，随之就会影响到人类自身的生存。

在塞普尔维达的作品中，自然的报复成为他生态小说的主题之一。在《读爱情》中，白人殖民者在亚马孙地区残忍猎杀和灭绝野生动物，这种残暴和血腥的杀戮行为惹怒了动物。动物由性情温和变得疯狂，异常凶猛，成为“好斗的怪兽”，时常攻击人类。殖民者随意砍伐秃鹫筑巢的树木，秃鹫以消灭他们的一头骡子作为报复；殖民者猎捕发情期的西貒，招致小西貒的攻击；白人猎杀小豹猫和射伤公豹，导致母豹猫的报复，它攻击瘦弱的家畜，将其开膛破肚；美国佬带着挑逗的器具在丛林深处探秘，招致猴子的自卫攻击，等等。

人类这些破坏行为都遭到动物们的报复。失去幼崽的豹猫将所有人类视

---

① 同上，第518页。

作仇敌，它从丛林深处转移到小镇附近，袭击白人，许多淘金者死在它仇恨的利爪之下，且死相难看，“一具尸体在船上摇晃着，喉部血肉模糊，双臂也已被撕裂。双手耷拉在船的两侧，露出被鱼啃过的手指，眼珠已经没有了”。（《读爱情》，第 63 页）豹猫的报复让死去的殖民者面目全非，具具尸体失去尊严和体面。豹猫的攻击力在仇恨的刺激下爆发得更为猛烈，连经验十足的猎手米兰达也没能逃脱它的爪牙，“他背朝天，两道抓痕从肩头一直延伸到腰部。后颈骇人地豁着，露出了喉管”。（《读爱情》，第 94 页）“它是从正面袭击的，爪子嵌入他的肩膀，牙齿扎进了他的喉管里。”（《读爱情》，第 97 页）作者详细地描写了母豹猫凶狠的袭击报复场景：猎手尸体上有被母豹猫撕扯的抓痕，颈动脉被扯碎，血被吮吸干，靴子后跟被扯烂，尸体上散发出一股豹猫的尿骚味等。豹猫以人类的野蛮残忍行为报复了人类。

作者以此揭示，正是因为白人的残酷猎杀行为才惹怒豹猫，导致豹猫的报复。面对白人的暴力和狩猎捕食行为，豹猫没有将杀死的人直接吃掉，而是折磨他，用撕扯、撒尿、拖拽等行为发泄自己的仇恨，将杀死它幼崽的罪魁祸首碎尸万段。可以想象，面对被宰杀并被剥了皮的襁褓中的幼崽以及被射伤了的公豹，母豹猫岂止是痛心，又岂能善罢甘休？或许杀死白人凶手都无法缓解它内心的悲痛与仇恨，它变得狂躁凶猛、歇斯底里，“一只痛苦的发了疯的豹猫比二十个凶手合起来还危险”。（《读爱情》，第 19 页）豹猫如此凶残地袭击人类，以可怕和猛烈的复仇行动宣泄内心的仇恨，似乎懂得“死亡中隐含的公平：血腥，却无可避免，以眼还眼”，（《读爱情》，第 105 页）这条自然法则，人类要为自己恶劣的行为付出惨痛的代价。母豹猫的勇气和疯狂攻击人类的报复行为，连一向习惯于与豹猫在丛林共同生活的苏阿尔人也不由得惊诧、担忧。他们知道，人类一旦激怒了豹猫，必将引来杀身之祸，后果不堪设想。作者生动而悲悯地描绘了丧失幼崽后母豹猫的悲痛和异常表现，通过夸张的比喻展现豹猫的歇斯底里和悲痛欲绝，让人在惊讶豹猫报复手段之凶狠的同时，让读者在血腥肉搏的叙述中，反思造成它性情大变、行为异常背后的真正原因，反思人类对动物实施的野蛮与残忍的行径。

小说《世界》也表现了自然报复的主题。鲸鱼与海豚是有情感和善恶分辨力的海洋动物。当看到对它们没有攻击意图的当地土著人时，他们表现出友好和礼貌，相伴渔船航行，护送他们到岸。当它们看到血腥残暴的日本渔船袭击海洋生物和当地土著人时，这些动物不顾死活，群起进攻：

> 它们不在乎每次攻击都会导致大批鲸鱼头部炸裂而死亡，鲸鱼们一刻不间断地重复着攻击，直到将“日新马如”号逼到岸边，面临搁浅的危险。它们将船逼近礁石，船上一片慌乱。一些船员见机放下救生艇，但一接触水就被鲸鱼的尾巴击打得支离破碎。（Mundo p.135）

那些平日温和友善的海洋动物，此刻却凶神恶煞般毫不留情地报复滥杀生物的日本渔船，为恩人和同伴们报仇雪恨。它们紧追逃逸的日本渔船，撕咬落水的船员，以最残忍的方式报复虚伪的日本人。作者通过对这些海洋动物性情的前后变化和行为的对比，反衬出它们对人类行为善恶的相应报复，“以其人之道还治其人之身”，对人类损害大自然行为予以攻击和惩罚，并告诫世人，在动物的情感与智慧面前，人们应当自惭形秽，反思自己犯下的种种罪行。

人类没有认清自己在大自然中的位置和与大自然的整体联系，忽视了自然界对人的制约和威慑，过度的自我膨胀使人类丧失了最初对自然的敬畏，对自然可能的报复也丧失了应有的警惕。对此，马克思预言：“不以伟大的自然规律为依据的人类计划，只会带来灾难。”[①]恩格斯也曾警醒人们，不要过分陶醉于我们人类对自然界的胜利。对于每一次这样的胜利，自然界都报复了

① 《马克思恩格斯选集》（第 31 卷），北京：人民出版社，1979 年，第 251 页。

我们。恩格斯是在用“自然报复”的拟人比喻向人类警示，要尊重客观规律、重视人与自然的和谐相处。的确，人类现代社会遭受到的很多自然灾难都是因使用不良手段导致自然环境恶变的结果。

万物皆有灵，万事也皆有因果联系，如果人类善待自然万物，想必自然界也会以同样友好仁慈的方式回馈人类，这也是自然物质世界相互作用的一种体现。辩证唯物主义自然观主张人与自然共同构成一个有机的整体，人类只有在同自然的相互作用中认识自然界并且认识自己，调节好两者的关系，才能建立人与自然和谐统一的大同世界。

第三节　生态抗争的斗士形象及文学想象

在两部小说《读爱情》和《世界》中，塞普尔维达展示了后殖民主义生态下旧殖民与新殖民对拉美大陆实施的“生态扩张主义”“种族主义”和“物种主义”的种种行径，揭露西方殖民者持有种族歧视偏见的殖民行为，以及“文明教化”的实质，并以“文明与野蛮”的倒置、大自然对人类报复的方式表达自己的生态思想，倡导人与人、人与自然和谐和平等相处，以塑造保护自然的卫士形象和建构想象中的乌托邦的文学方式，以象征和隐喻的形式批评人类破坏自然的行径，并警示人类所面临的种种生态灾难，唤醒人们保护自然生态的良知。

一　保护自然的卫士形象

1. 自然守护者——“老人”

小说《读爱情》以智利现实中的契科 · 门德斯和米盖尔 · 特赞克两位人物为原型，塑造了一位自然守护者——老人的形象。契科 · 门德斯是智利橡胶采集者、工团主义者和积极的环境保护主义者，他曾经反对人们砍伐亚马孙丛林的树木和对丛林的开发扩张。他积极致力于环保事业并获得国际支持，于1987年被联合国环境规化署授予“全球环境保护五百佳”奖项，获得“美好世界协会组织金奖”。1988年被敌对势力牧场主谋杀。在他去世后，工会、宗教、政治、人权和环保组织成立了“契科·门德斯委员会”，以表示对他的纪念。塞普尔维达曾与契科·门德斯交往颇深，1989年，他的《读爱情》出版，正值契科·门德斯被害一周年的。塞普尔维达在按语中写道：“你永远都无法看到这本小说了，契科·门德斯，亲爱的朋友，你的言语不多，总是默默实干，然而，这个迪格雷·胡安奖依然属于你，以及所有将沿着你的路前行的人，这也是我们共同的道路：保护我们拥有的唯一的世界。”①

另一个文学原型米盖尔·特赞克是作者在亚马孙丛林生活时结交的苏阿尔人，也是一位亚马孙丛林保卫者。米盖尔·特赞克教会他在原始地带生活的技能，帮助他熟悉当地土著人的生活习俗，可以说是作家丛林生活的导师。作者以他为原型塑造了小说中的人物苏阿尔人努西尼奥的形象。小说中对亚马孙丛林绿色世界的很多细节的描写和充满魔幻的故事都源自他的讲述。在小说的按语中，塞普尔维达写道：“献给：我遥远的朋友米盖尔·特赞克，南加利特萨上游孙比的苏阿尔地区理事，伟大的亚马孙保护者。”②两个智利社会现实生活中的环保卫士的事迹感染并启迪了塞普尔维达，塑造出《读爱情》中保护自然的苏阿尔人和自然守护者老人的形象，也表达了作者对环保事业的支持。

小说中的老人作为一名移居厄瓜多尔山区的白人新移民。在他早期的观念里美洲的大自然是残酷而野蛮的。他带妻子移居到厄瓜多尔山区，挑战极端恶劣的气候条件，适应各种突发的自然现象。他将妻子的死归罪于大自然

① 见路易斯·塞普尔维达的《读爱情故事的老人》（唐郗汝译，北京：人民文学出版社，2011年）中作者的按语。

② 同上。

的野蛮和残酷，因而更加痛恨大自然。但在土著苏阿尔人的帮助和影响下，他逐渐学会了与自然相处之道，获得丛林生存技巧和辨识自然的信息。他由痛恨大自然，到开始适应自然环境，尊重、善待自然万物，改变自己原有的态度，热爱和保护大自然。他从土著人那里学会有节制地利用自然资源，仁慈怜悯地对待动植物。在狩猎时，“他挑了三对年轻的猴子，将它们装进笼子里，然后把其余的放生了”。（《读爱情》，第 56 页）老人虽然是靠捕猎为生，却尊重动物，处处为它们着想。他从不借助暴力手段捕获鸟类，而是放些发酵的果子当诱饵，擒获那些暂时酣睡的鸟。他捕获到了一对鹦鹉，一只鹦鹉本就可以抵消船票，但他还是将另一只鹦鹉赠给船长，因为他懂得“这两只小鸟如果被分开，会悲伤而死的”。（《读爱情》，第 57 页）在作者的笔下，老人是一个充满爱心和同情心的可爱老人，他多愁善感，既能体察每个动物的心理，设身处地为它们考虑，又尽量避免因生活所需的狩猎带给它们的伤害。作者将老人每次捕猎时的心理活动细腻地描述出来，惟妙惟肖地展露出一个有血有肉、有情有义、心思细腻的老者形象。

作者将老人置于心理矛盾纠葛中展现他的环保行为。在镇长的威胁强迫下，老人极不情愿地去猎杀母豹猫，他不希望因豹猫袭击而导致更多无辜的生命丧失。老人内心纠结，一方面仇恨那些引起这场罪恶的美国佬和淘金者，一方面也为自己猎杀豹猫的行为内疚。作者细腻地刻画老人一路猎杀豹猫时的矛盾心理：极度不情愿、万般无奈、内心的挣扎和惶恐不安。作者将老人面对抉择的无助和心理承受的压力栩栩如生地展现出来，老人甚至在心里与豹猫对话，以此寻找聆听自己内心诉求的伙伴，寻求豹猫对自己无奈之举的理解和宽恕。这种内心的挣扎恰恰是老人精神重压的体现，而想象与豹猫对话又宣泄了老人的不满和愤恨。老人拒绝承认自己是个猎人，他自言自语道：“你不是猎人。好多次，埃尔伊迪利奥的居民说起你时，总把你称作猎人，而你回答他们说这不是事实。因为猎人杀生是为了战胜内心令他们疯狂、烦恼的恐惧。”（《读爱情》，第 107—108 页）正因为老人善良，他从来不会因仇恨去杀戮，更不会滥杀无辜，所以，这样的捕杀动物给他心理带来极大的困惑。他与豹猫巧妙地周旋，却不断思考、自责自己的行为，甚至连睡觉做梦都梦见自己的死亡。他将自己这种捕猎行为看成一种罪恶，是一种会招致自身死亡，甚至喻示他人格死亡的恶行。他虽然举起猎枪射向豹猫，却喊着：“让我们爽快地结束这场该死的游戏吧！”他咒骂这场游戏，想快些结束，他听到“自己用一种陌生的嗓音吼叫着，不能确定讲的是苏阿尔语还是西班牙语”。（《读爱情》，第 123 页）他发出陌生的吼叫，如豹猫临死前的哀嚎，似乎是对违背自己良心的一场宣战。在杀死美丽的豹猫时，他抚摸着它，羞愧地哭了起来，“他觉得自己卑鄙无耻，无论如何，他都不配做这场较量的胜者”。（《读爱情》，第 123 页）老人强烈自责，因自己的无奈和懦弱而亲手制造了这场悲剧，进而谴责那些禽兽般的殖民者们。

作者以老人内心翻江倒海似的矛盾和挣扎这种独特的方式进行生态抗争，展示摆脱人类的野蛮和守护这块自然和谐之地的艰难。虽然老人并未按照自己的意愿维护好亚马孙的自然生态，保护好这里的动物，甚至对自己被逼无奈的捕杀行为惭愧自责。但归根到底，老人终于从一个对自然界毫无常识，只会抱怨的白人移民变成了一个对自然尊重且敬畏之人，他成为最了解亚马孙热带丛林的白人，也是唯一能为人类野蛮行径感到羞耻的白人，成为白人中保护自然的卫士。

作者以细腻的心理描写以及矛盾和纠葛，特意塑造白人老人保护自然的形象，老人内心的自责和内疚不仅反衬白人殖民制度的残酷和野蛮，也谴责和批评白人开发和破坏自然的行为。从老人与土著苏阿尔人生活的融洽，显示了作者对印第安人及其文化认可的态度。作者塑造的老人形象既不是印第安人，也不是混血种人，而是个地地道道的白人，以这样纯正的“文明”人的经历反衬“野蛮”土著人的友善和自然属性，以此反观白人同胞的一切殖民行为和对待自然的恶行，这个自然守护者形象具有了独特的意义。老人对自然的态度、对偏见的改变反应了印第安自然文化观对白人的影响，也侧面反映出当代一些西方生态主义者对印第安人世界观与自然观的接受和推崇，这预示着人类生态观的一大进步。小说中的白人老人率先迈出了这重要的一步，成为了第一个保护亚马孙丛林的白人自然守护者。

2. **生态环保者**

小说《世界》塑造了主人公“我”、尼尔森船长、水手佩德罗·奇科以及女记者萨拉·迪亚斯几个生态环保卫士的形象。少年时期的主人公“我”被航海探险小说吸引，参与了一次航海旅行，陶醉于大海的壮阔、美丽的景致之中。在欣赏成群的海洋生物之时，却目睹了殖民者捕杀鲸鱼的血腥场面，从此立下绝不作捕鲸人的誓言。成年之后，“我”移居德国加入了绿色和平组织，致力于全球生态环保事业，将自己对海洋的热爱付诸行动。得知故乡智利的海洋遭遇日本非法渔船洗劫之后，“我”立刻搜寻资料，调查与日本渔船有关的蛛丝马迹，并踏上返乡之路，亲力亲为，阻止日本渔船的恶行。在追踪并制止日本渔船非法捕杀鲸鱼的过程中，主人公“我”作为小说出现的第一个环保卫士形象贯穿故事始终，从一个不谙世事的孩子到关注环保事业的生态主义者，通过主人公身体力行的环保行动，“我”的心理变化，以及世界观和价值观的转变，抗击破坏大自然平衡的行为，抨击以日本为首的发达国家对海洋资源的无节制开发。

小说塑造了尼尔森船长和其助手阿拉卡路费人佩德罗等环保卫士形象。尼尔森是欧洲白人与智利土著人结合的混血儿。他承袭母亲奥亚人土著的血脉，热爱大自然，保护海洋生物，沉浸万物有灵的文化传统。从母亲那里他熟知西方殖民者对土著人的残暴欺压和对拉美自然的无情破坏，也目睹了母亲家族被灭绝的场景，在同情和遗憾之时，却又显得无可奈何。他在智利海域从事水手工作时，一直守卫祖国的海洋，维护动物生存的权利。他买下一条“末日陆地”号的海船，雇佣包括佩德罗·奇科在内的众多水手，冒着被日方枪杀的危险，追踪和阻止日本渔船非法捕鱼。在目睹日本人用钢管吸取海洋生物，动物的死尸遍布海洋的凄惨场面，以及来自北美、俄国、西班牙等国家的渔船模仿日本渔船残害海洋生物时，他们无法忍受，深深同情和悲愤，“那年我们度过了一个糟糕的冬天。我是那么悲痛和气愤，以至于想出要给‘末日陆地’号装载上炸药，准备在遇见下一个‘吸管’渔船时全力攻击”。（*Mundo* pp.102–103）当再次看到日本渔船利用探照灯引诱成群海洋动物并用机枪扫射的场景后，尼尔森船长忍无可忍，他驾驶“末日陆地”号全力冲向“日新马如”号，准备与日本渔船决一死战，同归于尽。在得知除了自己的行动之外，还有绿色和平组织保护生态行动的消息后，他欣喜万分：“我记得我跳着抱住佩德罗。我们不再势单力薄了，佩德罗！我们不是唯一想拯救海洋的人了！”（*Mundo* p.103）在绿色和平组织行动的影响下，尼尔森船长鼓足勇气，全力以赴地去追踪和制止非法渔船。作者塑造的这个混血人种的生态环保卫士形象，不仅发出了保护生态的另一种人种的声音和生态诉求，而且还鼓舞了那些正在从事环保事业的人们，壮大了生态保护的队伍。

尼尔森船长的得力助手阿拉卡路费人佩德罗也是一位印第安生态保护者。受船长的环保意识的感染以及生态组织的影响，为了拯救生态危机，他甚至打破族人的禁忌，向尼尔森船长透露了只有族人才知道的蓝鲸生活的海域，猜测日本渔船有可能已深入此区，并将所知道的一切信息通报给绿色和平组织，与船长一起齐心协力完成拯救海洋生物的行动。在追踪日本渔船的途中，佩德罗表现得英勇无畏，他独自一人划小艇靠近渔船阻止。在遭到日本人的猛烈攻击时，佩德罗毫不畏惧，努力稳住船身，继续前去阻止，表现出印第安人英勇无畏的作战精神。阿拉卡路费土著人佩德罗的环保行为代表了印第安族群保护生态的理念，彰显了土著人的勇敢精神。这些勇士的环保行为也感动了那些被拯救的海洋生物。在海洋动物们的协助下，他们一起驱赶走了日本渔船。

女记者萨拉·迪亚斯是一位女性生态环保卫士形象，她用相机记录下日本非法渔船的血腥捕猎恶行，虽然遭到日方袭击，相机被抢走，人身安全受到威胁，家人被牵连，但萨拉并没有畏惧和妥协，仍然不放弃用自己的相机记录殖民者恶行的做法，为生态环保事业尽一份微薄的力量。作者通过这场生态抗争，环保卫士众志成城、齐心协力的环保行动，表明了只有环保人士相互帮助，才能共同抵抗人类破坏自然生态的行为。就如小说结尾所描写的，在机场分别时，尼尔森和佩德罗赠送给主人公一个能听得见海声的贝壳，似乎让双方铭记他们共同为海洋生态而战的经历，以及加强合作、保护生态文明的决心。

作者塑造的这些白人、混血人、印第安土著以及女性生态环保卫士形象，他们凭借信念、勇气和坚强意志，坚守环保事业，相互鼓励、相互感染、相互影响，以实际行动维护自然环境的和谐，给海洋生态平衡带来了希望。作者正是通过建造这样一个人种齐全、不分性别的环保卫士团队，表达了自己对世界生态环保事业的一种信心与希望。环保事业是不分种族、不分性别、不分国家、不分边界的世界人民共同的事业！人类应当如小说中塑造的这些生态环保卫士一样，齐心协力共同保护地球这个人类共有的家园！

二　文学想象中的乌托邦

文学是一种社会意识形态，通过形象反映社会生活，用语言来塑造形象。它具有认识、教育和审美三大社会作用。文学作为一种审美意识形态，是为满足社会的一定需要而存在的，具有审美教育、陶冶情操、精神愉悦并有利于社会和心理调节等多种功能。在人失望烦闷之时，它是安抚人心的一剂良药；在渴望美好之时，它给人提供丰富的想象空间；它既可创造美好，又可构建黑暗；既可反映现实，又可缔造未来。马里奥·巴尔加斯·略萨说，文学是个艺术天地，“文学是可以塑造人心和唤醒良知的”。[①]

文学以形象、审美的方式反映生活。作家根据自己的生活体验，凭借自己的主观想象，用语言文字建造世界。在这个文学世界里人们可以获取精神食粮，可以享受、消遣和娱乐，可以进行道德、人生哲理和形而上学的思考。“文学的本质即在于通过想象来实现对现实世界永无止境的突破与超越，实现对至善至美境界的追求。”[②]它是人类建构理想的精神方式，通过语言文字的表达为人类营造一个诗意的空间。作家通过对现实的描绘和对人的心灵世界的探索，揭示真理、歌颂美好、张扬真善美，批判邪恶、嘲弄愚蠢，并通过丰富的想象力和愉悦的艺术形象和艺术意境，让读者感触美，享受美，从而净化灵魂。

乌托邦精神贯穿了人类的整个思想发展史，代表了人类对世界美好的、理想的憧憬与追求。它反映人类强烈渴望超越自我和现状。作家将这种愿望体现在文学中，用语言文字规避现实社会的黑暗压抑，用优美的文字虚构美好的诗意般的理想社会。乌托邦的理想世界与现实世界完全对立，是人们对完美生存状态的一种期待。文学是包括情感、虚构和想象等因素的语言作品。它用语言文字虚构乌托邦世界，也让人对美好新世界的期待抱有幻想。当人们对现实世界不满时，便将希望寄托于文学中，通过文学想象希望在虚构的世界中找到心灵的乌托邦，让人类的灵魂得到救赎和解放。文学中的乌托邦是对现实世界的批判和关怀，是对彼岸世界的虚构、想象和憧憬。

塞普尔维达利用文学排遣身心寂寞、解除精神饥渴、守护人性完整、维

---

① 赵德明：《不忘记承诺——与巴尔加斯·略萨的两次谈话》，《解放军艺术学院学报》2000 年 03 期，第 6 页。

② 马治军：《文明转向与文学的乌托邦精神》，《当代文坛》2011 年 01 期，第 41 页。

护内心世界一片净土等审美和社会教育功能，在小说创作中批判人类野蛮行径和残酷现实之时，通过文学的想象构建了既能躲避现实的乌托邦世界，呼唤人类实现人性的自然回归、获得诗意化的精神栖息。他以建构想象性和虚构性的文学世界批判社会现实黑暗，又将对生态永恒和谐的追求和希望寄于乌托邦世界，这种文学书写恰恰符合当代生态文学的诉求和内涵。

《读爱情》中主人公喜欢看爱情小说，沉湎于小说中恋人历经苦难终获甜蜜爱情的美满结局之中。他请求牙医从外省给他带小说读，屡屡被小说中那些真心相爱的故事打动。他每次去书店，都诚恳地请求店主："请您给我一本小说，要非常悲伤的，有因为爱情而引起的很多苦难，还要有圆满的结局。"（《读爱情》，第 22 页）他的要求让旁人惊讶，他们不懂老人渴望那种苦尽甘来的幸福。他的渴望流露出老人在经历爱情失败之后对永恒之爱的期盼。虽然他与自己的妻子青梅竹马，却从未感受过小说所描述的炽烈的爱和激情，更不懂"热烈地吻"。在现实生活中每当他激吻妻子，却被妻子嘲笑和打骂。在妻子看来"激吻"是一种罪过。他对小说中的爱情细节的描写如此好奇，是对他生活中缺少这种激情的反应。他甚至对小说中的每个陌生词汇感到好奇，他反复诵读那些喜欢的句子，沉浸在想象的幸福场面中，"如果有一段他特别喜欢，他就把它重复念好多遍，他认为必须这么做才能体会到人类的语言是多么美丽"。（《读爱情》，第 25 页）他细细地品味话语中的每个音节，领会字里行间流露的情感和思想，他带着好奇和喜悦进入文学世界，通过耐人寻味的文字，老人思绪飞离现实，忘却了现实的残酷，体验一种虚幻的美好，在自己的想象中构建新的美好世界，陶醉在文字搭建的诗意般的乌托邦之中。

文学成为老人思想和精神的庇护所，印证了文学具有精神治疗的功能，正是文学作品让老人有了重新体验生活和情感的激情。为了能够阅读到爱情小说，老人到很远的小镇去借小说。他陶醉于埃德蒙多 · 德 · 亚米契斯的

《心》[①]和弗洛伦瑟·巴尔克拉伊的《玫瑰花》[②]的喜怒哀乐中，小说中的爱情故事和人物的苦难经历深深吸引了他，他喜欢感受小说中那种幸福和痛苦的交织。这些小说帮助老人“摆脱了那些他不愿多想的过去，打开了他的记忆之井，让那些比时间还要长久的爱情中的幸福和苦难填满其间”。(《读爱情》，第59页）老人尝试着体验小说中描绘的炽烈爱情，却遭受到冰冷现实的打击和阻碍，唯一爱恋的妻子也离他而去。他带着对爱情那种美好热烈的激情，甚至充满着辛酸苦痛的向往，在文学作品的字里行间品尝爱情的酸甜苦辣，试图通过文字达到意淫和精神上的释放。文学之于他就像灵魂的栖息地，引他进入诗意般的境地，获得精神的充实，逃避被白人殖民者破坏的亚马孙丛林，躲到小说中的文学世界。

小说为他营造了一个和谐美满、生活愉悦的乌托邦世界，也是他对美好生活的期盼。这种期盼让他远离白人殖民者主导的社会，更愿意生活在苏阿尔人中，“在他与苏阿尔人生活的日子里，他从不需要爱情小说，他不需要以此来了解爱情”。(《读爱情》，第40页）他感受到与土著人和自然界愉快相处的原始自然状态，如同小说中想象的乌托邦，苏阿尔人的自然处世态度、纯洁的爱、善意的教导和帮助，正是白人殖民世界所缺乏的。无论在何地，即使与镇长和猎豹队一起深入丛林捕杀动物时，他都不忘随身携带爱情小说，以求沉湎其中，忘却自己违背良心猎杀动物的任务，以便从阅读中找到心灵的慰藉。文学在此便成了老人躲避现实、远离纷扰喧嚣的精神庇护所，具有了净化自己灵魂的功能。在射死母豹猫之后，他自责、痛哭，扔掉猎枪，“向他的茅屋，向他那些用无比美丽的语言讲述爱情，有时甚至能让他忘却人类

① 埃德蒙多·德·亚米契斯(Edmondo De Amicis, 1846—1908)，意大利作家。他的著名儿童文学作品《心》又译为《爱的教育》。

② 弗洛伦瑟·巴尔克拉伊(Florence L.Barclay, 1862—1921)，英国浪漫主义小说家和短篇故事作家。《玫瑰花》是一部讲述永恒爱情的作品。1910年成为美国畅销小说，在排行榜中位于第一。该小说后被翻译成八种语言，广泛留传。

野蛮行径的小说走去"。(《读爱情》，第 124 页）试图以这种方式进入文学想象中的乌托邦，在乌托邦中让美好的爱情、亲情和友情洗涤心灵，拯救灵魂。逃避痛苦残忍的现世，这也是他寻求庇护和救赎的唯一出路。

老人以逃避现实、进入文学虚构的乌托邦世界的方式反抗殖民权威，抵抗白人殖民者无止境地开发原始森林、破坏植被、杀戮动物的"物种主义"。他深知，虽与苏阿尔人一起善待保护自然，但依靠这种微薄的力量无法摆脱殖民思想的蛮横侵略，也无法彻底战胜殖民主义。他强烈抵抗过，却受到沉重的打击，他不甘心、不情愿，想猛烈回击，却又屡屡被现实击败。他一方面呐喊、抒发内心的愤愤与不平，一方面又极力躲入小说虚构的文学世界中。他矛盾、纠结、彷徨，他既体察到豹猫的情绪变化，又不得不照顾人类的安危，他既进攻，又后退，既主动，又被动，却最终违背心愿，亲手射杀了豹猫。他的矛盾心理和思想斗争正是被残酷现实所逼，如果不杀掉豹猫，就有更多人类同胞会死亡，如果杀了豹猫，他就违背了自己和苏阿尔人保护自然生物的决心。他抗拒不了现实，最终屈服于现实，躲避现实，沉浸在文学的虚构世界里，沉浸在自己幻想的乌托邦世界里。在那里他才能看到曦微灿烂的缕缕曙光，自然万物和谐相处，才能找到内心的一丝平静和安慰，才能继续坚强地生活下去。老人在文学里寻找的乌托邦世界，也许就是作者对未来和谐世界的希冀。

在《世界》中，作者以"小说套小说""故事套故事"的文学想象虚构乌托邦世界。主人公"我"少年时期航海旅行的梦想正是源于阅读文学作品，被其中的乌托邦世界所吸引。"我"沉迷于阅读美国作家赫尔曼·梅尔维尔的小说《白鲸》[①] 中，被小说航海冒险经历所吸引。小说开启了少年对大自然的

① 赫尔曼·梅尔维尔（Herman Melville,1819—1891），19 世纪美国小说家、散文家和诗人，被认为是美国文学的巅峰人物。其小说《白鲸》发表于 1851 年，是一部关于海洋题材的小说。讲述了亚哈船长为了报复咬断自己腿的白鲸莫比·迪克，对它进行疯狂地追逐和捕杀，最终与白鲸同归于尽的故事。

好奇心与热爱，引发“我”对海洋奥秘的探索。正是在文学的引导下，少年带着自己的兴趣爱好和理想前往小说中所描绘的“世界尽头”——智利南方海域。在轮船上，文学丰富了少年的谈资，是少年交友的工具，是“我”获得趣味和娱乐船员们的资源，也使船长和船员们沉浸在虚构故事的精彩情节中。主人公“我”长大成人后，旅途中随身携带书籍，沉溺于书海之中，感受文学虚构世界丰富与美好的场面。“我”喜读布鲁斯·查特文[①]的小说《巴塔戈尼亚高原上》，查特文的小说将“我”带回世界尽头的巴塔戈尼亚地区。从小说中“我”似乎看到了早期巴塔戈尼亚地区美好的自然风光，对比现实，“我”深思现世的生态危机，决心要制止日本渔船的恶行，力图再现一个如小说中描述的美好的自然生态。当“我”又看到自己的儿子专注地阅读《白鲸》这本小说时，“我”再次体会和意识到用文学唤醒人类良知的紧迫性。

在作者的笔下文学实现了它的社会教育功能，引导和警醒了主人公，唤醒了主人公的生态保护意识。面对日本非法渔船血腥野蛮的捕杀鲸鱼的场面，目睹尼尔森船长和水手佩德罗等生态环保卫士们勇敢的救助行为，以及海洋动物拼死抵抗日本渔船的场景，“我”用笔记录下这次旅行，以文学的方式记录和呈现所目睹的一切：暴力与友好、残忍与仁慈、血腥与和平，还原成一个能让众人阅读并留存于世的文学作品。在“我”的心目中，只有文学才能让人们认识到自身的危机，唤起人们保护自然的意识。“我”不仅要以自己创作文学的方式唤醒人们的生态意识，而且还将阅读文学和善举传递给子孙后代。这些表达了作家的心声，呈现了作家的生态理念和生态思想。

---

① 布鲁斯·查特文（Bruce Chatwin, 1940—1989）英国作家。1972 年，任职于《周日时报》（*The Sunday Times*），三年后离职，到世界的尽头——巴塔戈尼亚长达六个月之旅。在此基础上查特文完成了他的第一部作品《巴塔戈尼亚高原上》，并获英国“豪森登奖”（Hawthornden Prize）及美国“佛斯特奖”（E. M. Forster Award of the American Academy of Arts and Letters）等文学大奖。他的作品包括小说、散文、旅行文学及摄影集等。他的作品《乌兹》（*Utz*）和《歌之版图》（*The Songlines*）入选 1988 年“布克奖”决选名单。

作者以“小说套小说”的叙事模式在《世界》中插入查特文的小说《巴塔戈尼亚高原上》，凭借旅行让主人公洞察异域文化和环境，从新的视角描绘旅途中的奇闻趣事和自然美景，将主人公在旅途中所处社会现实和生活环境与小说所描绘的乌托邦世界进行对比，既发现自然的美好又发现人类对自然的破坏，在冒险过程中既抒发对现实的不满，批判人类对待自然的恶行，又探讨构建新的健康生活方式和改善社会生存状态的可能性，以期表达自己的生态诉求。

在两部小说中，塞普尔维达以这种故事、梦幻层层相套的叙事方式构建文学想象中的乌托邦，不仅为故事主人公提供了一条躲避与反抗现实社会的出路和途径，还向读者传递了一个信息，那就是文学乌托邦承担着拯救人类社会的责任。海德格尔说过：“重整破碎的自然与重建衰败的人文精神是一致的，应当把拯救地球、拯救人类社会的一线希望寄托在文学艺术上。”[①]中国生态批评学者鲁枢元也表示：“唯有艺术有可能在增长人类幸福潜能的原则下，重建人类社会和自然界。”[②]在人类社会所处的生态文明时代，文学乌托邦的精神指导作用不容忽视。无论是塞普尔维达小说中人物对文学的重视，还是两部生态小说本身的文学价值，他们所产生的社会效应，文学作为人类精神引领和导向的航标，对构建和谐社会、倡导人与自然、人与自我、人与社会和谐相处起着重要的作用。

要想文学拯救人类，文学必须先要拯救自身。当今社会的文化危机使得文学有被边缘化的趋势，日益膨胀的享乐主义、拜金主义、娱乐至上、自由生活的“当代精神”受到人们的追捧和膜拜，各种文化产业趋于低俗化。当代文学也逐渐走上轻松、愉悦、易懂的大众文化的创作之路，以主张和强调娱乐性、游戏性，消解正统、典雅、严肃的高雅文学。而恰恰正是有深度、

① 鲁枢元：《文学的跨界研究：文学与生态学》，上海：学林出版社，2011 年，第 4 页。

② 同上，第 4 页。

有内涵的伟大文学才能拯救人的心灵、拯救世界，正如巴尔加斯·略萨所说：

> 伟大的文学应该是对我们的生存有所帮助，它帮助我们更好地理解自己所生存的世界的复杂，人与人之间关系的复杂，各种激情支配人类的复杂，如爱情、仇恨、对权力的贪婪、博爱、孤独、友谊、宗教信仰，或信仰的缺失等。总之，所有这些重要问题，文学都能极大地帮助我们更好地去理解。在很多时候，当我们迷茫时，当我们迷失在这个很多问题都没有答案的世界上时，文学就像一块救生板，帮助我们生存下去。①

只有伟大的文学才能帮助人类正视人与人、人与社会、人与自然的关系，帮助人类在真善美与假恶丑的人性面前明辨是非，通过对人类相互间各种情感如爱情、亲情、友情的真实诠释和对人类价值观的正确引导，才能使人类意识到自身危机并进行改变和自我救赎。文学的自救仍然要靠伟大的作家，靠作家坚定不移的信念、毫不动摇的决心、锲而不舍的追求和敢于斗争的精神。需要作家在纷乱的世界中明察秋毫、沉着应对、冷静思考，勇于引导人类走出精神危机。只有树立正确的价值观，作家的文学乌托邦精神才能真正救助人类。

在人类社会由工业文明转向生态文明的重要时期，文学的乌托邦精神发挥了重要的指导作用。为了整治工业文明所导致的生态危机和精神危机，生态文明不能缺少对自然维度和精神维度的构想与设计。“而文学的天性中就有对自然的亲和、对个体内在丰富性的守护，它天性‘拒绝一切形式的人与自然的割裂、物质与精神的偏执’。文学艺术的想象，很容易便会容纳进自然和精神的因素。因此，在人类文明的再次转向之际，文学的乌托邦精神就显得

---

① 参见“文学峰会：马里奥·巴尔加斯·略萨见面会”的记录。http://qkzz.net/article/f692b750-5a4f-4f53-865b-4400bd477de8_6.htm。

尤为重要了。”[①]而这种精神恰恰需要靠伟大的作家来激发。塞普尔维达正是通过他的文学创作，启示着新时代的文学艺术家们端正世界观、人生观和价值观，充分发挥文学的乌托邦精神，呼吁维护人类自然生态、社会生态和精神生态的多维平衡。

三　象征与隐喻的文学抗争形式

象征作为文学创作的艺术手法，是根据事物之间的某种联系，借助某人某物的具体形象，以表现某种抽象的概念、思想和情感。作家通过某一具体形象的塑造表现一种更为深远的含意，让读者自己去意会作品的蕴涵和主题，从隐晦、含蓄中获得一种愉悦的审美感，即美的享受。隐喻既是一种修辞手段又是一种艺术手法，它是用一件事意指另一件事，侧重表现本身，强调意象和喻意之间的可比性和同一性。在《读爱情》和《世界》两部小说中，塞普尔维达以象征与隐喻的文学抗争的形式，巧妙地表达了自己的生态思想。

《读爱情》中以称呼的隐喻和象征体现了后殖民生态主义中种族主义思想对各个民族的影响。老人与苏阿尔人共同生活在亚马孙丛林，感觉自己已属于阿苏尔人群中的一员：

> 他有了一身像猫一样的肌肉，随着岁月的流逝它们变得越发有弹性。对于雨林，他知道的跟苏阿尔人一样多；作为猎手，他和苏阿尔人一样出色；他游泳的技术也跟苏阿尔人一样棒。总之，他就像是他们中的一员，却又不是。(《读爱情》，第 39 页）

虽然他逐渐了解这个民族的种种习俗，每天用敌人的头颅祭拜的仪式，为新生命唱“阿嫩词”，“他就像是他们中的一分子，所以他的苏阿尔东道主，

① 马治军：《文明转向与文学的乌托邦精神》，《当代文坛》2011 年 01 期，第 41 页。

在一个雨季，赠送他一个女人，以使他的家族和血统有更多的荣耀。”（《读爱情》，第 40 页）但他仍旧是白人，不是土著人，不能娶土著女人为妻。经过长时间的友好共处，有时他们会忘却种族的差异，忘却因民族融合带来的困扰。然而，白人冒险者杀害老人的土著挚友努西尼奥的事件，改变了老人与土著人和谐相处的关系。老人应苏阿尔人的要求杀死了白人同胞，却未按照土著人用吹箭筒的方式杀死他，以至于苏阿尔人认为努西尼奥的灵魂得不到解脱。风俗习惯的不同让他们彼此之间产生隔阂和疏离。从杀人的风俗习惯中他明白自己仍是个白人，无法融入到土著人中，仍然不能完全像苏阿尔人一样报仇雪恨，历史形成的矛盾依然存在，个人的力量永远无法战胜集体的意识。虽然老人试图颠覆这种认识，以个人的力量对抗同胞的残忍、反抗殖民主义，但白人殖民者迫害土著人血淋淋的事实依旧不断呈现，他无法也无力改变这种局面。他最终不得不承认，自己确实不是他们中的一员。“从这一刻起他不再受欢迎。他今后可以从苏阿尔人的村落经过，但他再也没有权利在那里停留。”（《读爱情》，46 页）他还是被现实打败，无奈地离开土著人居住区。

小说中多次出现“他就像是他们中的一员，却又不是”这句话。“他”指老人，“他们”指苏阿尔人。这种“他”与“他们”的指代表达了老人对自己身份认同的矛盾心理，既想将自己归属于苏阿尔人而又为自己白人的身份感到为难，这种矛盾心理体现了西方殖民者征服统治美洲大陆之后，在种族混杂地区生活的人们普遍的一种心理状态，导致产生种族融合与混杂现象①的事实。在这种混融的生活区域中，很多人就像老人一样有着对现实的无奈接受和无声的反抗。造成这种悲剧的依然是那个时代的殖民主义历史，个人只是

① “种族混杂”(Culturas híbridas)这一概念由阿根廷人类文化学家奈斯特尔·加西亚·坎克利尼在其著作《种族混杂：进入走出现代性的策略》(*Culturas híbridas. Estrategias para entrar y salir de la modernidad*) 中首次提出。

被裹挟在历史洪流中微不足道的一分子。老人面对现实虽然有过抗争，但到头来总要无奈地接受现实。殖民主义与后殖民主义在拉美大陆给当地人心理造成永久的创伤，白人殖民者与土著居民的历史矛盾不可调和。这何止是作为白人的老人有这种感慨，这句话倒更像是土著居民自身的慨叹。长期的种族歧视和民族风俗差异又让他们感到自己不是“他们中的一员”。随着社会的发展，随着世界进入开放的全球化时代，拉美的印第安人仍然以独立的民族身份保持着自己的姿态。而“他就像是他们中的一员，却又不是”这句话反映了新大陆发现以来种族融合和混杂现象下各族人民普遍的心理状态。

在这部小说中，作家以隐喻和象征的手法命名人物和小镇，独具匠心、颇具寓意。老人的名字安东尼奥·何塞·玻利瓦尔·普罗阿尼奥融合了拉丁美洲两位著名人物的名称，一个是古巴民族英雄、独立战争领袖和诗人何塞·马蒂，另一个是领导拉美多国独立战争胜利的革命家、军事家和解放者西蒙·玻利瓦尔。这两位英雄为拉丁美洲脱离西方殖民统治、争取民族独立发挥了重要作用。塞普尔维达借用拉美历史上伟人的名字命名小说的主人公，象征他将以民族英雄和革命家的行为鞭策自己的行动，隐喻地寄托了作者自己的希望，表达自己的抗争。老人的形象象征着反抗西方殖民、反抗破坏自然生态、反抗压迫残害土著和动物的英雄，以这种隐喻的命名表达对后殖民生态主义的“生态扩张主义”“种族主义”与“物种主义”的不满和抗议。

老人以自己的实际行动保护殖民地的自然生态，保护土著和动物的安全，维护他们的权力，与蛮横无理的白人殖民者抗衡。他不仅充当了如何塞·马蒂一样的英雄领袖形象，传递自己的生态理念，维护自己和土著人和谐共处的家园，还充当了英勇革命者西蒙·玻利瓦尔的角色，为保护镇民的安危挺入森林猎杀豹猫，将整日担惊受怕的“同胞们”从恐惧中解救出来。但老人更多的是继承了两位英雄人物的抗争精神，反抗殖民者对待自然、土著和动物的恶劣行径。作者通过这种名字的寓意与象征，希望老人能凭借两位拉丁美洲革命英雄的力量，对抗并战胜殖民者对土著人的野蛮统治。

塞普尔维达命名小镇为埃尔伊迪利奥，抒发自己对美好未来的向往。埃尔伊迪利奥（El Idilio）在西班牙语中表示田园诗。这里曾是亚马孙的原始森林，有许多珍稀的野生动植物，是土著人世代居住的地方，美丽的大自然与土著人奇特的风俗习惯和宗教信仰，让这里充满自然的原始气息。土著人与自然和睦共处、其乐融融，生活悠然自得，他们有条不紊地经营着自己的生活，如同田园牧歌般美好。在西方殖民者到来之后，这里不再宁静，曾经浪漫的田园瞬间变成人间地狱：殖民者们到处烧杀抢掠，无恶不作，践踏自然，虐待土著人，残杀动物。在作者的笔下，西方殖民者统治下的小镇却被作者冠以美好的名字，涵义深刻，独具匠心。白人殖民者在小镇的所作所为与小镇的美名形成鲜明的比照：专横跋扈的白人镇长的统治，殖民者们野蛮的开发和剥削，小镇充满黑暗和贪婪；保护自然生态的老人协同土著苏阿尔人同白人殖民者野蛮行为的斗争，他们恪守大自然法则，营造田园诗般意境的家园，保护亚马孙丛林的自然生态平衡，追求伊甸园般的美好未来。小镇在这样的比照中被作者描述为最初的模样，象征着莺歌燕舞、鸟语花香、山清水秀、天人合一的美好未来。

在《世界》中，塞普尔维达以隐喻和象征的手法命名小说的名字，呼唤人们关注地球生态危机，保护海洋生态平衡。“世界尽头的世界”是处在智利最南端与阿根廷接壤的巴塔戈尼亚地区，在小说里也是主人公两次航海的目的地。这里曾经是景致美好的地方，人与动物和谐共处的天堂，是人类精神的栖息地。如今却遭到以日本为首的发达国家的侵犯与洗劫。海洋动物被猎杀，生态平衡遭到破坏，“尽头的世界”如同“末日的世界”。作者一语双关，用一个西语词 fin（终结、尽头）分别指涉了这一地区的地理位置和它的现实处境，这里不仅是世界的尽头，还将成为末日世界的终结。作者感慨由人类恶行导致的这种末日景象的悲哀，唤醒人们关注海洋生态的意识。“世界尽头的世界”隐喻的命名，在文中反复出现，给人营造了一种危机感和紧迫的氛围，象征性地提醒人们，如果再不及时制止人类肆意宰割海洋生物、破坏生态平衡的行为，那么，世界将会走到尽头，世界末日也终会到来。

小说中贝壳的隐喻深刻，意象深远。源于主人公的儿子得知父亲要前往智利南端海域“探险”，希望他带给自己一个能听得见那里海的声音的贝壳。当主人公完成那段“记忆深刻”的旅途时，尼尔森船长和水手佩德罗送给他一个贝壳。但此时的这个贝壳已经不仅仅代表用来倾听海的声音的贝壳了，它似乎也喻示三个人共同奋战在海上、与日本渔船斗争的记忆，是他们友谊的象征，是他们齐心协力保护生态的见证，并提醒主人公铭记三人这段意义深刻的抗争旅程。主人公将贝壳带到欧洲，虽然远离智利，却通过贝壳建立了一种联系，和谐的海洋之声将他们的环保事业与对美好未来的梦想连在了一起。主人公“我”将它传递给自己的儿子，代表了父亲和友人的一种共同心愿，让后代知道父辈们为保护海洋生态付出的努力和所做的斗争，让儿子感受生机盎然的海洋，让子孙后代时刻铭记过去，憧憬未来，共同营造富有生机、生态美好的新世界。

在两部小说创作中，作者路易斯·塞普尔维达以隐喻和象征的艺术手法，通过小说、小镇和人物的涵义深刻的命名，在文化习俗差异和信仰不同的异域，将文学书写、乌托邦的想象作为一种抗争的形式，控诉人类对自然、对动物的野蛮行径，呼吁人类关注自然、保护生态平衡，提倡重建和谐美丽的人类家园，这一切就是作者所要表达的生态思想！

第四章　拉丁美洲生态文学及生态批评的主题与特点

全球日益凸显的自然环境恶化和生态危机问题引起人类的广泛关注，由此而带动了与生态相关的各种人文社会科学的发展，其中生态文学与生态批评的繁荣与发展更是为环境保护事业争得了更多的话语权。与世界范围内生态文学和生态批评的发展相比，拉丁美洲描写自然生态的文学虽早有雏形，但真正意义上的拉美生态文学和拉美生态批评出现较晚。

随着西方殖民主义征服统治新大陆，拉丁美洲的自然生态环境开始遭到侵害。经历了殖民反抗、独立战争、利用外资发展经济到实行新自由主义，进入近现代，拉丁美洲的自然境况遭到不同程度的损毁。尤其是进入全球化进程后，拉丁美洲迫于改善落后的经济状态，而被裹挟到一场资源掠夺之中。原本自然资源丰富的拉丁美洲如今却面临着资源枯竭，自然灾害频发，生态危机日趋严重，各种社会和精神生态问题逐渐凸显。生态问题已引起拉美社会各阶层的关注，特别是社会学家、作家，在拉丁美洲掀起了环境保护的浪潮，推动了拉丁美洲生态文学和生态批评的发展。

虽然拉丁美洲的生态文学和生态批评起步较晚，但出现了大量的生态文学创作，并不逊色于世界其他国家。拉丁美洲独特的历史发展进程和文化语境、宗教信仰、富有特色的地域风情、人文环境，涌现出许多生态作家和作品，其作品具有本土化特征，文学评论界对其关注度逐渐增强。

第一节　拉丁美洲生态文学的八大主题与六大特征

本研究在对拉美生态文学作品的梳理和研读的基础上，归纳出拉美生态文学的八个核心主题。

一、印第安文化中自然思想的表达：印第安人对自然的膜拜和敬仰、与自然和谐共存的思想，印第安部落维护自然生态系统、崇尚尊敬自然的理念。一般描写印第安人生活理念与文化习俗的拉美文学作品多少都会涉及印第安人对待自然的态度，作品叙述侧重点的不同决定了这一主题在作品中的呈现方式和所占比例的大小。例如古印第安文学《波波尔·乌》、巴尔加斯·略萨《部落发言人》和路易斯·塞布尔维达《读爱情故事的老人》作品中对印第安文化自然思想的描述比例较大，侧重表现印第安人的自然观；而伊丽莎白·布尔格斯《我叫里戈贝尔塔·门楚，我的觉悟这样产生》、塞布尔维达《世界尽头的世界》和《一个叫莱亚尔的狗的故事》几部作品对这一主题虽然都有提及和反映，却并非主要叙述。

二、对拉美大陆神奇自然的描写和赞美：对美洲大陆富饶、辽阔的自然风貌、印第安土著居民热情淳朴民风的描写，对热带雨林、河流、树木和动物等自然风光的描写，歌颂大自然的质朴与静谧，赞颂拉美的大自然风光。这一主题主要体现在早期拉美生态文学中“自然书写”类型的“歌颂自然”一类，代表作如哥伦布《航海日记》、奥拉西奥·基洛加《丛林的故事》和阿莱霍·卡彭铁尔《消失的脚步》等；还有赞颂拉美自然的诗人加夫列拉·米斯特拉尔、塞萨尔·巴列霍、巴勃罗·聂鲁达等的诗作。当然，现当代拉美生态文学作品中也会出现类似描写、赞美拉美自然风貌的主题，但此时，多数描写是作为反衬当下环境遭破坏、被污染，用来唤醒人们保护、恢复曾经美好自然的艺术手段。

三、对“文明与野蛮”“自然与人类”对立的探讨：提出根治野蛮的痼疾、建立文明社会的理念，把自然界及其生活于其中的人视为野蛮，把城市及其生活在城市里的人视为文明，将自然视作人类的对立面，对其野蛮且怀有敌意。此类主题多反映在早期拉美生态文学萌芽作品中，如《文明与野蛮——胡安·法昆多·基罗加的生平以及阿根廷共和国的方方面面》；丛林小说代表《漩涡》《堂娜·芭芭拉》以及《卡纳伊马》等。这类主题带有鲜明的时代特色，是在西方殖民征服统治新大陆并带来西方“文明教化”印第安人的背景下出现的，人们对所谓的文明与野蛮、自然与人类产生了偏见和误区，从而形成了摒弃野蛮自然、构建文明城市的思想。但这种思想很快随着社会现代化消失，从而转变为其他生态主题。

四、对城市生活的向往和失望，对原始乡村生活的眷恋和回归自然的心愿：普遍表现为，主人公渴望远离城市的喧嚣，摆脱城市文明的羁绊，到大自然中净化自己的灵魂，归隐自然；西方人踏上深入自然之旅后，探索并崇尚印第安人原生态生活方式和原始文化；在城市外建立原始淳朴的农耕种植园，给逃离城市的人们提供庇护之地，使其回归自然。代表如《湖水有理》《消失的脚步》《部落发言人》及《2010：火焰中的智利》。反映此类主题的生态作品多出现在人们经历现代化城市快速发展之后，人们刚刚从乡村转移城市的大浪潮中苏醒过来，发现曾经对城市无限幻想的美梦渐渐被现实打败，冰冷机械、喧嚣孤独的城市生活让现代人开始留念淳朴自然、简单宁静的乡村生活，因而出现了很多类似《湖水有理》和《2010：火焰中的智利》中不断在城外的乡村寻找世外桃源和安居之所的人物形象。

五、现代化发展与环境的冲突：[①] 揭示因外国资本入侵和本国盲目追求经济发展、城市化发展，破坏当地生态系统，导致环境生态危机。代表作如《小妈妈——美国联合果品公司》《甘多卡的女疯子》以及《瞭望大海的乌妮

① 这里指包括殖民主义、帝国主义控制拉美经济发展以及本国自身追求现代化发展而对环境造成的恶劣影响。

卡》。此类主题生态文本多来自受资本主义发达国家控制与影响的地区，如中美洲的哥斯达黎加和巴拿马。外国资本入侵及投资者开发土地致使当地生态恶化，如同作品中所反映哥斯达黎加“甘多卡生物保护区”被外商利用发展旅游业，因城市化发展造成“蓝河垃圾场”的生态污染等现象。有的小说对此类主题的描绘虽非主要，但也从侧面进行反映，如表现国家因自身追求现代化发展而造成环境恶化的生态文本还有《太阳的传说》和《2010：火焰中的智利》，两部作品描绘的墨西哥城和智利首都圣地亚哥都是在人类社会过度现代化、科技化发展之后走向生态衰败之路，呈现了现代化发展与环境的时代冲突。

六、生态危机中的城市末日启示录和乌托邦想象，描绘因科技高度发展、社会堕落所致的无法生存的城市末日景象：人们生活糜烂、道德败坏、精神异化、城市污染、暴力横行、政府腐败、失业、吸毒和贩毒、犯罪、色情等充斥社会；还有对末日后新世界重生的乌托邦想象，小说人物坚持重建种植园，建立理想、和谐、美好的“乌托邦”，将改变世界的美好希望寄托于文学中的“乌托邦”。表现此类主题的现当代拉美生态作品颇多，如本专著主要分析的几部小说《太阳的传说》《做爱时你在想着谁？》中对墨西哥城末日景象的描写和乌托邦想象，《读爱情故事的老人》在爱情小说的乌托邦中寻找慰藉，避开野蛮和残酷；《2010：火焰中的智利》的主人公坚持在混乱环境中重建种植园这一理想“乌托邦”，为逃离污浊城市的人们提供庇护所，《无法企及的平衡》“四人组”带着河马在生态灾难中追寻乌托邦，并将改变世界的美好希望寄托于文学中的“乌托邦”，《白银河》的主人公沿着河流、深入森林寻找传说中的白银河——一个诗人记忆中神秘美好的仙境等。

七、人类与动物关系的探索：揭露人类伤害和猎杀动物的恶行，描写动物帮助友好人类的行为以及友好人类与动物和谐相处的生活，希望改善人与动物、人与人、人与自然的关系。对此类主题表现最全面的是路易斯·塞布尔维达的生态作品，他的作品既有对人类虐待、滥杀动物的批判，亦有对人与动物互相帮助、友好相处的赞扬，如《读爱情故事的老人》中白人殖民者和老人对待豹猫的不同态度，《世界尽头的世界》中日本渔船和环保主义者对待捕鲸的不同立场，《一个叫莱亚尔的狗的故事》中白人商人和马普切人对待牧羊犬莱亚尔的不同行为；除此以外，《无法企及的平衡》中腐败政府劫持河马与“四人组”救助放生河马的对比，奥斯卡·科亚索（Oscar Collazos）《搁浅的鲸鱼》（*La ballena varada*, 1997）中对试图杀掉搁浅鲸鱼换取经济利益的村民与想方设法救治放生鲸鱼的小男孩的对比，以及《湖水有理》中对两只狗与主人和村民最终睦邻相处的描绘。这些拉美生态文本分别从人类和动物的不同视角描绘了两者之间不同的相处模式，最终都殊途同归地达到同一个目的：倡导人与动物及自然的和谐相处。

八、对政府和社会无视环境的尖锐批判：批判政府以保护环境为幌子，以政治操纵为手段和阴谋，无视民众的声讨，拖延整治计划，办事低效，对底层人民实施暴力，与外商勾结发展危害生态环境的旅游业等。此类主题往往出现在对环境问题有持正反两面意见人物的作品中，往往由环保主义者率先指出政府和社会对待环境的漠视态度和错误行为，由此形成正义与邪恶的正反对抗。如作品《瞭望大海的乌妮卡》批判政府无视“蓝河垃圾场”拾荒者的声讨，拖延整治垃圾场的计划，对底层人民冷漠而暴力；《无法企及的平衡》批判政府以引入河马谋取私利，从而达到服务政治的目的；《甘多卡的女疯子》批判政府的虚伪与外商勾结的破坏行为；《世界尽头的世界》批判智利政府允许日本渔船入海捕杀鲸鱼并从中牟利的无耻行为。这类主题时常表现出环境正义和社会正义，并成为生态政治视角审视的文本对象。

拉丁美洲大陆不仅拥有美丽、神奇的大自然，而且有物种多样性，如巴西的热带雨林、阿根廷的潘帕斯草原、智利的火山和阿塔卡玛沙漠、玻利维亚的天空之境等，其中自然物种多样化以厄瓜多尔和秘鲁最为典型，二者还是典型的文化多样性的国家。早在西班牙殖民者到来之前，这里就集聚着发达的印第安文化，如玛雅文化、阿兹特克文化、印加文化等。随着新大陆的发现，欧洲人入侵，带来非洲的奴隶，甚至还有中国、日本人等亚洲人种融入，使拉丁美洲成为多民族混杂的大陆，成为文化混杂的大熔炉。这也为其文学的多样化奠定了基础，并独具特色，具有本土的文化与生态特征。

本专著在分析和总结拉美生态文学主题的基础上，归纳出其主题背后在内容表述和艺术手法运用方面所表现出来的六个特征。

一、大量运用民间神话和传说：受印第安文化影响，拉美生态文学汲取印第安人的神话和传说表达自然思想，“把印第安人信仰里的生死观、循环观、世界末日观以及人与动植物的相互转化变形等原始思想运用到生态文学作品中去”。[①] 如运用“哭丧妇传说”（la leyenda de la llorona），让人与动植物、与山间精灵之间进行对话；运用阿兹特克文化的第五个太阳纪的喻示，说明世界将在暗无天日的末日景象和大地震中灭亡，并迎来第六个太阳纪的传说。如《甘多卡的女疯子》中描绘精灵代表自然话语，指引女主人公关注自然；《我叫里戈贝尔塔·门楚，我的觉悟这样产生》中讲述基切族认为自然界的每个生物都有各自形影不离的保护神纳瓦尔，人类倘若滥杀某个自然生物，就会触怒其所对应的神明纳瓦尔并受到惩罚；《爱在里奈阿别哈》中描绘人与自然进行的灵性交流，并将“哭丧妇传说”娴熟地运用在人物塑造及故事情节上；以及《太阳的传说》和《做爱时你在想着谁？》中对古印第安阿兹特克文明和传说的阐释等等。

二、肯定印第安土著的自然观：印第安人自古以来膜拜和敬仰自然，认为“人的生命来自大地”，[②] 比起白人殖民者或现代开发商对自然的过度开发、

① 郑书九等：《拉丁美洲“文学爆炸”后小说研究》，北京：商务印书馆，2013 年，第 312 页。

② Mariátegui, José Carlos. *Siete ensayos de interpretación de la realidad peruana,* Buenos Aires: Prometeo Libros, 2010, p.90.

利用和损毁，印第安人对自然资源的开发是有节制的，对他们善待自然的方式给予肯定。这一特征是从拉美社会现代化之后，拉美人民重新对自然进行评估开始展现的。推崇并学习曾被主流社会边缘化的印第安人对待自然的生态理念也逐渐出现在当代拉美生态文学文本中，如《部落发言人》中肯定印第安人维护自然生态系统和崇尚尊敬自然的理念，肯定印第安人原始的捕鱼方式、批判白人殖民者用炸药捕鱼的残忍；《甘多卡的女疯子》描绘了印第安人与白人对待自然的不同态度，印第安人如“大黑蚁”一样团结一致，守护家园，白人如“大白蚁”，虽勤奋劳作，却在摧毁家园；《我叫里戈贝尔塔·门楚，我的觉悟这样产生》描写了印第安人倡导人类应当尊重自然的种子，认为它是繁殖和给养生命的圣物。肯定他们对待自然的态度和教育子孙与自然和谐相处的行为，他们教育孩子要珍惜自然的馈赠，不浪费一滴水、不滥杀一只动物。要尊重每一个生命，每棵植物、每只动物。认为动植物和人类一样都是神明的孩子，应当互助互爱，和谐共处；除此以外，塞布尔维达的生态作品更多表现出这一特征，无论是《鳄鱼》中讲述的印第安土著阿纳雷人、《一个叫莱亚尔的狗的故事》中的智利土著马普切人、还是《读爱情故事的老人》中亚马孙丛林土著苏阿尔人以及《世界尽头的世界》中生活在南美大陆的土著乔诺人、阿拉卡路费人、奥亚人和奇洛特人等，他们善待自然的文明理念皆成为作者肯定与颂扬的对象。

三、对历史的再现和对未来的展望：不同作品通过再现或预测历史，起到生态警示作用。再现历史的表现手法如《世界尽头的世界》对20世纪80年代日本以科学研究为名，获取在智利捕杀鲸鱼特权这段历史的再现，《瞭望大海的乌妮卡》对哥斯达黎加“蓝河垃圾场”发展几十年历史的再现，《甘多卡的女疯子》对哥斯达黎加发展生态旅游历史的再现；预测历史的表现手法如《2010：火焰中的智利》对九十年代畅想未来2010年的智利进行启示录式的展望，进而对人类进行生态预警；《做爱时你在想着谁？》预写了2027年的墨西哥城末日景象，警醒人们注意正在经历的生态危机。这一回顾历史与预言历史的艺术手法也成为拉美生态文学的特征之一。

四、社会正义与环境关怀密不可分：与欧美生态文学作品不同，拉美生态文学作品更关注政治、社会正义以及生态环境之间的关系。由于拉丁美洲作家自身职业的特殊性，常常身兼多职，积极参政，如诺贝尔文学奖获得者巴尔加斯·略萨就曾竞选过秘鲁总统，作家卡洛斯·富恩特斯、荷马·阿里德希斯、巴勃罗·聂鲁达等都担任过外交官。这就赋予他们更加开阔的视野和社会责任，“具有优势的社会地位使他们有机会接触国内国外各学科领域、社会阶层和不同职业的人……使他们能够一只脚立足于全球文化中，一只脚驻足各自的本土文化”。[①] 在拉美，人文关怀总是与环境抗争融合在一起，“他们关注环境破坏和未解决的社会问题：声讨土地、印第安人权、阶级歧视、性别歧视和种族排他性”。[②] 很多拉美生态作品都展现出强烈的社会正义与环境关怀，如《世界尽头的世界》《甘多卡的女疯子》《无法企及的平衡》及《瞭望大海的乌妮卡》等。

五、文学创作文本主题呈二元对立的特点：在拉美生态文学作品中常出现二元对立的主题：“文明与野蛮”“城市与乡村”“世界主义与本土主义”“欧洲主义与美洲主义”等。这些主题的呈现与拉美特殊的殖民历史和混杂文化分不开。当遇上西方殖民者入侵，两种文化甚至多种文化交锋，拉丁美洲人民就在这种二元对立中不断地判断，做出抉择。《读爱情故事的老人》和《世界尽头的世界》对真正“野蛮和文明”主题的探讨，最终颠覆了“城市即文明、乡村即荒蛮”“白人即文明、土著即野蛮”的论调；《湖水有理》的主人公徘徊于“乡村与城市”的选择之间，在亲身体验城市生活之后，他

① Barbas-Rhoden, Laura, *Ecological Imaginations in Latin American Fiction*, University Press of Florida, 2011, p.10.

② 同上，第 167 页。

推翻了“城市生活就优越于乡村生活”的固有思维模式。面对世界范围经济科技的快速发展，拉美作家开始思考各自国家的特征与状况，不盲从于世界主义的潮流，而是坚持独立的话语权和维护本土利益，表现在各自的文学创作上即对这种呈二元对立主题的探讨。

六、拉美生态文学文本运用常规式的平实写作技法，却具有很强的可读性：拉美生态文学大多数文本属于“爆炸后文学”的叙事作品，摒弃了“文学爆炸”时期惯用的晦涩难懂的语句，抛弃追求新颖而复杂的写作技巧以及繁复的文章结构，而更多采用传统的现实主义创作手法，以简单易懂的语言和线性叙事结构呈现一个个生态故事，这样，更容易得到读者群的接受。细数本专著提到的每部生态作品，没有一部是在语言结构上刻意出奇的作品。虽然每部作品的语言朴实无华、通俗易懂，却勾勒出一个个精彩纷呈、惊心动魄的生态故事，处处充盈着如同自然之美的生态哲思，让读者时刻沉寂在人类与自然较量抗衡的内疚之中。

通过对拉丁美洲生态文学主题、内容和艺术表达特点的分析，本文得出结论：拉丁美洲生态文学具有不同于西方生态文学的本土化特征。拉美作家具有强烈的自然生态意识、环境保护意识、社会责任感和政治民主意识，他们在展示和揭露拉丁美洲的生态危机和环境污染的同时，有力地批判了拉丁美洲各国的黑暗现实。用一个个精彩的生态故事，唤起广大人民的环保意识和社会责任，并以生态文本、自然语篇为武器对抗新殖民、新自由主义的侵入，呼吁民主、人权和环境正义，深深地吸引了读者阅读的兴趣。

第二节　拉丁美洲生态批评的特点与维度

世界生态批评内容丰富，呈现出跨学科、跨文化、跨文明的国际化特征，它对不同理论的借鉴和交叉整合，又使它具有开放性和包容性的特点。从不同视角探讨文学、文化、社会、自然之间的内在联系，反映社会生态方方面面的问题，这些特点也决定了生态批评的研究是多维度的。

拉美生态批评的发展虽然滞后于西方生态批评，但它对拉美生态文学作品主题研究的广度赋予其更大的活力，必要时成为对世界生态批评的补充。越来越多欧美、亚洲和拉美本土学者致力于拉美生态批评研究，这就拓宽了拉美生态批评的方法与路径。

结合本专著第一章第三节对拉美生态批评现状的梳理以及第二、三两章的文本批评实践，我们总结出拉美生态批评的若干特点与几大维度。

首先，针对拉美生态文学研究的生态批评呈现出如下特点：

对拉美诗人自然诗篇和拉美作家自然书写的生态解读；对生态诗歌及作品中反乌托邦和启示录主题的分析；对作品反映的环境污染和生态危机问题的分析解读；对作品中城市发展与自然保护的主题探究；对作品中社会政治问题、种族歧视和性别问题的生态解读；对作品中拉美自然、非人类生物与人类生存关系及状况的探索；对作品中展露的印第安文化及生态观的分析解读；从生态批评视角重读和分析拉美文学经典作品；运用生态批评解读殖民主义、后殖民主义对拉美社会的影响；运用生态女权主义批评解读拉美自然与妇女的地位与关系；运用生态批评分析拉美非生态文本的艺术表现形式；探讨生态批评理论在包括文学和文化等拉美研究领域的运用。

其次，从拉美生态批评研究领域和研究特点上看，拉美生态批评主要呈现五大研究维度：地方维度、性别维度、种族维度、动物维度和文化艺术维度。

拉美生态批评中的地方维度可以归为两大类：从代表发达的欧美大陆到代表落后的拉美大陆，从代表科技的城市到代表自然的乡村。以欧美为首的西方殖民帝国主义在世界舞台上演了空间扩张，殖民主义掠夺瓜分拉丁美洲的自然资源，侵略他人的家园而发展自己的家园，拉美大陆在殖民列强的践踏与压迫中苟延残喘。生存在这片长期被侵犯土地上的拉美人民，尤其是印第安人民不畏强权、不愿屈服奋起反抗，他们对待自然的态度也与殖民不同，不像西方人一样将自然视作征服的对象，而是人类与其相生相依、和谐共处的地方。拉美生态批评的地方维度研究批判资本主义在经济空间扩张中无视人与自然、人与地方的纽带关系，呼吁建立一种生态正义的地方原则，呼吁关爱各自的家园，尊重各个地方的生存与发展权利；从城市到乡村的地方维度研究体现在居于现代化城市中的公民因厌烦了冰冷机械、杂乱喧嚣的城市环境，从而踏上寻找远离尘嚣的净土之旅，他们实现了空间和地方的转化，心境与思维也随之改变，往往在大自然中找到安居之所，找到心中的乌托邦与伊甸园，重新发现人与自然纽带关系的重要性，因而回归自然成为最终归宿。而那些从城市到乡村再到城市的地方转变叙述，则试图寻求一种人与地方的纽带关系，寻找身份认同感，从而在出走之旅中获得如何维护家园环境、对家园负起责任的新意识。

拉美生态批评中的性别维度集中于生态女性主义或生态女权主义领域，主要探讨拉美自然与妇女的地位与关系，关注底层妇女生活状况和自然环境的状态，反对一切男权形式的压迫。生态研究者截取反映妇女被男权社会控制和边缘化的文本，结合女性生存与自然保护的主题，为拉美底层妇女和被破坏的自然发声，试图重建女性主义的生态文明。性别维度还对男性气质和“生态男性形象”进行研究，“探讨雄性气质在不同文本中保护自然或主导自然的不同表现”。[①] 本专著第二章第四节即利用性别维度研究进行的生态文本批评实践。而目前为止，拉美生态批评的性别维度研究还没有涉及同样处于弱势族群的同性恋群体，如此，结合酷儿理论和生态批评理论进行分析研究也将成为拉美生态批评性别维度研究的新趋势。

拉美生态批评中的种族维度研究上升到理论层面即后殖民生态批评，这

① 唐建南：《生态批评的多维度实践》，世界图书出版公司，2017 年，第 6 页。

一维度研究尤其聚焦在种族主义和物种主义之上，旨在寻求西方与非西方国家之间的环境正义，批判西方中心主义和霸权主义，追求社会正义与环境正义。拉美生态研究者从生态后殖民主义视域分析体现种族问题和生态问题的文学文本，揭露因殖民者掠夺拉美自然资源而导致的印第安生态社会危机，揭露西方殖民持有种族歧视偏见的殖民行为，以及“文明教化”的实质，探讨印第安人走出殖民与压迫、寻找身份认同和文化记忆、重建家园的可能途径，并警示人类所面临的种种生态灾难，唤醒人们保护自然生态的良知。本专著第三章第一、二节即利用种族维度研究进行的生态文本批评实践。

拉美生态批评中的动物维度主要聚焦于动物题材的生态作品，从不同的分析视角探讨人与动物之间的关系，从生态整体主义出发思考人与自然的联系。弱化人类中心主义，破除人与动物的分割对立，肯定动物的生存权，并探讨动物与人基本生存权冲突的论题，从而提出“种际同一性正义”，即强调人与其他自然生物相互平等，倡导合理处理人与其他生物物种之间正义的关系，维护非人类物种的生存权，构建人与自然的生态和谐。很多研究者对路易斯·塞布尔维达等擅于书写动物主题的作家生态作品的研究，尤其是对其中人与动物关系的探讨分析即从动物维度研究进行的生态文本批评实践。

拉美生态批评中的文化艺术维度是指除了生态文学文本外，研究者拓宽了拉美生态批评的研究对象和生态想象载体，从更宽更广的领域如拉美绘画、涂鸦、音乐、舞蹈、电影、电视、表演、戏剧、雕塑、建筑等文化艺术领域中窥探生态主题，从更多文化表征与文化现象中分析其中流露的生态理念。这种文化艺术领域的作品触及人们生活的方方面面，更能深入人心，从生活中的点点滴滴影响着人们的生态观，它们所传达的社会生态思想能影响到更广泛的大众群体，从而使正确的生态理念渗透到人们生活的各个层面。如本专著第一章第三节提到的著作《毁灭的政策 / 保护的诗学——拉美环境生态批评解读札记》和《幸福的不可能性：西班牙和拉丁美洲生态危机的表述》，论文《横渡大西洋的生态诗学：从文本到社会行动》以及杂志《人类学视角下的环境文化表征》即是从文化艺术维度进行的生态文本批评实践。而这种文化艺术维度的拉美生态批评研究也已广泛展开，并将为世界生态批评提供更为丰富的实践素材。

随着世界范围内生态批评理论日趋发展完善，生态批评的方法与路径也呈现出逐渐突破原有局限性并走向多元化的特点。在这一大背景下，拉美生态批评也不断独辟蹊径、推陈出新，虽然不及中国生态批评在理论完善和研究方法上所取得的成果，但近几年发展势头强劲，逐渐开辟出新的研究领域，试图为世界生态批评提供必要的借鉴。

在较为全面的熟悉并厘清了拉美生态批评的特点之后，本专著也尝试在前人研究的基础上另辟蹊径，运用文化批评和文本分析法，以生态批评的跨学科、多视角、多文化性为理论基础，从文化、宗教、哲学、神话学以及生态女性主义和后殖民生态主义的角度对文本进行分析，以拉丁美洲“文学爆炸”后小说发展进程中具有代表性和典型性的生态文学作家——墨西哥的荷马·阿里德希斯、智利的路易斯·塞普尔维达的作品为研究对象，研究其作品所展示的生态保护内容和所表现的不同主题，进而阐释了拉美生态文学的本土化特征。

荷马·阿里德希斯的《太阳的传说》和《做爱时你在想着谁？》，大量运用民间神话和传说，对历史再现和对未来展望等艺术手法，表达了拉美生态文学的主题“生态危机中的城市末日启示录和乌托邦想象”。荷马·阿里德希斯以独特的叙事视角和艺术手法呈现了内容丰富、构思奇特的生态文学文本，以新颖的视角为世界生态文学创作开拓了更广阔的领域。

路易斯·塞普尔维达的两部生态小说《读爱情故事的老人》和《世界尽头的世界》与世界生态文学主题有相同之处，但由于拉美大陆具有独特的殖民历史文化，使得路易斯·塞普尔维达的小说带有后殖民主义特点，可以说，这种后殖民主义与生态批评的结合使得拉美生态文学有别于世界生态文学，也使得他的小说别具一格，具有异域风采。

出生于同时代、不同国家的荷马·阿里德希斯、路易斯·塞普尔维达，在对拉美各国被欧洲列强侵略和殖民以及现代社会发展整体历史境况的把握中，分别从墨西哥、智利和厄瓜多尔几国不同的历史现实和社会条件出发，展现了各国面临的既相似而又有差异的生态环境危机。两个作家的生态小说文本都彰显了作家的二元对立哲学思想，阿里德希斯的“好与坏、善与恶、黑暗与黎明、旧世界与新世界”，塞布尔维达的“人与自然、保护与消灭、文明与野蛮、毁灭与重建”，以此表达自己的生态思想。他们的小说在主题上都有“生态危机中的乌托邦想象”的表现，也都塑造了致力于环境保护与生态抗争的环保人物形象，都运用了文学的诗学手段表达各自的生态理念，这是两个作家对拯救人类生态的共同期盼，旨在通过文学创作唤醒世人保护生态的意识和良知。

但两个作家的创作却又有明显的不同之处。荷马·阿里德希斯凭借墨西哥古老神话传说展示了具有奇幻现实主义色彩的作品，是一部环境启示录式的文本。而路易斯·塞普尔维达则通过殖民者在拉美的“生态扩张主义”“物种主义”和“种族主义”恶行的展示，揭示在后殖民语境下“文明”与“野蛮”的倒置，展示了智利和厄瓜多尔原始自然和印第安文化，探讨人类与动物间的关系，属于后殖民生态的文本。

这种差异源于两位作家各自的出身和人生经历的不同。荷马·阿里德希斯深受以父亲为代表的希腊文化和以母亲为代表的墨西哥文化的双重影响，两个国家都以古老的神话传说闻名于世，这种带有奇幻和神秘色彩的文化伴随阿里德希斯的成长，因此在他的作品中时常有对神奇的古老文化传说的描写与戏仿。他人生的大部分时间在墨西哥度过，对墨西哥几十年的社会变化及环境变化了如指掌。他的作品多数以墨西哥为背景，通过描绘带有象征意义的奇幻意象反映墨西哥社会的种种乱象，抒发作家内心对现实的不满，那些神乎其神的描写是作家对墨西哥现实生活乱象丛生的真实写照。在他的眼里，人类对自然的破坏以及对国家、对社会、对同胞的恶行就如同妖魔鬼怪、魑魅魍魉在末日般的世界胡作非为、大行其道一样。这种具有神话奇幻特点的创作，成为作家荷马·阿里德希斯生态创作的一大特色。

路易斯·塞普尔维的出身和生活经历也决定了他不同于荷马·阿里德希斯的现实主义生态文学创作风格。颠沛流离的旅途生涯以及在各国的谋生和历练，为塞普尔维达的生态创作提供了便利，扩展了他的生态视野，他的视野超越智利、几乎涵盖了整个拉丁美洲。因此，他的作品不仅呈现了智利的生态问题，还呈现了其他拉美国家如厄瓜多尔、巴西、阿根廷、玻利维亚等国的生态问题。他通过旅行主人公对异国文化、异域自然和社会环境的洞察，抒发对人类破坏自然的不满，呼吁人与自然、人与动物和谐共处，期盼改善人类社会生存状态。塞普尔维达的作品虽没有拉美文学普遍的魔幻色彩，也没有阿里德希斯作品的神秘奇幻，他的作品却是对现实社会生态环境问题最简单、最明了、最直接的描述。塞普尔维达在欧洲的生活经历又让他关注发达国家在拉美国家实施的经济发展策略和扩张，他不像阿里德希斯将批判矛头直指墨西哥社会、墨西哥的现代科技与经济发展对环境造成的影响，而是将批判的视野扩大到众多开发拉美的发达国家，如日本、北美、北欧等国家。

荷马·阿里德希斯的生态创作具有墨西哥本土化特色，更多反映墨西哥社会现实生态，而路易斯·塞普尔维达的生态创作更具全球化特色，更多反映拉美乃至世界普遍存在的生态问题。这两位作家的创作也代表了两种拉美生态文学作家的创作：一种植根于本国生态，完完全全描写本国的生态危机；另一种则放眼世界，透过虚构、想象的某个地方或国家来反映整个人类社会的生态问题。这些生态作品，无论描绘某一个国家还是某几个国家，亦或某个虚构的村镇、城市，都从不同角度呈现了不同生态主题，反映了拉美国家不同文化的差异性和多样性，各国在发展进程中遇到的不同社会问题以及面对自然和社会环境危机的不同挑战。这些拉美生态文学文本所呈现的生态问题既有共性，又有个性。正是从这些差异性和普遍性、共性和个性中，我们可窥见多民族、多文化、多语言的拉美大陆上拉美生态文学的绮丽多变、丰富多彩，其创作呈现出既多样化又具本土化的特征。

我们意识到，仅凭对两个作家作品的分析与研究，还不能完全展示拉美生态文学创作的个性化魅力。不过，拉美生态文学所表现出的主题和特点将是对世界生态文学内容的补充和完善，从文学的文化研究角度对这些文学作品进行研究，其研究方法和视角也将是对世界生态批评理论的充实与完善。拉美生态文学的丰富主题和多样性特点又需要我们不断深入挖掘和探究，这将具有极大的开拓性和研究的价值。

结 语

本专著所论述两位作家的四部作品，是拉美生态文学的代表和典范，是具有重要生态价值的文学读物，值得世界各国读者阅读和学习，也值得世界范围生态文学研究者和批评者分析和研究。尽管他们的作品无论从内容还是形式并不是完美无瑕，但他们将批判的矛头共同指向对自然生态、社会生态和精神生态危机的揭露和批判上，在当今全球生态危机背景下，这是难能可贵的创作。

由于拉美社会、文化、历史发展的特殊性，以荷马·阿里德希斯和路易斯·塞普尔维达为代表的拉美作家更有条件具备人类意识和全球意识，从而在认识和觉悟上走在了世界文学发展的前沿。历史上拉美国家经历的殖民统治和帝国主义侵略，拉美人民饱受列强们的残酷剥削和压迫，认识到西方文明的罪恶。同时，殖民文化带来的种族融合，又促使拉美形成开放、包容的文化，拉美各国吸收各种外来文化，与本土文化相融互惠。由此，拉美作家也更容易做到视野开阔，兼容并蓄。

近现代拉美历史上的军事独裁统治让不少作家流亡海外，这使他们具有更好了解欧美文化，了解全球化的条件。在某种程度上，也促使他们超越了欧美作家的写作视野，以居高临下的视角，更易达到通观全局。欧美在物质与科技条件上走在前列，而拉美却在意识觉悟上走在前列。并非经济不发达的地区，认识水平就滞后，相反，拉美作家的认识水平恰恰走在了欧美作家的前列，他们意识到宇宙自然规律管理着人类社会发展规律，以此来证明

“人定胜天”征服自然的狂妄可笑，意识到西方文明是危机的文明，而欧美作家似乎没有他们这般清晰的认识。

在文学传统方面，拉美作家既有来自欧美文化的浸润，又保留着古印第安文化的宝贵遗产；既有对本土的熟悉，又有对欧美的了解。加上拉美本土的多民族文化各具当地特色，这就丰富了拉美作家的语言表现手段，融合西班牙语、英语、法语、土著语等多种语言创作，又从外来流派艺术风格翻出新花样，创造出如魔幻现实主义、神奇现实主义等文学流派。这一切都为拉美作家走在世界文学发展前沿奠定了基础。而以荷马·阿里德希斯和路易斯·塞普尔维达为代表的拉美生态文学作家，他们通过各自风格迥异的生态创作，为我们展示了拉美生态文学的独特魅力。可以说，拉美生态文学在世界生态文学中具有前瞻性，拉美作家具有更强的自然责任感和社会使命感，具有更强的全球意识和人类意识，这种前瞻性和觉醒意识值得各国学者借鉴与学习。

世界生态文学在发展和演变过程中，经历了自然的咏叹调、环境的挽歌和生态交响曲这样三个阶段。自然作品“为自然而写，代自然立言”，主体是自然，客体是人。它与其他借自然写人、触景生情的文体不同，是“大写的自然与小写的自我之间的互滋”，“自我时刻都会感受到自然的无比神威”。① 当人们意识到技术革命给人类社会带来环境破坏之后，作家便对现代科技口诛笔伐。而当人们必须面对现代社会的经济、科技发展与保护自然并行的时候，人们便试图重新发现人与自然和谐共处之道，这是当下生态文学的使命，“培养人的生态情结，让人真正地融入到生态交响乐之中”。② 可见生态文学经历了从描绘赞美大自然的自然书写，到批判抨击现代科技的环境书写，再到

① 赵白生：《生态文学的三部曲》,《世界文学》2003 年 03 期，第 300 页。

② 北京大学赵白生教授将世界生态文学的演变大致划分为这三个阶段。参阅赵白生：《生态文学的三部曲》,《世界文学》2003 年第 3 期。

呼吁人与自然和谐发展、追求科技与生态平衡的生态书写，这体现了在社会发展变化中人类生态思想演变和渐进的过程。

在这一世界生态文学主题创作的演进背景下，我们通过分析两个作家的四部生态作品，并结合对拉美生态文学其他作家作品的梳理、总结以及对拉美生态文学整体创作思路的归纳，可以一窥文学文本背后透露出的拉美人民生态意识以及对环保意识认识的渐进过程：

从哥伦布发现新大陆之前印第安人崇敬、膜拜大自然，到拉丁美洲遭受西方殖民的统治和盘剥，印第安人被迫接受西方文明教化或是被洗脑，改变对自然的态度、世界观和宗教信仰，开发利用大自然。再到 19 世纪拉丁美洲各国陆续解放，经历革命运动和独立战争，拉美人民在政治的高压下迫于生计和生存，无暇顾及自然环境面临的危机，从而忽略和漠视自然环境。20 世纪拉美各国加快经济发展速度，从而导致社会、生态问题丛生，自然遭到严重破坏。曾经被描绘成“圣地”“天堂”和“最明净的地方”的美洲失去了魅力，成为“地狱”“炼狱”和“污染最严重的地方”。当拉美人民不再骄傲于得天独厚的自然风貌，从他们的生活开始受到恶劣自然环境的影响变化之时，他们意识到生态危机的来临，于是拉美人民从之前对待大自然的漠然和无视转变为逐渐关注自然生态问题，甚至开始推崇并学习曾被主流社会边缘化的印第安人对待自然的生态理念。

拉美不少国家从政府的高度强调自然环境的重要性，将保护生态纳入新的执政纲领。以印第安人聚居多数的厄瓜多尔和玻利维亚两国为例，他们就将印第安人的“美好生活”理念列入宪法、纳入国策，使得印第安土著、自然生物以及女性等边缘群体的权利重新受到重视。这种从国家政策层面关注自然环境问题的方式实则是拉美人民对唯发展论和新自由主义的批判，更是政府对建设民主平等国家夙愿的深刻体现。厄瓜多尔和玻利维亚两国再次重申“大地母亲”的权力，提出“人类—自然—社会”的和谐发展模式，限制人类对自然无节制地开发利用，反对后资本主义和后殖民主义的经济建设，秉持"经济只是为社会和民众服务的工具，而非目的"的理念。从20世纪中叶起，拉美各国政府与民间的环保主义者陆续涌现，各国环保组织应运而生，都将视点转移到关注生态危机上来。受到政府和民间环保宣传工作的影响，越来越多的拉美民众认为：比起经济增长，应当优先考虑保护环境。且农村居民支持环境保护的态度比城市居民更加积极。由此可见，拉美人民善待自然生态的意识已经被全面唤醒。

拉丁美洲作家和艺术家将创作目标锁定于揭露生态危机、呼吁保护自然生态和唤醒人们的生态保护意识，他们在展示和揭露拉丁美洲的环境污染的同时，有力地批判了拉丁美洲现实社会的黑暗现象。在这些文学家、艺术家的带领下，拉美大陆上到政府、下到人民开始采取和实施一系列的整治措施。从20世纪末开始，拉美人民善待自然生态的意识已经被唤醒，并试图在维持发展的前提下，寻求一条发展经济与维护自然平行共进的和谐之路。以人为本与可持续发展的生态理念在当代拉美国家逐步形成。

受拉丁美洲文人、艺术家创作的启发，我们看到了拉美作家生态作品创作的目的：呼吁人类关注自然环境，唤醒人类保护生态的意识，肩负起保护生态平衡的责任，这也是作家生态文学创作的宗旨。如果不担负这样的社会角色，生态文学的意义也就不复存在，这是生态文学不同于其他种类文学的特殊之处。在对拉美生态文学的研究和与世界生态文学的比照中，我们可以初步总结出生态文学追求的目标，即：用文学敲响生态危机的警钟；用文学唤醒人类的生态意识；用文学寄托对美好生态的向往；用文学揭露现实生态的黑暗以及用文学揭示现实生态下的人性冲突。只有通过这样的追求，文学才能实现自我救赎，才能拯救人类。拉美生态文学作家似乎更看清了这一点，在荷马·阿里德希斯和路易斯·塞普尔维达的作品中，我们看到了作家的这些诉求。在全球生态危机的背景下，他们具有更强烈的危机意识，而通过文学手段表达这一意识便成为拉美生态文学的一大特色。

生态文学的定义十分宽泛，具体用什么方式来表述生态文学的目标，则需要辩证唯物主义和历史唯物主义的思想。辩证唯物主义肯定物质世界的普遍联系，认为一切事物、现象之间及其内部要素之间互相影响、互相制约和互相作用，要用整体性的观点来观察事物。这也是生态文学所认定的整体主义而非人类中心主义才是正确的方针，这种整体性体现了人与自然的关系。马克思和恩格斯以“人与自然界和谐”作为世界观和方法论的哲学基础，就是既要从人的视角、又要从自然的视角考察历史事件和自然世界。人只有正确地认识、利用自然，才能正确处理人与自然的关系。

人类追求真理的过程不是一帆风顺的，这就决定了人类对事物的正确认识要经历从实践到认识、再从认识到实践的多次反复，在实践与认识中不断总结经验教训，避免重蹈覆辙。人类在与自然的接触中，也经历了不断认识自然、认识自我的过程，经历了人心的逐渐变化，从而不断调整自我。从世界各国社会发展经历的“伐木种田”再到“植树建林”，从“破坏生态”再到“重建生态”，体现了人类为适应生存对自身生产方式的调节。人类实践活动只有尊重、顺应自然生态系统的动态平衡和良性循环，不过度干预、开发自然，不破坏、违背自然规律，放眼未来而非只顾眼前利益，人与自然才能达到最终的和谐统一。生态文学是人与自然关系的文学，因此重视人对自然的责任与义务，急切呼吁人类保护自然万物和维护生态平衡，热情赞扬为生态利益而做出的自我牺牲。

历史唯物主义认为人类社会生存和发展是以其生产力的发展作为基础，同时也受到社会经济形态，即一定生产方式所固有的基本生产关系的客观制约。马克思恩格斯在肯定资本主义生产方式带给人类社会巨大进步的同时，又揭示了资本主义制度所实行的残酷的经济剥削和野蛮的殖民掠夺，这也印证了殖民统治和全球化经济发展带给拉丁美洲的种种灾难和生态环境问题。

工业革命之前，由于人们对自然界的改造处于狭小的范围内，虽然对生态系统有所破坏，但自然界通过内部生态系统的自我调节，可以实现自我恢复。但随着工业革命和科技的飞速发展，人们对生态系统的破坏程度早已超过它自身的调节限度。因此，为了生存，人类必须正视历史、认识错误，主动调节人与自然的关系，改变破坏自然的生产方式，转换成资源节约型、环保友好型的模式，建立科学的发展观，维护、重建良好生态环境，解决人与自然的矛盾。

人类文明发展至今，已创造出古代社会所难以想象的辉煌成就。但历史总是在矛盾中辩证地发展，现代工业文明在给人类带来进步的同时，也带来现代社会的诸多问题，暴露出它固有的内在缺陷。人类对自然界索取无度，造成严重的生态危机：气候变暖，森林锐减，臭氧层空洞，核辐射和核污染，荒漠化和土地退化，粮食危机，淡水危机，能源危机，物种加速灭绝等等。这种生态灾难成为威胁人类生存的全球性问题，社会发展的可持续问题也日益突出。为了实现可持续发展，全世界人民都开始反思现代工业文明的生产方式。人类对生态的关注是空前绝后的，这标志着工业文明时代没落，生态文明时代的到来。正如两位作家作品中所期盼的美好新世纪的到来。人类开始走上一条探索人与自然、人与社会和谐发展的生态文明之路。

文学代表着人类精神思想活动的最高层次，它旨在揭示生命的真理，让我们更近一步了解我们所处的世界，从而改善这个世界。文学又是人学，是人类情感表现的心灵之学，从文学呈现的生态危机中我们看到人类思想意识和人心的变化，由崇拜敬畏自然、征服破坏自然到保护重建自然，从而给人拯救自我、拯救世界提供精神的指导。海德格尔说过：“重整破碎的自然与重建衰败的人文精神是一致的，应当把拯救地球、拯救人类社会的一线希望寄托在文学艺术上。”[①]

① 转自鲁枢元：《文学的跨界研究：文学与生态学》，上海：学林出版社，2011 年，第 4 页。

很多文人、哲学家也承认文学艺术对于人类生态的拯救作用。马尔库塞批判资本主义社会的物质主义时指出：艺术比哲学宗教更接近人类真正状态和理想生活。艺术通过刺激唤醒物质世界而与物质主义斗争，它教会人说、唱、跳。“唯有艺术有可能在增长人类幸福潜能的原则下，重建人类社会和自然界。”[①]文学批评家瓦特尔·罗哈斯·佩雷斯博士认为，人类有责任保护自然，而在保护的过程中，生态批评则是我们利用的最好的武器。[②]它能唤醒人们的良知和保护生态的意识，应将生态批评扩展到世界各阶层的教育中去。这是地球赋予人类的任务，而人类则是地球这艘巨大航船上的船员，每个船员都不能缺席，都有义务去维护好航船的运行。

生态文学和由此产生的生态批评，虽然对现实生态问题的干预不会起到立竿见影的作用，也不会直接影响工业化进程的脚步，但我们坚信其背后隐藏的深刻文化反思和揭示出的人类内在需求与工业文明之间的潜在冲突，将会在潜移默化之中完成对现代人的生态启蒙，使现代人对已经习惯了的生活方式、生态理念、价值取向等做出调整，使其在现代生态文明中实现诗意般栖居大地的构想。由此，生态文学推动了环保事业的兴起和发展，发挥了巨大的社会作用。文学艺术家应充分发挥文学的想象力，具备全球意识和人类意识，并唤起社会的责任感，尽力为人类绘制出有益于世界发展的不同图景，为当下这个动荡不安、危机四伏的人类社会转向生态文明的过渡时期做出贡献。

---

① 同上，第4页。

② 这是笔者与瓦特尔·罗哈斯·佩雷斯博士电子邮件通信中他的一句话：“La ecocrítica es la mejor arma que tenemos en nuestras manos. Hay que llevar la ecocrítica a todas las sociedades en el mundo para educar a las nuevas generaciones desde el núcleo familiar, luego en las escuelas, colegios, universidades, luego como profesores, luego como padres, abuelos.”

参考文献

中文文献：

1. 爱德华多 · 加莱亚诺：《拉丁美洲被切开的血管》，王玫等译，北京：人民文学出版社，2001 年。

2. 陈慧，黄宏煦主编，《世界文学术语大辞典》，石家庄：河北教育出版社，2000 年。

3. 陈小红：《什么是文学的生态批评》，上海：上海外语教育出版社，2013 年。

4. E. 布拉德福德 · 伯恩斯，朱莉 · 阿 · 查利普：《简明拉丁美洲史》，王宁坤译，世界图书出版公司，2009 年。

5.《大不列颠百科全书》(国际中文版 1)，中国大百科全书出版社，1999 年。

6. 大卫 · 克里斯特尔：《剑桥百科全书》，北京：中国友谊出版公司，1996 年。

7. 法尔克：《冲突与解构：当代西方学术叙语》，北京：社会科学文献出版社，2001 年

8. 苗福光：《生态批评视角下的劳伦斯》，上海：上海大学出版社，2007 年。

9. 董经胜，高岱：《拉丁美洲的殖民化与全球化》，南昌：江西人民出版社，2010 年。

10. 弗朗西斯 · 福山：《历史的终结及最后之人》，北京：中国社会科学出版社，1992 年。

11. 哥伦布：《航海日记》，孙家堃译，南京：译林出版社，2011 年。

12. 贺大绥，王颖芝主编，《写作技法大词典》，郑州：文心出版社，2004 年。

13. 亨德里克·房龙：《圣经的故事》，王伟，刘国鹏译，西安：陕西师范大学出版社，2010 年。

14. 胡经之，王岳川，李衍柱：《西方文艺理论名著教程》（上、下卷），北京大学出版社，2006 年。

15. 胡志红：《西方生态批评史》，北京：人民出版社，2015 年。

16. 黄轶：《中国当代小说的生态批判》，北京：北京大学出版社，2014 年。

17. 江山：《德语生态文学》，上海：学林出版社，2011 年。

18. 蕾切尔·卡森：《寂静的春天》，吕瑞兰，李长生译，上海：上海译文出版社，2011 年。

19. 李春辉：《拉丁美洲史稿》上卷（一、二），北京：商务印书馆，2009 年。

20. 李德恩：《拉美文学流派与文化》，上海：上海外语教育出版社，2010 年。

21. 李德恩，孙成敖：《插图本拉美文学史》，北京：北京大学出版社，2009 年。

22. 李美华：《英国生态文学》，上海：学林出版社，2008 年。

23. 李愚国等：《冲突与解构：当代西方学术叙语》，北京：社会科学文献出版社，2001 年。

24. 刘青汉：《生态文学》，北京：人民出版社，2012 年。

25. 路威：《文明与野蛮》，吕叔湘译，北京：生活·读书·新知三联书店，2013 年。

26. 洛夫，格伦·A：《实用生态批评：文学，生物学及环境》，胡志红，王敬民，徐常勇译，北京：北京大学出版社，2010年5月。

27. 罗纳德·奇尔科特，江时学主编，《替代拉美的新自由主义——〈拉美透视〉专辑》，江心学译，北京：社会科学文献出版社，2004年。

28. 鲁枢元：《文学的跨界研究：文学与生态学》，上海：学林出版社，2011年。

29. 鲁枢元：《自然与人文：生态批评学术资料库》（上下），上海：学林出版，2006年。

30. 鲁枢元：《生态批评的空间》，上海：华东师范大学出版社，2006年。

31.《马克思恩格斯选集》（第2、3、4卷），北京：人民出版社，1972年。

32.《马克思恩格斯全集》（第31、42卷），北京：人民出版社，1979年。

33. 迈克尔·C. 迈耶，威廉·H. 毕兹利编，《墨西哥史》（下册），复旦人译，上海：东方出版中心，2012年。

34. 任一鸣：《后殖民：批评理论与文学》，北京：外语教学与研究出版社，2008年。

35. 塞普尔维达，路易斯：《读爱情故事的老人》，唐郗汝译，北京：人民文学出版社，2011年。

36.《圣经》，中国基督教三自爱国运动委员会·基督教协会出版，2002年。

37. 唐建南：《生态批评的多维度实践》，北京：世界图书出版公司，2017年。

38. 童庆炳主编，《文学理论教程》，北京：高等教育出版社，2002年。

39. 王立，沈传河等：《生态美学视野中的中外文学作品》，北京：人民出版社，2007年。

40. 王诺：《欧美生态文学》，北京：北京大学出版社，2003年。

41. 王诺：《欧美生态批评，生态文学研究概论》，上海：学林出版社，2008年。

42. 王先霈，王又平主编，《文学理论批评术语汇释》，上海：上海文艺出版社，2000 年.

43. 王育烽：《生态批评视阈下的美国现当代文学》，济南：山东大学出版社，2013 年。

44. 吴琳：《美国生态女性主义批评理论与实践研究》，北京：人民出版社，2011 年。

45. 夏光武：《美国生态文学》，上海：学林出版社，2009 年。

46. 薛小惠：《美国生态文学批评研究》，北京：北京大学出版社，2013 年。

47. 余达忠：《生态文化与生态批评》（第一辑），北京：民族出版社，2010 年。

48. 余谋昌：《生态文明论》，北京：中央编译出版社，2010 年。

49. 余晓明：《文学研究的生态学隐喻：文学与宗教、政治、意识形态及其他》，桂林：广西师范大学出版社，2011 年。

50. 严耕，杨志华：《生态文明的理论与系统建构》，北京：中央编译出版社，2009 年。

51. 袁霞：《生态批评视野中的玛格丽特 · 阿特伍德》，上海：学林出版社，2010 年。

52. 约翰 · 贝拉米 · 福斯特：《生态危机与资本主义》，上海：上海译文出版社，2006 年。

53. 张艳梅，蒋学杰，吴景明：《生态批评》，北京：人民出版社，2007 年。

54. 周湘鲁：《俄罗斯生态文学》，上海：学林出版社，2009 年。

55. 赵德明等：《拉丁美洲文学史》，北京：北京大学出版社，2001 年。

56. 赵德明：《20 世纪拉丁美洲小说》，云南：云南人民出版社，2003 年。

57. 赵一凡，张中载，李德恩主编，《西方文论关键词》，北京：外语教学与研究出版社，2006 年。

58. 郑书九等:《拉丁美洲“文学爆炸”后小说研究》，北京：商务印书馆，2013 年。

59. 郑书九主编,《当代外国文学纪事：1980—2000. 拉丁美洲卷》，北京：商务印书馆，2015 年。

60. 朱立元:《当代西方文艺理论》，上海：华东师范大学出版社，2003 年。

61. 周鑫:《西方生态现代化理论与当代中国生态文明建设》，北京：光明日报出版社，2012 年。

文章论文：

62. 陈艳平，贺新元:《生态殖民主义：本质、表现及其对策》,《延安大学学报》2009 年第 4 期。

63. 丹尼尔·费伯，胡强:《拉丁美洲的生态危机》,《国际经济评论》1993 年第 6 期。

64. 杜鹃:《构建生态家园〈金色笔记〉的生态女性主义解读》,《芒种》2014 年第 5 期。

65. 段绍俊:《后殖民生态批评是视域下的〈蝇王〉》,《昆明学院学报》2014 年第 5 期。

66. 冯翠翠，李颖:《试论女性主义与后殖民主义、生态批评的关系》,《温州大学学报》2007 年第 5 期。

67. 格莱汉姆·哈根，海伦·提芬:《后殖民生态批评的发展观》，张慧荣译,《苏州大学学报》2012 年第 2 期。

68. 高新军:《多党制的墨西哥为何腐败高发》,《中国改革》2014 年第 8 期。

69. 郭峰，鲁春芳:《论柯尔律治的三部“超自然诗歌”》,《外国文学研究》2013 年第 3 期.

70. 何畅:《环境启示录小说》,《外国文学》2011 年第 6 期。

71. 何畅:《西方文论关键词：后殖民主义生态》,《外国文学》2013 年第 4 期。

72. 胡志红:《中国生态批评十五年：危机与转机》,《当代文坛》2009 年第 4 期。

73. 华建光:《文学与乌托邦》,《青海社会科学》2009 年第 6 期。

74. 黄鹂等:《拉美国家生态环境变迁及其对中国的启示》,《北京林业大学学报》(社会科学版)2015 年第 2 期。

75. 黄应全:《生态批评挑战主流文化研究》,《全国第三届生态美学会议论文集》, 2004 年.

76. 姜福礼:《寓言叙事与喜剧叙事中的动物政治——〈白虎〉的后殖民生态思想解读》,《当代外国文学》2010 年 31 卷第 1 期。

77. 金莉:《生态女权主义》,《外国文学》2004 年第 5 期。

78. 江玉琴:《论后殖民生态批评研究——生态批评的一种新维度》,《当代外国文学》2013 年第 2 期。

79. 劳伦斯 · 布伊尔:《打开中美生态批评的对话窗口——访劳伦斯 · 布伊尔》, 韦清琦译,《文艺研究》2004 年第 1 期。

80. 李佳蒙:《秘鲁的资源冲突及其对海外投资的影响》,《环球财经》2015 年第 8 期。

81. 李强，王骁波:《源头精细管理按尾气排放限行——墨西哥城治理大气污染一瞥》,《人民日报》2015 年 4 月 13 日第 16 版。

82. 林德福，陈燕:《种际正义的诉求——后殖民生态视角下的〈黑暗的心〉》,《延安职业技术学院学报》2014 年第 2 期。

83. 林华:《拉美国家的社会治安和暴力犯罪问题》(2007—2008 拉丁美洲和加勒比发展报告)，2008 年。

84. 刘蓓:《生态批评研究考评》,《文艺理论研究》2004 年第 2 期。

85. 刘莉莉:《墨西哥城这样"脱霾"》,《新华每日电讯》, 2014 年 9 月 29 日第 3 版。

86. 刘文良:《生态批评的范畴与方法研究》(博士论文), 2007 年 4 月。

87. 马治军:《文明转向与文学的乌托邦精神》,《当代文坛》2011 年第 1 期。

88. 孟夏韵:《一部聚焦人类生态万象的文本——评蒙波 · 希阿迪内伊的小说〈无法企及的平衡〉》,《外国文学动态》2014 年第 2 期。

89. 潘洞庭:《论菲利普 · 罗斯〈普通人〉的叙事艺术与主题意义》,《当代外国文学》2011 年第 3 期。

90. 潘华:《时空交错式剧作结构创作特征研究》,《电影文学》2013 年第 2 期。

91. 任怡斐, 谢阳:《女性与自然的联姻》,《学理论》2012 年第 17 期。

92. 容中逵:《后"殖民": 一个不容忽视的时代特性——后殖民理论及其视角置换摭议》,《外语艺术教育研究》2006 年第 1 期。

93. 盛子潮, 朱水涌:《小说的时空交错和结构的内在张力》,《文艺研究》1986 年第 6 期。

94. 唐晓忠:《斯皮瓦克的后殖民生态观与女性批判》,《南京师范大学文学院学报》, 2011 年第 1 期。

95. 伍海燕: "墨西哥墨西哥城: 过度城市化带来贫困与污染", 参考消息网 http://world.cankaoxiaoxi.com/2013/0318/179110.shtml. 2013.3.18。

96. 吴秀明:《我们需要什么样的生态文学——关于当下生态文学创作和研究的几点思考》,《理论与创作》2006 年第 1 期。

97. 王建平:《话语权力与时代错误: 文化战争刍议——评约翰 · 巴思的〈新辛巴达航海记〉》,《外国文学评论》2003 年第 1 期。

98. 王蒙:《文学与社会的互动》,《中国大学教学》2003 年第 4 期。

99. 王诺:《生态批评: 界定与任务》,《文学评论》2009 年第 1 期。

100. 王诺, 宋丽丽, 韦清琦:《生态批评三人谈》,《三峡大学学报》

2006年第3期。人大复印资料《文艺理论》2006年第9期。

101. 王文仙:《20世纪墨西哥城市化与社会稳定探析》,《史学集刊》2014年第4期。

102. 杨启藩:《墨西哥人口城市化回顾与展望》,《拉丁美洲研究》1996年第1期。

103. 杨仲:《墨西哥的人口政策及面临的问题》,《拉丁美洲研究》1992年第5期。

104. 叶玲:《从生态文学批判角度评析海明威的〈老人与海〉》,《作家》2013年第6期。

105. 易小明:《论种际正义及其生态限度》,《道德与文明》2009年05期。

106. 张慧荣:《从〈熊〉看原生生命链毁坏对殖民进程的推动作用》,《外国文学评论》2011年第3期。

107. 张慧荣:《后殖民生态批评视域的〈绿绿的草,流动的水〉》,《江苏师范大学学报》2013年第39卷第3期。

108. 张剑:《生态殖民主义批判》,《马克思主义研究》2009年第3期。

109. 张理霖:《拉美生态危机对中国生态文明构建的启示》,中共中央党校研究生院"2013·全国社会科学研究生学术论坛"一等奖获奖论文。

110. 张燕,杜志卿:《寻归自然,呼唤和谐人性——艾丽斯·沃克小说的生态女性主义思想刍议》,《当代外国文学》2009年第3期。

111. 赵白生:《生态文学的三部曲》,《世界文学》2003年第3期。

112. 赵德明:《不忘记承诺与巴尔加斯·略萨的两次谈话》,《解放军艺术学院学报》2000年第3期。

113. 赵岚,程亮:《"生态批评"及其研究方法的探讨》,《当代文坛》2007年第2期。

114. 钟再强:《后殖民生态批评:回顾与反思》,《苏州大学学报》2013年第 5 期。

115. 周铭:《从男性个人主义到女性环境主义的嬗变——威拉·凯瑟小说〈啊，拓荒者！〉的生态女性主义解读》,《外国文学》2006 年第 3 期。

116. 朱峰:《发展、环境、动物：评〈后殖民生态批评〉》,《外国文学》2012 年第 5 期。

117. 朱峰:《后殖民生态视角下的〈耻〉》,《外国文学研究》2013 年第 1 期。

118. 朱新福，张慧荣:《后殖民生态批评述略》,《当代外国文学》2011 年第 4 期。

西班牙文文献:

119. Andermann, Jens. "El infierno santiagueño: sequía, paisaje y escritura en el Noroeste argentino ", en *Iberoamericana*, XII, 45 (2012), 23-43.

120. Aridjis, Homero. *Antes del reino*. México, Ediciones Era, S.A., 1963.

121. Aridjis, Homero. *El hombre que amaba el Sol*, México, Alfaguara, 2005.

122. Aridjis, Homero. *¿En quién piensas cuando haces el amor?* México, Alfaguara,

1995.

123. Aridjis, Homero. *La Leyenda de los soles*, México, 1993.

124. Aridjis, Homero. Ferber, Betty. *Noticias de la Tierra*, México, Círculo Editorial Azteca, 2012.

125. Aridjis, Homero. *Apocalipsis con figuras.* Tauras, Alfaguara, S.A.de C.V. 1997.

126. Aridjis, Homero. *Antología poética*. Fondo de cultura económica. México, 2009.

127. Aridjis, Homero. *El señor de los últimos días*. Visiones del año mil. Barcelona: Edhasa, 1993.

128. Aridjis, Homero. *Hacia el fin del milenio*. Centro cultural del BID. No.11.1995.

129. Bate, Jonathan. "El canto de la tierra: W.H.Hudson y el estado natural" , en *Anales de Literatura Hispanoamericana*. Vol.33. 15-31. 2004.

130. Araya Grandón, Juan Gabriel. "Otra ética para un nuevo mundo: El principio de responsabilidad de Hans Jonas en Mundo del fin del mundo de Luis Sepúlveda. Notas para una investigación ecocrítica" , en *Acta Literaria* No. 44, I Sem. 2012.

131. Araya Grandón, Juan Gabriel. "Distopía y devastación ecológica en 2010: Chile en llamas (1998) de Darío Oses" , en *Acta Literarua* .N° 40, I Sem. 29-44. 2010.

132. Araya Grandón, Juan Gabriel. *LUIS SEPÚLVEDA. UN ESCRITOR DE FIN DE SIGLO*. Universidad del Bío-Bío.

133. Araya Grandón, Juan Gabriel. "Nicanor Parra. De la antipoiesis a la ecopoiesis" , en *ESTUDIOS FILOLOGICOS* 43: 9-18, 2008.

134. Binns, Niall. "Acercamientos ecocríticos a la literatura hispanoamericana." , en *Anales de Literatura Hispanoamericana*. Vol.33. 11-13. 2004.

135. Burgos, Elizabeth. *Me llamo Rigoberta Menchú y así me nació la conciencia*. Siglo veintiuno editores. S.a.de c.v 1985.

136. Bula Caraballo, Germán. "¿Qué es la ecocrítica? " , en *Revista Logos*. No.15. 63-73. 2009.

137. Bula Caraballo, Germán. "Ecocrítica: algunos apuntes metametodológicos" , en *Revista Logos*. No.17. 63-76. 2010.

138. Casals H.Andrea. "Puerto Edén: ¿puesto o paraíso? Una lectura ecocrítica de Ayayema, de María Asunción Requena" , en *Apuentes de Teatro* No.134 (2011):54-65.

139. Casini, Silvia. "Luis Sepúlveda: un viaje express al corazón de la patagonia", en *ALPHA* No.20-2004. 103-120.

140. Casini, Silvia E., *FICCIONES DE PATAGONIA: LA CONSTRUCCION DEL SUR EN LA NARRATIVA ARGENTINA Y CHILENA,* University of Kentucky Doctoral Dissertations. Paper 377. 2005 http://uknowledge.uky.edu/gradschool_diss/377

141. Ceberio de León, Iñaki. "El sujeto ecológico en la poesía de Ernesto Cardenal " , en *Ontology Studies* 11, 2011.345-354.

142. Contreras Castro, Fernando R. *Unica mirando al mar.* San José, Costa Rica: Editorial Legado, 2013.

143. Cornejo Polar, Antonio. *Revista de Crítica Literaria Latinoamericana.* Año XL, N.79. Lima-Boston. Primer Semestre de 2004.

144. De Anguita, Pablo Martínez. *La tierra prometida, una respuesta a la cuestión ecológica*, Pamplona, Ediciones universidad de Navarra, 2002.

145. De las Heras, Mónica Pérez. *La conservación de la Naturaleza*, Madrid, Acento Editorial, 1998.

146. Del Valle Bravo, Francis. *Luis Sepúlveda: Una narrativa ecocrítica.* Seminario para optar al título de profesor de educación media en castellano y comunicación. Universidad del Bío Bío. Facultad de educación y humanidades. 2010.

147. Díaz Pineda, Francisco. E.Alfonso, D.E.Bell y otros. *Ecología y Desarrollo: Escalas y problemas de la dialéctica, Desarrollo-Medio Ambiente,*

Editorial complutense, 1996.

148. Durán, Diego.*Una interpretación de la cosmovisión méxica*. Universidad Nacional Autónoma de México.México.D.F.1997.

149. Dehennin, Elsa, *Del realismo español al fantástico hispanoamericano. Estudios de narratología*. Librairie DROZ S.A. Genève. 1996.

150. Elio Brailovsky, Antonio. *Memoria verde Historia ecológica de la Argentina*. Buenos Aires, Editorial Sudamericana S.A., 1991.

151. Elio Brailovsky, Antonio. *Historia ecológica de Iberoamérica, Primer Tomo: "De los mayas al Quijote"* Kaicrón-Le Monde Diplomatique, 2006.

152. Elio Brailovsky, Antonio. *Historia ecológica de Iberoamérica, Segundo Tomo: "De la Independencia a la Globalización"* Kaicrón-Le Monde Diplomatique, 2009.

153. Ezcurra, Exequiel. "El ambiente en los tiempos de cólera. Ecología y desarrollo en América Latina", en *Nueva Sociedad*.No.122.128-137. 1992.

154. Flys Junquera, Carmen. Marrero Henríquez, José Manuel. Barella Vigal, Julia. *Ecocrítica: Literatura y medio amiente*, Madrid, Iberoamericana Vervuert Publishing Corp, 2010.

155. Forns-Broggi, Roberto. "El eco-poema de Juan L.Ortiz", en *Anales de Literatura Hispanoamericana*. Vol.33. 33-48. 2004.

156. Fournier Solano, María Elena. "Diálogo y reflexión con Eduardo Galeano sobre el consume, los desechos y nuestra responsabilidad ecológica, social y ética", en *Biocenosis*. Vol.23. 63-67. 2010.

157. Gala, Antonio. *De Senillosa, Ignacio y otros. Pobreza, desarrollo y medio ambiente*, Barcelona, Deriva Editorial, 1992.

158. Galindo V., Óscar. "Distopía y apocalipsis en la poesía de Óscar Hahn

y Gonzalo Millán" , en *Anales de Literatura Hispanoamericana.* Vol.33. 65-76. 2004.

159. Gálvez Acero, Marina. *Funciones paradigmáticas de la última narrativa de Luis Sepúlveda en el contexto de la postmodernidad.* AIH. Actas XII. 1995.

160. García Canclini, Néstor. *Culturas híbridas. Estrategias para entrar y salir de la modernidad.* Editorial Grijalbo, 1990.

161. Giardinelli, Mempo. *Imposible equilibrio.* Buenos Aires, Editorial Planeta Argentina, 1995.

162. Gligo V., Nicolo. "Estilos de desarrollo y medio ambiente en América Latina,un cuarto de siglo después" , en *CEPAL-SERIE Medio ambiente y desarrollo.* N° 126. 2006.

163. González, Daniuska. "Viaje a la narrativa de Luis Sepúlveda. Escribir la ecología: la nueva mirada del escritor viajero" , en *Revista de Literatura Hispanoamericana.* No.48. 2004.

164. Heffes, Gisela. *Políticas de la destrucción - poéticas de la preservación: apuntes para una lectura eco-crítica del medio ambiente en América Latina.* iBeatriz Viterbo Editora, 2013.

165. Heffes, Gisela (ed.). *Utopías urbanas: geopolíticas del deseo en América Latina. Iberoamericana.* Vervuert. 2013.

166. Hwa Kim，Jung. *Cosmovisión ecológica en Homero Aridjis, ¨Alma en la naturaleza¨: Ecocrítica y Ecopsicología.* Editorial Académica Española. 2012

167. Jerez Garcés, Gabriela.Círculo y Sur. "Lectura ecocrítica de Astrid Fugeliie y Diana Bellesi " , en *OGIGIA7* (2010), 47-58.

168. Jiménez, Mariela. *La sabiduría según Luis Sepúlveda en El viejo que leía novelas de amor.* Tesis de maestía. Universidad de Versailles Saint-Quentin

en Y velines. Instituto de Estudios Culturales. 2012.

169. Ipinza, María Ignacia. *APOCALIPSIS Y UTOPIA: Reformulaciones discursivas en dos novelas chilenas: la próxima y 2010 Chile en llamas*. Tesis de magister. Universidad de Chile. 2012.

170. Lawo-Sukam, Alain. Hugo Salazar Valdés: "La problemática del medio ambiente en la poesía afro-colombiana del Pacífico" , en *Hipertexto 6*. Verano 2007.pp.37-50.

171. León-Portilla, Miguel. *Aztecas-Mexicas.Desarrollo de una civilización orginaria*. ALGABA. 2005.

172. León-Portilla, Miguel. *Los antiguos mexicanos. A través de sus crónicas y cantares*. Fondo de cultura económica.2011.

173. López Bonillo, Diego. *El medio ambiente*, Madrid, ediciones cátedra, S.A., 1997.

174. Sánchez, Jesús Granados. *Manual de medio ambiente y sostenibilidad*, Madrid, Editorial DYKINSON, S.L.Meléndez Valdés, 2010.

175. Vargas Llosa, Mario. *El hablador*, Madrid, Santillana Ediciones Generales, 2010.

176. López, James J. *Edén en la era del quinto sol: La obra narrativa de Homero Aridjis*. Tesis doctoral. Florida International University. 2000.

177. Puga, María Luisa. *Las razones del lago*, México, Editorial Grijalbo, 1990.

178. Malaver Rodríguez, Rodrigo. " La ecoliteratura de la selva en la novela latinoamericana un viejo que leía novelas de amor" , en *Revista de la Facultad de Humanidades*. No.14.51-62. 2001.

179. Fierro, Juan Manuel; Geeregat V. Orietta. " La memoria de la Madre

Tierra: el canto ecológico de los poetas mapuches" , en *Anales de Literatura Hispanoamericana*. Vol.33. 77-84. 2004.

180. Flores, William. *Ecocrítica poscolonialy literatura moderna latinoamericana,* Fondo Editorial de la UNMSM, 2015.

181. Marcone, Jorge. " Fiebre de la selva: ecología de la desilusión en la literature hispanoamericana" , en *Centro cultural del BID*, Noviembre de 2007 No. 58.

182. Marcone, Jorge. " De retorno a lo natural: La serpiente de oro, la`novela de la selva`y la crítica ecológica " , en *Hispania* 1998, Mayo.

183. Mariátegui, José Carlos. *Siete ensayos de interpretación de la realidad peruana*, Buenos Aires: Prometeo Libros, 2010.

184. Monasterio Marín, Marta; Rico García-Amado, Luis. *Mirada feminista sobre la ecología social. Una propuesta metodológica.* Ecología Política Digital. N° 2. 2008.

185. Montoya Juárez, Jesús. Fractales en París: " Nostalgia de real en el realismo-fantástico de Mario Levrero" , en *Hispamérica*, Año 39, No.115.91-101.2010.

186. Navascués, Javier de (coord.) *De Arcadia aBabel: naturaleza y ciudad en la literatura hispanoamericana.* Madrid: Iberoamericana, 2002.325p.

187. Noguez, Xavier y López Austin, Alfredo (1997). *De hombres y dioses.* El Colegio de Michoacán A.C., pp 134 et seq.

188. Ordiz, Javier: " Pesadillas del futuro. Distopías urbanas en la narrativa mexicana contemporánea " , en *Bulletin of Spanish Studies: Hispanic Studies and Researches on Spain, Portugal and Latin America*, 91:7, 1043-1057.

189. Ordiz, Javier: " Historia, apocalipsis y distopía en la narrativa de Homero

Aridjis" , en *Hipertexto* 12 Verano 2010. 3-14.

190. Oses, Dario. *2010: Chile en llamas*, Chile, Editorial Planeta Chilena, 1998.

191. Ostria González, Mauricio. "Globalización, ecología y literatura. Aproximación ecocrítica a textos literarios latinoamericanos" , en *KIPUS* 27. 2010.

192. Ostria González, Mauricio. "Una lectura ecocrítica de textos huidobrianos. " en *Anales de literatura chilena*. Año 9. No. 9. 221-234. 2008.

193. Ostria González, Mauricio. "Notas sobre ecocrítica y poesía chilena" , en *Atenea* N° 502- II Sem. 2010: 181-191.

194. Parkinson Zamora, Lois. *Narrar el apocalipsis. La visión histórica en la literatura estadunidense y latinoamericana contemporánea*, FONDO DE CULTURA ECONOMICA MEXICO, 1996.

195. Pauwels, Louis; Bergier, Jacques. *El retorno de los brujos. Introducción al realismo fantástico*. PLAZA&JANES, S.A. 1963.

196. Perez-Cano, Tania. *Ecopoéticas transatlánticas: del texto a la acción social.*PhD (Doctor of Philosophy) thesis, University of Iowa, 2013.

197. Perez-Cano, Tania. *Imposibilidad del beatus ille. Representaciones de la crisis ecológica en España y América Latina,* Almenara, 2016.

198. Plata, Francisco. Homero Aridjis. Hispamérica, Año35, No.104. 83-92. 2006.

199. Prado Traverso, Marcela. "Poesía, espacio paisaje e identidades en las literaturas latinoamericanas " , en *Cuadernos del Pensamiento Latinoamericano* No.17.109-124.

200. Naranjo, José Ramón. "La ecología profunda y el Popol Vuh" , en

Anales de Literatura Hispanoamericana. Vol.33. 85-100. 2004.

201. Recinos, Adrian. *Popol Vuh*, México, Fondo de Cultura Economica, S.A. de C.V.1960.

202. Rosas-Bustos, Liza Pamela, *Selva simbolica selva simbiotica apuntes para una ecocritica latinoamericana* (2014). Dissertations and Theses, 2014-Present.Paper 375.

203. Rojas Pérez, Walter. *La Ecocrítica Hoy*, San José, C.R.: Aire Moderno S.A., 2004.

204. Rojas Pérez, Walter. *Amor en la línea vieja*, San José, C.R.: Porvenir, 2007.

205. Rojas Pérez, Walter. *Flujo y reflujo en Río Azul: Análisis ecocrítico de "Unica mirando al mar"*, San José, C.R.: Editorial Porvenir, 2006.

206. Rojas Pérez, Walter. *¿Tripulantes de la nave tierra o conquistadores?: estudio ecocrítico de "La loca de gandoca"*, San José, C.R.: Editorial Porvenir, 2006.

207. Rojas Pérez, Walter. *Costa Rica violada: el caso de "Mamita Yunai"*, San José, C.R.: Editorial Porvenir, 2006.

208. Rossi Lara, Anacristina, *La loca de Gandoca*, San José, Costa Rica: Editorial Legado, 2009.

209. Salvioni, Amanda. *Lo Peor ya ocurrió. Categorías del Postapocalipsis hispanoamericano: Alejandro Morales y Marcelo Cohen*. Apocalipsis 2012. 304-316.

210. Samper, Cristián. *Ecología cultural en las Américas*. Centro cultural del BID. No.49. 2003.

211. Sánchez, Jesús Granados. *Manual de medio ambiente y sostenibilidad*,

Madrid, Editorial DYKINSON, S.L.Meléndez Valdés, 2010.

212. Sepúlveda, Luis. *Un viejo que leía novelas de amor*, Barcelona, Editorial Tusquets, 1993.

213. Sepúlveda, Luis. *Mundo del fin del mundo,* Barcelona, Editorial Tusquets, 1994.

214. Sepúlveda, Luis. *Pataconia Express*, Barcelona, Editorial Tusquets, 1995.

215. Sepúlveda, Luis. *Hot Line,* Ediciones B, 2002.

216. Stauder Thomas: *La luz queda en el aire: estudios internacionales en torno a Homero Aridjis*.Vervuert Verlag. Frankfurt am Main. 2005.

217. Tena, Rafael. *La religión mexica*. Instituto Nacional de Antropología e Historia.1993.

218. Tittler, Jonathan. "Una relectura ecocrítica de canon criollista: Mariano Latorre y Horacio Quiroga" , en *Tabula Rasa*, julio-diciembre, No.007.197-210.

219. Torres Quintero, Gregorio. Mitos Aztecas. *Relación fabulosa de los dioses pertenecientes a los antiguos mexicanos*. Editores Comonfort. México. 1984.

220. Vargas Llosa, Mario. *El hablador*, Madrid, Santillana Ediciones Generales, 2010.

221. Vidaurre Arenas, Carmen V. "Acercamiento analítico a Perséfone de Homero Aridjis " , en *Letras* 33. 151-159. 2001.

222. Yepes, Enrique. "Derroteros de la ecocrítica en tierras americanas" , en *Latin American Research Review*, Vol.49, No.2. © 2014 by the Latin American Studies Association.

223. Yovanna Clark, Zoila. "Eco-feminismo en la narrative surrealista de

María Luisa Bombal.” , en *CILHA-a*.11.n.12.2010. Mendoza (Argentina), 59-68.

224. White, Steven F. “Ecocrítica y chamanismo en la poesía de Pablo Antonio Cuadra”, en *Anales de Literatura Hispanoamericana*. Vol.33. 49-64. 2004.

225. White, Steven F. “Los poemas etnobotánicos de Esthela Calderón: un enfoque ecocrítico ”, en *Anales de Literatura Hispanoamericana*. Vol.38. 95-110. 2009.

226. Zevallos-Aguilar, Juan. “Teoría poscolonial y literature latinoamericana: entrevista con Sara Castro-Klarén”, en *Revista Iberoamericana*. Vol. LXII.1996.963-971.

英文文献：

227. Barbas-Rhoden, Laura. *Ecological Imaginations in Latin American Fiction*.Gainesville: University Press of Florida, 2011.

228. Barbas-Rhoden, Laura; Kearns, Sofía. “Questioning Modernity, Affirming Resilience: Eco-pedagogies for Anacristina Rossi's La loca de Gandoca and Homero Aridjis's ¿En quién piensas cuando haces el amor? ” , in *Review: Literature and Arts of the Americas*. 45:2, 167-174. 2012.

229. Brooks Sakas, Karliana: *Apocalypse as Catalyst of Hope for a New World in Homero Aridjis*. La Leyenda de los soles. University of Virginia, 2003.

230. Camillo Gomides and Joseph Henry Vogel, *An Ecocritical Analysis of “The Old Man Who Read Love Stories” by Luis Sepúlveda*, University of Puerto Rico-Rio Piedras, 2005. http://www.ometeca.org/HTML/conf2005/Gomides.htm Accessed 26 February 2008.

231. Christina M. Elson y Michael E. Smith: “Archaeological deposits from the Aztec New Fire ceremony”, in *Ancient Mesoamerica,* 12.

232. De Vries, Scott. “Political Ecology and Environmentalism in the Spanish

American *Novela de la Selva*", in *Hispania*, Vol.93. No.4.2010.

233. Flores, Williams. *Ecosophies, Technology, and Luddism: An Ecocritical Perspective to the Study of The Cosmic Race, Doña Bárbara, One Hundred Years od Solitude, The Storyteller, and Mantra*. Doctoral thesis. University of California, Riverside.Gandoca. Cincinnati Romance Reciew 27.113-124.2008.

234. Huggan Graham, Helen Tiffin. *Postcolonial Ecocriticism: Literature, Animals, Environment* [M]. London and New York: Routledge, 2009.

235. "Interview with Luis Sepúlveda", in *The UNESCO Courier*, January 1998.

236. Kreitlow, Bert S. "Sampling Ecological Approaches to Latin American Literature ", in *H-Environment*, September, 2010.

237. Larochelle, Jeremy G. "A City on the Brink of Apocalypse: Mexico City's Urban Ecology in Works by Vicente Leñero and Homero Aridjis" , in *Hispania*, Vol.96, No.4.640-656.2013.

238. Lopéz-Lozano, Miguel: *Utopian dreams, apocalyptic nightmares: globalization in recent Mexican and Chicano narrative*. Purdue University Press. 2008.

239. Q.Evans, Claire. "Rethinking Environmental Attitudes in Latin America and the Caribbean" , in *AmericasBarometer Insights* 2015: Number 118.

240. Schulte, Rainer. "The Mexican poet Homero Aridjis" , in *Translation Review*, 66:1.69-70. 2003.

241. Starrs, D. Bruno. "An avowal of male lack: Sound in Rolf de Heer's *The Old Man Who Read Love Stories*" , in *Metro Magazine* 156:pp. 148-153.

242. Tavares, David; Mathieu Le Bel, Pierre. "Forcing the boundaries of genre: the imaginative geography of South America in Luis Sepúlveda's Patagonia

Express” , in *Area*.40.1.45-54.2008.

243. Taylor Kane, Adrian. *The Natural World in Latin American Literatures: Ecocritical Essays on Twen- tieth Century Writings*.Jefferson, NC: Mc- Farland, 2010.

244. Valero Garcés, Carmen. “Ecocriticism and Translation ” , in *Odisea*, No.12, 2011.

245. White, Lynn. 1974. “The historical roots of our ecologic crisis [with discussion of St Francis; reprint, 1967],” in *Ecology and religion in history*, (New York Harper and Row, 1974). Located at web site：http://www.siena.edu/ellard/historical_roots_of_ou r_ecologic.htm

网络文献：

246. http://editoriallegado.com/2011/08/01/la-loca-de-gandoca/

247. http://realismofantastico.cjb.net/

248. http://www.zocalo.com.mx/seccion/articulo/mexico-es-un-pais-de-zombis-homero-aridjis-1414480386

249. http://web.uchile.cl/publicaciones/cyber/13/tx20. html

250. http://qkzz.net/article/f692b750-5a4f-4f53-865b-4400bd477de8_6.htm

251. http://www.ngm.com.tw

后 记

小时候我希望自己长大后成为一个旅行家，穿越千山万水，游遍大好河山；在草原上奔跑，在丛林中穿梭，在高山上呐喊，在大海中遨游；在天与地之间昂首瞭望，在山与水之间引吭高歌。儿时的游历让我对大自然有一种由衷的热爱，比起人造玩具、游乐设施、电脑科技，我更愿意漫步于自然中，观赏花鸟虫鱼、山川草木，与富有生命力的大自然共嬉戏、同欢愉，感受大自然的灵动气息与无穷魅力。

我以为我为自然而生，一直以来我就愿意书写有关自然的诗篇，记录旅游见闻、抒发心情，似乎自然于我有种血浓于水、浑然天成的亲密关系。因此在我成长中，我总是关注与自然有关的事物，包括我的文学阅读喜好。从攻读硕士到攻读博士期间，我在大量阅读专业课程以及与之相关的必读书目之外，阅读有关自然生态的文学作品，成为我茶余饭后排压减负的调剂品。

起初，我只是出于爱好或消遣，阅读那些描绘大自然美景，讲述人与自然关系的文本，如《瓦尔登湖》《狼图腾》等。随着阅读的加深以及力图成为未来的文学评论者的志向，我不由自主地查阅被称作“生态文学”的作品。阅读的兴趣和好奇心将我引向关注生态文学，从之前的消遣式阅读转化为专业性阅读和研究。我从世界生态文学入手，阅读了其丰碑式文本《寂静的春天》，其中揭露的人类对自然生态的破坏震惊了我。之前只知道人类面临生态危机，却没有发现这种危机已经成为一种被作家集体书写和控诉的对象，并形成一种特殊的批判式写作。

当时，恰遇硕士论文在选题，我自然而然地想到了研究生态文学，于是，很快将目光锁定在拉美的生态文学文本上，并注意到阿根廷作家蒙波·希阿迪内伊的一本小说《无法企及的平衡》与生态文学的表达主题契合。遗憾的是，国内外几乎没有用生态批评分析此小说的评论性文章。2011 年，虽然生态文学和生态批评这两个术语已经在欧美等西方国家和中国学界传播开来，但在拉美学界还没有得到重视，甚至当我问及几个外籍文学教授，他们都表示在拉美还没有形成对拉美生态文学的研究规模，甚至有些学者都还不知道生态批评这一词汇。同年，我前往西班牙交流学习，在马德里自治大学拉美文学研究专家特欧多修·费尔南德斯（Teodosio Fernández）教授的指引下，我阅读了当时仅有的一本西班牙语生态批评专著《生态批评：文学与环境》，并结合当时中国著名生态批评理论学者鲁枢元的生态思想，对蒙波·希阿迪内伊的小说进行了初步研究。虽然当时顺利完成硕士论文，但我感到我对生态文学尤其是拉美的生态文学研究才刚刚开始，而且鉴于这个领域初步发展，有相当大的研究空间，加之国内学界对生态文学领域的重视，出现了国别生态文学研究团队，这对我进一步研究拉美生态文学有了启发和推动作用。于是，我决定继续在博士阶段加深对拉美生态批评的探索与研究。

可以说，我从攻读硕士起便确立了对拉美生态文学研究的想法，从考取博士之后，我扩大生态批评理论著作的阅读，尤其是对拉丁美洲作家的生态文学作品的阅读。期间遇到很多困难，首先，由于这些作品庞杂，来源国众多，又不属于大众化的文学作品，很难在拉美国家大型书店见到，更不用说在中国。我想尽一切办法，请求朋友的援助，从拉美不同国家如智利、墨西哥、阿根廷、哥斯达黎加，甚至从美国购买这些生态文学作品，更有从当地图书馆复印的资料，有时等待邮寄的书就是几个月，甚至有一次还在中途遗失，又不得不托人重新代购，这种购书经历实属不易、煞费苦心。但即便如此，仍有一些原典文本由于缺乏途径，最终没能获得，只能通过一些已有的文学评论文章揣测作品内容，对有些文本的深入分析也只能暂时放弃。但获得这些书籍将作为我博士毕业后的任务与目标，决心若有幸前往某个作家作品的出版国，定会想方设法搜集、阅读和研究。

其次，由于拉美文学评论界对生态文学的评论不多，很难见到西班牙语的生态批评专著，大部分都是美国学者研究拉美生态文学的英文专著，这就使得我要大量从美国购买。攻读博二那年，我前往拉美久负盛名的墨西哥学院学习，本以为在那里会有很多资源，不料，与我研究相关的生态文学资料十分匮乏，这也从另一方面说明了拉美国家的生态批评滞后。但令我欣慰的是，经外籍导师和朋友介绍，我有幸结识了正在进行相关领域研究的两位专家，分别是哥伦比亚佩雷拉科技大学环境科学安德烈斯 · A. 杜凯博士和哥斯达黎加文学批评家瓦特尔 · 罗哈斯 · 佩雷斯博士。我和他们通过邮件和越洋电话探讨专业上的盲点，并交流我的读书感言、心得等，他们着实给予我莫大启发。安德烈斯 · A. 杜凯博士让我深刻意识到了生态批评的跨学科性，他将环境科学与文学文本结合起来，透过文学看环境科学建设，实现了跨学科的新尝试。瓦特尔 · 罗哈斯 · 佩雷斯博士不仅自己写生态文学评论文章，还专门创作了一部生态小说，对我的研究很有借鉴与启示，以至于我决定在后续的研究中将它纳入视野。从 2013 年开始，尤其是 2014 年，我注意到忽然有不少拉美生态文学的评论文章和专著出现，我从墨西哥回国后的半年，跟进追踪拉美生态批评动向，又发现更多的文章、会议甚至课程的出现。这些都加深了我对这一领域研究的信心，认为自己有幸跟上了文学批评界的步伐，瞄准了这一领域尚可开拓的空间。

再次，由于生态批判具有跨学科、多视角、多文化的理论特色，涉及多个学科的许多相关知识。在论文研究和撰写中，因自身知识的局限，遇到了很多问题和困难，如拉丁美洲生态文学，尤其是荷马 · 阿里德希斯的作品中戏仿和借用墨西哥阿兹特克文明的神话传说、时空错乱的奇幻现实主义手法，这就促使我阅读了大量墨西哥宗教和神话的书籍，还专门参观墨西哥城的人类学博物馆，认真研读古老文明思想的图解，试图结合宗教神话了解作家文本创作背后的意图。再者，生态批评理论发展至今尚未形成一套系统且完整的文本理论分析方法，而如何突破"系统论方法、比较研究方法和价值批评方法"这三种传统方法，找到适合分析拉美文学文本的研究方法，也成为我研究的难点。我试图结合拉美大陆的特点及特殊历史境遇，从文化、宗教、神话学以及生态女性主义和后殖民生态主义的角度对文本进行分析。但深知这种分析方法还有缺陷，还不够完善，希望自己在后续研究中更进一步探索出理论分析的新路径。

中国与拉丁美洲都经历了被压迫、被奴役的历史，更有反抗外来侵略、英勇捍卫独立主权的壮举。在国际社会中，中国与拉丁美洲国家都属于发展中国家，各国都面临发展本国经济、改善人民生活的艰巨任务，在国际事务中都有共同的利益和诉求。面对发展所带来的自然资源与环境问题，双方都有值得相互交流、借鉴和学习的地方，都面临着相同的环境挑战。一直以来，中拉双方在政治、经贸、文化和科技合作等方面互相支持、互相促进。近年来，随着生态环保事业的兴起与发展，双方在环境保护的议题上更是加强联系和合作。我曾作为翻译，于 2011 年夏天参与由国家发改委与商务部承办的"拉美国家经济发展与气候变化研修班"，陪同来自拉丁美洲 20 多个国家的政府官员和环境保护主义者在北京、重庆两地进行考察。会议期间，双方在互相听取对方国家的环境问题与环保措施后，也提出相应的改善意见、可行性措施，并与对方环保组织建立联系、保持长期交流合作。我在墨西哥学院访学期间，再次拜访当年参加会议的几位环保组织官员，以及以个人名义进行环保行为的环保主义者。四年过去了，他们仍旧孜孜不倦地奋斗在治理保护本国自然环境的事业上，依然保持着与中国相关组织的联系。由此可见，中国与拉美各国人民对生态保护事业的重视以及对进行相关领域合作的信心。期间，我向几位官员描述自己研究的课题，讲述自己研读过的拉美生态文学文本。其中的几本曾是他们学生时代的必读书目，在唤醒拉美人民对本国遭遇环境危机的意识上起到了重要作用。他们也坦言，这些书籍让他们意识到本国的某些环境问题，比如哥斯达黎加卡洛斯·路易斯·法亚斯的《小妈妈——美国联合果品公司》、阿娜克里斯蒂娜·罗西的《甘多卡的女疯子》和费尔南多·孔特雷拉斯·卡斯特罗的《瞭望大海的乌妮卡》等。这些作品的文学深意与社会影响可以与中国生态文学中的几部作品相媲美，比如陈桂棣的《淮河的警告》、徐刚的报告文学《伐木者，醒来！》、《沉沦的国土》等。通过阅读与研究，我看到拉美生态文学与中国生态文学具有一些共同点：有些揭露当下生态恶化的状况，有些怀念崇敬原始的美好自然；有的偏重文学性，有的偏重政策科普性。这些无疑都成为本国生态文学的典范之作，对本国生态环保事业的建设具有重要启发的作用。也进一步加深了我继续对生态文学领域研究的兴趣。

本书是在笔者博士论文基础上修改、补充的成果，但这只是我在拉美生态文学研究迈出的一小步，由于拉美各国作家的创作风格迥异，表现的主题各不相同，一两个作家很难代表整个拉丁美洲生态文学的特征。当初我试图选择三个作家来研究，但考虑到这种雄心在博士论文中很难实现也不好把握，只好作罢，第三个作家或更多作家的作品只能留作后续研究的对象。还有那些只闻其名的作品也需要我今后努力去搜罗、去探索，至于拉美生态文学与拉美生态批评的发展动向更是值得我继续追踪，跟进自己的生态批评。从博士毕业到走入工作的一年时间里，我继续关注拉美生态文学和生态批评的发展，2017 年我就以“哥斯达黎加生态文学研究”为课题顺利申请到了我的工作单位外交学院所批“中央高校基本科研项目”资助，并已展开进一步的拉美生态文学研究。

在本专著付梓出版之际，首先，我要衷心地感谢我的导师郑书九。从攻读硕士到博士，从入学、修课，到课题研究、撰写论文，郑老师给予我很多的帮助。郑老师以严谨的治学态度、认真负责的工作作风、丰富渊博的专业知识以及诲人不倦的师者风范深深地影响了我，使我终身难忘，永远受益。同时我要感谢师母于静老师，每次在与导师学术探讨之后，师母那一顿顿沁人心脾的家常便饭，让我感受到母亲般的温暖和亲切，感谢师母在紧张的学习中给予我的宽慰和鼓励。我要衷心地感谢墨西哥学院语言学与文学研究中心前主任露丝·埃莱娜·古铁雷斯博士（Dra.Luz Elena Gutiérrez de Velasco）。我在墨西哥进修学习期间，她对我论文的选题立意和结构布局进行了悉心的指点。感谢北京大学赵德明教授、人民出版社胡真才编审、北京外国语大学李多教授以及北京第二外国语学院张珂教授，在我开题期间和撰写论文过程中，他们都给我提出了许多宝贵的意见和建议。同时，还要感谢北京外国语大学常福良教授在学业和生活上给予我无微不至的关心和指导。

其次，感谢北京外国语大学研究生处、北外西葡语系各位领导和老师在我攻读博士期间所给予的各种帮助和支持，使我有机会在博士二年级获“北京高等学校国内外联合研究生培养基地项目”的资助，赴墨西哥学院进行为期六个月的学习，并在博士三年级获得2014—2015年度北京外国语大学“博士研究生国家奖学金”。同时感谢为我授过课的西葡语系所有老师，各位老师广博知识的浸润与教诲拓宽了我的研究视野、扩大了我的知识面。

再次，感谢远在哥斯达黎加的甄炳彬先生、阿根廷的黄楠女士以及处在大洋彼岸美国的刘毅和康琛、墨西哥的罗蓁蓁、智利的刘璨等朋友们，他们为我不远万里购买相关书籍，不遗余力帮助我收集资料。感谢西华师范大学龙兴春教授、英国伦敦大学学院刘伟博士为我查找相关资料。还要感谢北京大学赵白生教授、哥伦比亚佩雷拉科技大学环境科学安德烈斯·A. 杜凯(Andrés A.Duque N)博士，感谢哥斯达黎加文学批评家瓦特尔·罗哈斯·佩雷斯（Walter Rojas Pérez）博士等在生态文学与生态批评领域为我指点迷津。

感谢我的父母，感谢他们的养育之恩，多年来他们在物质和精神上给我无尽的关怀和奉献，在生活和学习中给我莫大的鼓励、支持和帮助，使我在紧张的学习和研究中获得充分的自信和乐趣，感谢他们一如既往的永远的爱！此外，在我苦苦求学、攻读博士期间，对所有给予我关心、帮助的亲朋好友，表达我最诚挚的谢意！

最后，我衷心地感谢我的工作单位外交学院，学校为本专著出版提供了必要的帮助。感谢学校院系领导和同事对我的鼓励与支持。我还要感谢世界知识出版社的领导和责任编辑，对他们为本专著出版付出的辛劳深表敬意。

最后，希望通过出版这本研究生态文学的专著，完成自己的一个小小的心愿，向我热爱的大自然致敬！向那些一直以来关注和维护大自然的先哲们致敬！向当下以各种形式保护环境的生态卫士们致敬！愿我们的大地母亲永葆青春，愿我们能够自始至终与自然和谐作伴、与自然同乐！

附 录

拉美作家的生态作品

散文集

埃内斯托·萨瓦托（Ernesto Sábato）：

《抵抗》（*La Resistencia*, 2000）

何塞·玛利亚·阿格达斯（José María Arguedas ）：

《美国印第安民族文化的形成》（*Formación de una cultura nacional indoamericana*, 1975）

奥克达维奥·帕斯（Octavio Paz）：

《另一种声音》（全集第一卷），（*La otra voz, Obras completas I*, 1999）

爱德华多·加莱亚诺（Eduardo Galeano）：

《拉丁美洲被切开的血管》（*Las venas abiertas de América Latina,* 1971）

《火之记忆》（*Memoria del fuego*, 1982）

《使用它并扔掉它：从拉丁美洲生态角度看千年结束的世界》（*Úselo y tírelo, El mundo del fin del milenio visto desde una ecología latinoamericana*, 1994）

《双脚朝上：颠倒世界的学校》（*Patas arriba. La escuela del mundo al revés*, 1998）

费利佩·卡尔德纳斯（Felipe Cárdenas ）：

《聚焦生态系统与文化的关系》（*Enfoques para una comprensión de la relación Ecosistema-Cultura*, 2002）

费尔南多 · 米雷斯（Fernando Mires）：

《自然话语：拉丁美洲的生态和政治》（*El discurso de la naturaleza: Ecología y política en America Latina*, 1991）

小说

路易莎 · 莫雷诺 · 萨尔托里奥 · 德加瓦格利奥（Luisa Moreno Sartorio de Gabaglio）：

《山与沙的回声》（*Ecos de monte y arena*, 1992）

《黄金驹的安魂曲》（*Réquiem para un dorado*, 1990）

雷内艾 · 费雷尔 · 德阿雷利亚加（Renée Ferrer de Arréllaga）：

《来自大山燃烧的中心》（*Desde el encendido corazón del monte*, 1994）

《男孩救雪松》（*De cómo un niño salvó un cedro*, 1994）

奥斯卡 · 科亚索（Oscar Collazos）：

《搁浅的鲸鱼》（La ballena varada, 1997）

内尔松 · 埃斯图皮尼安 · 巴斯（Nelson Estupiñán Bass）：

《在阴霾的天空下》（*Bajo el cielo nublado*, 1981）

玛依拉 · 蒙特罗（Mayra Montero ）：

《月亮的发辫》（*La trenza de la hermosa Luna*, 1987）

米盖尔 · 安赫尔 · 艾斯比诺（Miguel Ángel Espino）：

《对抗死神的人》（*Hombres contra la muerte*, 1947）

何塞 · 鲁蒂利奥 · 盖萨达（José Rutilio Quesada）：

《祖国痛》（*Dolor de Patria*, 1984）

伊丽莎白 · 布尔格斯（Elizabeth Burgos）：

《我叫里戈贝尔塔 · 门楚，我的觉悟这样产生》（*Me llamo Rigoberta Menchú y así me nació la conciencia*, 1983）

雷伊 · 艾玛努埃尔 · 安杜哈尔（Rey Emmanuel Andújar）：

《肉因素》(*El factor carne*, 2005)

何塞·伊格纳西奥·巴伦苏埃拉(José Ignacio Valenzuela):

《走向世界之末》(*Hacia el fin del mundo*, 2011)

《邪恶的根》(*la Raíz del mal*, 2013)

《生命之树》(*El árbol de la vida* , 2013)

荷马·阿里德希斯的作品及分类

诗集

《睁开的眼睛》(*Los ojos desdoblados*, 1960)

《王国之前》(*Antes del reino*, 1963)

《看着她入眠》(*Mirándola dormir*, 1964)

《珀尔塞福涅》(*Perséfone*, 1967)

《蔚蓝的空间》(*Los espacios azules*, 1969)

《儿童诗人》(*El poeta niño*, 1971)

《焚船》(*Quemar las naves*, 1975)

《活着为了见证》(*Vivir para ver*, 1977)

《缔造死亡》(*Construir la muerte*, 1982)

《千年之末的形象》(*Imágenes para el fin del milenio*, 1986)

《重被逐出天堂》(*Nueva expulsión del paraíso*, 1990)

《面临灭顶之灾的诗人》(*El poeta en peligro de extinción*, 1992)

《天使的时代》(*Tiempo de ángeles*, 1994)

《另一视角的眼睛》(*Ojos de otro mirar*, 1998)

《鲸鱼的眼睛》(*El ojo de la ballena*, 2001)

《太阳诗》(*Los poemas solares*, 2005)

《梦的日记》(*Diario de sueños*, 2011)

《天空与奇迹，大地与苦难》(*Del cielo y sus maravillas, de la tierra y sus miserias*, 2014)

小说

历史题材的小说

《1492：胡安·卡贝松·德卡斯蒂利亚时代的生活》(*1492: vida y tiempos de Juan Cabezón de Castilla*, 1985)

《新世界记忆》(*Memorias del nuevo mundo*, 1988)

环境启示录题材的小说

《太阳的传说》(*La leyenda de los soles*, 1993)

《世界末日的先生：千禧年愿景》(*El señor de los últimos días: visiones del año mil*, 1994)

《做爱时你在想着谁？》(*En quién piensas cuando haces el amor?*1995)

《世界末日的狗》(*Los perros del fin del mundo*, 2012)

《还魂尸的城市》(*Ciudad de zombis*, 2014)

神话奇幻小说

《热爱着太阳的人》(*El hombre que amaba el sol*, 2005)

《寂静的地区》(*La zona del silencio*, 2002)

暴力犯罪小说

《刺客》(*Sicarios*, 2007)

悬疑科幻小说

《隐形人》(*Los invisibles*, 2010)

其他题材作品

回忆录

《蝴蝶山》(*La montaña de las mariposas*, 2000)

散文集

《人物启示录》（*Apocalipsis con figuras*, 1997）

儿童文学

《奥兰多的沉默》（*El silencio de Orlando*, 2000）

《疯狗们的日子》（*El día de los perros locos*, 2003）

《悲伤夜晚的宝物》（*El tesoro de la noche triste*, 2005）

《寻找古巨龟，七个龟的长途旅行》（*La búsqueda de Archelon.Odisea de las siete tortugas*, 2006）

《女君主玛利亚》（*María la monarca*, 2014）

剧作

《2000 年的演出》（*Espectáculo del año dos mil*, 1981）

《最后的亚当》（*El último Adán*, 1986）

《世界末日的大戏》（*Gran teatro del fin del mundo*, 1989）

路易斯·塞普尔维达的作品及分类

故事集

《佩德罗·纳迭的故事》（*Crónicas de Pedro Nadie*, 1969）

《恐惧、生活、死亡以及其他幻觉》（*Los miedos, las vidas, las muertes y otras alucinaciones*, 1984）

《旅行笔记》（*Cuaderno de viaje*, 1986）

《无法相遇》（*Desencuentros*, 1997）

《边缘历史》（*Historias marginales*, 2000）

《这里和那里的故事》（*Historias de aquí y de allá*, 2010）

文选集

《皮诺切特的疯狂》（*La locura de Pinochet*, 2002）

《莫莱斯金纳，札记与思索》（*Moleskine,apuntes y reflexiones*, 2004）

《梦的力量》（*El poder de los sueños*, 2004）

《我应该讲述的故事》（*Una Historia que debo contar*, 2014）

小说

《读爱情小说的老人》（*Un viejo que leía novelas de amor*, 1989）

《世界尽头的世界》（*Mundo del fin del mundo*, 1994）

《斗牛士的名字》（*Nombre de torero*, 1994）

《巴塔戈尼亚快运》（*Patagonia Express*, 1995）

《教海鸥飞翔的猫》（*Historia de una gaviota y del gato que le enseñó a volar*, 1996）

《鳄鱼》（*Yacaré*, 1998）

《热线》（*Hot Line*, 2002）

《阿拉迪诺的灯》（*La lámpara de Aladino*, 2008）

《我们曾经的影子》（*La sombra de lo que fuimos*, 2009）

《一个叫莱亚尔的狗的故事》（*Historia de un Perro llamado Leal*, 2016）

《历史的终结》（*El Fin de la Historia*, 2017）

电影剧本

《生活在 17 岁》（*Vivir a los 17,* 1986）

《火地岛》（*Tierra del fuego*, 2000）

《无处》（*Nowhere*, 2002）

《绿色的心》（*Corazón verde*, 2002）